Falling Rain

Mimi Kylling

FSC
www.fsc.org
MIX
Papier aus verantwortungsvollen Quellen
Paper from responsible sources
FSC® C105338

love.flows

c/o Emilia Cole
Pater-Delp-Straße 20, 47608 Geldern
ISBN 978-3-7579-7732-0
www.rinoaverlag.de
www.mimikylling.de
Umschlaggestaltung: Coverstube
Korrektur: Lektorat Zeilenschmuck

Herstellung und Druck über tolino media GmbH & Co. KG, München.
Printed in Germany

MIMI KYLLING

FALLING RAIN

Rinoa Verlag

Für alle, die Fehler gemacht haben.

Kapitel 1

June

Manchmal entstehen aus den merkwürdigsten Ideen die besten Momente im Leben.

Das hat mein Mann Sam immer gesagt.

Früher hat er mich mit seiner obsessiven Liebe zu Kalendersprüchen wahnsinnig gemacht. Heute würde ich alles dafür geben, nur noch ein einziges Mal seine Stimme zu hören.

Immer wenn ich ihn gefragt habe, warum er so viel auf diese dahingesagten Weisheiten gibt, hat er darauf mit einem unergründlichen Lächeln geantwortet und gesagt: *Weil sie eben wahr sind, June. Irgendwann wirst du das auch verstehen.*

Ich wünschte wirklich, er würde heute neben mir in diesem Auto sitzen, mir zulächeln und Mut machen. So, wie er es immer getan hat.

Doch der Sitz neben mir ist leer.

Mit schwerem Herzen biege ich in die Auffahrt von meinem neuen Haus ein und drehe die Musik leiser. Im Stillen bete ich dafür, dass ich es nicht bereue, den Mietvertrag so blindlings unterschrieben zu haben – ohne vorher eine Besichtigung zu vereinbaren.

Aber ich konnte nicht.

Ich habe mich davor gedrückt, herzukommen.

Ich war schon immer die, die sich bei Problemen lieber die Decke über den Kopf gezogen hat. Sam war der, der alles angegangen ist, der für alles eine Lösung hatte. Jetzt muss ich meine Lösungen selbst finden.

Als ich den Motor ausschalte und die Klimaanlage aufhört zu surren, wird die Luft im Auto sofort stickig.

Mein eigenes Seufzen klingt in der Stille übertrieben laut und ich öffne die Fahrertür, bevor ich es mir anders überlege und mit wehenden Fahnen nach San Francisco zurückfahre.

Hier in Half Moon Bay soll mein neues Leben beginnen. Genau dort, wo mein altes geendet hat. Es ist eine ziemliche Ironie des Schicksals, aber vielleicht der einzige Weg, damit fertig zu werden. Ich muss mich endlich den Dämonen stellen, bevor sie mich irgendwann in die Knie zwingen.

Komm schon, Junebug.

Du schaffst das.

Augen zu und durch.

Das Echo von Sams Stimme ist auch heute noch so präsent, dass es mir die Luft abschnürt.

Ein paar Minuten später stehe ich inmitten von Kisten im offenen Wohnbereich des Bungalows und stelle wieder einmal fest, wie weit Vorstellung und Realität manchmal voneinander entfernt sind. Was auf den Maklerfotos minimalistisch und modern wirkte, sieht jetzt einfach nur kalt und unpersönlich aus. Das meiste der Einrichtung ist in klinischem Weiß gehalten. Akzentuiert durch Möbel in Grau. Vielleicht ist es gut so. Das hier ist nur eine Zwischenstation. Eine weitere Etappe, keine Dauerlösung.

Für einen Moment sehe ich eine andere Vision meines Lebens. Ein größeres Haus, voller Leben und Liebe. Bunte Wände und unzählige Fotos. Sam und mich. Kinderlachen. Ich vertreibe das Bild, bevor es sich richtig festsetzen kann.

Sam hat sich das immer gewünscht. Er wollte unbedingt ein Haus am Meer, ein ruhiges Leben und eine große Familie.

Nichts davon wird er bekommen.

An Tagen wie heute vermisse ich ihn besonders. Ich wäre gern Arm in Arm mit ihm durch diese Räume gegangen und hätte sein strahlendes Gesicht gesehen, wenn er das Meer entdeckt hätte. Ich stelle mir vor, wie er mich hochgehoben hätte. Wie er gesagt hätte: *Schau nur, Junebug. Da hinten. Siehst du den Strand? Schließ mal die Augen, hörst du das Meer? Wir werden das hier zu unserem Zuhause machen. Mit Liebe ist alles möglich.*

Ich schließe die Augen, aber ich höre das Meer nicht. Ich höre nur das Klopfen meines Herzens und das Blut in meinen Ohren rauschen.

Warum musste er auch an diesem Tag zu genau dieser Zeit auf genau diesem Highway sein? Warum ist er ausgestiegen? Warum ist er nicht zehn Minuten später losgefahren?

Dann wäre er heute noch bei mir.

Wie macht man weiter, wenn an einem ganz normalen Samstag das komplette Leben aus den Fugen gehoben wird? Wenn dieser eine Mensch stirbt, den man mehr als alles andere auf der Welt geliebt hat? Unwiederbringlich und endgültig?

Vermutlich kann man niemals ganz weitermachen. Vermutlich wird ein Teil von mir für alle Zeit auf seiner Beerdigung stehen und auf seinen Sarg starren. Aber der andere Teil von mir muss weitermachen.

Für ihn und für uns.

Wir hatten Pläne.

Das hier ist einer davon.

Wir wollten schon länger aus San Francisco rausziehen. Zurück in die Nähe von Sams Eltern. Wir wollten sesshaft werden und eine Familie gründen.

Zwei Jahre später ist kaum etwas davon übrig geblieben. Ich habe Alice und Burt seit Sams Beerdigung nicht mehr gesehen und ich schäme mich dafür, dass ich all ihre Einladungen abgesagt habe. Aber wie hätte ich mit seinen Eltern am Tisch sitzen und Kaffee trinken sollen, wenn sein Platz für immer leer bleiben wird?

Heute ist der Tag, an dem ich es herausfinden werde, denn ich bin bei ihnen zum Abendessen eingeladen. Mein erster Reflex war, auch dieses Mal abzusagen, aber dann … konnte ich es nicht.

Ich bleibe am Fenster stehen und schaue zum Horizont, genau auf die Stelle, an der Himmel und Ozean sich treffen. Dann wird meine Aufmerksamkeit auf etwas anderes gelenkt.

Sitzt da jemand in meinem Garten?

Tatsächlich, da sitzt ein Junge. Er hat die Füße auf dem Gartentisch abgelegt und hört über Kopfhörer Musik. Sein dürrer Körper steckt in einem schwarzen Bandshirt mit Wikingerprint auf der Vorderseite.

Im Ernst?

Nach einem kurzen Moment der Verwirrung öffne ich die Tür zur Terrasse. Der Typ wippt mit dem Oberkörper und singt schief.

»Hey, du!« Er hört es nicht. »Hallo! Du da!«

Wieder nichts. Erst als ich so nah vor ihm stehe, dass mein Schatten auf ihn fällt, schaut er sehr erschrocken hoch. Er zupft seinen Ohrstöpsel aus dem Ohr, bleibt aber sitzen.

»Das ist mein Haus«, sage ich überflüssigerweise.

Er nickt nur starr und betrachtet mich wie eine Außerirdische.

»Das bedeutet, dass du gehen solltest, denn dieser Garten ist *mein* Garten.«

Und als wäre ihm diese Information in der Zwischenzeit ebenfalls klar geworden, schießt er wie ein Irrwisch vom Sitz hoch und huscht davon, nur um Sekunden später mit einem gewaltigen Satz über die Hecke zum Nachbargrundstück zu verschwinden.

Na toll, das geht ja gut los.

Den Rest des Tages habe ich damit verbracht, einen Teil meiner Kleidung auszupacken, mich einzurichten und ein paar Einkäufe zu erledigen.

Jetzt ist es Punkt neunzehn Uhr. Ich stehe vor dem Haus meiner Schwiegereltern und versuche penibel, das cremefarbene Leinenkleid glatt zu streichen. Doch Leinen verzeiht nichts.

Alles hinterlässt Spuren.

Noch so eine Weisheit, von der Sam überzeugt war. Damals wusste ich noch nicht, wie tief seine Spuren auf meiner Seele sein würden. Und dass seine Spuren irgendwann alles sein würden, was von ihm bleibt.

Ehe meine Gedanken noch weiter abdriften können, wird die Tür aufgerissen. Mit einem solchen Schwung, dass ich den Luftzug auf der Haut spüre.

»Meine Güte, June. Wie schön, dass du da bist.« Alice schlägt eine Hand vor die Brust und zieht mich ohne Umschweife in den Arm. »Wir haben uns so auf dich gefreut, Liebes. Es ist eine halbe Ewigkeit her.«

Da ist nicht der Hauch eines Vorwurfes aus ihrer Stimme zu hören. Mein schlechtes Gewissen schießt durch die Decke. Kraftlos lasse ich den Kopf gegen ihre Schulter sacken und atme ihr vertrautes Parfüm ein. Der Duft katapultiert mich mit Wucht in die Vergangenheit zurück.

Früher waren wir oft hier. Ich erinnere mich an gemeinsame Nachmittage, an Kuchen und gute Gespräche.

An Sams Lachen.

Im nächsten Moment kommt mein Schwiegervater Burt dazu und auch er begrüßt mich wie eine heimgekehrte Tochter. So lange, bis Alice mich aus seinen Armen löst.

»Lass sie doch los, Burt. Sie bekommt ja keine Luft.« Ihre

Hand liegt so vorsichtig auf meiner Schulter, als hätte sie Angst, dass ich mich wieder in Luft auflöse, wenn sie zu forsch ist. »Komm, Liebes. Die Würstchen sind schon auf dem Grill.«

Alice und Burt führen mich Seite an Seite durch den Wohnbereich auf die Terrasse und bieten mir einen Platz in den Korbmöbeln an, die hier mitsamt einem Esstisch im Schatten eines großen Sonnensegels stehen. Sam hat es hier geliebt. Die Aussicht, die gemütliche Atmosphäre.

Ich lasse mich fallen, die beiden setzen sich mir gegenüber. Die letzten zwei Jahre stehen wie eine Mauer zwischen uns.

»Wie gehts euch denn so?« Eine Frage, so belanglos wie die Antwort, die man darauf erwartet. Aber ich habe heute keine Kraft für mehr. Ich bin zu sehr damit beschäftigt, das Zittern meiner Hände im Zaum zu halten und nicht in Tränen auszubrechen.

»Ach, es geht schon. Burt ist ja seit einem Jahr in Rente, nicht, Burt? Wir genießen das Leben hier und sind viel im Golfclub. Seit Sam …« Alice hält kurz inne. »Also in den letzten Jahren haben wir einige neue Hobbys dazugewonnen. Ich belege jetzt Kochkurse. Ist doch so Burt, oder?«

Burt brummt eine kurze Zustimmung und verschwindet wieder an den Grill.

»Und bei dir, June? Wie geht es dir?« Alice senkt ihre Stimme und legt die Hand quer über den Tisch auf meine. Ich schaffe es kaum, sie anzusehen.

»Ach, weißt du, es ist in Ordnung. Ich freue mich, dass

ich jetzt hier bin, und ich bin auch aufgeregt wegen meiner neuen Stelle. Es geht schon irgendwie.« Ich zwinge mich zu einem Lächeln, dabei ist die ganze Situation völlig abstrus.

Nichts geht.

Ich vermisse meinen Mann mehr als alles andere. Aber was soll ich sonst sagen? Als würde es den beiden anders gehen.

Es ist schrecklich, wie steif und gezwungen es sich anfühlt, heute hier an diesem Tisch zu sitzen. Früher war das anders. Früher war hier Lachen und Fröhlichkeit.

Und heute?

Was verbindet mich heute noch mit diesen Menschen?

Nur eine Erinnerung.

Burt kommt mit dem Grillteller zurück und legt mir ein Würstchen hin. Er setzt sich zu uns und wir beginnen nach einem kurzen Gebet zu essen. Denn das ist eine Sache, die der Familie Reed schon immer wichtig gewesen ist. Ihr unerschütterlicher Glaube.

Burt war bis vor ein paar Jahren Pastor in der Gemeinde in San Francisco, in der meine Mom nach dem Tod meines Vaters die Gottesdienste besucht hat. Irgendwann nahm sie mich mit, denn wir waren beide an einem Punkt im Leben, an dem wir alles und jeden infrage stellten. Wie sollte es auch anders sein, wenn man zusehen muss, wie ein geliebter Mensch so sehr leidet, dass er den Tod als Erlösung sieht?

Es war eine düstere Zeit.

Ich saß neben Mom in dieser Kirche und mein Kopf war

derart leergefegt von all der Trauer, von all dem Zweifeln, dass ich zum ersten Mal wirklich zuhörte, was da gepredigt wurde.

Über Vergebung und Freude.

Liebe und Nähe.

Über die Toten und die Lebenden.

Erstaunlicherweise zog ich viel Kraft und Zuversicht aus diesen Worten. Ich ging immer öfter mit Mom mit. Wenig später lernte ich Reverend Reeds Sohn Sam kennen und lieben.

Sam war genau das, wonach ich mein Leben lang gesucht hatte. Sicherheit und Ordnung. Er war viel reifer und aufgeräumter als ich. So perfekt darin, alles im Griff zu haben. Er wusste immer eine Antwort und konnte mir bei allem helfen, was sich mir in den Weg stellte. Sam war meine sichere Bank und hat mir all das abgenommen, worum man sich nicht selbst kümmern will, wenn man noch ein halber Teenager ist. Er hat mein Auto gewartet, alle Versicherungen im Blick behalten und unsere Steuererklärung gemacht. Er war einer dieser Menschen, die einem Tee an die Badewanne bringen und den Rücken streicheln, wenn man einen schlechten Tag gehabt hat.

Ich habe mich jahrelang in seiner Wärme und seinem Mitgefühl gesonnt und ich habe es so sehr geliebt. Ich habe *ihn* so sehr geliebt.

»Und, June, wie gefällt dir dein Haus?«, fragt Burt in meine Gedanken hinein.

Ich antworte ihm, ohne mich wirklich auf die Worte zu konzentrieren. Dass ich es schön finde und ordentlich, dass ich nahe am Meer wohne und den Garten mag. Es klingt schrecklich emotionslos. Weil die Leere in meinem Inneren sich bleischwer anfühlt. Ich müsste jetzt etwas fragen. Etwas, das interessant ist. Etwas, das sie zum Erzählen ermutigt.

Worüber redet man mit Menschen, wenn jedes Wort unbedeutend klingt?

Wir unterhalten uns tatsächlich noch eine geschlagene Stunde oberflächlich über dies und das, bevor sie mich zur Haustür begleiten. Alice und Burt verabschieden sich beide ähnlich überschwänglich, drücken mich fest und lassen sich das Versprechen abnehmen, dass wir mindestens einmal in der Woche zusammen essen. Aber wenn mich nicht alles täuscht, sind sie genauso froh wie ich, als die Haustür endlich zufällt.

Zu Hause trete ich mir die unbequemen Sandaletten von den Füßen, gehe durch den dunklen Eingangsbereich und knipse in der Küche das Licht über dem Herd an. Moderne Spots tauchen den gesamten Wohnbereich in einen sanften goldenen Schein.

Aus einem Impuls heraus öffne ich eine der Flaschen, die ich in einer Pappkiste auf der Arbeitsplatte zwischengeparkt habe, und fülle mein Wasserglas vom Mittag großzügig mit Weißwein. Während ich im Gehen den ersten Schluck nehme, ziehe ich das Haargummi aus den Haaren und genieße das Nachlassen des Druckgefühls auf meiner Kopfhaut. Diesen Tag kann ich abhaken. Den ersten Tag aus einer langen Reihe an Tagen in diesem neuen Leben.

Ich nehme einen weiteren Schluck und lausche der Stille. Bis … da keine Stille mehr ist. Da ist Musik. Und Lachen. *Nicht im Ernst?*

Wenn das jetzt wieder dieser merkwürdige Junge von vorhin ist, dann kann der sich auf was gefasst machen. Das Licht aus der Küche spiegelt sich in der Fensterfront, sodass ich nicht wirklich etwas erkennen kann. Da sind bloß die Geräusche und ein kleiner Lichtpunkt auf Höhe des Pools.

Na warte!

Beherzt stelle ich mein Glas auf den Couchtisch und schiebe die Terrassentür auf. Die hereinströmende Luft ist trotz der späten Uhrzeit viel drückender als die im Haus.

Während ich barfuß auf die Terrasse trete, scheppert mir der Song einer Metalband aus Handylautsprechern entgegen. Unfassbar. Diesmal lasse ich mir den Namen von seinen Eltern geben. Also wirklich. Ich glaube, es geht los.

Wutentbrannt stapfe ich in die Nacht hinaus. Direkt auf die Quelle der Musik zu. Je näher ich komme, desto besser sehe ich, was der helle Punkt ist. Eine Zigarette glimmt in der Dunkelheit auf. Im gleichen Atemzug realisiere ich, dass da nicht nur eine Person sitzt, es sind diesmal drei. In ihren dunklen Klamotten verschwimmen sie beinahe mit der Umgebung. Das ist definitiv nicht der kleine Wicht von vorhin. Die sind älter.

Sie unterhalten sich so laut, dass sie mich gar nicht bemerken. Ihr dunkles Lachen rieselt mir eiskalt den

Rücken hinab.

Und allem Ärger zum Trotz, das ist der Moment, in dem meine Vernunft beschließt, dass Flucht noch immer die beste Option war. Man muss es ja nicht darauf anlegen. Ich rufe einfach von drinnen die Polizei.

Gerade will ich mich umdrehen und die Füße in die Hand nehmen, als Bewegung in die Gruppe kommt.

»Na, wen haben wir denn da?«

Laufen oder stehen bleiben?

»Stehen bleiben.« Es ist die gleiche Stimme wie eben. Mein Herz schlägt mir bis zum Hals. Wie groß ist die Wahrscheinlichkeit, dass ich schneller laufen kann als diese Typen?

»Umdrehen.«

»Sieh mal einer an, wir bekommen Besuch.« Das ist eine zweite Stimme. Nicht weniger durchdringend als die erste. Langsam drehe ich mich in ihre Richtung, verschränke die Arme vor der Brust und versuche, Sicherheit auszustrahlen. Innerlich bin ich schon in Ohnmacht gefallen. Kinder in Bandshirts sind das eine, ausgewachsene Männer in der Dunkelheit das andere.

»Na, Baby? Lust auf eine Privatparty?« Sie lachen. Alle drei. So abartig amüsiert, dass ich davon eine Gänsehaut bekomme.

»Das ist mein Haus.«

»Und?«

»Ich möchte euch bitten zu gehen.« Meine Stimme ist erstaunlich laut. Trotzdem habe ich keine Kontrolle darüber, wie sehr sie schwankt. Meine kribbelnden Finger graben sich immer tiefer in meine eigenen Oberarme. Die Musik verstummt und die darauffolgende Stille wirkt noch bedrohlicher als die brüllenden Stimmen aus dem Song.

»Du möchtest uns bitten? Sie möchte uns bitten, habt ihr das gehört?« Das ist wieder die Stimme des ersten Typen, die noch immer bis aufs Äußerste belustigt klingt. Seine zwei Schatten stehen auf. Und sie kommen näher.

Beide überragen mich um mindestens einen Kopf und bauen sich wie eine Mauer vor mir auf. Mist, Mist, Mist. Egal, wie schnell ich laufe, ich bin niemals schneller am Haus als die.

»Na, was ist, hm? Wie wäre es mit uns? Wir hätten hier noch einen Platz in unserer Mitte frei.« Wieder lachen sie. Dieses Mal noch ungehaltener und rauer.

»Ich habe euch gebeten zu gehen. Und ich möchte das nicht noch einmal wiederholen.«

»Netter Versuch. Was passiert denn, wenn wir böse Jungs sind und nicht auf kleine Mädchen hören? Holst du dann Daddy raus?«

»Dann rufe ich die Polizei.«

»Oh, da haben wir jetzt aber Angst.« Der Typ links von mir tritt noch einen Schritt näher, sodass ich im fahlen Lichtschein des Hauses die blonden Haarspitzen unter seiner Kapuze erahnen kann. Und seinen finsteren Blick. Verdammt. Das ist absolut gar nicht gut. Er bleibt erst stehen, als ich den ersten Schritt rückwärts mache.

»Hast du Angst, Prinzessin?«, fragt er leise. Seinen Mund umspielt ein leichtes Lächeln.

»Ich rufe sofort die Polizei, wenn ihr nicht verschwindet.«

»Wirklich? Dann sollten wir dich zur Sicherheit wohl lieber hierbehalten, was?« Er kommt noch einen Schritt auf mich zu.

»Nein! Weil … drinnen ist … mein Mann. Der wartet auf mich. Wenn ich nicht gleich wieder da bin, kommt er raus und sucht mich. Und dann werdet ihr das bereuen.« Etwas Besseres fällt mir spontan nicht ein, aber ich habe mal im Trash-TV gesehen, dass man bei Entführungen immer die Illusion schaffen soll, nicht allein zu sein.

Anscheinend bin ich nicht sehr überzeugend, denn das Grinsen auf dem Gesicht dieses Typen vor mir wird mit jeder Sekunde breiter.

»Ach, echt?«, sagt er. »Na, dann lass ihn doch rauskommen. Ist bestimmt ein netter Typ.«

»Ja, ein richtiger Ehrenmann, wenn er seine Frau vorgehen lässt«, brüllt der dritte Typ, der immer noch auf meinem Gartensessel sitzt. Das Poolwasser plätschert im Hintergrund. Diese ganze Szene ist völlig surreal.

»Es reicht jetzt.«

»Du hast ja keine Ahnung.« Der Blonde macht einen weiteren Schritt auf mich zu. Und dann noch einen, während ich immer weiter zurückweiche. Als er nach meinem Arm greifen will, hebe ich die Hände und stoße ihn vor die Brust. Wie aus einem unkontrollierbaren Reflex heraus. Er scheint damit nicht gerechnet zu haben, denn er verliert das Gleichgewicht und taumelt zurück. Während sein völlig ungläubiger Blick auf meinen trifft, rauscht ein eiskalter Adrenalinschauer durch meinen Körper. Das ist der Moment, in dem ich mich umdrehe und renne. Weit schaffe ich es allerdings nicht, denn diesmal bekommt er meinen Arm zu fassen. Mit einer fließenden Bewegung dreht er mich um und packt mein Kinn.

»Sag nicht, du willst schon gehen? Jetzt, wo es gerade spannend wird.«

Als Antwort darauf hallt mein Wimmern durch die Nacht. Alle noch vorhandenen Gedanken setzen einer nach dem anderen aus, während sein Gesicht meinem immer näher kommt. Die Faszination in seinem Blick dreht mir den Magen um.

Herzschläge lang betrachtet er mich, dann bricht der Bann, als der andere Typ von meinem Loungesessel aufsteht.

»Hey, Rain, lass gut sein. Die Schlampe ist den Stress nicht wert.«

»Warum Stress? Ist doch nett hier, findest du nicht?« Sein psychopathisches Grinsen wird immer breiter, während sich seine Fingernägel tiefer in meine Haut graben.

»Rain. Es reicht.« Der Typ, der gerade aufgestanden ist, legt eine Hand auf die Schulter seines blonden Freundes. Der starrt weiterhin in meine Richtung, als hätte er die deutliche Aufforderung nicht gehört.

»Glaub ja nicht, dass wir schon fertig sind«, flüstert er, lässt mit einem Ruck mein Kinn los und schließt in aller Seelenruhe zu den anderen auf, die sich langsam in Richtung der dichten Hecken am Rand des Grundstücks bewegen.

Die angestaute Luft entweicht aus meiner Lunge, wäh-

Geist der Vergangenheit schwirrt immer noch um einen herum«, sage ich, nachdem ich einen Schluck Wein aus dem Glas von vorhin getrunken habe. »Es war, als würde alles wieder hochkommen, während ich da bei ihnen im Garten saß. Wie soll ich denn einen klaren Gedanken fassen, wenn alles dort so … *er* ist?«

Olive seufzt. »June, ich will dir nicht zu nahetreten, aber es ist jetzt so lange her. Egal, wie oft du dich fragst, was Sam gesagt oder getan hätte, er wird nicht wiederkommen und es dir verraten. Es tut mir wirklich leid, aber das ist die Wahrheit.«

Und während sie das sagt, fährt mir ein solcher Stich durchs Herz, dass es sich anfühlt, als wäre meine Brust in einen Schraubstock gespannt. Tränen schießen in meine Augen.

Ich will die Wahrheit nicht.

Die Wahrheit bedeutet, dass ich weiterleben muss, obwohl die Liebe meines Lebens tot ist.

»June? Ich habe dich furchtbar lieb, das weißt du. Ich will nur, dass es dir irgendwann wieder besser geht. Es tut weh, dich so leiden zu sehen.«

»Ich weiß schon, Olive. Du hast ja recht. Aber wie? Wie soll das jemals gehen?«

Man hört, dass sie auf der anderen Seite des Hörers auch an einem Glas nippt. Ich wünschte, sie würde jetzt hier sitzen. Die Einsamkeit in diesem Haus ist kein bisschen so wohltuend, wie ich sie mir vorgestellt habe. Sie ist einfach bloß erdrückend.

»Süße, schau mal, was du in der letzten Zeit alles

geschafft hast. Du hast diesen Umzug gemeistert, du hast sogar einen neuen Job gefunden. Du bist so weit gekommen, die nächsten Schritte schaffst du auch.«

»In einer Woche gehts los.« Die Beklemmung darüber, dass ich in wenigen Tagen wieder komplett an einem normalen Arbeitsleben teilnehmen muss, ist schwer in nachvollziehbare Worte zu fassen.

»Versprichst du mir was, June?«

»Ungern.«

Sie lacht bloß. »Trauer hin oder her. Die Zeit, die du jetzt hast, die gibt dir später niemand zurück. Du bist noch so jung. Leb ein bisschen, gönn dir Spaß. Versprich mir, dass du es wenigstens diese eine Urlaubswoche lang versuchst. Glaubst du, Sam hätte gewollt, dass du jahrelang in deiner Trauer untergehst?«

»Olive, das-«

»Nein, Sam hätte dir denselben Tipp gegeben. Also nimm ihn dir zu Herzen.«

Kapitel 2

June

Am nächsten Morgen wecken mich seltsame Geräusche im Haus. Ich habe kaum ein Auge zugetan und bin total hinüber. Mir ist so heiß, dass meine Haare und mein Nachthemd ekelhaft feucht an meiner Haut kleben.

Von wegen erste Träume im neuen Haus. Wenn die Träume aus dieser Nacht wahr werden, dann habe ich ein ernstes Problem. Ich habe von hünenhaften Männern und stechenden Blicken geträumt. Meine Nerven sind völlig überspannt.

Da! Da war das Geräusch schon wieder. Zischend. Wie eine Kaffeemaschine. Oder eine Pfanne. *Was in aller Welt?*

Ein Schauer läuft mir über den Rücken, weil ich mir plötzlich ganz sicher bin, dass jemand im Haus ist.

Okay, durchatmen.

Es *kann* niemand im Haus sein. Solche Zufälle gibt es nicht.

Erst die Sache gestern und jetzt ein Einbrecher? Das ist statistisch gesehen unmöglich.

Ich werfe mir ein dünnes Kleid über, trete in den Flur und dann um die Ecke zum offenen Wohnbereich.

Gleich werde ich feststellen, dass ich mir das Geräusch

eingebildet habe. Dass es der Wind war. Oder ein offenes Fenster. Oder was auch immer. Einbildung. Nichts weiter. Ganz klar.

Mein Puls rast trotzdem. Sicherheitshalber entsperre ich das Handy und tippe die Notrufnummer ein. Statistik hin oder her. Diesmal bin ich schlauer.

Dann komme ich um die letzte Ecke und bleibe ruckartig stehen. Es fühlt sich an, als wäre ich gegen eine imaginäre Mauer gelaufen.

Denn mich erwartet weder ein klapperndes Fenster noch sonst eine andere logische Erklärung für die Geräusche.

Nein.

Da steht jemand in meiner Küche am Herd.

Ein Mann. Da steht ein Mann und brät etwas. Er summt leise und ist gerade dabei, den Pfanneninhalt zu wenden. Einfach so, mit Schwung aus dem Handgelenk. Das Geräusch der Pfanne, wie sie auf dem Ceranfeld aufkommt, löst mich aus meiner Starre.

Mit panisch klopfendem Herzen will ich rückwärts flüchten, pralle aber beim nächsten Schritt mit dem Rükken gegen die Türzarge. Mein unterdrückter Schmerzlaut sorgt dafür, dass der Mann sich umdreht.

»Morgen, Prinzessin. Gut geschlafen?«

Moment. Was? Das ist der blonde Typ von gestern. Der mit dem festen Griff. Nicht im Ernst.

»Verschwinde von hier. Sofort. Ich werde sonst die Polizei rufen.« Ich hebe das Handy vor mein Gesicht, muss aber leider feststellen, dass der Bildschirm gesperrt ist. Ich tippe eine Zahlenfolge, dann noch eine. Meine Finger zittern so sehr, dass ich nicht die richtigen Tasten treffe.

»Willst du damit vielleicht bis nach dem Frühstück warten?« Er betrachtet meine Bestrebungen, endlich dieses Handy zu entsperren. Das ist doch alles ein einziger Albtraum.

»Sicher nicht. Ich werde genau jetzt den Notruf wählen«, sage ich abwesend und gebe den Code ein drittes Mal ein.

Drei gescheiterte Eingabeversuche. Bitte geben sie die PUK ein.

»Mit deinem gesperrten Telefon? Willst du meins?«

Ich lasse das Teil sinken. »Das ist doch nicht zu fassen.«

»Wir könnten auch einfach diese Polizeigeschichte sein lassen und gleich zu meiner Entschuldigung übergehen.« Er zwinkert, als wäre die Situation nicht völlig wahnwitzig, und wendet in aller Ruhe ein weiteres Mal den Pfanneninhalt. »Essen wir allein oder kommt gleich dein Daddy und schmeißt mich raus?«

Ich schaue zurück auf mein Handy. Keine Ahnung, in welchem Ordner sich diese PUK befindet.

»Ich denke, du gehst jetzt besser.«

Er macht eine abwägende Kopfbewegung. »Ich denke nicht. Wir haben gestern ein bisschen übertrieben, das gebe ich zu. Deshalb bin ich jetzt hier. Ich wollte es wiedergutmachen. Ich hoffe, du magst Spiegeleier?«

»Bietest du mir jetzt echt als Entschädigung dafür, dass du mich bedroht hast, Spiegeleier an? Spiegeleier, die du in *meiner* Küche mit *meinen* Eiern gemacht hast? Im Ernst?«

Er lacht. Ein offenes, fast schon fröhliches Lachen. Ich werde wahnsinnig. Das wird es sein.

»Ach, solange es nicht *meine* Eier sind.«

Er gibt die Spiegeleier mit stoischer Ruhe auf zwei Teller und deutet mit seinem Kinn in Richtung des Esstisches.

Vielleicht ist es schlauer, zu tun, was er sagt. Nachher dreht er gleich wieder durch, weil er sich provoziert fühlt.

Also gehe ich tatsächlich zu diesem Esstisch mit diesem Typen und setze mich hin. Wer weiß, was passiert, wenn ich ihm widersprechen würde? Ich habe absolut keine Lust, das herauszufinden. Nicht nach gestern Abend.

»Kaffee habe ich auch gemacht.« Er geht in die Küche zurück, um zwei Tassen zu holen.

Ich muss mir unbedingt sein Gesicht einprägen, für den Fall, dass ich nachher ein Fahndungsbild bei der Polizei erstellen lassen muss. Womöglich sind die drei irgendwo entlaufen.

Aufmerksam studiere ich sein Profil und finde es erschreckend, dass er auch heute Morgen völlig abgerissen aussieht. Die schwarze Kleidung, kombiniert mit seinen tätowierten Armen und dem Gesicht, in dem bedeutend zu viel Metall steckt, macht ihn nicht gerade zum Prototyp von *vertrauenswürdig*.

Bevor ich mit der Bestandsaufnahme weitermachen kann, kommt er zurück an den Tisch und setzt sich mir gegenüber.

Auf meinen Stuhl.

In meinem Haus.

»Ist was?«, fragt er ungerührt und beginnt zu essen. Sein

blondes Haar fällt ihm in die Stirn, als er den Kopf neigt. Es sieht so zerstört aus wie der Rest von ihm. Zerzaust und von der Sonne ausgeblichen.

»Willst du eine Aufzählung oder eine fortlaufende Liste?«

»Mach doch kein Drama. Ich will mich echt nur entschuldigen. Das war gestern ein bisschen uncool von uns, gebe ich zu.«

Und weil mir absolut nichts einfällt, was ich darauf sagen könnte, betrachte ich ihn einfach weiter. Die feinen Konturen seines Gesichts, die glatte Haut und die makellos gepflegten Nägel, die einen extremen Kontrast zu seiner restlichen Erscheinung bilden. So, als würde das alles gar nicht zu ihm gehören.

Keine Ahnung, wie alt der Typ ist. Vielleicht Mitte zwanzig. Der tätowierte Schriftzug auf seinen Händen bewegt sich mit seinen Fingern, was es unmöglich macht, ihn zu entziffern.

»Was habt ihr gestern eigentlich in meinem Garten zu suchen gehabt?«, frage ich nach einer halben Ewigkeit. Ich hoffe, dass es eine einfache Erklärung gibt und ich diesen Typen nach heute Morgen niemals wiedersehen muss.

»Wir sitzen da ab und an und hängen rum. Nichts Großes. Bisher war das Haus nicht vermietet. Wir waren gestern einfach ein bisschen gut drauf. Es tut mir leid.«

Und wieder lässt mich seine Antwort sprachlos zurück. Wenn das sein *Gut-Drauf-Sein* ist, dann möchte ich nicht erleben, wenn er schlechte Laune hat. Ohne weiter darüber nachzudenken, schiebe ich einen Bissen von dem

Rührei in meinen Mund, spucke es allerdings gleich darauf wieder auf meinen Teller zurück.

»Was hast du mit den Eiern gemacht? Das ist widerlich.«

»So oft wie du von Eiern redest, könnte man meinen, dass du es nötig hast.« Er legt den Kopf schief und grinst. Seine grauen Augen funkeln vergnügt.

»Was ich nötig habe oder nicht, das geht dich gar nichts an.«

»Du hast es so was von nötig, Prinzessin.« Er leckt über seine Unterlippe, das Metall klackert leise an seinen Zähnen. Zwei dünne Ringe. Links und rechts. Die an seiner Nase sind lediglich an einer Seite. Schade um die Symmetrie.

Warum tut man so etwas mit seinem hübschen Gesicht?

Mit seinem Gesicht und seinen Ohren. Himmelherrgott.

»Du hast es nötig und ich glaube, du weißt es. Du hast diesen Blick«, führt er weiter aus. Völlig ungerührt. Er hat auch diesen Blick. Diesen *Ich-bin-ein-Arschloch-Blick.*

»Sag mal, spinnst du?« Ich versuche aufzustehen, aber sein Arm schießt vor und er packt mich am Handgelenk.

»Was tust du, wenn die Antwort Ja ist?«, fragt er, während er sich über den Tisch beugt. »Verrätst du mir deinen Namen?«

»Sicher nicht.«

»Willst du meinen wissen?«

»Nein. Ich will, dass du gehst, aber das scheint für dich ja keine Option zu sein.«

»Ich bin Rain.«

Sein Blick findet meinen und irgendetwas passiert hier, was mir auf gar keinen Fall gefällt. Ich sollte weglaufen, ihn rausschmeißen, endlich die verdammten Cops rufen … und was mache ich? Ich bleibe sitzen und diskutiere über Frühstückseier und Vornamen.

»Und du?«, fragt er ein weiteres Mal.

»June.«

»June, wie April oder August?«

»Sagt der Typ, der Rain heißt.«

»Wer sagt denn, dass das mein echter Name ist?«

»Wer sagt denn, dass das *mein* echter Name ist?«

Er lächelt ein echtes Lächeln und lässt mein Handgelenk los, um sich in dem Stuhl zurückzulehnen.

»Irgendetwas sagt mir, dass du eine bist, die nicht lügt. Du hast so ehrliche Augen.«

»Und irgendetwas sagt *mir*, dass du jetzt gehen solltest. Danke für die Entschuldigung, aber ich würde gern diesen Tag ohne dich verbringen und alle kommenden auch.«

»Also lebst du tatsächlich allein?«

»Warum? Ohne dich heißt nicht allein. Nur eben ohne … *dich*.«

»Dann frag ich mich nur, wo *er* ist?« Rain deutet in Richtung meiner linken Hand, an der ein goldener Ehering steckt.

»Das geht niemanden was an.«

»Und wenn ich es gern trotzdem wüsste?«

»Dann musst du leider weiterhin mit dieser Unwissenheit leben, denn dieses Gespräch ist jetzt beendet. Findest du die Tür?«

Er steht allerdings nicht auf, sondern schaut nur herausfordernd.

»Bitte«, sage ich noch einmal lauter und deute zum Flur. Er seufzt, aber erhebt sich endlich.

»Soll ich wirklich schon gehen, Prinzessin? Egal, was es ist, ich kann es sicher besser machen.«

Ich trete auf ihn zu und schiebe ihn Richtung Ausgang. Bei der Tür angekommen, reiße ich an der Türklinke. Rain steht neben mir und beobachtet mich ungerührt.

»Vielleicht zur Abwechslung abgeschlossen?« Er greift auf das Sideboard hinter sich und wedelt mit meinem Schlüsselbund.

»Ich bin übrigens durch die Terrassentür rein. Da solltest du heute Abend drauf achten.«

Mit einem wütenden Schnauben reiße ich ihm den Schlüssel aus der Hand. »Vielen Dank für diesen großartigen Tipp. Ich gebe dir jetzt auch mal einen: Halt dich in Zukunft von diesem Haus fern.«

Er salutiert locker, während er sich an mir vorbeiquetscht.

»Was auch immer du willst, June. Und wenn du mal-«

»Raus hier!«

Er geht lachend ein paar Schritte rückwärts.

»Bin schon weg. Aber für den Fall, dass du es mal besorgt-«

»Verschwinde einfach!«

Sein höhnisches Lachen verfolgt mich noch, als er schon die Auffahrt in Richtung Straße entlangschlendert. Er fährt durch seine Haare, zündet eine Zigarette an und zieht im Gehen das Handy aus der Tasche. So entspannt, als wäre die letzte halbe Stunde gar nicht passiert.

Na, schönen Tag noch, komischer Unbekannter.

Rain. Dass ich nicht lache.

Kapitel 3

Rain

»Hey, Mann, was machst du?«, brüllt Knight ins Telefon und klingt dabei, als wäre er seit gestern gar nicht ausgenüchtert.

»War bei der Kleinen vom Pool und hab Frühstück gemacht.« Ich ziehe ein letztes Mal an der Zigarette, bevor ich sie im Gehen auf die Straße schnippe. Eine alte Frau bleibt stehen und regt sich übertrieben darüber auf, bevor sie meinen Mittelfinger von hinten sieht.

»Du? Du machst Frühstück? Was willst du von der Alten? Lass mal gut sein mit der«, gibt Knight zurück. Die Verbindung ist schlecht, es klingt furchtbar blechern.

»Ich habe doch gesagt, ich bin noch nicht fertig mit ihr. Seit wann machst du einen auf Moralapostel?«

»Bleib mal cool, Mann. Bleib mal cool.« Knight macht eine kurze Pause. Neben ihm raschelt etwas am anderen Ende der Leitung. Womöglich ist es schlauer, nicht weiter nach der Geräuschquelle zu fragen.

»Steht heute Abend?«, frage ich stattdessen.

»Sicher. Gibt's sonst noch was? Ich habe zu tun.«

»Findest du, es ist ein Einbruch, wenn die Tür nicht abgeschlossen ist?«

»Alter, Rain.«
»Was denn?«
»Wir klären das später.«
»Du klingst schon wie Rebel.«

Darauf klickt es in der Leitung. Hat der mich einfach ohne Verabschiedung weggedrückt? Kopfschüttelnd biege ich in die Zufahrt zur Villa meines Onkels und schaue kurze Zeit später am blank polierten Eisentor hoch. Home Sweet Home. Ich betätige den Schalter am automatischen Tor und werde eingelassen. Es ist heute Morgen so still, dass man im Hintergrund das Meer hören kann. Mit jedem weiteren Schritt werden meine Füße schwerer. Als würde sich mein Körper weigern, nach Hause zu kommen. Im Grunde ist *Zuhause* auch ein Wort, das dieser Betonklotz gar nicht verdient hat.

Das hier ist nicht mein Zuhause.

Ich habe keins.

Ich lebe hier – mehr aber auch nicht.

Und das auch nur übergangsweise, solange meine Eltern den Dienst quittiert haben. Denn ich bin zu anstrengend, zu schwierig, außer Kontrolle. Noch ein Stempel gefällig? Auf meiner Stirn ist bestimmt noch ein Platz frei. Deshalb haben sie mich hierher verfrachtet. In dieses Haus, in diese Zwangsjacke, in dieses Leben.

Während ich die Haustür öffne, kommt Patricia durch die Eingangshalle gelaufen.

»Guten Morgen, Mr. Sullivan. Wollen Sie frühstükken?«, fragt sie kokett.

»Nein, danke, Patricia«, gebe ich zurück und lächle

mein bestes Lächeln. In Gedanken sehe ich sie vor mir, wie sie über den Küchentisch gebeugt ist, den Rock ihrer niedlichen Hausmädchenuniform weit über ihre Hüfte hochgeschoben. Für einen kurzen Moment hält sie den Blickkontakt. Vermutlich denken wir gerade an dasselbe zurück. Ihre Wangen werden zartrosa. *Ertappt.* Doch bevor ich noch etwas ergänzen kann, wendet sie sich ab und geht vor mir her ins Esszimmer. Ich nutze die Gelegenheit, ihren perfekten Hintern zu betrachten, der mit laszivem Schwung vor mir herwackelt. Ich bin mir ziemlich sicher, dass das Absicht ist. Aber die Zeiten sind vorbei. Keine Ausrutscher mehr für mich. Nie mehr, wenn es nach Onkel Alexander geht.

»Hey, Junge! Blick auf Augenhöhe halten«, schallt es da auch schon durch die Eingangshalle. Ich erlaube mir ein kurzes Augenverdrehen, solange er es nicht sehen kann, und reiße mich dann wieder zusammen.

»Guten Morgen, Onkel Alexander.«

Er hat jetzt meine Höhe erreicht und wirft einen prüfenden Blick in mein Gesicht. »Wo kommst du her?«

»Vom Strand.«

»Vom Strand?«

»Ich war spazieren. Das machen Menschen gelegentlich.«

Es klingt so schnippisch, dass ich mich im selben Moment darüber ärgere, nicht wenigstens einen Funken Impulskontrolle zu besitzen. Andererseits - wenn ich die hätte, dann wäre ich nicht hier. Es ist wohl alles ein Kreislauf.

»Sicher darfst du spazieren gehen. Du siehst nur nicht aus, als wäre das alles. Und leider kann man dir auch nicht genug vertrauen, um sich eine Nachfrage zu ersparen.«

Oh, Vertrauen.

Mein Onkel und meine Tante sind große Fans vom gegenseitigen Vertrauen. Und sie sind immer *so* enttäuscht, wenn ich ihr Vertrauen missbrauche. Es wäre fast herzerwärmend, wäre es nicht mein armseliges Leben. Onkel Alexander schaut mir fest in die Augen, geht dann aber weiter, weil er keine Antwort bekommt.

»Ich fahre nachher zu Ariel.«

Ruckartig bleibt er stehen. Man kann selbst auf ein paar Meter Entfernung sehen, wie sehr seine Schultern sich verkrampfen, während er sich in Zeitlupe umdreht.

»Meinst du nicht, dass du dieses Thema endlich ruhen lassen solltest?«

»Warum sollte ich?«

»Was erhoffst du dir davon? Tu ihr doch den Gefallen und lass es auf sich beruhen. Niemand kann in der Vergangenheit leben.«

Sein scharfer Blick trifft mich härter als jede Faust es könnte. *Wir wollen nichts mehr damit zu tun haben,* sagen seine Augen. Und genau das ist es. Es gibt bloß niemand offen zu.

»Ist das dein Ernst?« Ich trete ein paar Schritte näher. Meine Augen sind auf einer Höhe mit denen meines Onkels, denn wir sind fast gleich groß. Sonst haben wir wenig gemeinsam. Onkel Alexanders Halbglatze glänzt im hellen Licht der Deckenspots, seine wässrig blauen

Augen haben während unseres Gesprächs jeglichen Elan verloren.

»Wenn du noch eine Chance auf eine Zukunft haben willst, dann musst du dich in den Griff bekommen. Doch jedes Mal, wenn du dort warst, eskalieren wieder irgendwelche unergründlichen Dinge in deinem Hirn. Es ist furchtbar anstrengend für alle Beteiligten. Und es schadet. Du weißt, was für dich auf dem Spiel steht.«

Sein Blick ist so hart und kalt, dass es sich wie eine Fessel um mein verkrüppeltes Herz legt. Ja, ich weiß, was auf dem Spiel steht. Nur zu gut. Er würde niemals zulassen, dass ich das auch nur eine Sekunde vergesse.

»Ich fahre Bus. Keine Sorge.« Damit rausche ich an ihm vorbei die Treppe hoch und knalle meine Zimmertür so laut zu, dass er es sicher bis runter ins Foyer hört. Ich hasse das. Die Bevormundung. Die guten Tipps. Die superklugen Lebensweisheiten.

Ich könnte kotzen.

Was wollen die eigentlich alle? Einerseits soll ich mein Leben in den Griff bekommen, aber gleichzeitig nur egoistisch an meine eigene Zukunft denken? Keine Ahnung, was hier falsch und was richtig ist.

Die Wut peitscht immer weiter durch meine Blutbahn. Auch noch, als ich mich auf den Schreibtischstuhl fallen lasse und mit dicken Kopfhörern das nächstbeste Musikalbum anschalte, das vom Streamingdienst vorgeschlagen wird. *The Subliminal Verses.* Das aggressive Brüllen fließt durch jede Zelle meines Körpers und der Druck lässt endlich nach.

Währenddessen scrolle ich durch den einzigen Fotoordner, der mir etwas bedeutet. Es sind nicht viele Bilder, nur eine Handvoll, aber jedes Mal, wenn ich sie ansehe, dann wünschte ich, dass ich die Zeit zurückdrehen könnte. Dass ich damals anders entschieden hätte und nicht so feige gewesen wäre. Wie könnte mein Leben heute aussehen?

Wäre sie dann noch bei mir?

Wäre sie wieder gesund?

Hätten wir eine Zukunft gehabt?

Die Gewissheit, dass ich es nie erfahren werde, treibt mich in den Wahnsinn.

Und genau aus diesem Grund war ich heute Morgen bei June: weil sie mich an Cass erinnert hat. Nicht optisch. Das mit Sicherheit nicht, denn diese beiden Frauen haben äußerlich absolut nichts gemeinsam. Aber dieser Blick, dieses wutentbrannte Feuer in den Augen. So hat Cass damals auch ausgesehen, wenn sie sich aufgeregt hat. June hat gestern richtig Angst vor uns gehabt, glaube ich. Vor mir. Weil es wieder passiert ist. Weil ich das, was da in mir schwelt, noch nie unter Kontrolle hatte. Weil die Zündschnur so kurz ist und die Wut so groß. So diffus. So unkontrollierbar. Wie ein Dämon, der immer dann vorbeikommt, wenn niemand ihn eingeladen hat.

Bevor ich weiter darüber nachdenken kann, vibriert mein Handy. Wenn man über Dämonen spricht, ist der Teufel nicht weit. Dabei hat Rebel Romero nach außen hin die weißeste Weste. Weil er es jedes Mal wieder schafft, sich selbst aus der Scheiße zu ziehen.

Ich bin dafür mittlerweile einfach zu müde. Mit einem Tippen aufs Display öffnet sich die Nachricht.

Was geht.

Mehr hat er nicht geschrieben. Er ist kein Mann der großen Worte.

Nicht viel.

Er tippt.

Hattest du einen guten Morgen?

Oh, Rebel, nicht mit mir.

Mit einem Grinsen schlage ich die Beine übereinander und formuliere eine weitere Antwort.

Natürlich. Und selbst?

Mit Sicherheit hat Knight bei Rebel gepetzt, dass ich June besucht habe. Man kann über diese Jungs sagen, was man will, die Klappe halten kann keiner von denen.

Wir besprechen das später, schreibt Rebel jetzt.

Dann ist er offline. Ich schicke ihm trotzdem eine Antwort.

Sicher besprechen wir das. Soll ich noch einen Kuchen bakken? Bringst du Tee mit?

Er ist wieder online. Tippt.

Wichser.

Und was soll ich sagen? Er hat recht.

Ich hänge den Gedanken daran, dass Knight schon wieder nichts für sich behalten konnte, noch eine Weile nach. So lange, bis Tante Camilla ihren Kopf ins Zimmer steckt. Die Perlenkette um ihren Hals bewegt sich und ihre faltigen Lippen formen Worte, ohne dass der Ton zu mir durchdringt. Als ihre Gesten immer ausladender werden, reiße ich mir die Kopfhörer vom Kopf. Die Musik hat trotzdem fast Zimmerlautstärke.

»Dein Onkel wünscht, dass du mit uns zu Mittag isst.« Ihr strenger Blick bleibt auf mir haften. Die ganze Zeit. Beim Aufstehen, während ich mein Handy in die Hosentasche stecke, auf dem Weg zur Tür. Als ich direkt vor ihr stehen bleibe, zieht sie erfolglos den ausgerissenen Ausschnitt meines Shirts höher.

»Wie willst du in dem Aufzug bloß jemals eine Arbeit finden?«

Gar nicht, Tante Camilla. Im Moment gar nicht.

»Fehlt mir dafür nicht ohnehin etwas Entscheidendes?«

»Ja und glaub mir, das werden wir ändern. Ich habe deiner Mutter versprochen, dass wir hier einen respektablen jungen Mann aus dir machen und so wahr mir Gott helfe, mache ich das.« Ihre Habichtsnase kräuselt sich.

Es wird mir für immer ein Rätsel bleiben, wie Onkel Alexander es schafft, ihr beim Ficken ins Gesicht zu gucken. Schon der Gedanke daran ist gruselig. Vielleicht tut er es auch gar nicht mehr. Vielleicht guckt er ebenfalls lieber in Patricias braune Augen und reagiert deshalb so bissig, wenn ich mit ihr flirte. Womöglich hat Tante Camilla deshalb dauerhaft schlechte Laune. Wer weiß das schon.

Mit einem Schnauben entlässt sie mich aus ihrem Blick, wendet sich ab und geht mit stockgeradem Rücken vor mir her. Den elendig langen Flur und die Treppe hinab. Die eisige Kälte, die von ihr ausgeht, würde mich frösteln lassen, wenn ich nicht schon längst innerlich erfroren wäre.

Und weil das Grauen sich immer noch um eine Stufe steigern lässt, geht das Spektakel unten gleich weiter. Denn im Foyer werden wir von meinem Onkel und einem seiner Kollegen oder Golfkumpel oder Klienten erwartet – käme alles aufs Gleiche raus. Es ist ein glatt geleckter Typ in einem Anzug. Ich hasse ihn jetzt schon.

Meine Tante begrüßt den kleinen Mann überschwänglich und auch ich reiche ihm die Hand.

»Und das ist dein Sohn, Alexander?« Der Typ mustert mich auf eine ekelhaft deutliche Art und Weise.

Onkel Alexander lacht bloß heiter. »Ach, du liebe Zeit, nein. Das ist mein Neffe. Er lebt seit drei Jahren hier und … Nun, wie auch immer. Kommt, das Essen wird gleich aufgetragen.« Damit verlässt er gemeinsam mit seinem Besuch das Foyer und geht ohne weitere Erklärungen in Richtung Esszimmer. Tante Camilla folgt. Brav wie ein Schoßhündchen.

Vielleicht ist es gar nicht dumm, wenn jetzt alle mit dem schmierigen Typen beschäftigt sind. Vielleicht ist das meine Chance, hier ohne große Diskussion abzuhauen. Wenn ich den nächsten Bus erwische, bin ich immer noch pünktlich zum vereinbarten Termin in Palo Alto. Die Stimmen von Onkel Alexander und dem anderen Mann entfernen sich weiter. Nur Tante Camilla ist stehen geblieben.

»Kommst du bitte?« Die Worte hallen furchtbar laut von den Steinwänden und dem Marmorboden zurück.

Der einzige Kitsch, den sie sich erlaubt hat, sind zwei überdimensionale Zimmerpflanzen, die neben dem Treppenaufgang stehen.

»Ihr müsst ohne mich essen. Ich habe einen Termin.«

»So plötzlich?«

»Onkel Alexander weiß Bescheid.« Ich trete einen Schritt näher an sie heran. Und noch einen, bis ich so nah vor ihr stehe, dass sie den Kopf in den Nacken legen muss. »Oder gibt's damit ein Problem?«

»Was für ein Termin soll das bitte sein?«

»Ich fahre nach Palo Alto.«

»Ich dachte, diese Sache wäre anderweitig geregelt worden? Was willst du dort noch? Du machst dich lächerlich.«

»Ist mir egal.«

»Dein Onkel riskiert Kopf und Kragen für dich, vergiss das besser nicht. Alles hat Grenzen.«

»Im Ernst, Tante Camilla? *Du* willst *mir* drohen? Vergiss nicht, wie oft wir beide hier allein sind. In diesem großen, großen Haus. Und dann überleg dir gut, was du jetzt noch zu sagen hast.«

Sie schaut beiseite.

In dem Moment, in dem ich mich gerade wieder in Richtung Treppe drehen will, um meinen Rucksack zu holen, hallen Schritte durch die Empfangshalle. Sekunden später packt mich Onkel Alexander am Arm.

»Ich glaube, ich habe mich vorhin klar und deutlich ausgedrückt. Du bleibst zum Essen hier.«

»Nein. Ich fahre nach Palo Alto, das ist ein offizieller Termin.«

»Du hast nur Termine, wenn ich dir Termine mache. Dieser gehört nicht dazu.«

»Willst du mich verarschen? Ich gehe jetzt. Ich bin erwachsen.«

»Du bist nichts weiter als ein armseliger Idiot, der keine Grenzen kennt. Wenn ich dir sage, dass du hierbleibst, bleibst du hier.«

»Gar nichts mache ich. Das ist mein Leben, verdammt.«

»Ja, und genau deshalb wirst du jetzt in dieses Esszimmer gehen, dich an den Tisch setzen und mit Mr. Brown Konversation betreiben, wie ich es von dir erwarte.«

Ich versuche den Arm aus seinem Griff zu lösen, aber er hat verflucht viel Kraft für so einen alten Sack. Seine Hand packt mich fester und seine Nase berührt fast meine.

Wir stehen einander gegenüber wie zwei Gewitterfronten, die aufeinanderprallen. Das Grollen ist beinahe in der Luft zu spüren.

»Ich scheiß auf Konversation mit diesem Arschkriecher.«

Mit jedem meiner Worte beißt Onkel Alexander die Zähne fester zusammen. Einen Moment noch hält er meinen Blick, dann lässt er mich mit einem Ruck los.

»Weißt du was? Das muss ich mir nicht anhören«, sagt er kalt. »Du willst gehen? Dann verschwinde. Verschwinde und tu sonst was. Du willst weiterhin jede Chance auf eine Zukunft wegwerfen? Bitte. Es ist mir gleich. Aber ich sage dir eins: Wenn du nicht am Montagmorgen an meinem Frühstückstisch sitzt, wirst du das bereuen. Und das ist keine Drohung, das ist ein Versprechen.«

Eine halbe Stunde später stehe ich mit einem gepackten Rucksack an der Bushaltestelle. Keine Ahnung, wo ich die Tage bis Montag pennen soll. Eigentlich war das so gar nicht geplant. Aber zurück kann ich jetzt auch nicht mehr. Eher würde ich mir die Hand abhacken, als vor Ablauf meines Ultimatums wieder in diesem Betonklotz aufzutauchen.

Ich zünde mir eine Zigarette an und ziehe die Kapuze meines Hoodies in die Stirn. Neben mir wartet eine Mutter mit ihrer Tochter an der Hand. Beide schauen zu mir rüber. Ich spüre den Blick der Frau auf meinem Gesicht, ohne dass ich dafür aufsehen muss. Es ist sehr deutlich.

Sie reißt das Mädchen an der Hand näher zu sich, aber die wendet den Blick nicht ab, sondern betrachtet mich über die Schulter hinweg weiterhin sehr eingehend. Dann lächelt sie breit und entblößt dabei eine gewaltige Zahnlücke. Sie ist vielleicht vier oder fünf. Ihr Anblick löst einen undefinierbaren Anflug von Wehmut in meiner Brust aus, dem ich lieber gar nicht nachgehe. Stattdessen lächle ich zurück und strecke ihr die Zunge raus. Sie schlägt eine Hand vor den Mund und kichert vergnügt. In dem Moment dreht sich ihre Mutter zu ihr um. »Amalie, guck da nicht so hin.«

Als wäre ich ein Autounfall.

Mit Kollateralschaden.

Amalie wendet brav den Blick ab, aber nicht, ohne mir noch ein letztes Mal verschwörerisch zuzuzwinkern.

Zwei weitere Zigaretten später kommt endlich der Bus.

Amalies Mutter, die sich extra weit vorn auf den Bürgersteig gestellt hat, weicht erschrocken zur Seite, als ich mich vor sie drängle. Typen wie ich müssen schließlich den Schein wahren. Wenn sie schon glaubt, dass ich ein asozialer Schmarotzer bin, dann sollte ich diese Erwartung besser nicht enttäuschen.

Im Bus suche ich mir einen Platz am Fenster. Es sind vielleicht eine Handvoll Leute, die mitfahren. Zu dieser Tageszeit gehen die meisten einem normalen Job nach und hängen nicht so nutzlos rum wie ich oder Amalies Mutter. Die traut sich aus der Entfernung jetzt wieder, mich mit bitterbösen Blicken zu bedenken.

Und plötzlich macht es mich nur noch müde.

Dieses ganze Leben.

Diese ganzen Gedanken.

Diese ganzen Kämpfe.

Jeden Tag wieder.

Ich schalte die Musik auf meinem Handy lauter. So lange, bis es trotz der dicken Kopfhörer den ganzen Bus beschallt. Und wenn schon.

Die genervten Blicke und das Tuscheln der anderen Fahrgäste lösen nichts als Gegenwehr in mir aus. Sollen sie sich doch aufregen. Sollen sie sich doch von mir provoziert fühlen. Ich fühle mich auch provoziert.

Davon, dass die ganze Welt mich hasst.

Dann wissen die halt alle mal, wie das ist, wenn man vor Wut kaum atmen kann.

Wenn man glaubt, dass man keinen klaren Gedanken mehr fassen kann, weil man so viel Scheiße fühlt.

Auch heute sagt niemand etwas. Der Einzige, der mit sich ringt, ist der Anzugträger schräg gegenüber. Als unsere Blicke sich treffen, schaut er weg. Sie schauen immer weg.

Während meine Füße im Takt der Musik auf dem Sitz neben dem Typ im Anzug wippen, schließe ich die Augen. Keine Ahnung, wann mein Leben so gekippt ist. Vielleicht war ich auch schon immer so. Vielleicht brauche ich das. Dieses kleine bisschen Kontrolle, wenn man nichts anderes mehr kontrollieren kann. Es ist das, was meine Eltern in den Wahnsinn getrieben hat.

Grenzen waren immer nur dafür da, um sie zu sprengen. Eine Zeit lang haben sie mich jeden zweiten Tag von der Polizeiwache abgeholt. Sie haben getobt und geschrien. Das Beste daran war, dass mein Verhalten sie dazu gezwungen hat, sich zu kümmern. Doch je ausschweifender ich wurde, desto mehr haben sie resigniert. Aber ich konnte nicht mehr damit aufhören. Ich habe es immer weiter auf die Spitze getrieben, bis ich hierherkam. Bis ich einen Schritt zu weit gegangen bin und jetzt in der Falle sitze.

Eigentlich gab es nur eine Zeit in meinem Leben, in der dieser Sturm in mir wenigstens ein bisschen zur Ruhe gekommen ist. Das war, als ich Cass kennengelernt habe. Weil sie die Erste war, die mich gebraucht hat. Die mich *gesehen* hat.

Ich habe bis heute keine Ahnung, was sie damals auf dieser Party wollte, aber sie war da. Und das erste Mal im Leben hatte ich das Gefühl, dass mein Herz in Flammen steht. So lichterloh, dass am Ende nichts als ein verkohlter Klumpen übrig geblieben ist.

Ich fahre mir übers Gesicht und lege die Hände danach im Schoß ab, betrachte die schwarzen Linien auf meinem Handrücken, die zu einem großen Mandala gehören, und streiche sie nach. Das ist das Einzige von ihr, das ich auf ewig bei mir tragen werde, und das Einzige meiner Tattoos, das nicht zum Rest passt. So wie Cass nicht zu irgendetwas anderem gepasst hat. Egal, wie viel ich trinke, egal, wie viele Mädchen ich ficke, ich sehe immer nur ihr enttäuschtes Gesicht und es macht mich krank.

Es ist egal, ob ich guten Willen zeige.

Es ist egal, ob ich mich bemühe.

Diese Schuld werde ich niemals begleichen können.

Kapitel 4

June

Ist es bedenklich, wenn man eine halbe Stunde mit jemandem verbracht hat und er einem danach den ganzen Tag nicht mehr aus dem Kopf geht?

Obwohl ich mich darauf konzentrieren wollte, die Kisten auszupacken und mich im Haus einzurichten, denke ich ständig wieder über meine Begegnung mit Rain nach.

Dabei würde ich ihn am liebsten aus meinen Gedanken streichen. Ihn, diesen katastrophalen Morgen, den gestrigen Abend.

Aber es klappt nicht.

Weil er irgendetwas an sich hat, das mich nicht loslässt. Irgendetwas in seinen Augen. Wie ein winziger Funke, der nicht zu dem abschreckenden Rest passt. Und wer weiß, vielleicht komme ich schneller dazu, die Sache weiter zu ergründen, als mir lieb ist. Denn ich habe ihm zwar gesagt, dass ich ihn niemals wiedersehen möchte, aber er wirkte nicht wie jemand, der solchen Aussagen besondere Bedeutung beimisst.

Nachdem ich endlich den letzten Kleiderstapel in meinen Schrank geräumt habe, rufe ich meine Mutter an und bringe auch Olive auf den neusten Stand.

Meine morgendliche Begegnung mit Rain lasse ich dabei allerdings aus. Was hätte ich dazu auch sagen sollen?

Der bedrohliche Typ von gestern ist bei mir eingebrochen, aber ich habe mich spontan entschieden, mit ihm zu frühstücken, statt die Cops zu rufen.

Das klingt nicht wirklich, als hätte ich noch alle meine Sinne beisammen. Und das Letzte, was ich heute brauche, ist ein Vortrag über meine schwindende Zurechnungsfähigkeit.

Mein Nervenkostüm ist nach den letzten Tagen ohnehin schon mehr als angeschlagen. Und das ändert sich auch nicht, während ich ein paar Bahnen im Pool schwimme oder zum ersten Mal in meiner neuen Küche koche. Es ist wie eine undefinierbare Nervosität im Bauch, die darin gipfelt, dass ich abends durch die Räume wandere, der Stille nachspüre und mich schrecklich abgeschnitten von meinem eigenen Leben fühle. All meine Habe ist hier in diesen vier Wänden, trotzdem ist es, als würde ich nicht länger dazugehören. Als wäre das hier bloß noch die blasse Hülle eines Lebensentwurfes, dem ich nicht mehr gerecht werden kann.

Ich bleibe vor der bodentiefen Scheibe im Wohnzimmer stehen und betrachte die Lichtreflexionen auf dem Glas. Es sieht aus wie ein Lagerfeuer, das da unten am Strand brennt. Die Sehnsucht nach Lebendigkeit und Gesellschaft wird mit jedem Herzschlag drängender.

Ich sollte ein weiteres Mal bei Olive anrufen.

Ich sollte ihr Angebot annehmen und sie bitten herzukommen.

Doch stattdessen öffne ich aus einem Impuls heraus die Terrassentür. Die Nachtluft ist angefüllt vom Lachen der Menschen, das der Wind zu mir herüberträgt. Unzählige Silhouetten tanzen da in der Dunkelheit umher. Je näher ich komme, desto mehr heben sie sich voneinander ab.

Ich höre die Musik, die ausgelassene Fröhlichkeit. Sie zieht mich an wie das Licht die Motten. Das Tosen der Wellen vermischt sich mit den psychedelischen Technomelodien.

»He, Kleine! Suchst du wen?« Ein massiv aussehender Typ mit Gesichtstattoos gesellt sich neben mich und lächelt eine Spur zu freundlich. Ich winke nur ab und gehe einen Schritt schneller.

»Falls du Rebel suchst, der ist im Strandhaus.«

Rebel? Klingt genauso komisch wie … Rain. Vielleicht ist er hier? Während ich durch den Sand eile, werden meine Gedanken immer konfuser. Bis ich mir nicht mehr sicher bin, was ich hier überhaupt tue.

Lass dich wieder auf das Leben ein.

Olives Stimme echot in meinem Kopf.

Schon wieder.

Wieder und wieder.

Kapitel 5

Rain

Die dröhnende Musik ist selbst im Badezimmer noch laut genug, dass sie meine Gedanken überlagert. Ich halte meine Hände unter den eiskalten Wasserstrahl, fühle mich schrecklich müde und gleichzeitig so, als könnte ich niemals wieder Ruhe finden. Wie immer, wenn ich bei Ariel war. Ich wünschte, dass alles anders wäre. Dass ich die Zeit zurückdrehen könnte. Dass ich es besser machen könnte. Dass ich ein besserer Mensch wäre. Für sie. Und vielleicht auch für mich selbst.

Im Grunde ist mir total egal, was die Leute von mir denken und über mich sagen, aber dort nicht. Das dort bedeutet mir etwas. *Sie* bedeutet mir etwas, auch wenn niemand außer mir das wahrhaben will. Weil es lästig ist. Ein Stolperstein. Als würden Stolpersteine mich aufhalten. Mein ganzes verficktes Leben ist eine einzige Schotterpiste.

Eine letzte Ladung Wasser landet in meinem Gesicht, ehe ich es abtrockne und ohne einen weiteren Blick in den Spiegel die Tür zum Hauptraum des Strandhauses öffne. Dabei stoße ich geradewegs mit Trisha zusammen, die in einem winzigen Bikini auf mich zu torkelt.

»Raaaain.« Sie schlingt im Fall ihre Arme um meinen Hals. Ich reiße sie weg und stelle sie eine Armlänge vor mir ab.

»Hast du Knight oder Rebel gesehen?«

»Oh, ja.« Sie windet sich aus meinem Griff und kommt näher. »Du etwa noch nicht? Was hast du denn da drinnen gemacht? So ganz allein in diesem Badezimmer?« Ihr Blick geht merkwürdig abgedriftet durch mich hindurch.

»Geht dich nichts an. Wo sind die jetzt?«

»Oben. Sie haben ein Mädchen mitgebracht. Sieht spaßig aus.«

»Wow. Großartig.« Mit einem Nicken schiebe ich mich an ihr vorbei.

»Willst du mich jetzt hier stehen lassen, Rain? Unfassbar!«

Ich gehe nicht weiter darauf ein und nehme stattdessen die drei Stufen in den oberen Bereich. Während ich Ausschau nach Rebel und Knight halte, komme ich an der Hausbar vorbei, angle eine Bierflasche dahinter hervor und proste den Typen zu, die auf den Barhockern herumsitzen. Über der Lehne der riesigen Sofalandschaft im hinteren Teil kann ich schließlich Knights weiß blondierte Haare ausmachen.

Er schreckt zusammen, als ich ihm zur Begrüßung durch die Frisur wuschle, entspannt sich aber sofort wieder, nachdem er mich erkannt hat.

»Rain. Unser verlorener Bruder. Da bist du ja endlich.«

»Halt die Fresse.«

Er lacht, seine geröteten Wangen bekommen mit jeder

Sekunde mehr Farbe. Und während ich weiter an ihm hinabsehe, kann ich auch den Grund dafür ausmachen.

Sie ist blond.

Ich stelle meinen Rucksack ab, springe über die Sofalehne und lasse mich neben unserem Glücksritter nieder. Der hat mittlerweile eine normale Sitzposition eingenommen, reißt mir die Flasche aus der Hand, trinkt einen Schluck und stellt sie dann auf seiner Brust ab. Links von uns sitzt Rebel und betrachtet erst Knight und dann mich aus verengten Augen.

Ich hole gerade Luft, um etwas zu sagen, aber Rebel hebt nur herrisch die Hand und rutscht ein bisschen tiefer in den Sofasitz.

Sein Blick klebt am Hinterkopf der blonden Frau, der rhythmisch in Knights Schoß auf und ab gleitet. Dessen freie Hand fährt immer wieder durch ihre glatten Haare. Es wirkt auf eine abartige Weise fast schon liebevoll. Bis er urplötzlich seine Finger zu einer Faust ballt und unterdrückt aufstöhnt.

»Oh, Fuck.« Das ist alles, was er sagt.

Eine Gänsehaut breitet sich auf meiner Haut aus, weil ich mir absolut nicht sicher bin, ob ich den Anblick gerade heiß oder ekelhaft finde. Es schwankt nach Tagesverfassung. Denn so viel vorab: Es ist nicht das erste Mal, dass eine Szene wie diese stattfindet.

Die Frau wischt sich mit dem Handrücken unelegant über den Mundwinkel, kommt auf die Füße und tippt Knight unters Kinn, bevor der geschlagen den Kopf in den Nacken sinken lässt. Sie geht um ihn herum und setzt sich neben Rebel, der einen Arm um ihre schmalen Schultern legt. Sein Gesicht ist noch immer völlig unbewegt und sie sieht wieder wie der kleine Engel aus, für den man sie halten könnte, wenn man die letzten paar Minuten nicht erlebt hätte.

Keine Ahnung, wo Rebel schon wieder eine wie sie aufgetrieben hat. Irgendwo muss eine unerschöpfliche Quelle sein.

»So, jetzt kann ich mit dir reden«, setzt Rebel unterdessen an und mustert mich sehr eindringlich.

»Du solltest echt mal an deiner Konzentration arbeiten, wenn du nicht gleichzeitig sprechen und einem Blowjob zusehen kannst.«

»Das hat nichts mit Konzentration zu tun, Rain, das nennt man Respekt. Oder telefonierst du mit deiner Mutter, während du Pornos guckst?«

»Ich telefoniere gar nicht mit meiner Mutter.«

»Dein Versäumnis.« Rebel betrachtet mich weiterhin ohne jegliche Regung. »Wie auch immer. Schön, dass du jetzt da bist. Wir haben dich schon vermisst, nicht, Knight? Wirst du uns verraten, wo du den Rest des Tages gesteckt hast?«

»Er war heute Morgen bei der Kleinen, die ihn gestern fast zu Boden geschickt hat«, gibt Knight dazu und schließt ungerührt die Knöpfe seiner Hose.

»Ja, ich … keine Ahnung. Ich hatte eben Angst, dass sie mich bei den Bullen identifizieren kann und dann wieder alles scheiße ist. Ich habe mich nur entschuldigt und fertig«, verteidige ich mich.

»Ja, klar.« Rebel verzieht den Mund. »Lass mich raten, sie war nicht begeistert davon, dich heute Morgen wiederzusehen.«

»Ob du es glaubst oder nicht, wir hatten ein sehr nettes Gespräch.«

»Ach, wirklich? Und sie hat dich einfach so reingelassen?«

»Die Tür war auf.«

»Offene Türen sind noch lange keine Einladung.«

»Ich habe Frühstück gemacht, okay?«

»Das ist krank, Rain«, sagt er.

»Ich bin krank? Ich kann dir gern mal sagen, was an dir alles krank ist. Außerdem wollte ich nur nett sein. Die war doch ganz okay. Sie wohnt da jetzt. Vielleicht kommt sie abends mal hier vorbei.« Ich zucke mit den Schultern und sinke ebenso tief in die Sitzfläche wie Knight.

»Die? Niemals«, gibt Rebel zurück.

»Wetten?«

»Wetten nicht.«

»Wetten ich fick sie bis Ende der Woche?« Ich zünde eine Zigarette an, während Rebel und ich uns noch immer mit Blicken messen.

»Wenn du unbedingt Kohle verlieren willst, bitte. Wetten wir.«

»Hundertfünfzig von jedem, wenn ich es schaffe.«

»Da bin ich raus.« Das ist Knight, der ständig und andauernd pleite ist.

Rebel winkt nur nachlässig ab. »Dreihundert von mir. Weil du es bist.«

Ihm gehts hier genauso wenig um das Geld wie mir. Es geht ums Gewinnen. Aber da hat er die Rechnung ohne meinen Charme gemacht. Das wird ein Kinderspiel. Ich wollte sie eh wiedersehen, jetzt habe ich wenigstens einen Aufhänger, um diesen Wahnsinn vor mir selbst zu rechtfertigen.

Und dann werde ich einen weiteren Abgleich von Vorstellung und Realität machen. So oft hintereinander, bis die Realität schlechter ist als die Vorstellung. Danach kann ich meinen Wettgewinn einsacken und die Sache ein für alle Mal vergessen.

Hat ja niemand gesagt, dass ich dabei nicht das Angenehme mit dem Nützlichen verbinden darf, oder?

Rebel mustert mich weiterhin und bückt sich dann nach der Bierflasche, die mittlerweile auf dem Tisch steht. Sie ist leer. Er reicht sie wortlos an seine Begleitung weiter, die seufzend aufsteht und in Richtung Bar abzieht.

»Und wo kommt sie bitte her?«, frage ich an Rebel gewandt, aber der lächelt nur kalt.

»Das willst du nicht wissen.«

»Ach nein? Dann sei doch so gut und verrate mir stattdessen, was sonst so bei euch los ist? Ich scheine ja einiges verpasst zu haben.«

Rebel deutet auf Knight, der jedoch nur wegsieht. Im Gegensatz zu Rebel kann man ihm jede Emotion auf dem Gesicht ablesen.

»Hab Stress mit Bud«, sagt er gerade so laut, dass man es über die Musik hinweg hört. *Bud* ist der Typ seiner Mutter. Keine Ahnung, wie oft Knight schon mit einem blauen Auge ankam. Keine Ahnung, wie oft Rebel kurz davor war, Bud unter die Erde zu befördern. Knight hat ihn jedes Mal aufgehalten. Weiß der Teufel, warum.

»Ich habe echt keinen Bock mehr auf den Mist zu Hause, aber das ist ja nichts Neues«, schließt Knight jetzt und klingt dabei so erschöpft, wie ich mich fühle. Dann kramt er in seiner Hosentasche und fördert eine Schachtel mit vorgedrehten Joints zutage. Für die scheint seine Kohle zu reichen. Seine Prioritäten sind eindeutig.

»Und du? Wo warst du heute Nachmittag?«, fragt Rebel in meine Richtung. »Ich habe dich angerufen, aber du bist nicht rangegangen.«

»Ich hatte zu tun.«

»Was denn?«

»Das willst du nicht wissen. Rebel.« Mein Tonfall imitiert seinen erschreckend genau.

»Oh, jetzt wird er bissig. Hörst du das, Knight? Er glaubt, sein Scheiß geht uns nichts an.«

»Ganz genau. Ich hatte eben zu tun«, erwidere ich und drücke meine Zigarette im Aschenbecher aus.

Zeit für einen Themenwechsel.

Doch bevor ich etwas sagen oder tun kann, hebt Rebel den Blick und fixiert über meine Schulter hinweg etwas hinter dem Sofa.

»Oh, na sieh doch mal einer an«, bemerkt er mit einem süffisanten Unterton. »Das ging schnell. Zeit, die Wetten zu erhöhen.«

Ich drehe mich langsam um und folge seinem Blick. Und wer steht da einfach so?

Mitten im Raum und sieht total irritiert aus?

June.

Rebel pfeift durch die Zähne und Knight dreht sich ebenso nach ihr um.

»Scheiße, im Licht ist die ja megaheiß. Darf ich vielleicht doch noch mitwetten?«, fragt er grinsend und Rebel gibt ihm einen Klaps auf sein Knie.

»So redet man nicht über fremde Frauen, du Dummkopf«, tadelt er ihn allen Ernstes.

»Oh, bist du jetzt die Moralpolizei? Gerade du?«, gibt Knight zurück und Rebels Ausdruck versteinert förmlich. Für einen winzigen Moment verändert sich etwas in seinem Blick. Doch schneller, als man gucken kann, fängt er sich wieder, dreht sich erneut zu June und ruft: »Hey, Rotschopf. Komm rüber.« Mit ausladenden Gesten winkt er sie näher.

Sie kommt tatsächlich und bleibt vor den Sofas stehen. Ihr eiskalter Blick durchbohrt mich förmlich.

»Hallo, Rain. Du schon wieder.«

»Hallo, June. Du schon wieder.«

»Oh, da bahnt sich ja richtig was an, huh?«, macht Knight übertrieben und betrachtet, wie June die Hände in die Hüften stemmt. Sie schüttelt den Kopf und murmelt etwas wie: *Was tue ich mir hier eigentlich an*?

Tja, June, wenn du wüsstest, was dir noch bevorsteht.

Im nächsten Moment will sie sich wieder umdrehen, aber ich schieße vor und umfasse ihren Unterarm.

Als meine Haut ihre berührt, fühlt es sich für einen Augenblick so an, als wäre da irgendetwas zwischen uns.

Genau da, wo meine Finger ihren nackten Unterarm halten. Wie ein kleines Fünkchen, das sich prickelnd auf meiner Handfläche entlädt. Ich hätte vor Schreck fast wieder losgelassen. Bevor das passieren kann, verfrachte ich sie auf die freie Sitzfläche neben mir.

»Ich würde dir gern meine Freunde vorstellen. Du solltest noch nicht gehen, sonst verpasst du den besten Teil«, flüstere ich ihr ins Ohr. Sofort bildet sich eine Gänsehaut auf ihrem zarten Hals.

Interessant. *Zählt schon mal die Dollars, Jungs.*

June scheint noch nicht wirklich überzeugt zu sein. Sie wirft mir lediglich einen erbosten Blick zu und versucht ihren Arm zu befreien. Ich halte fest, sie gibt nach. Ernsthafte Gegenwehr sieht anders aus. Und obwohl ich damit gerechnet hätte, unternimmt sie keinen weiteren Fluchtversuch, sondern streicht nur mit ihrer freien Hand die blutroten Haare hinter die Ohren und reckt ihre Nase in die Luft, als wäre sie zu gut für all das hier. Mein Gott, ihre Haut ist wirklich weiß wie Papier. Ich werde sie so was von ficken, das kann sie glauben.

Bevor ich diesen Gedanken vertiefen kann, löst sie ihren zornigen Blick von mir und betrachtet stattdessen Rebel und die blonde Frau von eben, seine ominöse Begleitung, die von der Bar zurückgekehrt ist und jetzt knutschend auf seinem Schoß sitzt.

»Alter, nehmt euch ein Zimmer. Ist ja eklig«, scherzt Knight, aber Rebel ignoriert seine Zwischenrufe. In aller Seelenruhe lässt er seine Hände in den Bund ihrer knappen Shorts wandern. Dieser Anblick ist absolut nichts, was mich in irgendeiner Art interessiert. Also nutze ich die Gelegenheit und schiele zu June hinüber, die wie festgenagelt auf der Couch sitzt und die Szene mit einer Mischung aus Ekel und Erregung mustert. Und ich habe da eine leise Ahnung, was überwiegt. Da kann sie noch so sehr versuchen, einen auf prüde zu machen. Ihre Wangen werden zartrosa und sie bemüht sich wegzuschauen, aber bleibt immer wieder daran hängen, wie seine Hand zwischen den Schenkeln dieser anderen Frau verschwindet.

»Das ist doch irre. Ich gehe jetzt«, sagt sie, als die Blonde stöhnt, doch mein Griff wird wieder fester.

»Noch nicht. Das ist unhöflich, June. Du hast nicht mal dem Gastgeber auf Wiedersehen gesagt. Du musst warten, bis er mit dir sprechen kann. Und gerade ist er leider sehr beschäftigt. Siehst du nicht, wie beschäftigt er ist?«

Sie schnaubt, aber unternimmt auch dieses Mal keine weiteren Versuche aufzustehen. So ist das nämlich mit der Moral. Würde sie es ernsthaft eklig finden, wäre sie schon längst über alle Berge. Dann würde sie sich nicht schon wieder an jeder winzigen Bewegung dieses Spektakels festschauen. Ich hätte sie gehen lassen, wenn sie es ernsthaft versucht hätte, denn mal ehrlich? Reicht schon, dass ich gestern so die Kontrolle verloren habe. Aber im Grunde ist auch nichts dabei, hinzusehen.

Das hier ist ein Spiel, eine Fantasie. Mehr nicht.

Alle sind erwachsen, alle finden es okay, alle haben Spaß, niemand hat ein Problem.

Erneut schaue ich zu June hinüber und merke, dass ihr Blick mittlerweile auf mir ruht. Sie mustert mich und ich mustere sie. Unsere Blicke kleben regelrecht aufeinander. Ihre Augen sind strahlend grün. Das ist mir heute Morgen schon aufgefallen. Grün mit einem winzigen, goldenen Funken darin, der sie einzigartig aussehen lässt.

Als es fast schon unangenehm intensiv wird, stöhnt die namenlose Blonde im Hintergrund ein letztes Mal auf. Dann lässt sie sich auf Rebels Brust sinken und verharrt einen Moment reglos, bevor er sie von sich schiebt und sie mit wackeligen Beinen aufsteht.

»Puh. Meine Güte. Ich hol was zu trinken. Noch jemand?«, fragt sie und will ihn erneut küssen. Diesmal dreht er den Kopf zur Seite. Verrückte Welt.

Während sie sich entfernt, schaut Rebel ihr mit einem unergründlichen Blick hinterher.

»So, verrätst du uns jetzt, wo du sie kennengelernt hast?«, fragt Knight, der mindestens genauso dämlich guckt wie Rebel.

»Das wüsstest du gern, was? Ist ein Geheimnis. *Mein* Geheimnis.« Er rollt knackend die Schultern, bevor er sich June zuwendet. »Und jetzt zu dir, Rotschopf.«

»June«, werfe ich ein. »Sagte ich ja bereits.«

Auch Knight mustert June angestrengt. Jeder mustert jeden. Ein wirres Durcheinander an Blicken.

»Und die beiden sind Rebel und Knight«, schiebe ich der Form halber hinterher.

»Sehr nett. Wirklich.« Sie befreit ihren Arm aus meinem Griff und steht ruckartig auf. Dabei bleibt der leichte Stoff des Sommerkleids auf Höhe ihres Hinterns hängen. Ich beuge mich vor und zupfe es ab.

Ich kann ihr empörtes Luftholen beinahe körperlich fühlen. Der Blick, mit dem sie auf mich herabsieht, könnte töten.

»Ich gehe jetzt, wenn es den Herren recht ist. Vielen Dank für … die Aussicht. Also, den Einblick. O Gott, das ist der Tiefpunkt meines Lebens.«

»Gern, Rotschopf. Wenn du auch mal Bedarf hast.« Rebel schaut so charmant, wie seine harten Gesichtszüge es zulassen. June hingegen wird nur tiefrot und stürmt ohne ein weiteres Wort davon.

Kapitel 6

June

Ich muss hier raus!

Das kann doch nicht wahr sein.

Du bist nur einmal jung. Lass dich wieder auf das Leben ein.

Was für ein Witz.

Ich renne an diesem armen, verwirrten Mädchen von eben vorbei und stoße einen Typ weg, der vor der Tür steht. Die warme Nachtluft fühlt sich ekelhaft klebrig an. Mit schnellen Schritten eile ich runter zum Wasser. Ich wollte nur die Füße ins Meer halten und was ist stattdessen passiert? Ich habe Rain gesehen, außerdem seine Freunde und quasi so was wie einen Live-Porno.

Wow. Toller Schnitt für einen einzigen Abend.

Aber es war wie ein Autounfall. Man konnte gar nicht wegsehen. Es war unmöglich. Und nachdem ich es endlich mit aller Kraft geschafft habe, die Augen von dieser *Szene* zu lösen, bin ich an Rain hängen geblieben und das ist nicht wirklich besser gewesen. Schlimmer noch. Sein Blick hat sich auf meiner Haut angefühlt, als würde er sich direkt in meine Seele bohren. So lüstern. Wie ein Raubtier. Was ist nur falsch mit diesem Mann?

Bevor ich allerdings weiter über diese Perversion nachdenken kann, legt sich eine schwere Hand auf meine Schulter und Rain taucht neben mir auf. Natürlich, als wäre es nicht schon schlimm genug.

»He, June. Hau noch nicht ab.« Seine grauen Augen leuchten beinahe in der Dunkelheit. Er hat einen Rucksack geschultert und trägt seine Stiefel an den Schnürsenkeln in der Hand.

»Herrgott, lass mich los. Was willst du noch? Hat dir deine Mutter nicht beigebracht, was ein *Nein* bedeutet?«

Diesmal zieht er so abrupt die Hand weg, als hätte er sich die Finger an mir verbrannt. »Natürlich. Ich wollte dir nur anbieten, dich nach Hause zu bringen. Hier sollen komische Typen rumlaufen, weißt du?«, witzelt er und entblößt eine Reihe sehr gerader Zähne. Er sieht entwaffnend freundlich dabei aus. »Soll ich dich darum bitten? Darf ich dich bitte nach Hause begleiten, werteste June?«

»Das ist nicht lustig.«

»War auch nicht lustig gemeint.«

»Ist es auch nicht.«

Er stöhnt. »Meine Güte, June. Darf ich dich bitte, bitte diesen Weg da lang begleiten, bis du zu Hause bist? Ganz ernst und ohne weitere Zwischenfälle?«

»Man sollte nichts versprechen, was man nicht halten kann.«

»Wer sagt denn, dass ich meine Versprechen nicht halte?«

»Von mir aus. Aber nur bis zum Gartentor.« Mit einem Seufzen gebe ich mich geschlagen, während er mich weiterhin anlächelt. Dabei schafft er es nicht, den Triumph länger in seinem Gesichtsausdruck zu verstecken. Und ich schaffe es nicht länger, mich darüber aufzuregen. Ich will einfach nur in mein Bett und diesen verstörenden Tag vergessen.

Also gehe ich los. Je schneller wir beim Gartentor ankommen, desto besser.

»June, warte.« Rain stolpert lachend hinter mir her. »Bleib doch mal stehen. Ist alles okay bei dir nach eben? Warum rennst du so?« Er fasst nach meiner Hand und zieht mich ein Stück rückwärts. Näher zu sich. Ich schüttle seine Finger ab.

»Hast du mich ernsthaft gefragt, ob alles gut ist? Du? Mich?«, frage ich hysterisch. Ich fühle mich wie kurz vorm Hyperventilieren.

»Ja?!«

»Nein.«

»Nein?« Er runzelt die Stirn.

»Nein, es ist nicht okay. Das hier nicht und das eben im Haus nicht und … eigentlich ist gar nichts an all dem hier okay. Wie krank ist das denn bitte? Gestern drohst du mir, heute Morgen machst du mir Frühstück und dann sehen wir uns heute Abend durch Zufall wieder, während wir deinen Freund und dieses arme verwirrte Mädchen bei … dabei … beobachten? Ich meine, kommt das nur mir komisch vor oder ist das wirklich komisch?«

Er lächelt breiter und tritt noch ein Stück näher an mich heran. »Dabei?«

»Herrgott noch mal, du weißt, was ich meine«, keife ich. Es lässt seine Miene nur noch gönnerhafter werden.

»Ja, du hast recht. Das ist vielleicht nicht ganz normal. Aber was doch viel interessanter ist: Warum schämst du dich so dermaßen dafür, dass es dir gefallen hat? Strenge Erziehung?«

»Meine Erziehung tut hier nichts zur Sache. Außerdem: Wer sagt denn, dass mir das gefallen hat?«

»Du hättest dich mal sehen sollen.« Sein Blick wird ein bisschen tiefer und mir gefällt die Richtung, in die das hier geht, ganz und gar nicht. Oder viel zu sehr. Das kann ich gar nicht so genau sagen.

»Erzähl keinen Unsinn, das war widerlich. Gegen jegliche Moral. Warum hätte ich sonst gehen sollen?«

»Du bist nur gegangen, weil du glaubst, dass gute Mädchen das nicht mögen. Und du willst so verzweifelt ein gutes Mädchen sein, nicht wahr, June?«

»So ein Unsinn. Das muss ich mir nicht anhören.«

Er zuckt mit den Schultern und zwinkert wissend.

Als ob er das einschätzen kann.

Lächerlich.

Weil ich mich keinen Zentimeter bewegt habe, schiebt er die Hände in die Hosentaschen und setzt seinen Weg zu meinem Häuschen allein fort.

Und ich stehe hier wie angewurzelt und brauche einen Moment, ehe ich mich aus meiner Starre lösen kann. Dann beeile ich mich, hinter ihm herzukommen. Erst auf Höhe des Pools hole ich ihn ein. Er setzt sich gerade auf einen Loungesessel.

»Was ist denn aus *nur bis zum Gartentor* geworden?«, rufe ich atemlos und bleibe vor ihm stehen. Er schaut in der Dunkelheit zu mir auf, der Mond erhellt sein Gesicht auf unnatürliche Weise.

»Setz dich doch.« Sein Tonfall klingt, als wäre das hier sein Grundstück. Die Ironie ist ihm offensichtlich nicht bewusst.

»Ich denke, dass es besser ist, wenn du jetzt gehst, Rain. Nett, dass du mich nach Hause gebracht hast, aber ich lege keinen Wert auf deine weitere Gesellschaft.«

»Ach, weißt du, eigentlich habe ich heute nichts mehr vor. Wir könnten noch was zusammen trinken. Ich stelle auch keine nervigen Fragen, versprochen.« Sein Blick ist forschend und offen, er zieht ganz leicht die Augenbrauen hoch. Das scheint seine Lieblingsmimik zu sein, er macht es ständig. Aus gutem Grund. Es wirkt einladend.

Rain, der Meister der Selbsteinladung.

Erschreckenderweise kann ich fühlen, wie mein Widerstand unter diesem intensiven Blick dahinbröckelt.

»Okay, aber nur einen Drink. Dann gehe ich schlafen und du verschwindest.«

»Sicher. Ganz wie du willst.«

Wir schauen uns noch einen Moment lang an, dann mache ich mich auf zum Haus, hole die angebrochene Flasche Weißwein aus dem Kühlschrank und befülle zwei Gläser. Dabei schweifen meine Gedanken immer wieder zu dem Mann zurück, der da draußen auf meinen Gartenmöbeln sitzt. Womöglich ist es nur die Angst vor der Einsamkeit, die bewirkt, dass ich ihn nicht hochkant rausgeworfen habe. Denn das ist ein Fakt: Ich bin einsam. In meinem Leben, in meinem Bett.

Und nicht, dass ich vorhätte, das mit einem Typen wie Rain zu ändern, aber … ach, ich weiß auch nicht, was ich mir hier gerade einrede. Ich kann mir bildlich vorstellen, was Olive mir jetzt raten würde. Sie würde sagen: *Feiere das Leben, Baby. Lass es dir gut gehen. Jede Frau hat Bedürfnisse.*

Und dass Rain ein Typ ist, der das Leben feiert, daran habe ich nicht den geringsten Zweifel. Kurz muss ich an seinen Blick denken, der sich vorhin so tief in meine Haut gebohrt hat, dass ich ihn überall in meinem Körper gespürt habe. Keine Ahnung, ob ich bereit bin für derartige Gefühle.

Zurück am Pool drücke ich Rain eins der Weingläser in die Hand und setze mich dann in den zweiten Loungesessel.

»Wein, hm? Wie dekadent.«

»Wenn es dir nicht passt, fühl dich frei zu gehen. Jederzeit.« Ich proste ihm in der Luft zu, er macht allerdings keinerlei Anstalten zu verschwinden. Stattdessen stellt er das Weinglas auf seiner Brust ab, balanciert den Stiel mit zwei Fingern und schaut in die Ferne.

»Lust auf ein Trinkspiel, June?«

»Nicht wirklich.«

»Wir stellen uns Fragen, die man mit nichts als der Wahrheit beantworten darf.«

»Das ist sinnbefreit. Woher willst du wissen, ob ich dir die Wahrheit sage?«

Er dreht mir den Kopf zu und verengt die Augen. »Ich werde es wissen, keine Sorge. Du fängst an.«

»Wer ist dieses Mädchen gewesen?«

»Oh, das beschäftigt dich wirklich, was? Die ehrliche Antwort: Ich habe keinen blassen Schimmer, wer das war. Weißt du, June, es ist etwas … anders mit Rebel.«

»Anders?«

»Grenzenloser.«

»Kommt so etwas öfter vor?«

»Was meinst du genau?« Er grinst. Dieser Idiot.

»Na, dass sie … ihr … ich meine, sie hat …«

»Ja. Mit ihm und Knight und Gott weiß, wem noch alles an diesem Abend. Und? Was ist dabei?«

Er sagt das, als würde er über das Wetter reden. Das ist doch krank.

»Frage beantwortet? Dann darf ich jetzt. Okay, June … Lass mich überlegen: Warum bist du heute nicht sofort gegangen, als du gemerkt hast, was passieren wird? Es war absehbar, also?«

Ich spüre richtig, wie mir das Blut in die Wangen schießt und sich die Luft zwischen uns aufheizt. Und ich kann nichts dagegen tun. Rein gar nichts.

»Weil du mich zurückgehalten hast.«

»Trink was, das war gelogen.«

»Aber-«

»Lüge!«

»Ich … das … das war …« Ich suche nach Worten, aber finde keine.

»Warum ist es dir so unangenehm, dass du es nicht einmal aussprechen kannst? Niemand verurteilt dich dafür. Oder sehe ich für dich aus wie jemand, der andere Menschen verurteilt? Für das Vorverurteilungsgesamtpaket fehlen mir die roten Haare und dieses niedliche Sonntagskleidchen. Hast du das selbst genäht?«

»Du bist ein Spinner!«

»Schuldig. Aber weißt du was? Das sind wir alle. Weil wir es satthaben, gegen den Wahnsinn anzukämpfen. Was glaubst du, wie befreiend das sein kann, wenn man es einmal zulässt.«

»Was du nicht sagst. Jetzt darf ich wieder. Warum bist du heute so nett, obwohl du mir gestern noch den Kiefer brechen wolltest?«

Für einen Moment hat er echte Probleme, seine Miene zu kontrollieren. Es dauert ein bisschen, bis er antwortet. »Die Wahrheit, oder?«

»So geht das Spiel. Deine Regeln.«

»Ich habe mit Rebel und Knight gewettet.«

»Um was?«

»Darum, dass ich dich vorm Ende der Woche ins Bett bekomme.«

Was?

»Das kann nicht dein Ernst sein! Um so was wettet man doch nicht!«

»Nicht? Ich habe schon um ganz andere Sachen gewettet, glaub mir.«

»Unfassbar. Das ist frauenverachtend. Frauenverachtend und erniedrigend.«

»Nicht wirklich.«

»Du wolltest mich einfach eiskalt hintergehen und dafür Geld einkassieren.«

»Nein, June. Ich wollte dich weder *hintergehen* noch *erniedrigen* noch dich in irgendeiner Weise *verachten*. Ich wollte dich bloß seit gestern Abend unter mir sehen oder über mir. Ich will sehen, wie du stöhnst und dich windest. Der Gedanke hat mich nicht mehr losgelassen. Es wäre eine Win-Win-Situation für uns beide, weißt du? Dass dafür dreihundert Mäuse rüberwachsen, ist bloß ein netter Nebeneffekt.« Es klingt furchtbar nüchtern. »Wir könnten teilen, wenn du möchtest?«

»Es wäre besser, du gehst jetzt.« Ich will aufstehen, aber er spricht weiter.

»So geht das Spiel leider. Man stellt eine Frage und bekommt eine ehrliche Antwort. Ob sie einem gefällt, ist die andere Sache.« Er rutscht mit seinem Stuhl ein Stück an mich heran. Unsere Blicke kleben aneinander. »Aber wenn du willst, gehe ich natürlich. Nur eine letzte Frage noch, dann bin ich weg.«

»Bitte, nur zu.«

»Warum trägst du einen Ehering, machst einen auf prüde und flirtest trotzdem mit mir?« Er spricht so leise und lauernd, dass ich ihn kaum verstehe. Dann nimmt er meine linke Hand in seine, mit dem Daumen streicht er zart über den Ring. Mein Herz rast mit meinen Gedanken um die Wette. Selbsthass und Aufregung kämpfen um die Oberhand. Was tue ich Sams Andenken hier an? Er ist kaum zwei Jahre tot und ich bekomme Magenkribbeln, wenn irgendein dahergelaufener Typ mich nur einen Wimpernschlag zu lange anschaut?

Ich werde nicht erniedrigt, ich erniedrige mich selbst.

Trotzdem schaffe ich es nicht, den Blick von meiner Hand in Rains zu nehmen. Zum ersten Mal kann ich lesen, dass auf seinen Knöcheln die Worte *Head* und *Soul* stehen. In dicken, gewundenen Lettern. Wie passend. Anscheinend kämpfen bei ihm auch ab und an der Kopf und die Seele um die Entscheidungsgewalt.

Weil ich immer noch nicht antworte, löst er seine Hand und hebt damit mein Kinn an, sodass ich ihn wieder ansehen muss. Sein Blick bekommt etwas Fragendes und für einen winzigen Moment denke ich, dass er mich gleich küssen wird. Und ich sitze hier, starre in sein Gesicht und verstehe mich selbst nicht mehr. In meinem Kopf geht alles durcheinander. Olive, die sagt, dass ich weitermachen muss. Sams strahlende Augen, die mich fast in Tränen ausbrechen lassen. Meine eigene innere Stimme, die sich von all dem freizumachen versucht. Dieser Teil von mir, der nur Rains Gesicht sieht. Dieser Teil von mir, der sich plötzlich Intimität und Nähe zu einem anderen Menschen wünscht. Dieser Teil, der so unendlich einsam ist.

»Ich denke, du solltest jetzt wirklich gehen«, flüstere ich. Meine Stimme zittert, als ich krampfhaft den Blick von seinem löse. Er zögert noch einen Herzschlag lang, steht dann aber tatsächlich auf. Doch statt den Weg in Richtung Strand anzutreten, stellt er nur sein Weinglas auf dem Beistelltisch ab und zieht sich dann das Shirt samt Kapuzenjacke über den Kopf. Anschließend knöpft er seine Hose auf.

»Was wird das?« Mein Blick klebt an seinem Oberkörper. Auch der ist völlig mit schwarz-weißen Motiven und

Worten überzogen.

»Keine Angst, gucken kostet nicht«, witzelt er, während er seine Jeans von den Hüften streift. Heiliger Jesus, will der sich jetzt komplett ausziehen?

Er legt die Hose beiseite und bleibt in engen, schwarzen Shorts vor dem Pool stehen.

»So viel zum Thema *Ich halte meine Versprechen.*« Ich wünschte, meine Stimme würde angesichts dieser unerwarteten Wendung etwas fester klingen.

Rain lacht bloß. »Bleib doch mal locker, du bist mich gleich los. Aber lass mich vorher die eine Sache machen, die ich schon immer mal machen wollte.« Mit einem Platschen landet er im Wasser, taucht einen Moment und kommt prustend und mit wirrem Haar wieder an die Oberfläche.

»Die eine Sache, die du schon immer machen wolltest? In einem Pool schwimmen?«

»Im Mondschein. Bist du schon mal im Mondschein geschwommen, June?«

»Nein, aber ich denke-«

»Und genau das ist dein Problem. Du denkst ständig nur. Komm ins Wasser, ich falle auch nicht über dich her, versprochen.«

Versprochen. Klar.

Kurz fechten Kopf und Körper um die Entscheidungsgewalt. Mein Körper gewinnt. Am Beckenrand raffe ich den Saum des Kleides hoch und setze mich auf die kühlen Steine. Rain quittiert es mit einem weiteren rauen Lachen.

»Komm schon rein, sei keine Spielverderberin.«

»Nein, danke. Das hier reicht.«

Ich strecke die Füße ins Wasser. Es ist so frisch, dass sich sofort eine Gänsehaut auf meinen Waden ausbreitet, die mich für einen Moment die Augen schließen lässt. Als ich sie wieder öffne, steht Rain direkt zwischen meinen Schenkeln.

»Nur kurz«, flüstert er.

Und als wäre ich fremdgesteuert, lasse ich es zu.

Warum? Warum lasse ich das zu?

Warum sitze ich hier?

So bin ich doch gar nicht.

Bin ich so?

Bin ich eine Frau, die sich von fremden Männern Dinge sagen lässt?

»Schalt mal deinen hübschen Kopf aus, June. Nur ganz kurz.« Rain streicht mit der Hand an meinem Unterschenkel entlang. Dabei betrachtet er seine Finger auf der glatten, weißen Haut und schiebt meine Beine ein Stück weiter auseinander, um näher an mich heranzurutschen. Dann stützt er sich rechts und links neben mir am Poolrand ab.

»Es gibt da etwas, das du wissen solltest, June.« Sein Gesicht ist meinem so nah, dass ich die geflüsterten Worte beinahe auf der Haut spüren kann. Ich lehne mich auf meine Handballen zurück, um Distanz zu schaffen, aber er folgt. Herzschläge lang sind da nur noch diese Augen, diese Lippen, dieses Knistern in der Luft, das mich völlig unvorbereitet trifft. »Dein Kleidchen solltest du besser nicht so weit hochziehen, wenn du darunter nur diesen Hauch von Spitzenhöschen trägst. Nicht, dass am Ende noch die falschen Leute auf die falschen Ideen kommen.«

Bitte was?

Doch bevor ich zu irgendeiner angemessenen Reaktion fähig bin, weicht er abrupt zurück und zieht sich neben mir am Beckenrand hoch. Ich sitze da wie erschlagen und starre auf die Stelle, an der er eben noch gestanden hat.

Spitzenhöschen. Er hat mein Höschen gesehen. Er hat ... Heiliger Jesus im Himmel, wann nimmt die Peinlichkeit dieses Tages ein Ende?

»Danke für den Drink und die Schwimmrunde, June. Ich gehe dann jetzt. Man sieht sich, oder?«

Wieder halten wir den Blickkontakt viel länger, als es nötig wäre.

»Wenn es das nächste Mal so weit ist, würde ich es vorziehen, wenn deine Augen dort bleiben, wo es sich gehört.«

Er lächelt nur müde. »Sicher, June. Es war nur ein gut gemeinter Ratschlag. Der Rest ist Interpretationssache.«

Mit einem letzten Zwinkern steigt er in seine Jeans und geht oberkörperfrei mitsamt seinem Gepäck in Richtung Strand zurück.

»Man guckt trotzdem nicht unter fremde Röcke.«

»Man flirtet auch nicht, wenn man Eheringe trägt«, ruft er durch die Nacht zurück. Sekunden später ist er verschwunden.

Kapitel 7

Rain

Am nächsten Morgen wache ich als erschreckend lebendiges Chaos auf dem Sofa im Strandhaus von Rebels Eltern auf. Mein Kopf fühlt sich schwer an, ein fieser Schmerz pocht dumpf hinter meiner Stirn.

Es ist noch dunkel, aber das heißt nichts. Hier drinnen ist es immer schummrig, egal, zu welcher Tageszeit. Ich richte mich auf dem grauen Polster auf und halte mir für eine Sekunde die Hand vor die Augen. Alles dreht sich, ich hätte den Whiskey gestern Abend nicht mehr trinken sollen, aber auch in dieser Nacht haben mich meine Gedanken nicht in Ruhe gelassen.

Sie sind von der Zukunft zur Vergangenheit, von Cass zu Ariel und schließlich zu June gewandert. Es macht mich wahnsinnig, dass sie ständig in meinem Kopf auftaucht.

Als sich meine Sicht langsam klärt, schaue ich geradewegs in Rebels Gesicht, der mir gegenübersitzt und in seinem Poloshirt erstaunlich frisch aussieht. Scheinbar ist er heute im Perfekter-Sohn-und-Erbe-Modus. Bestimmt hat er nachher noch ein Dinner mit seinem Vater oder weiß der Teufel wem. Rebel beherrscht das auf höchstem

Niveau. Er kann nach außen hin die Fassade wahren, er kann sich gut artikulieren und unheimlich charmant sein. Aber wenn man ihn von der Leine lässt, muss man aufpassen. Er ist der von uns, der keinerlei Skrupel hat. In jeglicher Hinsicht. Wie ein Mann mit zwei Gesichtern. Ich mag beide.

»Morgen, Rain. Gut auf meiner Couch geschlafen?«, fragt er hart und rollt mit den Schultern.

»Sicher. Sehe ich etwa nicht entspannt aus?«

»Ja, ganz wundervoll, leider trotzdem Zeit zu gehen. Mein Dad hat heute irgendwelche Fratzen eingeladen, mit denen er Geschäfte machen will. Also muss ich dich rausschmeißen, denn die kommen in …« Er schaut auf seine dicke Armbanduhr. »… zwei Stunden und ich habe hier noch zu tun.«

Ich wünschte, ich hätte die Würde, um grazil aufzustehen, aber es ist mehr ein Schwanken. Unter Rebels prüfendem Blick schultere ich meinen Rucksack und mache mich von dannen. Wieder einmal.

Draußen ziehe ich mein Handy aus der Tasche und schaue auf die Uhr. Das gleißende Sonnenlicht blendet so extrem, dass ich die Zahlen auf dem Display nur mit Anstrengung entziffern kann. Meine Augen stechen beim Scharfstellen und mein Schädel explodiert beinahe.

Es ist Viertel vor drei.

Keine Anrufe.

Keine Nachrichten.

Umständlich krame ich eine zermatschte Zigarette hervor und mache mich rauchend auf den Weg. Wohin auch immer. Ich hatte eigentlich gehofft, dass ich die nächsten Tage im Strandhaus schlafen kann, aber wenn da jetzt eine Abordnung Geschäftspartner einfällt, dann wird das wohl eher nichts.

Nach Hause werde ich auf keinen Fall gehen. Als würde ich beim ersten Gegenwind den Schwanz einziehen. Wenn ich sage, dass ich bis Montag wegbleibe, dann bleibe ich bis Montag weg. Und wenn ich die ganze verdammte Woche am Strand schlafen muss. Reicht schon, das restliche Jahr vor Onkel Alexander zu kriechen.

Aus einer Eingebung heraus entsperre ich doch noch mal mein Handy und verabrede mich spontan mit Knight im Skatepark.

Als ich eine halbe Stunde später dort ankomme, steht er am Fuß der verlassenen Halfpipe und sprayt an einem Schriftzug herum, der noch ziemlich chaotisch aussieht.

»Rain«, begrüßt er mich schlicht und tritt einen Schritt zurück, um das Gesamtkunstwerk zu betrachten.

Ich gehe an ihm vorbei, lasse mich auf einen alten Palettenstapel fallen und beobachte ihn dabei, wie er die Sprühköpfe an den Flaschen tauscht.

»Warst du zu Hause?«, frage ich zusammenhanglos.

Knight winkt nur ab. »Nee, bei Trish. Ich wollte nach Hause, aber Bud ist schon an der Tür durch die Decke gegangen. Ich hatte keinen Nerv für den Mist gestern. Du?«

»War im Strandhaus, aber Rebel hat mich rausgeschmissen. Er hatte ein Poloshirt an.«

Knight lacht. »Oh, der Ärmste. Wird wohl ein harter

Tag für ihn.«

Poloshirts und Hemden sind Knights Endgegner. Bei ihm kann man froh sein, wenn er überhaupt normale Kleidung trägt, die nicht völlig ramponiert aussieht. Seine Familie ist kein Beispiel für Sauberkeit und Ordnung. Und auch sonst für so ziemlich nichts. Keine Ahnung, was noch bei denen abgeht, denn Knight spricht nicht darüber. Er schweigt jede rote Wange und jedes blaue Auge tot. Er wird seine Gründe haben.

Rebel sieht das nicht so locker. Dabei kann er das gar nicht nachvollziehen. Als wüsste er, wie es ist, wenn man sich ständig überall nur durchschlagen muss. Er, der in Daddy Romeros Kohle schwimmt und sich um nichts Sorgen machen muss. Wenn er sich ein bisschen mehr anstrengen würde, könnte er vermutlich irgendwann einen erstklassigen Ivy-League-Abschluss machen und das Immobilienimperium seiner Eltern erben. Noch wehrt er sich mit Händen und Füßen gegen diese Zukunftsvision. Aus Prinzip. Dabei hat sein Vater ihm schon ein paar Mal die Pistole auf die Brust gesetzt und ihm gesagt, dass er sich zusammenreißen soll, aber Rebel bekommt es nie lange hin.

Keine Ahnung, ob ihm deshalb so viel an Knight liegt.

Weil der womöglich der einzige Mensch auf diesem Planeten ist, der in Rebel einen Helden sieht.

»Was ist ’n das eigentlich mit der Kleinen vom Pool?«, fragt Knight in diese Gedanken hinein. Er kommt zu mir herüber und nimmt mir die Zigarette aus der Hand, die ich gerade anzünden wollte.

»Bloß eine Wette. Was soll schon sein?«

»Weiß nicht. Hab irgendwie ein komisches Gefühl bei der Sache.«

»Mach dir mal keinen Kopf, du kleiner Schisser. Ich habe das im Griff.«

Knight sieht aus, als würde er das bezweifeln. Doch statt einer Antwort seufzt er nur und schaut wieder auf sein Tag an der Wand zurück, ohne weiter auf dem Thema herumzureiten.

Ich bin ihm wirklich dankbar dafür.

Ein paar schweigsame Stunden später ist das Kunstwerk fertig und er verabschiedet sich, weil er noch *arbeiten* muss. Das ist ein weiteres großes Mysterium, über das er sich ausschweigt. Keiner von uns weiß so genau, was er macht, um die Kohle für seine Eltern zu verdienen. Aber da er es nicht freiwillig erzählen will, bohrt auch keiner nach. So funktioniert das bei uns und es funktioniert gut.

Ich schaue ihm nach, bis er zwischen den Industriehallen verschwunden ist. Langsam senkt sich die Dämmerung über den Platz und ich habe immer noch absolut keine Ahnung, wo ich die Nacht verbringen soll, aber vielleicht eine gute Idee, um das zu ändern.

Im Schutz der Hecken beobachte ich wenig später June, wie sie in ihrem Pool ein paar Bahnen schwimmt. Ihre Arme gleiten durch das Wasser, die Haare hat sie zu einem Dutt gebunden. Ihr Gesicht wirkt dadurch noch mädchenhafter und zarter. Das macht auf eine perfide Art Dinge mit mir, die ich gar nicht näher ergründen will. Also bleibe ich nur still sitzen und starre mich an ihrer weißen Haut fest, die sich immer mal wieder hier und da aus dem Wasser hebt.

Irgendwann hat sie endlich genug vom Schwimmen und zieht sich am Beckenrand hoch. Ihr Bikini bedeckt gerade das Nötigste und ihr Anblick ist wirklich hinreißend. Vor allem, weil sie nicht weiß, dass ich sie beobachte. Sie verhält sich zum ersten Mal total entspannt und normal. Nicht so verstockt und vorsichtig wie sonst, wenn ich in der Nähe bin. Sie trocknet sich ab und geht Richtung Haus. Ihr runder Hintern wiegt bei jedem Schritt hin und her. Es ist eine Schande, dass mir der nötige Anstand fehlt, um wegzusehen.

Als ich der Meinung bin, dass es dunkel genug ist, schleiche ich aus meinem Versteck und husche zu den Loungemöbeln. Neben den beiden Sesseln, in denen wir gestern Wein getrunken haben, steht noch ein Sofa. Die Polster sind dick und gemütlich, es ist ohnehin warm genug für eine Nacht unter freiem Himmel.

Also strecke ich mich auf der Liegefläche aus und schaue eine Weile in die Sterne über mir. Und ohne, dass ich es will, prasseln Bilder auf mich ein. Erinnerungen, gegen die ich mich auch heute nicht wehren kann. Meine Lider werden immer schwerer, bis der Schlafmangel schließlich seinen Tribut fordert.

»Sag mal, spinnst du? Warum lauerst du mir schon wieder auf?«, schreit eine Stimme.

Was in aller Welt?

Panisch rapple ich mich in den Sitz hoch und schaue geradewegs in Junes zorniges Gesicht. Sie hat sich vor mir aufgebaut wie ein rotglühender Flammendämon.

»Scheiße, was ist denn passiert?«, frage ich krächzend und kneife die Augen gegen das Licht der Taschenlampe zusammen, das mir jetzt direkt ins Gesicht leuchtet.

»Was passiert ist? Du bist schon wieder in meinem Garten und schläfst hier. Was soll das, Rain? Es gibt eine Haustür mit Klingel. Da klingelt man, wenn man jemanden besuchen will. Hast du kein Zuhause, dass du ständig nachts bei mir herumhängst?« Ihre Stimme überschlägt sich fast. Die Taschenlampe leuchtet unterdessen auf den Boden. Endlich kann ich wieder richtig sehen. Und wie. Denn June trägt jetzt zwar keinen Bikini mehr, aber dafür ein winziges Seidenhemdchen, das verführerisch um ihre üppigen Kurven spannt. Schläft sie in so was?

»Wie spät ist es?«, frage ich vorsichtig.

Sie stöhnt. »Nach zwei Uhr nachts. Also was ist jetzt? Gehst du nach Hause, bitte?«

»Ich kann nicht. Lass mich hier liegen. Morgen früh bin ich verschwunden, versprochen.«

»Auf deine Versprechen kann man sich leider nicht wirklich verlassen.«

»Ich will dich nicht stören, ich brauche nur einen Schlafplatz.«

Für einen winzigen Moment wird ihr Blick weicher. Das erste Mal kommt mir der Gedanke, dass sie womöglich immer noch Angst vor mir hat. Sie ist eine Frau, sie lebt hier allein. Wer weiß, vor wem oder was sie hierher geflüchtet ist.

Ich versuche, meinen Blick etwas flehender und mitleiderregender aussehen zu lassen.

Sie überlegt. »Es gibt keine andere Option?«

»Nein.«

»Herrgott, noch mal. Dann komm wenigstens rein.« Sie bedeutet mir, aufzustehen und mitzukommen. Im Haus brennen nur noch ein paar spärliche Lichter. Die Terrassentür steht offen.

Wir gehen durch einen schmalen Flur in ein Gästezimmer, das sie anscheinend als Büro nutzt. Überall liegen Ordner herum und der Tisch am Fenster ist beladen mit Stiften und Notizen.

June deutet auf das Bett. »Bitte sehr. Wenn du schlafen willst, schlaf. Aber morgen früh reden wir. Das geht so nicht weiter.«

»Danke, June, ehrlich.«

Mit einem schnippischen Schnauben verlässt sie das Zimmer. Ihr rotes Haar weht wie ein seidiger Umhang hinter ihr her. Doch bevor ich irgendetwas machen oder überlegen kann, geht die Tür wieder auf.

»Hast du Wechselsachen?«

Ich nicke und sie schließt die Tür wieder, nur um sie dann noch ein weiteres Mal zu öffnen. Mittlerweile ist mein Erstaunen einem breiten Grinsen gewichen.

»Und Rain, nur dass eins klar ist: Ich habe keine Ahnung, was ich hier mache, also lass es mich nicht bereuen, verstanden?«

Kapitel 8

Rain

Am nächsten Morgen bin ich vor June wach und beschließe, schon mal einen Kaffee zu kochen und zu schauen, ob ich ihr Frühstück machen kann. Kein vollendeter Gentleman zu sein, muss ja noch lange nicht bedeuten, dass man ein ignorantes Arschloch ist. Vielleicht liegt es auch an dem schlechten Gewissen, dass sich in meine Gedanken geschlichen hat, während ich in diesem gemütlichen Gästebett wach lag und aufs Meer gestarrt habe. Ich verfluche mich ehrlich dafür. Ich meine, sie hat mich hier pennen lassen und war einigermaßen nett, so what? Kein Grund, gleich in Panik auszubrechen und auf Knien um Gnade zu betteln. Wenn ich vor ihr knie, dann aus anderen Gründen.

Während ich die Schränke nach Tellern absuche, wird die bildliche Vorstellung davon immer präziser. Ich sehe sie wieder in diesem Seidenhemd vor mir. Und dann, wie sie ohne das Hemd aussehen würde. Wie sie den Kopf in den Nacken legt, das Gesicht verzieht und die Hände in meinen Haaren vergräbt. Verdammt, ich muss diese Gedanken entweder loswerden oder langsam in die Tat umsetzen.

Als June wenig später in die Küche kommt, ist immerhin Teil eins des Frühstücks fertig. Trotz dieser kryptischen Sexfantasien mit meiner biestigen Gastgeberin. Die bleibt einen Moment an der Wand zum Flur stehen und mustert mich mit dem gleichen Blick wie gestern. So, als würde sie an etwas denken.

Oder an jemanden.

Vielleicht ist ihr Mann doch nur auf Geschäftsreise und die kleine June hat schlicht und ergreifend die Abenteuerlust gepackt. Unmöglich wäre es nicht.

»Guten Morgen, hast du gut geschlafen?«, fragt sie und stößt sich von ihrem Platz ab. Dann setzt sie sich an die Frühstückstheke.

»Wenn du so fragst, es war ein bisschen einsam.«

»Was glaubst du, wie einsam es am Pool gewesen wäre.«

»Punkt für dich.«

»Ich weiß, Rain.« Ihre Stimme wird ernster und sie faltet die Hände, während ich ihr eine Kaffeetasse hinstelle. »Danke, dass du schon wieder Frühstück gemacht hast. Ich hoffe, es ist kein Ei.«

»Nein, es sind nur Toasts. Das ist unfallfrei.«

Und obwohl es eigentlich witzig gemeint war, stockt sie.

»Rain, das … Ich meinte das heute Nacht ernst. Können wir endlich Klartext reden, was das hier soll?«

»Was genau meinst du?«

»Warum liegst du in meinem Garten, wenn du nicht nach Hause willst? Warum tauchst du hier ständig auf? Und warum … habe ich dich nicht längst vor die Tür gesetzt?«

»Warum du mich bisher nicht vor die Tür gesetzt hast, weiß ich auch nicht. Der Rest ist mein Ding. Ich will nicht darüber reden.«

»Warum nicht?« Sie fixiert mich ganz genau mit ihren grünen Augen.

Ich schüttle nur den Kopf. »Das kann ich dir nicht sagen.«

»Gib mir eine Antwort oder verschwinde.«

Unmissverständlich.

»Es ist nur ... du erinnerst mich an etwas. Etwas, von dem ich dachte, dass ich es niemals zurückhaben kann.«

»Und das wäre bitte?«

»Ein besseres Leben.«

Unsere Blicke ruhen aufeinander. Quälend lange. Vermutlich glaubt sie mir nicht, dabei ist das die einzig wirklich wahre Antwort auf ihre Frage. Schließlich seufzt sie. »Ist es wegen dieser Wette? Gehts dir ums Geld?«

»Nein. Natürlich würde ich mit dir schlafen, aber-«

Sie holt entsetzt Luft.

»Was ist daran bitte so schockierend? Du siehst gut aus, June, du bist witzig und ich kann dich ganz gut leiden. Warum sollte ich also nicht mit dir ins Bett wollen?«

»Wow. Sehr anspruchsvoll.«

»Es ist ehrlich. Aber das ist auch gar nicht der Punkt. Ich gehe, wenn du es willst. Ich bin kein Stalker oder so, auch wenn es womöglich so wirkt. Aber da ist irgendetwas, June ... Ich weiß nicht.«

Und zwar jetzt, genau in dieser Sekunde. Ich kann förmlich spüren, wie sich die Luft zwischen uns auflädt.

Sie betrachtet mich. Sehr genau. Die Pause, bis sie weiterspricht, dehnt sich ins Unendliche aus. »Ich habe gestern Nacht lange über unsere letzten Begegnungen nachgedacht, Rain. Du bist auch einsam, oder?« Sie fragt es völlig wertfrei. Trotzdem schmerzt es an Stellen in meinem Herzen, die ich niemals wieder fühlen wollte.

»Bin ich nicht.«

Doch, bist du, sagt ihr Lächeln. »Weißt du, *ich* bin einsam. Und deshalb habe ich mich entschieden, dir einen Vorschlag zu machen. Hör gut zu, ich werde ihn nicht wiederholen.«

»Oh, June. Glaubst du, du solltest dir diesen herrischen Tonfall erlauben?«

»Übertreib es nicht. Also, du wettest gern, ja? Wettest du auch mit mir? Du bekommst die dreihundert Dollar von mir statt von deinen komischen Freunden, wenn du es schaffst, die Zeit bis zum Ende der Woche mit mir zu verbringen.«

»Zum Teufel, was?«

Sie will den Rest der Woche mit mir verbringen? Sie? Die noch vor fünf Minuten Angst hatte, dass ich ein Meuchelmörder bin.

»Es gibt allerdings eine Bedingung. Wir fragen uns nichts Persönliches. Keine Hintergrundinfos, keine Vergangenheit. Nur das Hier und Jetzt.«

Ich glaube, ich habe selten so erstaunt geguckt. »Warum in aller Welt? Das klingt völlig bescheuert.«

»Sagte ich bereits. Ich bin einsam und ich glaube, du auch.«

»Hast du keine Freunde?«

»Außerdem will ich wissen, wie das Leben mit einem anderen Mann sein könnte. Ob ich das schaffe. Nach gestern am Pool, als du …«

Als du mich gespürt hast.

Ihre starre Haltung fällt in sich zusammen. Sie reibt sich über das Dekolleté, als würde die Erinnerung an meine Berührung ihr Schmerzen bereiten.

Ich spüre keinen Schmerz mehr, nur noch Verwirrung. Wenn ich alles gedacht hätte, aber das sicher nicht. Sie gibt mir dreihundert Dollar dafür, dass ich hier rumlaufe und versuche, sie flachzulegen?

»Dir ist schon klar, dass das im Grunde die gleiche Wette ist wie die mit Rebel und Knight, oder?«

»Nein, bei denen ging es nur um das Eine. Bei mir gehts um Gesellschaft.«

»Soll ich dann deinen Callboy spielen, oder was?«

»Nein, das … Herrgott, so meinte ich das nicht.« Sie läuft rot an und sieht dabei wirklich zum Anbeißen aus.

»Nicht? Ich könnte klingeln und so tun, als würden wir uns nicht kennen. Für den Kick, June.«

»Erzähl keinen Schwachsinn. Du hast das falsch verstanden.«

»Habe ich?«

Ihr Gesicht färbt sich mit jeder Sekunde dunkler. Ich lege meine Hand auf ihre. Sie weicht sofort zurück, hält dann aber inne und streicht schließlich vorsichtig mit einer Fingerspitze über die Linien auf meinem Handrükken. Es ist die erste Berührung, die von ihr ausgeht. So sanft, trotzdem fühlt es sich an, als würde sie meine Haut in Brand setzen.

»Für was steht das?«, fragt sie und streicht das Mandala nach. »Es ist so zart. Es passt gar nicht zu den anderen.«

Und wieder einmal ist es erstaunlich, wie schnell die Stimmung zwischen uns kippt. Von frostig zu belustigt zu intim. Wie ein Pendel, bei dem man nie weiß, in welche Richtung es ausschlagen wird.

»Das Tattoo ist auch nicht für mich, sondern für jemand anderen.«

»Jemand anderen?«

»Ist Vergangenheit.«

»Dann interessiert es mich nicht«, flüstert sie und löst ihre Hand von meiner.

Mich interessiert es aber.

Immer noch. Leider.

Mit einem Mal kommt mir Junes Idee, uns nichts über unsere Leben zu erzählen, gar nicht mehr so dämlich vor. In einer Woche läuft mein Freifahrtschein ohnehin wieder ab und bis dahin ist das hier eine willkommene Abwechslung zu meinem Alltag in den Fängen von Onkel Alexander.

»Also, June, da du ja diesen glorreichen Vorschlag hattest, was hast du denn Schönes mit mir vor bis zum Ende der Woche?«

Obwohl ich es nicht für möglich gehalten hätte, wird ihr Gesicht noch einen Ton dunkler.

»Erst mal sollten wir wohl frühstücken, wenn es dir recht ist.«

»So geht das nicht. Wenn du deine Zeit mit mir verbringen willst, dann bestimmst du auch. Du wirst sagen, was wir wann machen und ich mache mit. Dein Deal, deine Regeln.«

Sie windet sich richtig unter meinem Blick, das hier befindet sich eindeutig außerhalb ihrer Komfortzone.

Für mich hingegen löst ihr Angebot alle Probleme auf einmal. Ich kassiere so oder so die Kohle, habe einen bequemen Schlafplatz für den Rest der Woche und wenn ich freundlich genug bin, bekomme ich vielleicht noch ein Upgrade ins Schlafzimmer dieser ultraheißen Prinzessin. Läuft doch nicht schlecht für einen einfachen Morgen.

Später liegen wir in der Sonne am Pool. June hat einen Hut auf ihrem Gesicht abgelegt und ignoriert mich seit geschlagenen fünfzig Minuten.

»Willst du jetzt die ganze Zeit schweigen und mich am Ende dafür bezahlen, dass ich jeden Tag neben dir gesessen habe? Ist dir das echt die dreihundert Tacken wert?«, necke ich sie und warte auf eine Reaktion.

Sie lässt lediglich den Hut sinken. Darunter kommt ein unergründlicher Gesichtsausdruck zum Vorschein. »Eigentlich nicht, aber mir fällt kein Thema ein, das nichts über einen verrät.«

»Wie wäre es mit: *Rain, was ist deine Lieblingsfarbe?*«

»Nein, das ist zu offensichtlich. Ich bin ziemlich sicher, dass es Schwarz ist.«

»Siehst du. Damit liegst du falsch. Es ist Violett.«

Sie prustet. »Verarsch mich nicht.«

»Mache ich nicht. Ist so. Nächste Frage: Was ist dein Lieblingsfilm?«

»Vermutlich irgendeine Verfilmung von *Nicholas Sparks*. Und deiner?«

»*Fight Club*. Was war der schönste Moment in deinem Leben?«

Doch statt der erwarteten Antwort steht sie ruckartig auf, geht in Richtung Pool, setzt sich auf den Rand und lässt die Beine ins Wasser baumeln. Ich denke schon, dass sie gar nichts mehr sagen wird, aber dann kann ich sie leise hören.

»Es gab so unfassbar viele. Ich … kann keinen ausmachen.«

Ich stehe ebenso auf und setze mich dicht neben sie auf den Poolrand. »Tut mir leid. Die Frage war unüberlegt. Ich könnte auch keinen benennen.«

O doch, könnte ich, aber das wird niemals jemand erfahren.

Weil es der schönste und gleichzeitig schrecklichste Moment meines ganzen Lebens war.

Mein Arm legt sich wie von selbst um Junes Schultern, doch sie duckt sich darunter weg, als hätte sie Angst, bei zu viel Nähe die Fassung zu verlieren. Dann lässt sie sich mit einer fließenden Bewegung ins Wasser gleiten und schwimmt sofort an die gegenüberliegende Poolseite.

»Was ist deine Lieblingsfarbe, June?«, rufe ich zu ihr hinüber. Sie spritzt mir ein bisschen Wasser ins Gesicht.

»Grün.«

»Warum?«

»Weil die Hoffnung Grün ist. Alles Leben ist Grün. Die Pflanzen und die Bäume. Ich liebe die Farbe. Man sollte immer Hoffnung haben, findest du nicht?« Sie streicht ein paar verirrte Haarsträhnen zurück in den zerzausten Dutt und legt dann die Arme über den Poolrand. Ich lasse mich ebenso ins Wasser hinab und kann meine Augen gar nicht von dem Bild lösen, wie June da lehnt und mich anschaut. Als würde sie irgendetwas anderes sehen als alle anderen. Ihr Blick ist weder lüstern noch abwertend oder berechnend. Sie wirkt einfach interessiert und offen. Ihr Lächeln ist entwaffnend.

Mit langsamen Zügen schwimme ich zu ihr, das letzte Stück tauche ich. Direkt vor ihr komme ich wieder hoch und schüttle meine Haare aus. Sie lacht leise, lässt dann aber zu, dass ich näher an sie herantrete.

»Hoffnung ist ein Konstrukt für Idioten«, flüstere ich. Eine Handvoll Worte, die im Schwappen des Wassers untergehen.

»Warum?«

»Weil sie sich nie auszahlt.«

Statt einer Erwiderung legt sie bloß die Hände auf meine Brust, fährt auch hier die schwarzen Linien nach. Dabei verfolgt sie den Weg ihrer Fingerspitzen. Ihre eigene Brust hebt und senkt sich viel schneller als normal.

Mein Herzschlag zieht mit. Es pocht und drückt, mit jedem Zentimeter Haut, den ihre Finger erkunden, mehr.

»Findest du das etwa respektvoll, June? Einfach so fremde Männer anzufassen?«, raune ich und bringe damit ihre Hände sofort zum Stillstand. Ihr Blick schießt hoch in mein Gesicht, die Spannung zerspringt.

»O Gott, entschuldige. Ich … ich wollte doch nicht. Ich habe nicht nachgedacht.«

Ganz vorsichtig lege ich meine Hände auf ihre und nehme die Bewegung wieder auf. »Es war nur ein Scherz. Entspann dich. Es fühlt sich gut an.«

Sie schluckt. Mehrfach. All die Selbstsicherheit der letzten dreißig Sekunden ist wieder meilenweit weg. »Du hast recht. Es war anmaßend … Entschuldige bitte.«

»June.«

»Nein, das … Es ist schon spät, nicht? Hast du Hunger? Ich besorge uns was zu essen. Pizza?« Sie schiebt sich an mir vorbei und schwimmt auf den gegenüberliegenden Beckenrand zu.

Doch selbst jetzt, wo sie nicht mehr neben mir steht, kann ich das Knistern zwischen uns immer noch fühlen. Keine Ahnung, ob es June auch so geht. Sie zieht sich aus dem Wasser und eilt ins Haus, ohne sich abzutrocknen. Und ich habe das untrügliche Gefühl, dass sie dabei einen Schritt schneller läuft als gewöhnlich. Als würde sie mit aller Macht Distanz zwischen uns schaffen wollen.

Zu spät, Baby. Versuch es erst gar nicht.

Kapitel 9

June

Nach dem Abendessen gehen wir an den Strand. Während wir im warmen Pudersand nebeneinandersitzen, überkommen mich erneute Zweifel, ob das alles hier so eine gute Idee ist. Heute Morgen habe ich es noch für einen Akt der Selbstfürsorge gehalten und versucht, Olives Ratschlag anzunehmen. Mich aufs Leben einzulassen, einfach so.

Wenn nicht jetzt, wann dann?

Als ich Rain gestern Nacht schlafend auf meinem Gartensofa gefunden habe, war ich mir sicher gewesen, dass das ein himmlisches Zeichen ist. Dass es einen Grund gibt, warum wir immer wieder aufeinandertreffen. Jetzt gerade glaube ich, dass ich nur einen Ausweg gesucht habe, um vor mir selbst zu rechtfertigen, dass ich ihn auf eine merkwürdige Weise anziehend finde. Ich meine, das ist doch völlig abstrus. Ich mag Männer wie Sam. Schon immer. Gestandene, im Leben stehende, vernünftige, eloquente Männer.

»June?«

Erschrocken fahre ich aus meinen Gedanken auf. »Was?«

Rain betrachtet die Wellen, die eine nach der anderen

an den Strand rollen. »Worüber zerbrichst du dir eigentlich den ganzen Tag den Kopf?«

Das ist eine wirklich gute Frage. Ich wünschte, ich könnte die Antwort laut aussprechen, ohne dabei völlig mein Gesicht zu verlieren.

»Findest du das hier komisch?« Ich schaue sein Profil an, das sich im letzten Licht des Tages von der Umgebung abhebt.

»Was meinst du?«

»Das hier alles. Diesen Deal, diesen Tag … mich?«

Er lacht. So rau, dass der Ton mir über die Haut reibt. »Absolut. Aber was wäre die Welt ohne komische Dinge? Ich bin komisch, meine Freunde sind komisch, mein Leben ist komisch, du bist oberkomisch, June. Und? Was solls schon? Ich finde es gut, wie es ist, denn glaub mir, sonst wäre ich nicht hier.« Er dreht den Kopf in meine Richtung, sein Blick wird dabei so weich, dass ich darin versinken könnte. »Wenn es nicht verboten wäre, würde ich dich fragen, warum jemand wie du überhaupt solche Selbstzweifel hat.«

»Wenn ich es dürfte, würde ich dich fragen, warum du nicht nach Hause kannst.«

Mit einem Schulterzucken winkt er ab. »Keine Angst. Es ist nichts Schlimmes. Ich bin nur etwas zu freiheitsliebend für den Rest der Familie.«

Als die Worte verklungen sind, rückt er ein Stück näher und lässt seine Fingerspitzen an meinem Oberarm entlangstreichen. Alles in mir sagt, dass ich seine Hand abschütteln sollte.

Dass sich das nicht gehört, diese Berührung von diesem Mann gut zu finden. Dass er vorhin recht hatte. Man sollte nicht einfach so andere Menschen anfassen. Aber der andere Teil von mir sehnt sich danach. Ohne Hintergedanken und Zukunftspläne.

Nur hier und jetzt.

Die Stellen, über die er streichelt, kribbeln wie verrückt und in meinem Kopf läuft gerade schon ein ganz anderer Film. Einer, den hoffentlich niemals jemand außer mir sehen wird.

Mein Gott, seit wann bin ich so?

»Bist du bereit für Teil zwei der Fragerunde?«, flüstert Rain nach einer Weile und beugt sich noch ein Stück zu mir herüber. »Da wir jetzt ja das Unverfängliche hinter uns gelassen haben, sag mir, was hast du so für geheime Fantasien?« Seine Stimme ist so lockend und zart, dass sie fast vom Meeresrauschen verschlungen wird.

»Das geht dich nichts an.«

»So geht aber das Spiel. Also?«

»Ich weiß nicht so genau. Da ist nichts Spezielles.« Während ich seinem Blick ausweiche und mich am Horizont festschaue, wandern seine Finger immer höher. Über meinen Oberarm, dann über die Schulter, die aus dem Ausschnitt meines Shirts hervorschaut.

»Glaube ich dir nicht. Jeder Mensch hat irgendwelche geheimen Fantasien. Es gibt nur niemand zu.«

Natürlich hat er recht. Ich habe Fantasien. Einige. Aber das werde ich jetzt sicher nicht hier ausbreiten.

»Nächste Frage, bei dieser passe ich.«

Er verdreht die Augen und streckt mir die Zunge raus. »Du bist so was von langweilig, weißt du das? Soll ich dir meine dunklen Fantasien verraten?«

Ich reagiere allerdings nicht sofort, denn mein Blick bleibt für einen Moment zu lange an seinem schönen Mund kleben.

»June?«

»Du hast ja sogar ein Zungenpiercing.« Es kommt völlig ohne Zusammenhang und ich klinge dabei richtig, richtig bodenlos dämlich.

Du hast ja sogar ein Zungenpiercing. Herrgott noch mal.

Rain grinst anstelle einer Antwort nur träge.

»Hat das wehgetan?« Mein Versuch, das Thema zu wechseln, scheitert kläglich, denn Rains Grinsen wird immer breiter.

»Als würde dich das ernsthaft interessieren.«

Das geht hier definitiv in die falsche Richtung. Er rutscht noch ein Stück näher. Seine Finger haben jetzt mein Schlüsselbein erreicht. Mir wird heiß und kalt zugleich.

»Das Einzige, was du dich fragst, ist doch, wie es sich damit anfühlen würde.«

»Was denn?« Ich verschlucke mich fast an den Worten und weiß jetzt schon, dass ich keine Chance mehr habe, das hier noch irgendwie zu retten. Er und seine Sprüche. Ich und meine roten Wangen. Es ist doch verhext.

»Ach, komm schon, June. Wir wissen beide, was du denkst.«

»Ich denke gar nichts.«

»Natürlich nicht.« Er lacht leise. »Angeblich fühlt es sich gut an. Habe ich mir sagen lassen.«

Mein Unterleib beginnt zu kribbeln. Warum schafft er es eigentlich jedes Mal, mich mit ein paar gezielten Worten dermaßen aus der Fassung zu bringen? Die Antwort brennt so lichterloh in mir, dass ich sie kaum zurückdrängen kann.

Eine kurze Stille entsteht zwischen uns, in der er versucht, meinen Blick zu finden. Ich weiche ihm aus. Wenn ich jetzt hochsehe, wird er in meinen Augen die Wahrheit erkennen. Keine Ahnung, ob ich bereit bin, sie ihm zu zeigen. Der Druck seiner Finger auf meiner Haut wird immer stärker, bis er schließlich mein Kinn umfasst und es sanft in seine Richtung zieht.

»Was soll das, June?«

»Was denn?«

»Warum bietest du mir so einen Deal an, wenn du dann bei jedem zweiten Wort sofort dicht machst?« Sein Griff um mein Kinn wird fester.

»Das tut weh, lass mich los.«

Seine Finger lockern sich sofort. »Wovor hast du solche Angst?«

»Ich weiß es nicht. Rain, ich …«

Aber weiter komme ich gar nicht, denn er legt die Hände ganz vorsichtig um mein Gesicht, seine Daumen streicheln über meine Wangen. Die Berührung ist so sanft, dass sie meine Haut in Flammen aufgehen lässt.

»Es ist okay, June. Egal, was es ist. Du brauchst keine Angst vor den Dingen zu haben, die du fühlst. Nicht hier.«

Schauer rieseln durch mich hindurch, als er mich noch näher zieht. Näher und immer näher. Passiert das gerade wirklich? Bevor ich auch nur über seine Worte nachdenken kann, liegen seine Lippen auf meinen. Doch er küsst mich weder zart noch sanft, sondern mit einer solchen Nachdrücklichkeit, dass ich ihr kaum standhalten kann. Statt mich zurückweichen zu lassen, hält er mich nur fester. Als ich nachgebe und die Arme um seinen Nacken schlinge, zerrt er mich auf seinen Schoß. Meine Knie bohren sich in den Sand, die Empfindungen überlagern sich. Die Aufregung, das Gefühl seiner Lippen, dieses Prickeln am ganzen Körper. Dieses Prickeln, das ich niemals zuvor im Leben so dermaßen präsent gespürt habe.

Rains Hände wandern über meine Schultern, meinen Rücken, unter den Saum meines Shirts. Das sehnsüchtige Geräusch, das er macht, als seine Fingerspitzen meine nackte Haut berühren, schauert durch mich hindurch. Es fühlt sich verboten gut an. Ich spüre dem Druck seiner Hände nach. Dem leichten Schmerz von reibendem Stoff auf Haut. Als wäre die Barriere gefallen, die mich vorher zurückgehalten hat. Er macht weiter, lässt die Fingerspitzen höher fahren. Der Stoff rafft sich im Rücken, als er den Verschluss meines BHs erreicht. Und obwohl es sich so gut anfühlt, stoppe ich seine Hände. Nur ganz kurz. Als müsste ich es testen. Wie eine Rückversicherung. Er gibt sofort nach. In diesem Moment bin ich mir sicher, dass er seine Grenzen sehr genau kennt. Zumindest, was das hier betrifft.

Es ist merkwürdig befreiend.

Mein innerer Widerstand bröckelt mit jedem Herzschlag und jeder Berührung weiter. Ich fahre durch seine Haare und halte sein Gesicht fest. Er schmeckt so verboten. Nach einer Mischung aus Zigaretten und Minze. Ich kann nicht fassen, dass ich das hier wirklich mache. Doch gerade, als ich ein bisschen wagemutiger werde, packt er mich erneut an der Hüfte und schiebt mich von sich herunter.

Ich versuche still zu protestieren, aber sitze schneller im Sand, als ich gucken kann. Rain steht auf, klopft seine Jeans ab und grinst zu mir herunter.

»Da kannst du mal sehen, was alles in dir steckt, June. Wenn du mehr davon willst, sag Bescheid. Du weißt ja jetzt, wo du mich findest.« Damit wendet er sich ab, um mit langen Schritten den Weg in Richtung Haus anzutreten. Und ich bleibe ratlos am Strand sitzen, starre ihm nach und atme mit schwer pochendem Herzen durch.

Mein Gott, was für ein Abend.

Was für ein Typ.

Kapitel 10

June

An der Tür poltert es. Immer und immer wieder. Stimmen rufen meinen Namen, aber ich höre sie nicht klar. Es klingt dumpf, als ob mein Kopf unter Wasser ist. Die Stimmen werden lauter, ich stehe aus dem Bett auf. Taumle gegen die Wände und kann kaum vorwärtslaufen. Der ganze Raum dreht sich.

»Mrs. Reed. Machen Sie sofort die Tür auf.«

Ich erreiche nur mit Mühe den Flur und komme plötzlich nicht mehr voran. Jede Bewegung ist unendlich schwer. Das Atmen schmerzt.

Ich kämpfe und bekomme den Türgriff zu fassen. Irgendetwas ist passiert. Das weiß ich ganz sicher. Wo ist Sam? Was ist hier los?

Mit einem Ruck wird die Tür aufgestoßen. Zwei Polizisten stehen davor und halten mir ihre Dienstmarken entgegen. Sie schubsen mich zurück in den Raum und sagen immer nur »Ihr Mann ist tot, Ihr Mann ist tot.« In einer Endlosschleife. Alles dreht sich. Warum? Wo ist Sam? Wo ist mein Sam?

Die Szene kippt.

Ich bin in einem Krankenhaus.

Überall ist Blut. So viele Ärzte stehen um mich. Sie flüstern sich Dinge zu, die ich nicht verstehe.

Angst kriecht über meine Haut. Wie ein Juckreiz, den ich nicht stillen kann. Immer höher. So, als würde sie sich bis zu meinem Herzen vorarbeiten.

»Wir können nichts für Sie tun.« Ein Arzt mit Mundschutz beugt sich über mich und dann wird alles schwarz.

Schweißgebadet fahre ich aus dem Schlaf hoch.

Es ist vorbei, es ist Vergangenheit.

Der Schmerz ist real.

Atme. Atme weiter.

Ich strample die klatschnasse Decke ab und wische mir über die Stirn. Meine Hände zittern so stark, dass ich nicht einmal das Handy zu fassen bekomme, um auf die Uhr zu sehen. Im dritten Anlauf erwische ich es. Kurz vor Mitternacht.

Wie lange hatte ich diesen Traum schon nicht mehr? Früher hat er mich in jeder Nacht heimgesucht. In jeder einzelnen. Ich habe diesen verhängnisvollen Abend immer und immer wieder durchlebt. Und jedes Mal, wenn die erste Panik nach dem Aufwachen verebbt ist und die Realität wieder durch mein Bewusstsein sickert, fühle ich mich so verlassen, als wäre ich der letzte Mensch auf dieser Erde. Voller Sehnsucht nach etwas, das ich niemals zurückbekommen kann.

Ich versuche, die Erinnerung abzuschütteln, atme noch einen Moment durch und sinke dann in die Kissen zurück. Während mein Blick zur Decke schweift, drängt sich etwas anderes in mein Bewusstsein: Ich bin heute nicht allein.

Rain ist da.

Zwei Türen weiter.

Lebendig und voller Energie.

So voller Energie, dass wir uns geküsst haben. Ich habe einen fremden Mann geküsst und es genossen.

Ein unbestimmtes schlechtes Gewissen brandet durch meine Brust. Seit wann bin ich so? Seit wann tue ich solche Dinge?

Eigentlich hat Olive recht, wenn sie sagt, dass es egal ist, was ich treibe und mit wem. Aber mein Herz ist noch verheiratet. Im Grunde kann ich dankbar dafür sein, dass ich nichts von Rains Leben weiß und er nichts von meinem. So ist es, als würde das, was zwischen uns ist, in einem Paralleluniversum stattfinden. In einer Welt, in der wir beide andere Menschen sind. Bei ihm bin ich nicht Sams June, sondern eine neue Version von mir. Eine, die hungrig nach Abenteuern und Erfahrungen ist. Eine, die weiterleben will.

Während ich die Klinke zum Gästezimmer herunterdrücke, schlägt mir das Herz bis zum Hals.

Das Fenster ist leicht geöffnet und lässt die transparenten Vorhänge in der seichten Brise über den Boden wehen. Der Mondschein erhellt das weiß bezogene Bett, in dem Rain mit nacktem Oberkörper liegt. Er sieht furchtbar deplatziert darin aus. Seine Tattoos heben sich dunkel von der Bettwäsche ab, sein Gesicht ist völlig entspannt. Ich setze mich neben ihn und lasse meine Fingerspitzen über seiner Haut schweben. Ein paar Millimeter noch, dann könnte ich seine Wärme spüren. Den sanften Schwung seiner Wangen und die Kontur seiner Nase. Obwohl er sonst eher wirkt wie die menschgewordene Sünde, sieht er jetzt beim Schlafen aus wie ein gefallener Engel.

In dem Moment, in dem ich meine Fingerspitzen federleicht auf seine Haut sinken lasse, schießt seine Hand so ruckartig vor, dass sie fast mein Handgelenk zerquetscht.

»Scheiße, June. Was wird das?«, keucht er. Der Druck seiner Finger lässt etwas nach. »Ich dachte schon …« Er setzt sich auf und lehnt sich mit dem Rücken an das Kopfteil des Bettes. Während er sich bewegt, arbeiten die Muskeln unter der Haut.

Heiliger Himmel, was mache ich hier?

Trotzdem kann ich nicht wegsehen.

»Ich wollte dich nicht erschrecken. Es tut mir leid. Ich kann nur nicht schlafen und dachte …« Eine verräterische Hitze brennt auf meinen Wangen. Es sind immer zwei verschiedene Dinge, etwas in Gedanken zu tun oder in echt.

»Ja?«, fragt er leise nach, während er mich weiterhin mustert. Tausend Antworten gehen mir durch den Kopf, keine davon spreche ich aus. Er hält weiterhin mein Handgelenk, mit dem Unterschied, dass sein Griff jetzt fast zärtlich ist. Er führt es zu seinen Lippen, hauchzarte Küsse verteilen sich auf der Innenseite. »Geht das hier in etwa in die richtige Richtung?«

Es knistert förmlich, dort, wo seine Haut meine berührt. Und ich kann nicht anders, ich will das jetzt einfach zulassen.

Wenigstens ein Mal. Nur ein einziges Mal austesten, wie es sich anfühlen könnte. Ich will mich nicht mehr dagegen wehren. Egal, was danach passiert.

»Du hast vorhin gesagt, wenn ich … dann soll ich herkommen.«

»Habe ich?« Ich fühle sein träges Schmunzeln am ganzen Körper.

»Ich will das. Das hier.«

»Sicher?«

Ich nicke vorsichtig. Dabei ändert sich meine Meinung sekündlich. Schwankt von Angst vor der eigenen Courage zu Aufregung und wieder zurück.

»Dann komm her.«

Keinen Wimpernschlag später sitze ich auf seinem Schoß. Und auch dieses Mal küsst er mich so hart und voller unterdrücktem Verlangen, dass es schmerzt.

Es ist so gut.

So gut, dass das hier anders ist als alles zuvor. Dass *er* anders ist.

So gut, dass es keinen Vergleich mehr gibt, keinen Gewinner und keinen Verlierer. Nur neue Entdeckungen und Empfindungen. Rain wandert mit seinen Lippen an meinem Mundwinkel entlang und streicht über meinen Hals. Es ist so intensiv, dass es nacheinander alle logisch denkenden Areale meines Hirns ausschaltet.

Ich will mehr davon.

Mehr von ihm.

Nur die dünne Decke trennt uns noch voneinander. Ihn und mich und diese Härte zwischen uns, nach der sich jede Faser meines Körpers auszurichten scheint. Mit einem leisen Stöhnen wiege ich die Hüfte vor und zurück. Jede Bewegung verstärkt das Kribbeln. Das Verlangen. Diese unkontrollierte Lust, die ich immer aus meinem Leben ferngehalten habe, weil sie mir viel zu unvernünftig vorkam. Weil es sich nicht gehört, so zügellos zu sein. Trotzdem ist sie immer irgendwo in mir gewesen. Ungesehen unter der blütenweißen Fassade. Jetzt will sie an die Oberfläche.

Aber Rain scheint andere Pläne zu haben. Er stoppt meine eindeutigen Bewegungen und schüttelt tadelnd den Kopf.

»Wie ungezogen. So stürmisch.«

Gott, diese Stimme.

Er klingt wie ein Dämon, der in den Himmel gekommen ist, um die Engel zu allen Sünden dieser Welt zu verführen. Langsam streicht er meine Seiten hinauf und schaut mir dabei genau in die Augen. »Wir wollen doch nicht, dass der Spaß schon vorbei ist, bevor er richtig angefangen hat.«

Ich sehe nur noch sein breites Grinsen und ehe ich mich versehe, lande ich mit dem Rücken auf der Matratze.

»Was …?«

»Shhh, June«, flüstert er, umfasst mein Gesicht und küsst mich wieder. Ich wandere mit den Fingerspitzen an seinem nackten Rücken entlang, erkunde jede Erhebung seiner Haut, jede Kurve seiner harten Muskeln. Als ich an seiner Shorts angekommen bin, streiche ich zaghaft über den Stoff und versuche dann in einem Anflug von Mut, die Hände unter den Bund zu schieben. Aber bevor ich ihn wirklich spüren kann, rutscht er ein Stück von mir ab, lässt mein Gesicht los und hält mich stattdessen an den Handgelenken fest, die er neben meinem Kopf in die Matratze presst. Seine Fingerspitzen zeichnen die Stellen nach, an denen die Pulsadern verlaufen.

»Die bleiben ab jetzt da.« Er flüstert es verlockend nahe an meinem Ohr. Seine Lippen fahren an meiner Wange entlang, über meinen Hals, bis zu meinen Schlüsselbeinen. »Hast du mich verstanden, June? Oder brauchst du es deutlicher?« Sein samtiger Tonfall perlt von meiner Haut, sickert direkt in meine Blutbahn. Als unsere Blicke sich treffen, will ich ansetzen, etwas sagen, ihm antworten, doch ich bringe nichts hervor. Keine Wortfolge ergibt mehr Sinn.

Rain mustert mich einen weiteren, endlos langen Moment, dann streichen seine Lippen erneut über meine. »Ich warte, June. Also, hast du mich verstanden?«

»Ja.« Es ist mehr ein Hauchen als ein vollständiges Wort, doch es scheint Rain zu reichen, denn im nächsten Moment kniet er zwischen meinen Beinen und schiebt mit quälender Langsamkeit mein Nachthemd bis zur Brust hoch. Jeden freigelegten Zentimeter betrachtet er mit einer Intensität, die mich erschauern lässt. Weil mein Kopf meine Fantasie immer weiter beflügelt. Ich will, dass das hier jetzt passiert. Er und ich. Egal was. Alles auf einmal. Auf meinen flehenden Blick hin lächelt er nur. Es ist dasselbe träge Lächeln, das mich seit Tagen um den Verstand bringt.

Ich drücke den Rücken durch, komme ihm entgegen, aber er folgt der stillen Aufforderung nicht.

»So funktioniert das nicht, Prinzessin. Deine Woche, deine Regeln. Du bestimmst. Also, was soll ich mit dir machen, hm?«

Während er auf meine Antwort wartet, beginnt er, jede Kontur meines Körpers nachzufahren. Über die Hüften, die weichen Rundungen meines Bauches, bis hoch zu meinen Brüsten. Aber egal, wie sehr ich das hier will, ich bekomme die Worte nicht über die Lippen. Sie kommen mir viel zu derb und platt vor, um diese Sehnsucht in mir zu beschreiben. Ich schäme mich dafür. Es ist etwas, was ich bisher niemals in Worte fassen musste. Ich habe es nie gelernt. Es hat nie eine Rolle in meinem Leben gespielt, bis heute.

»Wie schön du bist, wenn du rot wirst.«

»Ich …«

»Es ist ganz einfach. Ein paar Worte und du bekommst alles von mir, was du willst.«

»Ich kann nicht.«

»Dann sei jetzt ein gutes Mädchen und versuch es für mich.«

Mein ganzer Körper prickelt vor Scham. »Ich möchte, dass du mich … mit deinem Mund«, flüstere ich und wende den Blick ab. Aber er lässt mich nicht, sondern stützt eine Hand neben meinem Kopf auf, legt seine andere an meine Wange und dreht mein Gesicht so, dass ich ihn ansehen muss.

»Und weiter? Wo willst du meinen Mund?«

Seine Berührung brennt so unangenehm deutlich und gleichzeitig so verdammt gut auf meiner Haut.

»Ich … dort.«

»Dort?«

»Ich … es …«

»Soll ich dich küssen oder lecken?«, fragt er weich nach.

»Ich will, dass du mich …«

Sekunden vergehen, in denen nur mein schwerer Atem den Raum erfüllt. Rain löst seine Hand von meiner Wange und lässt sie stattdessen ganz zart über den Bund meines Höschens gleiten.

»Soll ich warten? Wollen wir herausfinden, wie lange du das aushalten kannst?«

»Ich … ich kann …«

Heißes Verlangen schießt durch meinen Bauch, als er sich aufrichtet und meine Schenkel auseinanderschiebt. So weit, dass alle meine Muskeln sich anspannen.

»Hattest du vor, das dabei anzulassen?« Seine Fingerspitzen gleiten über den feuchten Stoff zwischen meinen Beinen. Viel zu sanft. Ich drücke mich gegen die Berührung, er weicht zurück. Es ist frustrierend.

»Wenn du dich sehen könntest.« Langsam schiebt er das Höschen beiseite und beugt sich vor. So weit, dass ich seinen Atem auf der freiliegenden Haut spüre. Ich bekomme schon allein von der Vorstellung, was er in dieser Position alles tun könnte, eine Gänsehaut. Es ist Qual und Erlösung zugleich.

»Hat das hier schon mal jemand für dich gemacht, June?« Er schiebt den Stoff noch weiter beiseite und fährt mit den Lippen den Abdruck nach, den das Spitzenmuster hinterlassen hat.

»Hmmm.« Ich schließe die Augen und lege den Kopf auf dem Kissen ab.

»Wie bitte?«

»Nein.« Es ist nur noch ein Hauchen.

»Was für eine Schande.« Keinen Herzschlag später packt er mein Bein, schiebt es noch weiter zur Seite und leckt so fest über mich, dass ich völlig unkontrolliert aufstöhne.

»Oh, Fuck, wie du schmeckst.« Sein bloßer Tonfall lässt mich schon fast kommen.

Heiliger Jesus, was ist das denn? Wie kann sich das so anfühlen?

Er sinkt völlig zwischen meine Beine und hält sich an dem Knie fest, das er in die Matratze presst, während ich noch damit kämpfe, mit der Reaktion meines Körpers fertig zu werden. Meine Muskeln sind zum Bersten gespannt, heiße Lust rauscht durch jede Faser meiner Existenz. Mein Kopf hat sich schon meilenweit verabschiedet, ich bestehe nur noch aus pochender Hitze, während seine Zunge immer wieder über die empfindsamsten Stellen meines Körpers gleitet. Noch nie in meinem Leben hat sich Intimität derart berauschend angefühlt.

Wie geht das?

Wie kann er etwas so leicht machen, was mir sonst so schwerfällt?

Aber es ist da. Dieses sehnsüchtige Ziehen eines sich so rasant anbahnenden Höhepunktes, dass es mich völlig überrumpelt. Doch jedes Mal, wenn ich kurz davor bin, lässt er wieder von mir ab. Als würde er sich einen Spaß daraus machen, streicht er mit seiner Nase über meine Schenkel oder ersetzt seine Zunge durch seine federleichten Fingerspitzen.

»Bitte.« Meine Haare kleben mir in der Stirn. Weil mir so heiß ist. Weil das hier so unendlich heiß ist.

»Bitte was?«

»Ich …« Keine Ahnung, was mein Gestammel überhaupt bedeuten soll. »Bitte, das …«

Wieder diese Finger, diese Zunge, diese Hitze, dieses gottverfluchte Piercing.

Rain atmet ebenso schwer wie ich, während er für einen Moment zu mir hochschaut und ich so tief in seinem Blick versinke, dass ich glaube, jetzt und hier in diesem Grau davonzuschwimmen.

»Meinst du, du hast dir das überhaupt verdient?«

»Hmmm«, mache ich nur und lasse die Augen zugleiten. Es ist zu viel, zu intensiv. Ich kann nichts mehr entscheiden, nichts mehr denken.

»Willst du kommen, June? Soll ich weitermachen?«, flüstert er und leckt sachte über meinen empfindlichsten Punkt.

»Ich … Mach weiter. Bitte. Bitte, mach weiter.« Ich will ihm ein Stück mit dem Oberkörper entgegenkommen, aber er drückt mich auf das Laken zurück.

Endlich macht er keine Pausen mehr. Er saugt und leckt und wieder spüre ich das harte Metall an seiner Zunge so überdeutlich, dass ich davon fast verrückt werde. Dann trifft er damit diesen einen Punkt, der mich Sterne sehen lässt. Stöhnend drücke ich ihm meine Hüfte entgegen.

»Da, ja? Ist es da gut?«, fragt er atemlos.

»Ja. Ja, genau da.«

Er lässt seine Zunge zielgenau um die Stelle kreisen und ich komme. Die Empfindungen rauschen so heftig durch mich hindurch, dass ich gar nichts zurückhalten könnte, selbst wenn ich es wollte.

Meine unkontrollierten Laute hallen von den Wänden wider und ich löse die Hände vom Kopfkissen, um sie in Rains Haaren zu vergraben. Endorphine strömen ungefiltert durch meine Blutbahn. Mein Herz rast. Er fährt mit seiner Zunge noch ein paar Mal zart über meine feuchte Haut und lässt dann davon ab, um wieder zu mir hochzukommen.

Als er seitlich neben mir liegt und mich mit diesem forschenden Blick betrachtet, kann ich ihm kaum in die Augen sehen. Nachdem der Rausch der Ekstase abgeebbt ist, fühle ich mich auf eine unangenehme Weise peinlich berührt von meiner eigenen Unbeherrschtheit.

»Es tut mir so leid, dass ich …«

Er schüttelt bloß den Kopf. »O nein, denk das gar nicht erst zu Ende. Warum tut es dir leid, wenn dir jemand etwas Gutes tut? Genieß es doch einfach und mach jetzt nicht so ein Drama darum.«

»Aber …« Vermutlich hat er recht. Trotzdem habe ich das Gefühl, mich für die letzten Minuten rechtfertigen zu müssen.

»Nichts *aber*. Es war schön. Nicht nur für dich, das kannst du mir glauben. Außerdem habe ich jetzt einen gut bei dir, June. Das schadet nie.« Sein dreckiges Grinsen facht das Brennen meiner Wangen nur immer weiter an. Ich schlage beschämt die Hände vors Gesicht, muss am Ende aber doch mitlachen.

»Wie kann ich diese Schuld nur jemals vergelten?«, witzele ich unbeholfen, doch sein Blick wird ernst.

»Bleibst du heute hier, June?«

Und so gern ich ihm den Gefallen tun würde, aber ich brauche einen Moment für mich, um all die Emotionen zu verarbeiten, die in dieser Nacht auf mich eingeprasselt sind. Mit einem entschuldigenden Lächeln setze ich mich auf die Bettkante.

»Rain, es ist nicht böse gemeint, aber ich würde gern in meinem eigenen Bett schlafen.«

Doch die erwartete Reaktion bleibt aus. Er schiebt lediglich beide Hände unter den Kopf und betrachtet mich weiterhin. Seine Muskeln treten im sanften Mondschein hervor, er sieht wirklich hinreißend aus.

»Klar. Was immer du willst.«

»Trotzdem danke für … eben. Das war intensiv.«

»Dafür bedankt man sich nicht, June, das genießt man einfach. Und jetzt ab ins Bett. Falls du nachher noch was hörst – das bin ich, wie ich dafür sorge, dass ich überhaupt ein Auge zubekomme.«

»Oh«, mache ich, als ich wirklich verstehe, was er damit meint. Er lacht bloß. Natürlich lacht er. Was auch sonst. Als ich aufstehe, rutscht das Nachthemd von allein zurück an seinen Platz, der Slip hängt immer noch schief auf meiner Hüfte. Es wird Zeit, das Weite zu suchen. Schnell.

In der Tür bleibe ich stehen und werfe über meine Schulter einen letzten Blick zurück in den Raum. Rains Augen ruhen tief und warm auf mir. Und bevor ich es mir doch noch anders überlegen kann, verschwinde ich mit wehenden Fahnen in die sicheren vier Wände meines Schlafzimmers.

Kapitel 11

Rain

Es ist eine Ewigkeit her, dass ich jemanden Fremdes mit in *unseren* Skatepark genommen habe. Eigentlich geht das niemanden etwas an. Nur Rebel, Knight und ich kommen hier her. Aber June erscheint mir würdig für diesen Ort und weil sie heute Morgen schon wieder so dermaßen verhalten mit ihren Tagesplänen gewesen ist, habe ich vorgeschlagen, dass ich ihr das Gelände zeige.

»Trefft ihr euch oft hier?« Ihre Stimme ist fröhlich, keine Spur mehr von der verstockten kleinen Betschwester, die da gestern in mein Schlafzimmer geschlichen kam und es sich hat besorgen lassen.

Wer hätte damit gerechnet, dass sie von allein angelaufen kommt?

Ich jedenfalls nicht.

Jetzt beißt sie herzhaft in ihren Burger und betrachtet die Umgebung. Und ich betrachte sie, lasse meine schweren Stiefel wieder und wieder gegen die alte Rampe der Halfpipe schnellen und warte auf eine Reaktion. Das Geräusch vibriert dumpf nach. Ein sehr eindeutiger Rhythmus. Junes Wangen verfärben sich in einem zarten Rotton.

Ja, June. Das könntest du auch haben. Immer und immer wieder.

Aber nein, die kleine Prinzessin lässt andere arbeiten und verkrümelt sich dann. Keine Sorge, das werden wir noch ändern. Jetzt dreht sie den Kopf weg, damit ich ihr verschämtes Grinsen nicht sehe.

»Will ich wissen, was du denkst?«, frage ich nach und trinke einen Schluck Cola. Sie schüttelt lachend den Kopf.

»Lieber nicht. Eigentlich weißt du es eh, wenn du so fragst.«

»Es ist ja nicht so, als hätte ich dich gestern Nacht gezwungen zu gehen. Es war äußerst einsam in diesem großen Bett. Mit all den bildlichen Vorstellungen von dem, was wir hätten tun können.«

Man sieht, dass June um eine Antwort ringt, aber wieder einmal bekomme ich keine. Die Stille zwischen uns wird nur vom Rascheln des Burgerpapiers unterbrochen.

»Skatest du?«, fragt sie irgendwann. Minuten später.

»Nicht mehr sehr oft. Ich war mal richtig gut. Darf ich das überhaupt sagen oder verstößt das gegen die Regeln dieses Arrangements?« Mit einem Schmunzeln betrachte ich ihr Profil und lasse den Blick weiter an ihr hinabgleiten. Es geht nicht anders. Nicht nach letzter Nacht. Sie braucht zwar für alles eine Extraeinladung, aber wenn sie einmal den Kopf ausschaltet und es zulässt, ist sie wie warmes Wachs.

Wie sie da lag und ihr Gesicht sich voller Ekstase verzogen hat. Wie eine Feuergöttin. Es hat mich wirklich sämtliche Willenskraft gekostet, nicht über sie herzufallen und sie zu ficken, bis sie niemals mehr etwas anderes will als meinen Schwanz.

Aber eine solche Eskalation wäre mit Sicherheit nicht das gewesen, was sie sich für diesen Abend vorgestellt hat. Also habe ich es gelassen, weil ich ja schließlich ein guter Junge bin. So viel Anstand muss sein.

Denn June ist keine, die sich sofort auf alles Neue einlässt. Der Grat zwischen Aufregung und Dichtmachen ist bei ihr extrem schmal. Daher habe ich beschlossen, es langsam angehen zu lassen und genieße noch ein bisschen die Vorfreude, bis ich sie so weit habe, dass sie von allein danach bettelt.

In der Zwischenzeit erfreue ich mich an dem Anblick neben mir. Sie trägt heute dieselben Shorts wie gestern und ein weites Herrenshirt dazu. Darauf ist der Aufdruck von irgendeiner scheintoten Softrockband aus den Achtzigern. Ich werde mich nie wieder fragen, wer diesen Schund kauft.

»Worüber denkst du nach, Rain? Habe ich was im Gesicht?« Sie macht einen Kussmund.

»Nein, ich habe nur gerade überlegt, warum du nicht wenigstens ein cooles Bandshirt anhast.«

»Was? Das ist total cool. Außerdem ist das quasi vererbt. Ich liebe das Shirt, also sag nie wieder was darüber, wenn wir Freunde bleiben wollen.« Sie erhebt drohend ihren Zeigefinger. Den Zeigefinger einer schmucklosen Hand.

»Wo ist dein Ring?«

Das Lächeln verschwindet augenblicklich.

Schmaler Grat. Auch hier.

»Das … nach letzter Nacht. Es gehört hier nicht her.« Der gepresste Ton ihrer Stimme macht die Worte undeutlich. Hektisch wischt sie sich eine Haarsträhne aus dem Gesicht und stößt mit der unkontrollierten Bewegung fast ihren Getränkebecher um. Und ich wüsste wirklich zu gern, was es mit diesem ominösen Ehemann auf sich hat. Vielleicht ist er auch bei der Army und woanders stationiert. Bitte nicht, ich hänge echt noch an meinem Leben. Oder er hat sie verlassen und sie kann nicht abschließen.

Oder er … ist tot.

»Wenn ich könnte, würde ich dich fragen, was mit deinem Mann passiert ist.« Vorsichtig lasse ich die Hand über ihren Rücken streichen. Sofort verändert sich die Schwingung zwischen uns. Ich kann beinahe fühlen, wie sie die mentalen Barrieren wieder zurückfährt.

»Darfst du aber nicht.« Mit einem gequälten Lächeln wendet sie sich zu mir um und drückt die Lippen sacht auf meine. »Es ist besser so, glaub mir.«

»Na, was sehen meine müden Augen denn da? Der Rotschopf vom Pool. Muss ich ’ne Karte kaufen oder darf ich so zugucken?«

Erschrocken fahren wir auseinander. Am Fuß der Rampe steht Knight. Seine blonden Haare hängen zerzaust zu einer Seite seines Gesichts und seine Arme sind vor der Brust überkreuzt.

»Was machst du denn hier?«, rufe ich zu ihm runter.

Er lacht. »Die Frage könnte ich zurückgeben. Interessante Aussicht.«

»Schwing keine Reden und komm hoch.«

Er setzt sich in Bewegung.

»Soll ich lieber gehen?« June wirkt plötzlich ganz unbehaglich, aber ich schüttle den Kopf.

Bloß nicht. Gerade, wo es spannend wird.

Mit schweren Schritten kommt Knight bei uns an, setzt sich neben mich und lässt seine abgewetzten Sneaker ebenso von der Rampe baumeln wie ich und June.

»Was geht? Musst du nicht arbeiten?« Ich stupse ihm mit dem Ellenbogen in die Seite.

Er zuckt als Antwort mit den Schultern und greift nach meinem angekauten Burger, um ihn sich ungefragt in zwei Happen in den Mund zu schieben.

»Wir haben noch mehr Essen. Hast du Hunger?« June beugt sich ein Stück vor, um Knight anzusehen. Der schnaubt bloß genervt.

»Du musst hier nicht einen auf *Mutter der Nation* machen, Rotschopf. Wenn ich was essen will, kauf ich mir selbst was, ja?«

June zuckt zurück.

Ich nicht. Ich scanne bloß Knights Gesicht ein bisschen eindringlicher. Keine Ahnung, ob ich wissen will, warum er heute so schlecht drauf ist. Geld ist ein schwieriges Thema bei ihm. War schon immer so. Fragile Angelegenheit.

Er seufzt und wendet sich dann erneut an June. »Sorry, war nicht so gemeint. Habt ihr vielleicht doch noch einen Burger?«

»Klar.« Mit einem Lächeln reicht sie ihm die Papiertüte. Ich wünschte, er würde nicht so beschämt aussehen, während er sie entgegennimmt.

»Alles okay bei dir, Mann?«

Er nickt. »Alles wie immer.«

»Kommst du von zu Hause?«

»Mh-hm. Und du? Wo pennst du eigentlich, Rain?«

Mein Schulterzucken erntet einen argwöhnischen Blick.

»Ich schlaf bei June.«

»Er schläft bei June. Na, so was. Fehlt nur noch, dass sie zufällig ein Psycho ist, dann würde mich das gerade extrem an was erinnern, an das ich niemals wieder erinnert werden wollte. Was sagt Rebel dazu?« Er fixiert jetzt June und die wiederum mich. Ich weiß, worauf er anspielt, aber das passiert mir nicht noch mal. Nie wieder.

»Ach, erzähl keinen Scheiß. Du weißt doch gar nicht, worüber du da redest. Und Rebel hat damit gar nichts zu schaffen, also brauchst du gar nicht wieder petzen gehen.«

Nach unserem kleinen Ausflug in den Skatepark verbringen wir den Rest des Tages an Junes Pool. Selbst dann noch, als die Sonne schon längst untergegangen ist und der blaue Himmel langsam einer sternenklaren Nacht weicht.

»Auch, wenn ich eigentlich nicht fragen darf, aber was meinte Knight vorhin damit?«, fragt June und schaut von ihrer Liege rüber zu meiner.

»Womit?«

»Na, dass ihn die Sache mit uns an etwas erinnert. An was erinnert ihn das?«

»Findest du, da ist etwas zwischen uns?«

June seufzt getragen und setzt sich auf. »Lenk nicht ab.«

»Es geht dich nichts an, denn du hast die Regeln gemacht. Vielleicht erzähl ich dir nächste Woche davon.«

Obwohl es zuversichtlich klingen sollte, wird ihr Blick immer bedrückter. »Meinst du, es gibt nächste Woche?«

»Erst mal gibt es diese Woche.« Dabei ist das nicht die ganze Wahrheit. Ich mag sie mehr, als ich zugeben würde. Und das ist definitiv keine erfreuliche Entwicklung.

»Fühlst du dich auch manchmal, als wärst du ganz allein auf dieser Erde, Rain?«, fragt sie nach einer Weile leise und schaut zurück in den Sternenhimmel.

Ihr Profil mit der niedlichen Stupsnase und den weichen Wangenknochen zeichnet sich im Mondlicht ab. Der Anblick erzeugt Gefühle in mir, die ich nie wieder haben wollte.

»Es gab mal eine Zeit, da habe ich mich nicht so gefühlt.«

Langsam setze ich mich auf und gehe zu ihrer Liege hinüber. Sie rutscht wie selbstverständlich ein Stück zur Seite, damit ich Platz neben ihr habe. Meine Arme umschlingen ihre Taille und ihr Kopf ruht auf meiner Brust. Ihre Haut glüht noch von der Sonne des Tages. Sie ist so weich und anschmiegsam. Alles an ihr. Weich, rund und voller Leben.

»Niemand sollte sich einsam fühlen müssen«, flüstert sie.

»Und doch tun wir es alle auf unsere eigene Weise.«

Einen schweren Herzschlag lang schaut sie mich noch an, dann löst sie sich von mir, obwohl ihr Blick danach schreit, festgehalten zu werden.

Warum macht sie das immer? Warum muss sie immer zwei Schritte zurückmachen, wenn sie einen auf mich zu gemacht hat?

Doch bevor ich dazu komme, diesen Gedanken weiter zu ergründen, steht sie auf. Mein Blick klebt auf ihrer Haut, die sich hell unter dem halb transparenten Kimono abzeichnet. Quälend langsam öffnet sie das Band, das den Stoff zusammenhält. Als das Teil von ihren Schultern gleitet, macht sie mit ihrem Bikinioberteil weiter. Ihre schweren Brüste bewegen sich mit jeder ihrer Bewegungen. Und was würde ich darum geben, jetzt die Hand auszustrecken und sie zu berühren. Aber das kann sie vergessen. Heute nicht. Heute will ich eine Einladung. Ich will, dass sie mich bittet. Dass sie darum bettelt und fleht.

Nachdem sie das Oberteil auf der Liege abgelegt hat, geht sie zum Pool hinüber. Und ich starre ihr hinterher und fühle nichts mehr als das verlangende Pochen, das sich jetzt einzig und allein auf meinen Schoß konzentriert.

Es ist offiziell: Ich bin so was von verloren.

Während sie über die Leiter ins Wasser steigt, komme ich ebenfalls auf die Füße.

Noch im Gehen ziehe ich das Shirt über den Kopf. June betrachtet mich dabei eingehend. Sie legt die Unterarme auf den Beckenrand und bettet den Kopf darauf. Wasser fließt aus ihren Haaren über ihre Schultern und in meinem Verstand verabschiedet sich eine Synapse nach der anderen. Ganz langsam.

»Kommst du her?«

Nichts lieber als das.

Ich fahre mit dem Daumen unter den Bund der Shorts und streife alles mit einem Schwung ab. Im Gegensatz zu ihr mache ich mir keine Mühe, den Kleiderberg zusammenzulegen, und kicke ihn mit dem Fuß beiseite.

Ich habe nur noch Augen für June. Die ist allerdings damit beschäftigt, ihren Blick über mich schweifen zu lassen. Ich spüre ihn richtig. Als sie bei meinem Schwanz ankommt, atmet sie schwer aus.

»Was wird das hier, hm?« Ich lasse mich direkt vor ihr auf dem Rand nieder. Sie tritt näher heran und gleitet mit den Fingerspitzen über meinen Oberschenkel. Fast so, wie ich es bei ihr gemacht habe, als sie hier auf dem Beckenrand saß. Kurz bevor sie in meinem Schritt ankommt, stoppt sie und zieht mich zu sich ins Wasser.

»Das wird meine Abbitte. Du hast schließlich noch einen gut bei mir. Ich habe nicht so gern Schulden.« Im selben Moment streichelt sie unter Wasser über meine nackte Hüfte. Das sehnsüchtige Ziehen wird unaushaltbar. Wenn sie nicht bald diese gottverdammte Hand um meinen Schwanz legt, werde ich es selbst tun.

Doch June streichelt nur weiterhin an meinem Bauch herum.

Als ich das Gesicht an ihrem Hals vergrabe und vor lauter Ungeduld aufstöhne, lacht sie leise. Unfassbar.

»Das ist Folter, June«, flüstere ich an ihrem Ohr und lasse die Lippen über die zarte Haut dahinter gleiten. »Grausame Folter.«

»Gefällt dir das?«

Sie fragt mich ernsthaft, ob mir das gefällt.

»Solange ich nicht haben kann, was ich *wirklich* will, sehe ich es als Kompromiss.«

Ihre Hand stoppt unterhalb meines Bauchnabels, der Blick aus ihren großen, unschuldigen Augen flackert vor Erregung.

»Was willst du denn wirklich?«

»Am liebsten würde ich dich umdrehen und dir dabei zusehen, wie du dich über den Rand von diesem Pool beugst. Wie dein Hintern sich mir entgegenstreckt. Wie die Abdrücke meiner Hände auf diesem wunderschönen Rücken aussehen würden.«

Sie stöhnt, das Geräusch rieselt in Schauern über meine Haut.

»Dann würde ich deine Beine auseinanderschieben und deine Haare packen …«

Bevor ich mit meinen Ausführungen fortfahren kann, legt sie die Lippen auf meine und die Hand um meinen Schwanz.

Fuck, ist das gut.

Endlich.

Die Bewegung ihrer Finger fühlt sich so verdammt nach Erlösung an. Sie ist ein bisschen zu zaghaft und ein bisschen zu langsam, aber das ist mir gerade so was von gleich. Alles, was ich will, ist, dass sie weitermacht.

»Ich würde meine Hand um deinen Hals legen und du würdest es lieben. Du würdest meinen Namen schreien, wenn du kommst.« Meine Stimme bricht sich rau in ihrem Haar, mein Atem beschleunigt sich immer weiter. »Meinen Namen, June, nur noch meinen Namen.«

»Ich kenne deinen Namen nicht.« Sie stöhnt es mehr, als dass sie es ausspricht.

»Gefällt dir das? Dass ich jeder sein könnte?«

»Nein, ich will nur dich.«

»Das ist auch besser so.« Ich lasse eine Hand zwischen ihre Beine gleiten, sie wimmert auf.

»Küss mich«, haucht sie. »Bitte küss mich noch mal.«

Wie könnte ich nicht? Und während meine Zungenspitze ganz zart um ihre kreist, werden ihre Handbewegungen unter Wasser endlich fester und zielgerichteter, noch nie hat es sich so angefühlt. So intim, so nah.

Verdammte Scheiße, was wird das hier eigentlich?

Kapitel 12

June

Rain liegt neben mir in meinem breiten Bett und zieht die weiße Bettdecke ein Stück weiter über seine Hüfte.

»Was meintest du eigentlich vorhin damit, dass du meinen Namen nicht kennst?«, fragt er. Mit seinen Fingerspitzen streichelt er sachte an meinen Rückenwirbeln auf und ab.

»Du kannst mir doch nicht erzählen, dass Rain dein richtiger Name ist. Genauso wie Rebel und Knight wohl nicht so heißen, oder?«

»Ist es denn so wichtig, wie jemand heißt? Wäre ich ein anderer für dich, wenn ich jetzt sagen würde, dass ich Alfred heiße?«

»Heißt du denn Alfred?«

»Rate mal.« Er lacht kurz auf, aber wird dann gleich wieder ernst. »Weißt du June, im Grunde bist du eine der wenigen Personen, die mein wahres Ich kennen. Du bekommst nicht die Version, die alle erwarten, wenn ich meinen Namen sage. Die, die in der Vergangenheit vielleicht schon einen Haufen Fehler gemacht hat. Die, die ich der ganzen Welt präsentieren muss, damit ich weitermachen kann. Du kennst nur den Mann, der ich jetzt gerade bin. Ich bin Rain, June. Für dich bin ich Rain. Rain ist die beste Version von mir.«

Er küsst meine Schläfe. Die Berührung ist so zärtlich, dass völlig in den Hintergrund rückt, wie rau er sonst ist.

Vielleicht ist es gerade das, was mir so gut gefällt. Es macht mich verrückt, wenn er all diese schmutzigen Dinge sagt und wie er mich dabei ansieht. Ich mag, wie er mich jedes Mal ein Stückchen weiter über meine eigenen Grenzen hinaustreibt. Dass er mich reizt und aus meiner Komfortzone lockt. Es fühlt sich leicht mit ihm an und vielleicht reicht das. Muss es immer eine Zukunft geben? Kann nicht das hier einfach für den Moment genug sein?

»Womöglich hast du recht. Vielleicht gibt es von jedem Menschen unendlich viele verschiedene Versionen.« Kurz muss ich daran denken, wie viele Versionen ich von Sam verpasst habe. Ich kannte immer nur sein geordnetes und diszipliniertes Selbst.

Wie viele Versionen von mir hat er verpasst?

Diese June hier, die hat er niemals kennengelernt. Vielleicht ist es besser so. Er hätte sich für diese June hier geschämt. Er hätte mein Verhalten der letzten Tage vermutlich unangemessen und obszön gefunden.

»Was ist los?«, fragt Rain leise.

»Ich habe nur gerade darüber nachgedacht, wie sehr ich immer darauf gepolt war, an die Zukunft zu denken, an den Rest meines Lebens. Alles richtig zu machen, aber das kann man gar nicht. Und daran, dass ich mit dir einfach die Dinge tun kann, die ich jetzt gerade schön finde.«

»Kannst du.« Mit einem Schmunzeln drückt er die

Lippen auf meine. Und ich genieße jede Sekunde davon. Ohne Hintergedanken. Einfach, weil es sich gut anfühlt, nach der langen Zeit wieder jemandem so nah zu sein.

»Ich bin froh, dass du hier bist, Rain. Ich habe zwar keine Ahnung, warum das Schicksal uns zusammengeführt hat, aber es gefällt mir. Ich glaube, ich mag die June, die ich hier bin.«

Er seufzt. »Ich auch. Ich habe mich lange nicht so gefühlt wie hier mit dir.«

»Wie pathetisch.«

»Dabei ist es wahr.«

»Wie fühlst du dich denn?«

»Frei, June. Einfach frei.« Er lächelt zwar, doch seine Augen sagen etwas ganz anderes. Etwas, das mich irgendwo tief im Inneren berührt. An einem Ort in meiner Seele, von dem ich nie wusste, dass er überhaupt existiert.

Freitagmorgen sind wir mit dem Auto auf dem Weg zum Supermarkt, als Rains Handy klingelt.

Er zieht es aus der Jackentasche und schaut darauf.

»Fuck«, sagt er leise, während er das Gespräch annimmt. »Ja? … Ja, kein Problem … Was? Sie ist wieder zu Hause? … Okay. Ich bin dann um zwei da, wenn das in Ordnung ist. Danke für den Anruf.«

Er legt auf, aber behält das Handy in der Hand. Sein Blick ist starr in die Ferne gerichtet. »Ich muss morgen kurz mal weg. Ich weiß, dass das gegen die Abmachung verstößt, aber ich … wenn es nicht geht, dann steige ich aus.«

»Wohin musst du denn?«

»Ist eine private Angelegenheit. Sorry.«

Ohne weitere Nachfragen zu stellen, parke ich den Wagen und schalte den Motor aus. In Momenten wie diesem verfluche ich diese dämliche Idee mit der Wette wirklich. Es gibt so vieles, das ich gern über ihn wüsste.

Seine Worte von gestern Abend kommen mir in den Sinn. Wir kennen uns jetzt als die Versionen von uns, die wir uns gegenseitig zeigen. Was würde werden, wenn wir plötzlich ein ganz anderes Bild voneinander hätten, nur weil wir die Hintergrundgeschichte des anderen kennen? Würden wir damit klarkommen?

Als wir aus dem Auto steigen, brennt die Mittagshitze schonungslos auf unsere Köpfe. Die Luft ist stickig. Es fühlt sich nach Gewitter an. Auf allen Ebenen.

Ich schaue Rain nach, der mit langen Schritten auf die Einkaufskörbe zuhält. Er hat die Schultern hochgezogen und die Hände in die Hosentaschen geschoben. Schon auf dem Weg starren ihn die Leute an und weichen aus, wenn er näher kommt.

Es ist ein merkwürdig schmerzhaftes Bild.

Ich habe die letzten Tage so viel Zeit mit ihm verbracht, dass mir sein Äußeres gar nicht mehr so sehr auffällt, aber ja - er eckt an. Jetzt, wo ich ihn im Vergleich zu den anderen Leuten vor dem Supermarkt sehe, wird mir das wieder so richtig bewusst. Die unzähligen Tattoos, die schwarzen Klamotten, die derben Lederstiefel und ein Gesicht, das den Eindruck vermittelt, als hätte er ein ernsthaftes Aggressionsproblem.

Dabei ist alles, was ich bisher von ihm kennengelernt habe, vielleicht ein bisschen ungeschliffen und rau. Aber im Kern ist er ein guter Kerl. Und diese Tatsache zeigt mal wieder eindrücklich, dass man niemanden verurteilen sollte, bevor man ihn wirklich kennt.

»June! Kommst du jetzt, oder was?«, ruft er. Die ältere Frau neben ihm legt einen Schritt zu.

»Bleib ruhig, Herrgott. Es ist doch nur ein Einkauf.« Ich schaue lächelnd zu ihm hoch, sein Blick wird nur noch finsterer.

Das ändert sich auch nicht, nachdem wir den Supermarkt betreten haben. Er läuft mir mit einer Miene hinterher, als würde der Weltuntergang nahen. Gott allein weiß, was heute mit ihm los ist. Seit er dieses Telefonat entgegengenommen hat, ist es, als hätte jemand einen Schalter in ihm umgelegt.

Beim Durchstöbern der Gemüseabteilung erreicht seine schlechte Laune den Tiefpunkt. Er fährt sich über die Augen, als wäre jede Sekunde seiner Anwesenheit in dieser Supermarkfiliale eine Zumutung für seine Nerven.

»Na, wie siehts aus? Irgendwelche Wünsche?«

Er stöhnt genervt. »Sehe ich für dich aus wie jemand, der Wünsche hat? Ist mir egal, was wir kochen. Mach einfach, was du willst.«

»Gibt es nichts, was du besonders gern kochst?«

»Keine Ahnung, für gewöhnlich koche ich nicht.«

»Warum nicht? Kochen macht Spaß und ist gesund.«

»Gott, du klingst, als wärst du meine Nanny. Wie unsexy.«

»Unsexy ist, wenn erwachsene Männer sich wie Kleinkinder verhalten, wenn es um den Haushalt geht. Hat deine Mutter dir keine Gleichberechtigung beigebracht?« Ich packe einen Bund Karotten ein und will weitergehen, doch Rain versperrt mir den Weg. Sein Gesichtsausdruck ist eine einzige undurchdringliche Wand.

»Nein, das hat sie leider nicht. Und auch sonst habe ich keine Ahnung, was meine Mutter so macht, denn ich habe sie seit drei Jahren nicht gesprochen.« Damit wendet er sich ab und verschwindet hinter der nächsten Regalreihe.

Bei den Tiefkühlwaren sammle ich ihn schließlich wieder ein und schiebe als Entschuldigung meine Hand in seine.

»Tut mir leid. Ich wusste nicht, dass das ein wunder Punkt ist.«

Er verschränkt unsere Finger miteinander. »Ist es nicht.«

Ist es doch.

Gerade, als ich mich zu ihm hochstrecken will, um ihn zu küssen, fasst jemand von hinten an meinen Ellenbogen.

»Hallo, Liebes. Was machst du denn hier?«

Erschrocken fahre ich herum, dann trifft mich fast der Schlag.

»Du meine Güte, Alice.« Ich reiße meine Hand hektisch aus Rains und umklammere stattdessen den Schiebegriff des Einkaufswagens. »Ich kaufe ein«, setze ich überflüssigerweise hinterher und trete einen Schritt beiseite, weil Rain noch immer viel näher neben mir steht, als es für normale Bekannte üblich wäre.

Sie betrachtet ihn von Kopf bis Fuß, wendet sich dann aber wieder mir zu. »Wie hast du dich denn eingelebt? Kommst du noch mal zum Essen? Vielleicht morgen, ja? Burt spielt Sonntag Golf. Aber morgen wäre es wirklich schön. Du hast doch sicher nichts vor, oder?«

Und während Alice mich mustert und Rain sich abwendet, ist es, als würden Vergangenheit und Zukunft unaufhaltsam miteinander kollidieren. Ich bin mir nicht sicher, ob ich dafür wirklich bereit bin.

Während der Rückfahrt legt Rain den Ellenbogen auf der Türverkleidung ab und stützt sein Kinn auf die rechte Faust. Er starrt aus dem Fenster und hat kein Wort mehr gesagt, nachdem wir uns aus Alice' Fängen befreien konnten. Schlimm genug, dass sie uns zusammen gesehen hat. Sie hat mit Sicherheit auch beobachtet, wie vertraut er und ich vorher zusammengestanden haben. Nicht, dass ich mich für ihn schäme, aber sie ist immerhin Sams Mutter. Und Rain dürfte nicht unbedingt dem Typ Mann entsprechen, den sie schätzt.

»Wer war eigentlich die Tussi vorhin, die dich die ganze Zeit zugequatscht hat?«, fragt Rain von der Seite, während ich vom Highway auf eine Nebenstraße abbiege. Seine Stimme ist so kalt und gehässig wie sein Gesichtsausdruck.

»Das war eine alte Bekannte. Ich hatte früher viel mit ihr zu tun, weißt du?«

»Nicht wirklich, aber es geht mich ja glücklicherweise

auch nichts an. Ich dachte, die hört nie auf zu labern.« Er verdreht die Augen und starrt wieder aus dem Fenster.

»Ist wirklich alles okay bei dir, Rain?«

»Warum sollte es nicht?«

»Ich weiß nicht. Seit du vorhin diesen Anruf entgegengenommen hast, da …«

Sein Kopf schießt wieder zu mir herum. »Sorry, die Alte im Supermarkt ist mir eben auf die Nerven gegangen. Wenn du auf meine Laune keinen Bock hast, dann schmeiß mich halt raus.«

»O Gott, jetzt hör doch auf, so einen Unsinn zu erzählen und krieg dich wieder ein. Ich wollte nur nett sein und nachfragen, aber wenn du auf nett keine Lust hast, bitte.«

Und egal, was er sagt, ich bin mir sicher, dass das Zusammentreffen mit Alice nicht der wahre Grund für seine Laune ist. Denn genauso wie ich ist auch er heute wieder ein Stück weit in der Wirklichkeit angekommen. Die letzten Tage haben wir in einer Blase gelebt, die nicht von Dauer sein kann. Montag holt uns der Alltag ein. Ob wir wollen oder nicht.

Die Nacht verbringt Rain im Gästezimmer. Als ich am nächsten Morgen aufstehe, ist er bereits weg. Er hat weder eine Nachricht hinterlassen noch sonst irgendwie Bescheid gesagt, wohin er geht und wann er wiederkommt. Und obwohl er mir keine Rechenschaft schuldig ist, ärgert es mich maßlos.

Selbst dann noch, als ich mich am Nachmittag auf den Weg zu Alice und Burt mache. Ich lasse die Terrassentür unverschlossen, damit Rain später ins Haus zurückkann. Eigentlich müsste ich ihn draußen warten lassen, würde ihm recht geschehen nach der Nummer vom Vortag.

Bei meinen Schwiegereltern angekommen, empfängt mich Alice mit einer herzlichen Umarmung und führt mich zu dem üppig gedeckten Tisch, an dem zu meiner Überraschung bereits ein junger Mann sitzt, den ich noch nie zuvor gesehen habe.

»June, Burt kommt gleich. Aber ich kann dir stattdessen schon einmal Josiah vorstellen. Er ist Mitglied in unserer Gemeinde und wir schätzen ihn sehr. Ich dachte, dass ich ihn einfach mal ganz unverbindlich zum Essen einlade.«

Unverbindlich?

Bevor ich irgendetwas sagen kann, kommt Burt hinzu und umarmt mich ebenso liebevoll wie Alice. Während wir uns begrüßen, will die ungesehen in die Küche flüchten, aber ich entschuldige mich bei den beiden Männern und eile ihr hinterher.

»Wenn es das ist, was ich denke, dann bin ich richtig sauer, Alice. Was soll das?«

Leider wirkt Alice, als würde sie mich gar nicht richtig ernst nehmen. »Ach, June«, sagt sie lapidar. »Bisher dachten wir, dass du einfach immer noch in Trauer bist. Und beim Allmächtigen, ich kann dich verstehen. Aber wie ich dich gestern im Supermarkt gesehen habe, da war mir klar, dass du auf den falschen Weg abgebogen bist, Liebes. Du sehnst dich nach einem Partner an deiner Seite, das ist normal. Deshalb bat ich Burt, Josiah einzuladen. Er ist alleinstehend und in deinem Alter. Er hat einen sehr guten Job und ist ein anständiger Mann. Wir wollen doch nur das Beste für dich. Sam hätte sich gewünscht, dass wir ein Auge auf dich haben. Er hätte Josiah gemocht.«

Und ich kann mir nicht helfen, ihre Worte machen irgendetwas in mir. Was, wenn sie recht hat? Was, wenn ich mich gerade in etwas verrenne, weil ich mich von den falschen Motiven leiten lasse? Lust und Leidenschaft statt Vernunft und Zukunftspläne?

»Danke, Alice, ich weiß das zu schätzen. Aber ich habe kein Interesse an irgendwelchen Verkupplungsversuchen.«

»Das sah mir gestern aber ganz anders aus. Und dann noch so einer. June, ich bitte dich. Ich verstehe, dass du einsam bist und das Abenteuer suchst. Aber so jemand ist doch nichts für dich. Er sah aus, als wäre er aus einem Gefängnis entlaufen, also wirklich.«

Ich verkneife mir jeden weiteren Kommentar und lasse mich stattdessen wieder in den Garten zurückführen.

Burt und Josiah sitzen jetzt nebeneinander und unterhalten sich angeregt, unterbrechen ihr Gespräch aber, als ich mit Alice dazukomme.

»So, und nun noch einmal offiziell: Josiah, das ist unsere Schwiegertochter June. Sie ist seit dem Tod unseres Sohnes alleinstehend und ich denke, dass ihr euch gut verstehen werdet.« Bei Alice klingt es, als würde sie mich und diesen Typen schon vor dem Traualtar sehen.

Besagter Josiah lächelt breit, steht auf und reicht mir die Hand.

»Hallo, June. Nett, dich kennenzulernen. Burt und Alice erzählen immer so viel von dir.«

»Wie schön. Das … Ich freue mich auch.« Ich nicke ihm zu und wir setzen uns alle. Es gibt Salat und Steaks. Garniert mit einer unangenehmen Sprachlosigkeit auf allen Seiten. Die Stimmung ist zum Zerreißen angespannt und ich fühle mich so unwohl, dass ich am liebsten sofort gehen würde.

Im Laufe des Essens entwickelt sich ein zähes Gespräch. Josiah erzählt von seinem Job und seinen Hobbys. Beim Gestikulieren spannt das karierte Hemd um seinen Bizeps. Er ist wirklich ein attraktiver Mann, das kann ich gar nicht leugnen. Aber in mir löst er nicht das Geringste aus. Ich kann seinen Ausführungen nicht folgen, weil ich noch immer ständig über Rains merkwürdigen Termin nachdenken muss. Rain, der mit einem einzigen Blick und ein paar geflüsterten Worten meine ganze Welt auf den Kopf stellen kann. Dessen Bizeps nicht nur gut aussieht, sondern sich auch gut anfühlt. Der Gedanke daran, dass ich ihn womöglich nach morgen Abend niemals wiedersehen werde, wird mit jeder Minute unerträglicher. Ich hatte noch nicht genug von ihm. Es reicht noch nicht.

Sam hätte Josiah gemocht.

Mein Gott, wie kann einem ein einziger Satz ein solch schlechtes Gewissen machen?

Als Josiah mich das zweite Mal direkt anspricht und eine Nachfrage stellt, besinne ich mich endlich und schiebe Rain und alles, was mit ihm zusammenhängt, beiseite.

»Lebst du auch hier an der Küste?«, frage ich, während Josiah sich gerade ein Stück Steak in den Mund schiebt und übertrieben darauf herumkaut.

»Nein. Ich wohne mehr im Ortskern. Dort ist auch mein Büro. Wohnst du hier?«

»Unten am Dune Beach. Ist schön da.«

»Hm-mh«, macht er. Immer noch kauend. Ich kann sein Schlucken fast hören. »Und was machst du denn sonst noch gern, June? Ich persönlich habe letztes Jahr das Fliegenfischen für mich entdeckt.«

»Bis jetzt hatte ich nie Zeit für weitere Hobbys. Das kommt vielleicht noch.« Ich lächele unverbindlich.

»June wandert gern«, wirft Alice ein.

Ja, mit Sam bin ich gewandert. Er mochte das. Die Natur und die Bewegung. Heute hänge ich in Skateparks rum und esse dabei Burger. Welche Version davon bin eigentlich wirklich ich?

Nachdem wir endlich das Dessert hinter uns haben, steht Josiah auf und gibt mir zum Abschied links und rechts ein Küsschen. Er schreibt mir seine Nummer auf einen Zettel, bevor er zu seinem Wagen schlendert.

Wir schauen ihm alle hinterher.

Schließlich ist es Alice, die euphorisch in die Hände klatscht. »Na, das war doch nett, oder? Ich wusste, dass ihr euch versteht.«

Kapitel 13

Rain

Nachdem Patricia Hayes mich gestern angerufen hat, ist der ganze Tag den Bach runtergegangen. Sie hat mir erzählt, dass Cass aus der Klinik entlassen wurde, aber sich zu Hause weigert zu essen, bis ich sie besuchen komme. Was bleibt einem da für eine Wahl? Also bin ich hingefahren, doch es war genauso wie befürchtet.

Früher waren da nur sie und ich gegen den Rest der Welt, jetzt stehen wir nicht mal mehr auf derselben Seite des Abgrunds.

So ändern sich die Zeiten. Ich kann im Moment ohnehin nichts für sie tun, weil sie sich selbst dermaßen im Weg steht.

Jetzt bin ich zurück in Half Moon Bay, sitze auf Junes Sofa und betrachte das furchtbar hässliche abstrakte Bild auf der anderen Wandseite. Es ist schreiend bunt und wirkt wie ein unnötiger Farbklecks in der Eintönigkeit dieses Wohnzimmers. Passend zu unserer dämlichen Wette ist das ganze Haus so unpersönlich, dass mir nicht einmal die Einrichtung oder die Bilder etwas über das Leben von June verraten könnten. Als ich vorhin im Bus nach Hause saß, habe ich zum ersten Mal das heftige Verlangen gehabt, irgendetwas über die echte June herauszufinden. Irgendeinen Anhaltspunkt zu haben, dass das, was ich für sie empfinde, nicht nur in meinen Gedanken existiert. Dass das zwischen uns real ist.

Immer wenn ich Cass sehe, kann ich mir nicht mehr vorstellen, wie sie früher gewesen ist. Es ist, als würde meine Liebe zu ihr nur noch in meinem Kopf wohnen. Als wäre alles andere einfach verpufft. Das, was mal zwischen uns war, hat sich in Luft aufgelöst. Sie hat es weggehungert und aus sich herausgeschnitten. Sie glaubt, dass ich sie im Stich gelassen habe, dabei ist sie die, die mich verraten hat.

Ich habe damals immer geglaubt, dass sie meine Zukunft ist. Dass wir echt sind. Nichts davon war echt. Sie hat meine Liebe abgeschüttelt wie ein unpassendes Kleidungsstück. Und ich habe Angst, dass es mit June auch so enden wird.

Ich meine, was ist das hier?

Ein netter Zeitvertreib?

Was ist real und was spielen wir uns nur vor?

Vor was läuft sie davon, dass nicht einmal ihr Haus ihre echte Persönlichkeit widerspiegelt?

Wer ist sie, verdammt noch mal?

Ich springe vom Sofa auf und gehe in ihr Schlafzimmer, reiße wahllos irgendwelche Kisten und Schubladen auf und weiß selbst nicht, nach was ich überhaupt suche. Mehr als ein paar alte Schulzeugnisse und Steuerunterlagen finde ich auch nicht. Anscheinend ist June aber ihr richtiger Name.

Eine letzte Kiste habe ich noch vor mir, die steht hinter ihrer Schlafzimmertür.

Scheiße, Jackpot.

Das sind Fotos.

Vor mir liegt ein ganzes Leben in Fotoalben. Ich nehme das erste aus der Kiste und fange an zu blättern, lege es aber schnell wieder weg. Weil es ein Hochzeitsalbum ist. Weil bei dem Anblick von ihr in diesem Hochzeitskleid ein verräterischer Stich durch meine Brust fährt, der da nichts zu suchen hat.

Gott, du Idiot. Guck halt die dämlichen Fotos an.

Also nehme ich das Album erneut in die Hand. Sie hat wunderschön ausgesehen mit den Blumen im Haar und dem feinen Perlenschmuck. Auch der Typ neben ihr strahlt.

Der Gedanke daran, wie sehr sie ihn in diesem Moment geliebt haben muss, tut so weh, dass es mich ehrlich schockiert.

So sehr, dass sie ihn geheiratet hat. Dass sie ihr ganzes Leben mit ihm verbringen wollte.

Was ist nur mit ihm passiert?

Ich betrachte die Bilder näher, studiere sein Gesicht, komme aber nicht darauf, was mich daran stört. Es ist wie ein diffuses Unwohlsein, das sich bei seinem Anblick in meinem ganzen Körper ausbreitet, ohne dass ich es greifen könnte.

Weil das Gefühl immer stärker wird, je länger ich die Hochzeitsfotos betrachte, lege ich das Album weg und greife zum nächsten. Es sind Landschaftsaufnahmen.

Dann kommen Weihnachtsbilder und welche von irgendeinem Urlaub mit Freundinnen. Es ist merkwürdig, so viele Einblicke in Junes normales Leben zu bekommen, ohne die Hintergründe dazu zu kennen. Aber ich kann auch nicht aufhören, immer tiefer zu wühlen und alles ans Licht zu holen, was die Bilder mir zeigen. Ist es krank, dass ich mir wünsche, zu ihrem Leben zu gehören? Auch ein Album in dieser Kiste zu bekommen?

Weil der Drang danach so übermächtig wird, stehe ich auf und gehe zu meinem Rucksack, ziehe eins der zerknickten Polaroids heraus, die June am zweiten Abend am Pool aus Spaß von uns gemacht hat, und lege es zu den anderen Fotos.

Ganz oben auf.

Die Aufnahme ist ein bisschen unscharf, ihre weißen Zähne sind völlig überbelichtet. Wir wirken darauf vertraut und zufrieden.

Ich bin schon längst ein Teil von ihr.

Und wenn sie das nächste Mal in Erinnerungen versinken will, wird sie zuerst an mich denken müssen.

Kapitel 14

June

Es ist schön, nach Hause zu kommen und alles so hell erleuchtet vorzufinden. Es sieht nach Leben aus und fühlt sich nach Geborgenheit an. Was mich am meisten erleichtert, ist die Tatsache, dass Rain wiedergekommen ist.

Ich hatte ein bisschen Sorge, dass er vielleicht doch so sang und klanglos verschwinden würde, wie er aufgetaucht ist. Dass er geht, ohne einen Abschied oder ein letztes Wort.

Aber er ist hier.

Bei mir.

Als die Haustür sich öffnet, dröhnt laute Musik aus dem Wohnzimmer. Rain sitzt oberkörperfrei in einer schwarzen Trainingshose auf dem Sofa und hat die Arme über die Lehne gelegt. Sein Blick ruht hypnotisch auf dem Bild an der gegenüberliegenden Wand.

»Schön, oder? Ich liebe die Farben«, sage ich und drehe die Anlage leiser.

Er fährt zu mir herum, sein Blick ist völlig emotionslos. »Ist das hässlichste Bild, das ich je gesehen habe.«

Seufzend setze ich mich neben ihn auf das weiche Polster und nehme seine Hand in meine, streichle sanft die

Linien des Mandalas auf seinem Handrücken nach.

»Was ist los? Seit gestern bist du nicht du selbst.«

»Ist hier denn irgendwer er selbst? Du willst wissen, wer ich bin? Wer bist du überhaupt, June? Was ist denn mit dir, hm? Warum machst du so idiotische Wetten und warum bist du seit gestern so verdammt hartnäckig?«

Statt einer Antwort streiche ich nur weiter über sein Handgelenk und drehe die Handfläche nach oben. Mein Blick fällt auf das kleine *A* an seinem linken Ballen, doch bevor ich darüberfahren kann, reißt er die Hand weg.

»Was ist los?«

»Nichts. Bei dir?«, antwortet er, den Blick starr an die Wand gerichtet.

»Viel. Ich hatte einen schrecklichen Abend. Wirklich. Meine Schwie… Bekannten haben versucht, mich mit einem Finanzberater aus ihrer Kirche zu verkuppeln, ich musste halbrohes Steak essen und diese Haarnadeln drükken an meinem Kopf, als würde meine Kopfhaut abreißen. Alles in allem ein Desaster.«

Er lacht freudlos, dreht sich aber ein Stück zu mir und beginnt vorsichtig, die Nadeln aus meinem Haar zu zupfen.

»Willkommen im Klub. Mein Tag war ebenfalls eine Aneinanderreihung von Tiefpunkten.« Obwohl seine Hände so sanft sind, tobt in seinen Augen ein Sturm.

»Wirst du mir sagen, welcher davon dich so wütend macht?«

»Jeder einzelne. Mein ganzes verficktes Leben macht mich wütend. Jede Entscheidung, jeder Fehler …« Er schaut mir fest in die Augen. »Ich will das hier nicht so sehr wollen.«

Es ist schrecklich, dass ihn diese rohe Verzweiflung nur noch schöner macht. Nachdem ich die letzten Stunden neben dem tüchtigen und ehrbaren Josiah verbracht habe, kommt mir Rain vor wie die verlockende Sünde in Menschengestalt. Seine Muskeln arbeiten unter der tätowierten Haut, seine Hände sind so zart in meinen Haaren und sein Blick ist so wild, als könnte er nur allein damit alle Geister vertreiben, die mich heimsuchen.

»Was für ein Typ war das heute?«, fragt er.

»Ach, was weiß ich. Irgendein freundlicher Anzugträger mit einem Gesangbuch zu viel zu Hause.«

Rain lacht leise und steht vom Sofa auf. Er zieht mich an der Hand hoch, ich folge. Direkt in diese Umarmung hinein, nach der ich mich den ganzen Tag so sehr gesehnt habe.

»Meinst du, dass er dich zum Singen gebracht hätte?« Seine Stimme bekommt diesen Unterton und mein Körper brennt sofort lichterloh. Für ihn. Alle Nervenenden erwachen zum Leben. Er biegt meinen Kopf zurück und fährt mit den Zähnen über die Haut. Ich stöhne auf, lasse ihn weitermachen. Weiter und immer weiter.

»Schlaf mit mir.« Ich will ihn. So sehr. Ich will, dass er mich einen Moment lang vergessen lässt, wie enttäuschend das Leben manchmal ist.

»Ich weiß nicht, ob heute der richtige Tag dafür ist, Prinzessin.«

»Warum nicht?«

Statt einer Antwort legt er die Hände um mein Gesicht und schaut mir in die Augen. All die Wut, von der er eben gesprochen hat, spiegelt sich in seinem Blick. Nichts daran schreckt mich mehr ab.

»Bitte, Rain. Du hast gesagt, dass ich die Regeln mache.«

»Und wie lauten deine Regeln für das hier?«

»Ich will, dass es keine mehr gibt.«

Mit einem tiefen Stöhnen packt er meine Oberschenkel und hebt mich an. Sein Mund kracht auf meinen, so stürmisch und hart, dass es einer Erlösung gleichkommt. Ich schlinge die Beine um seine Mitte, halte mich an ihm fest und erwidere den Kuss. Ich kann nicht mehr aufhören. Nicht jetzt. Ich fahre mit den Lippen über seine Wangen und seine Kieferlinie, während er mich durch den Flur trägt. Im Schlafzimmer lande ich unsanft auf dem Bett. Er bleibt vor mir stehen und betrachtet jede meiner Regungen mit einer Intensität, die als heißes Pochen von meinem Magen in meinen Schoß fährt.

»Du willst also ohne Regeln spielen?«

Ich schaue zu ihm hoch und nicke.

»Dann zieh diesen hässlichen Fummel aus.«

Unter seinem herrischen Blick schiebe ich die Träger des Kleides ein Stück von meinen Schultern.

»Jetzt, June.«

Meine Finger fliegen an die Knopfleiste.

»Schneller.«

Ich knöpfe immer hastiger. Anscheinend ist es trotzdem nicht schnell genug, denn mit einem Mal kniet Rain über meinen Schenkeln und drückt mich an der Schulter aufs

Laken. Er öffnet die restlichen Knöpfe selbst, dann zerrt er meinen Hintern hoch und reißt mir das Kleid mitsamt Slip von den Beinen. Seine Hose folgt. Der Kleiderberg landet auf der Erde, er kommt wieder zu mir, zwischen meine Beine, die sich wie von selbst für ihn öffnen.

Weil ich ihm diese Seite von mir zeigen kann.

Der Gedanke entfesselt Kräfte in mir, die mir völlig fremd sind. Wie von selbst wandert meine Hand zwischen meine Beine. Rains Blick klebt förmlich auf meinen Fingern.

»So gierig«, flüstert er, aber ich kann sehen, dass es ihm gefällt. »Mach weiter. Das sieht unglaublich heiß aus.« Ich streichle mich und biege den Rücken durch. Ich liebe den Blick, mit dem er mich betrachtet. Sein Atem geht so rau und abgehackt, dass es mich in immer höhere Sphären abdriften lässt.

Seine Hände liegen an meiner Hüfte. »Gott, June, wenn du dich sehen könntest. Du siehst aus wie eine Göttin.«

»Komm her«, hauche ich. »Bitte.«

Kaum, dass ich es ausgesprochen habe, spüre ich seine Finger, die sich auf meine legen. Er führt meine Hand, übernimmt die kreisende Bewegung und gleitet immer tiefer. So lange, bis wir beide in der feuchten Hitze zwischen meinen Beinen versinken. Mein Stöhnen bricht sich an seinem, als er sich vorbeugt und mich küsst.

»Fühlst du das, June? Wie gut du dich anfühlst?«

Seine Worte schießen mir ins Blut. Seine Worte und seine Berührungen. Jede einzelne davon. Jeder Kuss, jeder träge Stoß unserer Finger.

Er stützt sich neben mir auf, ich lege den Kopf in den Nacken und schließe die Augen. Sofort darauf zieht er die Finger aus mir zurück und packt mein Kinn. »Schau mich an, June. Schau dir an, was du mit mir machst.«

Sein harter Körper reibt über die Innenseite meiner Schenkel, aber es ist nicht die richtige Intensität, nicht genug Tiefe.

»Bitte«, flüstere ich erneut. Völlig erstickt und atemlos. Sein Griff wird fester, die Bewegungen seiner Hüfte gezielter. Es kommt mir wie Folter vor, das drängende Pulsieren seiner Erektion bloß äußerlich auf meiner Haut zu fühlen. Ich will ihn in mir. Ich will jeden Zentimeter davon, jedes bisschen Nähe.

Stöhnend dränge ich mich ihm entgegen, schließe erneut die Augen. Diesmal lässt er mich. Dann höre ich nur noch das Knistern einer Plastikverpackung.

Gleich darauf nimmt er meine Hände und legt sie ans Kopfteil des Bettes. Sein Blick findet meinen und prickelt durch jede einzelne meiner Zellen.

»Gut festhalten, Prinzessin.«

Ich tue es und kralle die Hände um die Streben, fühle die Erregung in meinem Bauch und seine Hände, die wieder abwärts wandern. Von meinen Brüsten bis zu meiner Hüfte. Er umfasst sie so fest wie ich das Holz vom Bettende und ist dann mit einem gezielten Stoß in mir. Heiliger Jesus. Unser Stöhnen vermischt sich zu einem unmenschlichen Laut.

»Fuck, June.«

Er hält einen Moment inne, löst die Hände von meiner

Hüfte und verschränkt stattdessen seine Finger mit meinen um das Kopfende. Genauso, wie wir mich gemeinsam gestreichelt haben, halten wir jetzt diese Holzstreben fest.

Seine feuchte Haut reibt über meine, ich spüre ihn in jeder Faser meines Körpers. Und entgegen seiner Warnung ist da nichts Abschreckendes an ihm, nichts Grobes. Jede seiner Berührungen ist fast schon schmerzhaft zärtlich.

Unsere Blicke hängen ineinander, während ich mich seinen langsamen Stößen entgegendrücke. Es ist nicht annähernd genug. Ich brauche noch mehr davon. Mehr Intensität, mehr Tiefe.

»Kannst du so kommen?«, fragt er, aber wartet die Antwort gar nicht ab, sondern löst eine Hand vom Bettgestell und legt sie federleicht um meinen Hals.

Ich wimmere auf.

»Willst du überhaupt kommen?« Sein Daumen wandert mit sanftem Druck immer wieder meine Kehle auf und ab und als er vorsichtig zudrückt, winde ich mich unter seinem Griff.

Sofort gibt die Hand nach.

Es ist nur ein Spiel.

Ich darf das mögen. Es darf sich gut anfühlen.

Wir schauen uns erneut in die Augen, keine Ahnung, ob er das Erstaunen in meinen wahrnimmt. Seine einzige Reaktion ist ein schiefes Lächeln, das auch noch den letzten Winkel meiner trostlosen Seele entflammt.

In diesem Moment bin ich mir selbst völlig fremd.

Ich erschaffe mich neu.

Seine Hand liegt noch immer locker um meinen Hals. Ich lege meine darauf.

Er weitet die Augen und drückt erneut zu, fester diesmal. Wie kann sich so etwas gut anfühlen? Wie in aller Welt kann das sein?

»Mehr. Bitte.« Mein Keuchen hallt durch den Raum. Ich klang noch niemals in meinem Leben so.

»Meinst du, du hast das verdient?«

Ohne mich aus seinem Blick zu entlassen, erhöht er das Tempo immer weiter. Ich löse mich unter seinen harten Stößen auf. Alle meine Empfindungen werden zu einer undurchdringlichen Masse.

»Verdammt, June, du fühlst dich so gut an.« Er vergräbt sein Gesicht an meinem Hals, direkt neben der Stelle, an der seine Hand ruht. Sein schwerer Atem jagt Schauer über meine Haut.

»Komm für mich, Prinzessin«, haucht er. »Ich will dich fühlen, wenn du kommst.«

Ich drücke mich näher an ihn, versuche die Reibung zu finden, die es dafür braucht. Ich bin so nah, so verdammt nah dran.

»Ich kann nicht.« Es klingt fast schon verzweifelt.

Rain richtet sich ein Stück auf, streicht ein paar verirrte Haarsträhnen aus meiner Stirn und lässt seine Hand zielsicher zwischen uns gleiten.

Genau so. Verdammt, genau so.

»Warum sagst du das nicht gleich?«

Ich bin zu keiner Erwiderung fähig, das feste Kreisen

seiner Finger legt sämtliche Gedanken lahm. Ich komme so heftig, dass es ihn mitreißt. Sein Blick hängt in meinem, während er noch ein paar Mal mechanisch in mich gleitet, die Stirn an meine legt und sich dann vollkommen entspannt.

Wir verharren Ewigkeiten so, alle Nervenenden sind überreizt. Meine Haut klebt an seiner, völlig irrationale Glücksgefühle jagen durch meine Blutbahn.

Was zur Hölle war das denn?

Das war, worauf du immer gewartet hast, June.

Seine Lippen streichen an meinen entlang. Ich kann die Hitze spüren, die von ihm ausgeht. Es fühlt sich so vertraut an, auf eine Weise, von der ich nicht geglaubt hätte, dass sie existiert.

»Danke«, murmle ich. Und meine es ehrlich, aber Rain lacht nur.

»Sag das nicht ständig, dann komme ich mir jedes Mal vor, als wäre ich deine Nutte«, witzelt er, doch ich kann dieses Mal nicht mitlachen.

»Es ist aber die Wahrheit. Ich … ich habe nie irgendetwas von dem getan, was da in meinem Kopf war. Aber eben … das …« Meine Stimme bricht ab, weil ich nicht die Worte finde, die das Gefühl richtig beschreiben.

Er lässt sich neben mich fallen und zieht mich mit dem Rücken gegen seine Brust. Seine Hände streicheln ganz sanft meinen weichen Bauch. Er ist so nah, dass ich sein Schmunzeln hören kann.

»Weißt du, June, Fantasien sind dafür da, dass irgendwann jemand kommt, der sie real werden lässt. Ich hoffe, dass ich dir nicht wehgetan habe.« Er streicht sanft über meinen Hals, die Stelle schmerzt etwas. Als ich zusammenzucke, küsst er sacht meinen Nacken.

»Du hast vorhin gefragt, was heute passiert ist. Willst du es noch wissen?«

»Nur, wenn du es erzählen möchtest. Es ist okay, wenn nicht.«

»Ich habe heute eine Freundin besucht. Es geht ihr nicht gut und … wir haben uns gegenseitig viel angetan. Damals. Es nimmt mich einfach mit.«

Eine Freundin oder seine Freundin?

»Steht ihr euch noch sehr nahe?«

»Es ist kompliziert.«

»Warum?«

»Weil da zu viele gebrochene Herzen im Spiel sind.«

»Bestimmt kommt alles wieder in Ordnung.«

Er lacht hart auf. »Das mit ihr und mir kommt nie wieder in Ordnung.«

»Wenn ich könnte, würde ich dich fragen, ob du sie trotzdem noch liebst.« Ich drehe mich in seinem Arm so, dass ich ihn ansehen kann, doch er weicht meinem Blick aus.

»Wie gut, dass du das nicht darfst.«

Kapitel 15

June

»Und du bist sicher, dass das keine Privatveranstaltung ist?«, frage ich zum vierten Mal. Rain verdreht die Augen und zerrt mich weiter über den Schotter auf dem stillgelegten Industriegelände.

»Ob du es glaubst oder nicht, June, ich bin durchaus in der Lage zwischen privat und öffentlich zu unterscheiden.«

»Ja. Du, der ständig in meinem Garten rumsaß. In meinem privaten Garten, in meiner privaten Küche – die Liste ist lang, Rain.«

»Vor was hast du überhaupt Schiss? Entspann dich mal ein bisschen.«

Ja, Entspannung. Mein Stichwort. Nichts an mir ist entspannt. Ich habe das kürzeste aller kurzen Glitzerkleidchen an und ziehe alle drei Meter den Saum nach unten. Da will man einmal aufs Ganze gehen und macht sich dabei einfach nur lächerlich. Ich bin aus der Phase meines Lebens raus, in der solche Kleidungsstücke angebracht waren. Vielleicht war ich auch nie wirklich drin.

Ich habe das Teil ganz unten in meiner Kommode gefunden. Es war zu Collegezeiten mal Teil eines Halloweenkostüms und ich bereue, dass ich es nicht direkt nach diesem Anlass entsorgt habe.

»Ich meine es ernst, June. Entspann dich. Du siehst aus, als wären die Cops hinter dir her.«

»Ich bin nur nervös.«

»Warum zum Teufel?«

Wie soll ich das in Worte fassen? Wie soll er etwas verstehen, was ich selbst nicht verstehe?

Weil ich gerade wieder June bin.

Die June, die sich die ganze Woche über pfeifend die Augen zugehalten hat, während ihr verruchter Zwilling die Puppen hat tanzen lassen.

Drinnen begrüßt Rain einige Leute, die er anscheinend näher kennt. Worüber sie reden, kann ich nicht verstehen.

Die Musik ist so wahnsinnig laut, dass ich glaube, mein Trommelfell hat sich schon an der Tür verabschiedet. Die ganze Location muss mal so etwas wie eine Fabrikhalle gewesen sein. Überall stehen Geräte herum. Die Atmosphäre ist gigantisch.

Es gibt keine Möbel oder Ähnliches, nur eine provisorische Bar und Strahler, die in allen Farben durch den Raum wandern und die alten Tanks und Messinstrumente beleuchten. An der Decke reihen sich Kunstwerke aus Metall und drehen sich mit spiegelnden Diskokugeln um die Wette.

Das Licht wirbelt umher, man kann immer nur Momentaufnahmen von den Menschen auf der Tanzfläche erkennen, die im Takt eines Herzschlags wechseln. Es ist völlig surreal. Leute in Lederkluft und oberkörperfreie

Frauen tanzen zwischen anderen, die total merkwürdige Kleidungsstücke tragen. Röcke, auf die unzählige Zahnrädchen aufgenäht wurden. Barocke Zylinder und Korsagen. So was habe ich noch nie gesehen. Es wirkt wie eine außer Kontrolle geratene Steampunk-Convention.

»Was ist das hier?«, brülle ich gegen die Musik an und Rain macht eine ausladende Geste.

»Willkommen im *Elysium*. Jede Woche zur selben Zeit. Andere Location, anderes Thema. Man weiß nur, wo gefeiert wird, wenn man die richtigen Leute kennt.« Er zwinkert und zieht mich mit sich durch die Menge.

Schön, dass er anscheinend *die richtigen Leute* kennt.

Ein Stück abseits der Tanzfläche lehnen an einem alten Metalltank Rebel und Knight. Beide starren an uns vorbei und schwenken erst die Blicke, als Rain direkt vor ihnen steht. Sie schlagen ihm auf die Schulter und sehen dann prüfend auf mich hinab.

»Na, wer hätte das gedacht? Der Rotschopf ist auch an Bord«, brüllt Rebel in meine Richtung. Er ist der Einzige, der hier absolut nicht hineinpasst. Optisch jedenfalls. Seine Haare sind perfekt gestylt und er trägt ein penibel gebügeltes Hemd zur schwarzen Chino.

Knight nicht. Der steckt in ähnlich zerschlissenen Sachen wie bei unserer letzten Begegnung.

»Sie war auch schon im Skatepark. Saß einfach herum, als wäre es ihrer«, sagt er.

»Oh, so ernst ist es schon?« Rebel verzieht den Mund. Keine Ahnung, was mit diesem Mann los ist, aber irgendetwas an ihm lässt mich sehr unbehaglich fühlen.

Bevor er mich mit seinen dunklen Augen erdolchen kann, schweift sein Blick glücklicherweise wieder über die Tanzfläche. »Sehr interessant, wirklich. Wenigstens etwas, bei all der Scheiße, die hier sonst los ist.« Er trinkt einen großen Schluck aus dem Glas in seiner Hand. Sein Blick klebt an einem Kerl, der auf der Tanzfläche gerade seine Hand unter das Kleid einer jungen Frau schiebt. Auch sie wirkt hier total fehl am Platz mit ihrer natürlichen Eleganz und dem Perlenschmuck, der um ihren Hals und an ihren Ohrläppchen baumelt. Spaß scheint sie trotzdem zu haben. Rebels Blick verfinstert sich noch weiter, als die Unbekannte den Kopf in den Nacken legt und lacht.

»Seit wann lässt sich Valentina so billig angraben? Ist sie mit dir hier?«, brüllt Rain gegen die Musik, aber Rebel zuckt nur mit den Schultern.

»Sie saß schon in meinem Auto, als ich loswollte. Ihre Eltern essen bei uns.«

»Solltest du dich dann nicht lieber darum kümmern, dass sie dort auch wohlbehalten wieder ankommt?«

»Sie wird schon wissen, was sie tut. Sie ist ein großes Mädchen. Solange sie Spaß hat, ist doch alles cool. Wenn sie keinen Spaß mehr hat, hat der Kerl auch keinen Spaß mehr.« Rebels Augen funkeln so kalt, dass mir ein eisiger Schauer über den Rücken läuft. Knight schnaubt belustigt und Rain lacht.

»Alter, das ist krank.«

»Was ist schon nicht krank in dieser Welt?« Damit ist für Rebel das Gespräch beendet. Er hält noch einen

Moment Rains Blick, trinkt sein Glas in einem Zug leer und schaut dann wieder auf diese Valentina.

Rain nicht. Der lehnt sich zu mir herüber. Seine Hand ruht auf meiner Hüfte und seine Lippen berühren beim Sprechen fast mein Ohr.

»Willst du auch was trinken? Ich hol uns was.«

»Ja, gern. Das Gleiche, was du nimmst. Egal was.«

Er gibt mir noch einen Kuss, dann schlendert er in Richtung der Bar davon.

»Oh, es ist ernst. Scheiße, was hast du mit dem gemacht?«, brüllt Knight, als Rain außer Reichweite ist. Sein Lachen ist trotz der Musik überdeutlich. Ich verdrehe nur die Augen, muss aber wider Willen mitschmunzeln. Denn so abweisend wie Rebel ist, so umgänglich ist Knight. Er hat einen offenen Blick und einen scharfen Humor. Nach unserer Begegnung im Skatepark kann ich ihn ganz gut leiden.

Schulterzuckend trete ich an die Stelle, wo Rain vor mir stand, und winkle ein Bein an, um mich an dem Tank abzustützen. Knights Arm schwingt um meine Schulter. Mit einem eindeutig belustigten Grinsen. »Weißt du, kleiner Rotschopf, du bist ein bisschen merkwürdig. Aber ihn hast du bei den Eiern.« Er deutet auf Rain. »Gefällt mir irgendwie erschreckend gut.«

Rebel reißt seinen Arm weg. »Lass doch mal deine Krallen bei dir. Wenn du unbedingt jemanden betatschen musst, dann geh da rüber und sorg dafür, dass ich Val nachher rundum glücklich wieder bei ihrem Daddy zu Hause abliefern kann. *Das* wäre hier jedem eine Hilfe.«

Doch Knight schüttelt nur den Kopf und zeigt auf etwas neben der Tanzfläche. »Das da macht mir ehrlich gesagt mehr Sorgen als Valentinas Zufriedenheit.«

Rebel und ich folgen mit unseren Blicken seiner Hand.

»Fuck.« Rebel stellt sein Glas hinter sich ab. Es wirkt, als würde er nur auf seinen Einsatz warten. Darauf, dass die Szene, die wir beobachten, eskaliert.

Denn ein paar Meter neben der Bar steht Rain mit einem Mädchen, das ihre Hand in seinem Shirt verkrallt hat. Mit dem anderen Zeigefinger fuchtelt sie in der Luft herum. Man sieht bis hierher, wie sehr sie sich aufregt. Sein Gesicht wirkt unbeteiligt, aber seine Fäuste sind geballt.

»Scheiße, ist das nicht Cassandras Freundin? Lebt die Alte eigentlich noch?«, brüllt Knight und Rebel macht ein abschätziges Gesicht.

»Keine Ahnung. Ich hatte gehofft, diesen Namen niemals wieder zu hören.«

Ich kann es nicht greifen, aber mich beschleicht ein äußerst ungutes Gefühl. Im nächsten Moment versucht Rain sich von der Unbekannten zu lösen. Als Antwort landet ihre flache Hand mitten in seinem Gesicht.

»Autsch«, macht Knight und verzieht den Mund in gespieltem Schmerz.

Rebel winkt ab. »Ach komm, ist nicht das erste Mal.«

»Wer ist das?« Ich versuche unbeteiligt zu klingen, aber es klappt nicht wirklich.

»Das ist eine Freundin von *Cassandra*.« Rebels Blick lässt keine Emotion durchblicken, aber die Art, auf die er ihren Namen betont, gefällt mir kein bisschen.

»Wer ist das?« Ich komme mir so dämlich vor, aber ich will das jetzt wissen. Abmachung hin oder her. Rain wird es mir niemals selbst erzählen. Wenn ich etwas wissen will, ist das hier meine Chance.

»Cassandra war seine Freundin«, antwortet Rebel schlicht.

»Untertreibung des Jahrhunderts. Cass war *die* Freundin.« Knight zieht vielsagend die Augenbrauen hoch. Rebel seufzt schwer und schaut dann entschuldigend zu mir.

»Und weiter?«, hake ich nach. Widerwillig, obwohl ich am liebsten jede Einzelheit wüsste. Es ist ein wüstes Durcheinander in meinem Kopf. In meiner Brust sticht es ganz eklig. Mein Blick ruht weiterhin auf Rain, der mittlerweile an der Bar lehnt und beim Barkeeper unsere Getränke bestellt.

»Ist viel Scheiße gelaufen damals.« Rebel scheint nicht so recht darüber reden zu wollen, aber Knight springt glücklicherweise ein.

»Wirf ihr doch nicht nur so Häppchen zu. Also zum Mitschreiben, Rotschopf. *Cass* war Rains Freundin. Das war so eine kleine Dürre. Keine Ahnung, was die genau für Probleme hatte, aber es waren einige. Hat man ihr auf hundert Meter Entfernung angesehen. Rain hat sie vergöttert. Was auch immer er in ihr gesehen hat. Die sind richtig krass zusammen abgestürzt und am Ende vom Sommer war sie weg. Wie vom Erdboden verschluckt. Er hat sie ewig nicht wiedergesehen. Glaube, dass die in einer Klinik war. Eine Zeit ist er dann immer noch hingefahren, aber irgendwann nicht mehr. Die Sache hängt ihm heute noch nach.« Er schaut mich an, als wollte er meine Reaktion abwarten, aber ich bin mir selbst nicht sicher, wie sie ausfällt.

Überrascht mich das? Nach unserem Gespräch gestern Abend eigentlich nicht wirklich.

Mir ist klar, dass er kein unbeschriebenes Blatt ist und dass sein Herz womöglich noch an jemandem hängt, war überdeutlich.

Trotzdem tut es weh, die Tatsachen ausgesprochen zu hören. Weil es dem unangetasteten Zauber der letzten Tage einen mächtigen Dämpfer verpasst.

Keine Ahnung, was ich erwartet habe. Morgen ist unsere Woche um und das normale Leben geht weiter. Ob und wann wir uns nach heute Nacht wiedersehen, darüber haben wir die ganze Zeit nicht gesprochen. So, als würde die Realität uns verschonen, wenn wir sie nur lange genug aussperren.

Bevor ich den Gedanken richtig zu Ende denken kann, kommt Rain schon mit unseren Getränken zurück. Sein Blick ist so schneidend, dass er mir durch und durch geht. Er legt einen Arm um meine Taille und küsst mich fest, dann drückt er mir ein Glas in die Hand und stellt seins neben uns auf einem Metallvorsprung ab, um sich eine Zigarette anzuzünden.

»He, Rain, was wollte die von dir?«, ruft Rebel zu uns rüber und Rain pustet Rauch an die Decke.

»Nichts.«

»Sah anders aus, als ihre Hand in deiner Fresse gelandet ist.«

»Sie ist sauer, wegen Cass. Die wurde wieder aus der Klinik entlassen, aber es geht ihr nicht gut. Ich war gestern da.«

Eifersucht brennt in meinem Herzen und ich kann sie nicht aufhalten. Ich will das nicht fühlen und ich weiß nicht einmal, seit wann das bei mir gekippt ist.

»Scheiße, warum warst du bei der Irren? Was will die noch von dir?« Knight sieht richtig wütend aus, doch Rains Gesicht wird immer verschlossener.

»Nenn sie nicht so. Ihr gehts einfach nicht gut. Sie wollte mich sehen.«

»Und, hat sie dich *gesehen*?«, fragt Knight nach und trinkt sein Glas in einem Zug leer.

»Das ist vorbei. Ich bin fertig mit ihr.«

Bevor Knight etwas erwidern kann, kommt diese Valentina von der Tanzfläche zu uns rüber und schmeißt sich in Rebels Arm. So heftig, dass sein Getränk über ihr Kleid schwappt.

»Selbst schuld«, sagt er. Mit einem erstaunlich sanften Gesichtsausdruck. Interessant.

Sie lächelt ihn nur breit an. Dann dreht sie sich zu uns und das Lächeln weicht einem Strahlen, das ihr ganzes Gesicht einnimmt. »Meine Güte, Rain, dich habe ich ja ewig nicht gesehen.« Sie kommt auf ihn zu und lässt sich an seine Brust drücken. »Wie geht's dir?« Nachdem sie ihn eingehend genug gemustert hat, fällt ihr Blick auf mich. »Und wen hast du uns da Nettes mitgebracht?«

»Das ist June.«

Es fühlt sich an, als könnten ihre dunklen Augen durch mich hindurchsehen. Auf das, was unter diesem Stofffetzen verborgen ist.

»Hey, June. Wie schön, dass du zu unserer illustren Runde dazugestoßen bist.« Ihre Stimme wird mit jedem Wort samtiger und Rebel zieht im Hintergrund eine Augenbraue hoch. Was auch immer das bedeuten soll.

Ich entschließe mich als Antwort einfach für ein unverfängliches Nicken. Rains Hand ruht immer noch auf mir. Mittlerweile streichelt er an meiner Hüfte auf und ab. Valentina betrachtet seine Finger und als sie es richtig realisiert, fliegen ihre Augen wieder zu mir hoch.

»*Dios mío.* Dass ich das noch erleben darf. Wann ist das denn passiert?«

Rain lächelt, bleibt Valentina aber ihre Antwort schuldig. Als sie das merkt, wendet sie sich direkt an mich.

»Seid ihr zusammen?«

Ich zucke mit den Schultern. Es ist die ehrlichste Antwort, die ich geben könnte, denn ich habe absolut keine Ahnung, was wir sind. Valentina scheint das zu reichen.

»Na, wie auch immer«, setzt sie erneut an. »Was ist mit dir, June? Kommst du mit mir tanzen oder willst du weiter bei diesen langweiligen Idioten rumstehen und dir die Laune verderben lassen?« Sie nimmt meine Hand, wirft Rain einen fragenden Blick zu, aber der schiebt mich nur auffordernd in ihre Richtung.

Warum auch nicht?

Ich lasse mich von Valentinas Energie mitziehen. Auf

der Tanzfläche reißt sie sofort die Arme in die Höhe und bewegt sich so lasziv, dass mir schon beim Zuschauen heiß wird.

Wie gut kennen die sich alle eigentlich?

O Gott, darüber habe ich ja noch gar nicht nachgedacht.

Nach dieser Szene im Strandhaus letzte Woche ist nichts unmöglich, oder? Was, wenn … ob er … mit ihr?

Die Ungewissheit kribbelt unangenehm durch mich hindurch, plötzlich fühle ich mich so plump neben ihr. Als ich einen Blick über die Schulter werfe, stehen die Männer noch immer unverändert nebeneinander und haben die Arme vor der Brust überkreuzt. Rain steckt mit Rebel die Köpfe zusammen. Sie erzählen irgendetwas. Dann lachen sie und Rebel schlägt Knight vor die Brust.

Ich versuche mich aufs Tanzen zu konzentrieren, aber bin dabei im Gegensatz zu allen anderen hier total unbeholfen. Meine Wangen brennen wie Feuer.

Ich war vielleicht auf drei oder vier Partys in meinem ganzen Leben und das ist Jahre her. Ich habe zwar Spaß, aber keinerlei natürliche Eleganz. Valentina schon. Sie besitzt Eleganz und dazu noch eine bewundernswerte Ungezwungenheit.

Weil sie weiß, wie anziehend sie ist.

Olive ist auch so.

Ich habe mein Leben lang eine tiefe Bewunderung für solche Frauen gehegt. Für die kompromisslose Weiblichkeit, die sie ausstrahlen.

Im nächsten Moment schlingt Valentina ihre nackten

Arme um meinen Nacken und kommt mir so nahe, dass ich erstarre.

»Wenn sie schon nur zugucken, sollen sie ja wenigstens eine gute Show haben, oder?«, fragt sie und küsst mich zart, noch bevor ich überhaupt merke, was sie vorhat. Während sich ihre Lippen auf meinen bewegen, geraten alle Prozesse in meinem Kopf durcheinander.

Als ich endlich reagiere und sie von mir schiebe, lacht sie nur ausgelassen. Ihre Arme lässt sie um meinen Hals liegen. Sie sind so zerbrechlich und zart im Vergleich zu Rains.

»Mach dich locker, Süße. Ist doch bloß zum Spaß«, ruft sie mir zu und reckt das Gesicht zur Hallendecke.

Spaß? Seit wann küsst man fremde Menschen aus Spaß? Das ist was Intimes. Etwas, das Bedeutung hat.

Ihre Worte vermischen sich mit Rains.

Wir sind eben, wie wir sind.

Ich denke an Sam. Die Erkenntnis, dass es mit ihm nie diese grenzenlose, alles verzehrende Leidenschaft gab, die ich in den letzten Tagen erlebt habe, fühlt sich seltsam schwer an.

Ich sehe ihn vor mir, wie er im Bett liegt und liest. Wie er mir lächelnd einen Kuss auf die Stirn gibt und sich dann zum Schlafen umdreht. Wie ich neben ihm in der Dunkelheit liege und nicht weiß, wie ich das, wonach ich mich so sehr sehne, ausdrücken soll.

Ich habe niemals die passenden Worte gefunden.

All diese verbotenen Wünsche sind immer in meinen Gedanken geblieben. Bis Rain sie freigelassen hat. Das, was Sam niemals versucht hat, ist ihm so mühelos gelungen, dass es fast schon peinlich ist.

Und noch während ich es denke, schäme ich mich so sehr für mich selbst. Dafür, wie sehr mir all das gefällt, was Rain mit mir tut. Dafür, dass ich in den letzten Tagen kaum an Sam gedacht habe, weil ich mich so sehr in meiner eigenen Abenteuerlust verloren habe. Dafür, dass ich für immer so weitermachen würde, wenn ich dürfte.

»Und ihr seid jetzt echt ein Paar?«, schreit Valentina in mein Ohr. Ich zucke zusammen, weil ihre Lippen dabei schon wieder meine Haut berühren.

»Keine Ahnung.«

»Warum nicht? Er steht total auf dich.«

Ist doch bloß Spaß.

Wäre es verwerflich, wenn ich wünschte, es wäre anders? Es wäre nicht *bloß Spaß?*

Ihr scheint meine unbestimmte Antwort jedoch zu reichen, denn sie grinst nur vielsagend und wirbelt mich herum. Die Stimmung auf der Tanzfläche heizt sich immer mehr auf, der Schweiß rinnt mir den Rücken hinab. Mein Kleid rutscht ständig hoch und mehr als einmal spüre ich irgendwelche fremden Körper sehr nah an meinem. Und mehr als einmal schaue ich zu Rain, der aber nur unbewegt an seinem Platz lehnt und mich genau im Blick behält. Er weiß, dass es seine Hände sind, die ich mir vorstelle und dass er es sein wird, der heute Abend in meinem Bett liegt. Es ist ein weiteres Spiel in einer Reihe aus Spielen, bei denen wir selbst die Regeln machen.

Es ist überwältigend.

Zumindest so lange, bis Valentina den Zauber auf sehr unmissverständliche Weise bricht.

»Ich muss aufs Klo, kommst du mit?« Sie nimmt meine Hand und reißt mich von Rains Anblick los. Im nächsten Moment stolpere ich schon hinter ihr her, während sie durch die Menschenmenge hindurch auf einen kleinen Gang zusteuert. Mit jedem Schritt wird die Musik leiser. Die fehlende Lautstärke rauscht ganz fürchterlich in meinen Ohren.

Wir reihen uns in die Schlange aus Frauen ein, die alle das gleiche Ziel haben, und Valentina atmet durch. Sie wippt unruhig mit den Füßen vor und zurück, keine Ahnung, ob sie immer so nervös ist. Die Pailletten auf ihrem Kleid machen den Takt mit und der Alkohol lässt meinen Blick ein bisschen verschwimmen, während ich die glitzernden Wogen fixiere.

»Ich freu mich wirklich, dass du da bist, June. Das wollte ich die ganze Zeit schon sagen. Endlich noch ein Mädchen. Wir beide werden so viel Spaß haben.«

»Ähm …«

»Doch nicht *so*. Das war vorhin nicht dein Ding, oder?« Sie lacht. »Ich meinte Spaß als Freundinnen. Außerdem muss einer den Jungs mal Manieren beibringen, bevor die völlig außer Kontrolle geraten. Auf mich hören die längst nicht mehr. Wir kennen uns zu lange und ich bin vermutlich leicht zu manipulieren, wenn einer weiß, wie er es machen muss. Warst du schon mit ihm im Bett? Oh, bitte sag mir, dass du mit ihm im Bett warst. Wenn nicht, dann hol das unbedingt nach. Er macht immer dieses irre

Ding mit seiner Zunge. Ungefähr so …« Sie deutet eine merkwürdig verdrehte Handbewegung an und betrachtet konzentriert ihre Finger. Die Frau vor uns schaut nur mitleidig über ihre Schulter.

»Was, Lady? Vielleicht solltest du es dir auch mal wieder besorgen lassen. Ist gut für die Laune«, giftet Valentina zurück. Die vor uns rückt ein Stück auf. Ich will auch vorgehen, aber Valentina hält mich am Arm fest.

»Jetzt sag mir bitte nicht, dass du nachtragend bist. Es war auch nur ein einziges Mal. Gut, vielleicht ein Mal mehr.« Ihre Stimme bekommt einen überdrehten Unterton, vermutlich gehen die Gedanken mit ihr durch. Oder Rain hält es echt nicht so mit der Treue. Aber was ist schon Treue? Er ist nicht mal mein Freund. Ob er gestern mit dieser Cassandra geschlafen hat?

»Kennst du eine Cassandra?«, frage ich und Valentina wiegt den Kopf hin und her. Bevor sie antworten kann, geht die Kabinentür vor mir auf und ich bin dran. Doch statt abzuwarten, spricht Valentina einfach lauter durch die Tür mit mir.

»Erwähne diesen Namen lieber nicht zu laut. Das ist verbranntes Land.«

»Ich dachte nur …«

»Sicher. Dachten wir alle. Aber das gehört echt nicht zu den schönen Zeiten, das lass dir gesagt sein. Die war so ein elendes Biest. Hat ihn von vorn bis hinten nur verarscht. Aber er wollte das nicht sehen. Er wäre bis ans Ende der Welt gelaufen, wenn sie es verlangt hätte. Und dann war sie auf einmal weg, die arme, arme Cassandra.

Verdammt, gings Rain schlecht. Ich dachte echt, er bringt am Ende noch irgendwen um. Sie oder sich. Das war echt eine üble Schlammschlacht.«

Ich spüle und trete wieder aus der Kabine, um mit Valentina zu tauschen.

»Woher kennst du die drei eigentlich?«

Sie schmunzelt und schlägt dann die Kabinentür vor meiner Nase zu. Ihre Stimme dringt gedämpft von drinnen in den Vorraum. »Ich bin mit Rebel aufgewachsen. Wir kennen uns ewig. Knight auch. Rain lebt erst seit drei Jahren hier.«

»Weißt du, wo er vorher gewohnt hat?« Ich kann die Aufregung im Bauch kaum aushalten. Als wäre die große Erkenntnis ganz nah.

Doch statt einer Antwort lacht Valentina nur. »Ist das ein Verhör, Agent June?« Sie kommt neben mich ans Waschbecken und seift ihre Hände ein. Im Spiegel treffen sich unsere Blicke. Meiner ist unsicher und ihrer um Längen weicher als noch vor ein paar Minuten. Eine Antwort auf meine Frage bekomme ich trotzdem nicht.

Zurück im eigentlichen Club nehmen wir noch eine Runde Getränke von der Bar mit und halten wieder auf die Ecke zu, in der wir die drei Männer zum Schluss gesehen haben. Sie stehen noch genauso da wie vorher. Valentina geht vor und reicht Rebel und Knight je ein Glas. Von Rebels nimmt sie einen Schluck und stellt sich dann neben ihn. Er schaut prüfend auf sie hinab, doch sie lächelt nur und legt ihm einen Arm um die Taille.

Mein Blick wandert von den beiden weg in Richtung der Tanzfläche, als ich um meine Mitte ebenfalls Arme spüre.

»Gefällt es dir hier?«, fragt Rain, das Gesicht an meinem Hals vergraben. Ich erschaudere am ganzen Körper und verschränke unsere Hände miteinander. Diese Nacht noch, dann ist unser Deal vorbei.

»Ich wäre lieber mit dir zu Hause«, gestehe ich, während er beginnt, über meinen Bauch zu streicheln.

»Dann lass uns gehen.« Er drückt seinen Schoß an meinen Hintern. Anscheinend bin ich nicht allein mit meinem Wunsch nach Zweisamkeit.

»Hey, Knight, wir sind weg.« Rain salutiert locker in die Richtung der anderen, die uns wortlos zunicken. Während er mich durch die Menge zum Ausgang schiebt, liegt Rains Arm die ganze Zeit um meine Taille. Die Leute sind mit jeder Stunde ausgelassener und lauter geworden und ich genieße die eintretende Stille, als wir das Industriegebäude hinter uns lassen.

»Wollen wir laufen?« Rain deutet auf die leer gefegte Straße. Der Weg bis zu meinem Haus ist nicht weit. Vielleicht eine halbe Stunde.

Ob jetzt ein Moment zum Reden ist?

Die Gewissheit, dass diese Übereinkunft zwischen uns heute Nacht ein Ende findet, fühlt sich erdrückend an. Gleichzeitig hat mir dieser Abend eindrücklich klargemacht, wie sehr sich mein Alltag von Rains unterscheiden wird. Solche Partynächte wie heute kann sich die June von morgen gar nicht erlauben. Und das ist eine Tatsache.

»Morgen ist schon Montag. Ich hoffe echt, dass ich pünktlich aus dem Bett komme.« Rains Stimme ist nur noch ein Flüstern. Er hält meine Hand und streichelt mit den Fingerspitzen über meinen Handrücken. Eine Gänsehaut kriecht über meine Arme, hinauf bis ins Herz. Trotz der warmen Nachtluft fröstele ich am ganzen Körper. Meine Haare sind durchgeschwitzt von der Hitze im Club, mein Kleid klebt mir am Körper. Rain zieht mit einer fließenden Bewegung sein Sweatshirt aus und hängt es mir um.

»Danke.« Ich schaue zu ihm rüber, er schaut zurück. »Meinst du, dass jetzt womöglich ein guter Zeitpunkt für ein paar Enthüllungen ist?«

Er überlegt einen Moment lang, schüttelt dann jedoch den Kopf. »Nein. Nicht heute. Lass uns für einen Moment noch Rain und June sein, ja? Alles andere wird erst morgen wieder wichtig.«

»Meinst du, dass wir uns überhaupt wiedersehen werden?«

Bitte sag, dass du bleibst.

»Keine Ahnung, Prinzessin. Ich weiß nicht, ob du mich überhaupt noch wiedersehen willst, wenn du alles über mich weißt.«

»Wenn du es mir nicht sagst, wirst du das nie herausfinden.«

»Genau deswegen werde ich es jetzt nicht darauf ankommen lassen.«

»Versprichst du mir, dass wir irgendwann reden und es wenigstens versuchen?« Obwohl ich mir Enthusiasmus wünschen würde, klinge ich nur abgeschlagen und traurig. Rain bleibt stehen und fasst sanft um mein Kinn.

»Hey, June. Schau mich mal an. Glaub nicht, dass ich das hier nicht will. Ich will das. Ich will dich. Aber es ist alles so schrecklich kompliziert und … lass uns heute nicht davon reden. Lass uns diese eine Nacht noch genießen. Ohne Morgen. Ohne Fragen. Nur du und ich.«

Die Stille, die den Rest des Weges zwischen uns liegt, ist tonnenschwer.

Zu Hause machen wir uns schweigend zum Schlafen fertig. Als ich in meinem Nachthemd auf der Bettkante sitze, stelle ich den ersten Wecker seit Monaten. Rain streckt sich neben mir aus und ich kuschle mich ein letztes Mal in seinen Arm.

Er riecht so gut, nach Strand und Sommer, seinem Parfum und der Nacht. Er riecht nach Sehnsucht und der vollkommenden Erfüllung all meiner dunklen Begierden. Aber wie fasst man das in Worte? Etwas, das so unglaubwürdig klingt, dass es bald peinlich ist. Ich könnte sagen: *Rain, ich brauche dich hier. Ich mag die Frau, die ich bei dir bin. Ich glaube, ich habe mich in dich verliebt. Ach, wir kennen uns gar nicht richtig? Wir passen nicht zusammen? Ist doch egal, mir reicht das so.*

Es klingt lachhaft, völlig irrsinnig.

»June, tust du was für mich?« Seine Fingerspitzen streicheln im Takt seiner Atemzüge über meinen Rücken.

»Was denn?« Ich stemme mich neben ihm auf die Ellenbogen, sodass ich mein Kinn auf seiner Brust ablegen kann.

»Zeig mir wenigstens ein Mal, wie du es magst. Schlaf mit mir auf deine Art, heute Nacht. Ich will etwas von dir haben, an das ich mich erinnern kann. Etwas, das so zart ist wie du. Hier in diesem Bett war immer so viel von mir und so wenig von dir.« Seine Stimme ist leicht und weich und klingt nach all den Dingen, die da noch zwischen uns wachsen könnten, wenn wir sie Wurzeln schlagen lassen.

Mit einem tiefen Blick in diese wunderschönen Sturmaugen schwinge ich ein Bein über seine Hüfte, sodass ich auf seinem Schoß sitze. Er legt vorsichtig die Hände an meinen unteren Rücken und schaut zu mir hoch.

»Ich mochte das, was ich von dir gesehen habe.«

»Ich weiß. Aber ich würde gern auch etwas von dir sehen, June. Irgendetwas, damit ich das hier nie vergesse.«

Weiter kommt er gar nicht, denn ich lege die Lippen auf seine und küsse ihn sanft. In andächtiger Langsamkeit löse ich seine Hände von meinem Rücken und schiebe sie unter das Nachthemd. Sein Blick flackert, während er beginnt, ganz zaghaft meine Brüste zu massieren.

»Vorsichtig oder fest?«, fragt er nach.

»Fest.« Meine Zunge streicht sachte über seine und ich wiege mich auf seinem Schoß langsam vor und zurück. Ich kann ihn so deutlich durch den Stoff seiner Shorts spüren, dass mein Unterleib prickelt, wo er an mir entlangreibt. Es ist völlig anders als alles andere der letzten Tage. Trotzdem sind das hier wir. Eine Variante von uns, die ebenfalls existiert.

»Gott, June. Was ist das nur mit dir?«, keucht er gequält,

während ich den Bund seiner Shorts hinabschiebe.

Er hält meinen Blick. Als ich mich vorbeuge, um ein Kondom aus der Nachttischschublade zu holen. Als er die Packung öffnet, es so langsam überstreift, dass es fast obszön aussieht. Als er endlich in mich gleitet. Bei jeder langsamen Bewegung. In jedem Atemzug.

Ich könnte ewig so weitermachen. Einfach nur spüren. Ohne Ziel, ohne diese Hast, die mich die letzten Tage angetrieben hat.

So könnte es für immer sein.

»Verdammt, das ist so gut«, flüstert er sanft, zieht mich zu sich und vergräbt sein Gesicht an meinem Hals. »Mach weiter, o Gott, hör nicht auf.«

»Bleib hier und du hast das für immer«, gebe ich zurück und kann sein Lächeln ganz nah auf meiner Haut fühlen.

»Ich wünschte, es wäre so einfach.«

Warum muss etwas enden, das sich so richtig anfühlt?

Am nächsten Morgen ist Rain fort.

Kapitel 16

June

Die Schulglocke schrillt so durchdringend, dass ich zusammenschrecke, dann aber doch über mich selbst lachen muss.

Wie lange habe ich auf diesen Moment gewartet?

Zwei lange Jahre war ich beurlaubt. Beurlaubt. Es war kein Urlaub, es war eine Zeit wie in der Hölle und ich habe jeden Tag davon bitter nötig gehabt. Ich wäre nach Sams Tod gar nicht in der Lage gewesen, zu arbeiten.

Mit einem tiefen Durchatmen versuche ich mir ins Gedächtnis zu rufen, wie stolz Sam wäre, wenn er mich heute sehen könnte. Wie ich mich meinen Dämonen gestellt habe und das Leben lebe, das wir uns immer vorgestellt haben. Damals hätte er an der Miramont School als Lehrer anfangen sollen, jetzt arbeite ich hier.

Und ich hoffe wirklich, dass ich den Ansprüchen gerecht werde, die dieser Job mit sich bringt, denn es handelt sich bei der Miramont School um eine elitäre Privatschule, die sich hauptsächlich durch üppige Spenden der Elternschaft finanziert.

Schon allein die Autos, die auf dem Schülerparkplatz parken, schreien nach reichem Elternhaus.

Als sich während meiner Auszeit der Plan in mir gefestigt hat, nach Half Moon Bay zurückzukehren, habe ich Kontakt zu Direktor Snyder aufgenommen und nachgefragt, ob er eine Verwendung für mich hat. Nach Sams Tod bin ich sporadisch mit ihm in Kontakt geblieben. Wir haben uns kennengelernt, weil ich bei ihm Bescheid geben musste, dass Sam seine Stelle nicht antreten wird und warum.

Ich kann mich noch genau daran erinnern, wie sehr meine Stimme am Telefon gezittert hat. Bei jedem Gespräch, bei dem ich meine Lage erklären musste. Jedes Mal, wenn ich aussprechen musste, dass mein Mann verstorben ist.

Direktor Snyder hat damals zur richtigen Zeit die richtigen Worte gefunden. Wir haben nach diesem ersten noch viele weitere lange Gespräche geführt. Ich schätze den Mann wirklich sehr. Umso schöner, jetzt hier arbeiten zu dürfen.

Wünsch mir Glück, Sam. Ich mache das für dich.

Als ich die Schultür öffne und von der schwülen Spätsommerhitze in die klimatisierten Flure trete, kribbelt Aufregung durch meinen Magen.

Du bist so weit gekommen. Du schaffst das.

Erschreckenderweise hat das Echo Sams Stimme. Weil er der Meister solcher Motivationsreden war.

Was Rain mir wohl raten würde? Vermutlich, dass ich einfach *lockerbleiben* soll. Ich werde ihn nachher fragen, denn nach dem ersten Schock beim Aufwachen habe ich tatsächlich einen kleinen Zettel auf meiner Küchentheke gefunden.

Willkommen zu Woche zwei. Wir reden später, wenn du willst. Du schuldest mir dreihundert Dollar.

Darunter war seine Handynummer notiert.

So ein Spinner. Trotzdem kann ich gar nicht sagen, wie froh ich bin, dass wir heute endlich die Gelegenheit bekommen, uns auszusprechen. Und das werden wir. Wenn ich den ersten Tag an dieser Schule überlebt habe, werde ich ihn anrufen. Und dann werden wir uns heute Abend wiedersehen.

Mit einem verstohlenen Grinsen bahne ich mir einen Weg durch die Menschenmenge in den Gängen und habe dabei das Gefühl, dass mich jeder hier anstarrt. Die Schule ist nicht riesig und wer neu ist, fällt auf. Alle Schüler tragen hochwertige Schuluniformen und auch das Gebäude selbst ist sauber und aufgeräumt. Die Backsteinmauern und die großen Fenster sind modern, auch das Außengelände mit Rasenfläche und Bänken ist schön anzusehen.

Ich lächle allen Schülern, deren Blicke mir begegnen, freundlich zu und mache mich ins Büro von Edward Snyder auf. Seine Sekretärin winkt mich durch, sodass ich kurze Zeit später vor seinem Schreibtisch sitze.

Während ich warte, rutsche ich auf einem der schweren Lederstühle hin und her, die hier für Gäste bereitstehen. In der Spiegelung des Glasschrankes hinter dem Schreibtisch werfe ich einen letzten prüfenden Blick auf meine Optik.

Ich habe es tatsächlich geschafft, meinen Blazer so aufzuhängen, dass er den Transport im Auto knitterfrei überstanden hat. Meine Haare sind in einem ordentlichen Dutt gebändigt und mein Gesicht ist dezent geschminkt. Nicht zu wenig und nicht zu viel. Ich zupfe gerade noch an der Schleife von meiner Bluse herum, als die Tür schwungvoll aufgerissen wird.

»June! Wie schön, dass du endlich da bist.« Edward Snyder kommt auf mich zu und streckt mir schon im Gehen eine Hand hin. Sein Blick ist freundlich und sein Lächeln breit. Nach einem Händeschütteln nimmt er mir gegenüber Platz.

Er ist ein imposanter Mann. Groß und dunkelhaarig, mit einigen grauen Strähnen, die sein Haar durchziehen. Sein Anzug sitzt perfekt und er könnte fast einschüchternd wirken, wenn er nicht so ein durch und durch nettes Gesicht hätte.

»Auch schön dich zu sehen, Edward. Ich bin ein bisschen aufgeregt«, greife ich vorweg und wische unauffällig die Hände an meinem Rock ab.

»Ach, June. Das musst du nicht. Nach all der Zeit, die wir uns kennen.«

Weil ich wortlos nicke, spricht er einfach weiter.

»Unsere Sekretärin Miss Ruiz hast du ja eben schon kennengelernt. Den Rest des Kollegiums stelle ich dir gleich vor. Hast du sonst irgendwelche Fragen, bevor wir loslegen?«

»Nein, nicht wirklich. Ich versuche einfach, nicht durchzudrehen.«

»Mach dir nicht zu viele Sorgen. Du wirst das meistern, ich bin mir sicher.« Mit einem Lächeln greift er in das

Ablagekörbchen neben sich. »Hier habe ich noch deine Kurslisten.« Ich nehme den Stapel Papiere entgegen und überfliege die ersten paar Namen darauf. Mit einem tiefen Durchatmen schaue ich schließlich hoch. Edward lächelt immer noch. Jetzt eine Spur nachsichtiger.

»Ich meine es ernst, June. Du machst das. Jeder findet seinen eigenen Weg. So, und jetzt komm. Ich stelle dir deine Kolleginnen und Kollegen vor.«

Er erhebt sich, während ich noch um einen kontrollierten Gesichtsausdruck kämpfe, führt mich auf dem kleinen Flur drei Türen weiter und betritt an meiner Seite das Lehrerzimmer. Der Geruch von Kaffee mischt sich mit einem lauten Stimmengewirr. Der Raum ist hell und freundlich gestaltet, es gibt einige Sitzgruppen und runde Tische mit Polsterstühlen. Meine neuen Kolleginnen und Kollegen schwirren umher. Ein Drucker läuft im Hintergrund.

»Guten Morgen zusammen, dürfte ich kurz um Gehör bitten?«

Ich kann nicht verhindern, dass ich bei der deutlichen Ansprache zusammenzucke.

»Das ist unsere neue Kollegin aus San Francisco. June Reed. Sie unterrichtet ab heute Geschichte und Englisch.«

Alle heben die Köpfe und schauen zu uns herüber. Die meisten nicken und ein paar kommen, um meine Hand zu schütteln.

Nachdem ich auch noch die Toiletten, die Kaffeeküche und das Sekretariat besichtigt habe und Edward mir eine Kurzzusammenfassung über die Schulgeschichte gegeben hat, die mir vorher in fast denselben Worten auch schon Wikipedia ausgespuckt hatte, kommen wir an meinem Klassenzimmer an.

An der Tür ist mein Namensschild und ich glaube für einen Moment, mich gleich übergeben zu müssen. Solche Situationen bewegen sich seit jeher nicht unbedingt in meiner Komfortzone.

Behalt die Nerven, June. Das da drinnen sind ganz normale Schüler. Du kannst das.

Edwards große Hand drückt die Klinke herunter und als sich die Tür einen Spalt öffnet, dringt lautes Geplapper und das Grölen von Jugendlichen hinaus. Er tritt vor mir ein, was die Geräuschkulisse sofort dämpft. Nur ein unterschwelliges Murmeln ist noch zu vernehmen. Ich atme ein letztes Mal durch und gehe dann verdeckt von Edwards Körper weiter in den Raum hinein.

Als hätte ich es nötig, mich zu verstecken.

Trotzdem schafft mein Blick es nicht über die erste Tischreihe hinaus.

Das Raunen der Schüler wird weniger, manche sind mit ihren Büchern beschäftigt, einige Plätze sind noch leer oder die dazugehörigen Schüler von mir abgewandt.

Das flaue Gefühl in meinem Magen wird so drükkend, dass ich mich ohne einen weiteren Blick zur Tafel umdrehe und beginne, meinen Namen und ein paar Eckdaten aufzuschreiben.

»Ruhe, bitte!«, ruft Edward. »Das gilt auch für Sie da hinten, meine Herren. Und bitte kommen Sie unter dem Tisch hervor, Mr. Evans, ich hatte nicht vor, mit Ihrem

Schatten zu sprechen. Wenn Sie jetzt alle so gnädig wären, mir kurz Ihre Aufmerksamkeit zu schenken.« Er tritt einen Schritt zur Seite und forschende Blicke prasseln auf mich nieder. Ich spüre es richtig im Rücken, während ich an der Tafel schreibe.

»Das hier ist Mrs. Reed. Sie wird Sie-«

»Oh, Fuck.«

Sechs Buchstaben. Zwei Worte. Ein Hammerschlag.

Nein. Nein.

Ich halte inne, dann drehe ich mich um. Wie in Zeitlupe.

Bitte, bitte nicht.

Das ist ein schlechter Scherz.

Aber nein. Es ist kein Scherz, denn da sitzen sie. In der letzten Reihe. Alle nebeneinander. Rebel starrt mich an und sagt noch mal: »Fuck, das glaub ich nicht. Scheiße.«

Rain bewegt sich gar nicht mehr. Ihm ist alles aus dem Gesicht gefallen und wenn es nicht so schrecklich wäre, hätte ich über seinen Ausdruck gelacht.

»Haben Sie ein Problem, Mr. Romero?«, fragt Edward und einige der vorderen Schüler drehen sich ebenfalls nach hinten um. Rebel geht gar nicht darauf ein, sondern haut im nächsten Moment seinen Ellenbogen in Rains Rippen. Sie flüstern etwas und Rebel gestikuliert dazu völlig übertrieben, aber Rain schüttelt als Antwort nur hart den Kopf.

»Und Sie, Mr. Sullivan? Sagen Sie es gern laut, wenn Sie noch mit Mr. Romero tratschen müssen. Ich bin mir sicher, es interessiert uns alle.«

Ja, vor allem dich, Edward. Verdammt noch mal.

»Nein, nein, Sir. Schon gut«, gibt Rain steif zurück. Er stützt die Ellenbogen auf den Tisch und legt das Gesicht in die Hände. Dann sieht er wieder auf. Als unsere Blicke sich treffen, kann ich absolut nichts aus seinem Gesichtsausdruck lesen.

»Wie sehen Sie überhaupt aus? Entfernen Sie doch bitte nächstes Mal das Metall aus Ihrem Gesicht. Sie sind doch kein Asozialer. Dies ist eine Bildungseinrichtung«, bestimmt Edward scharf. Rain beachtet ihn gar nicht. Er starrt weiterhin in mein Gesicht.

Keiner regt sich, keiner atmet.

»So, dann. Kommst du klar, June?«, flüstert Edward mir zu. Mehr als ein mechanisches Nicken schaffe ich nicht.

Verdammt, nein. Ich komme nicht klar.

Was ist das hier? Versteckte Kamera?

Das kann doch nicht wahr sein.

Warum sind die in meiner Klasse? Warum sind die überhaupt Schüler?

Gott, wie alt ist er denn dann? Bitte, lass ihn über achtzehn sein. Ich will nicht in den Knast. Was eigentlich fast komisch ist, weil er ja der war, der mich bedroht und gewürgt hat. Ach, zum Teufel damit.

Ich merke richtig, wie mich alle mustern, weil ich nur dastehe und nichts sage. Rain und ich schauen uns für einen weiteren Herzschlag lang in die Augen. Keine Ahnung, was in ihm vorgeht.

»Also, ich bin Mrs. Reed«, beginne ich irgendwann endlich und Rebel meldet sich brav.

»Ja, ähm, Mr. …« Ich schaue auf meine Liste, doch er hilft mir aus.

»Romero.«

»Ja dann, Mr. Romero.«

»Sind Sie Miss oder Mrs. Reed?«

Die ganze Klasse grölt vor Lachen und ich laufe tiefrot an. Vor Zorn. Das kann doch nicht sein Ernst sein?

»*Mrs.* Reed, obwohl das hier sicherlich nichts zur Sache tut. Kann ich jetzt weitermachen?«

»Ach, du Scheiße. Das wird ja immer besser«, antwortet er nur fasziniert und die Blicke seiner Mitschüler fliegen zu ihm. Es sieht aus, als würden sich alle auf ein Massaker vorbereiten, dabei kann ja niemand etwas von der Sache zwischen uns wissen.

Rain sinkt mit jeder Sekunde tiefer in die Sitzfläche seines Stuhls. Noch immer hält er sein Gesicht in den Händen. Er wirkt fast schon verstört. Rebel beugt sich zu ihm rüber und flüstert ihm etwas ins Ohr, aber Rain löst lediglich eine Hand von seiner Wange und hält seinen Mittelfinger vor Rebels Nase.

»Ich würde dann einmal die Klassenliste durchgehen und schauen, dass ich bei jedem von Ihnen ein Gesicht zu dem Namen bekomme, ja? Dann fangen wir mal an.« Mit zittrigen Fingern nehme ich das oberste Blatt von meinem Tisch und überfliege es. Er heißt jedenfalls nicht wirklich Rain. War klar, oder?

Wer bist du nur?

»Also, Amy Ademshek?«

Ein blondes Mädchen aus der ersten Reihe meldet sich.

»Dann Freddie Carlsen?« Wieder eine Hand, die hochgeht. Ich lese noch ein paar Namen vor, aber immer sind es andere.

»Avery Evans?«

Knights Hand hebt sich und in Gedanken mache ich mir eine Notiz. Ich werde nachher die Akten der drei etwas genauer anschauen. Nicht, dass mir das hier noch um die Ohren fliegt.

Es stellt sich heraus, dass Rebel eigentlich Luca Romero heißt und Rains echter Name Parker Sullivan ist.

Für den Rest der Stunde begnüge ich mich damit, die Schüler Arbeitsblätter ausfüllen zu lassen und versuche in der Zwischenzeit meinen Kopf zu sortieren.

Es klappt nicht. Ich bekomme den Schüler, der da in meinem Unterricht sitzt, nicht mit dem Mann überein, der die letzten Tage in meinem Bett geschlafen hat. Der mit mir geschlafen hat. O Gott, das ist ein Albtraum.

Das Klingeln der Schulglocke kommt einer Erlösung gleich und die ersten Schüler stürmen so schnell sie können in die Flure.

»Sullivan, Evans und Romero. Sie bleiben bitte noch einen Moment«, pfeife ich die drei zurück, während sie schon auf dem Weg zur Tür sind. Einige der anderen beginnen zu tuscheln.

»Alle anderen raus.«

Auch die Mädchen an der Fensterseite erheben sich endlich.

Nachdem alle anderen Schüler gegangen sind, legt sich eine komische Spannung über den Raum.

Rain – oder besser Parker – tritt einen Schritt auf mich zu und will eine Hand an meine Taille legen, aber ich wehre ihn ab. »Wag es ja nicht.«

»June, ich wusste doch auch nicht …«

»Oh, nein. Ihr drei hört mir jetzt mal ganz genau zu. Ja, das ist unerwartet und ja, das ist definitiv richtig scheiße gelaufen. Aber wenn auch nur einer von euch jemals ein Wort über die letzte Woche verliert, dann wart ihr die längste Zeit an dieser Schule.« Ich lasse den Blick über jedes Gesicht einzeln wandern. Sie sehen mit ihren Uniformen aus, als hätten sie sich verkleidet. Der Einzige, der ordentlich und aufgeräumt wirkt, ist Rebel. Das Jackett sitzt perfekt und die Lederschuhe sind sauber poliert. Rains Kleidung ist zwar auch faltenfrei, aber seine Krawatte ist nur locker um den Hals gebunden und statt der vorgeschriebenen Lederschuhe trägt er seine derben Stiefel. Neben der Wut in seinem Blick kann ich auch eine unglaubliche Sehnsucht entdecken. Oder ich bilde sie mir ein.

Das, was wir geteilt haben, kann in der echten Welt nicht bestehen. Niemals.

Mein Herz sticht, aber ich schaffe es zum Glück, meinen Blick einigermaßen professionell zu halten.

»Lasst ihr beiden uns bitte noch einen Moment allein?«, frage ich an Rebel und Knight gewandt. Sie gehen tatsächlich, ohne noch einen Spruch zu machen.

Knight klopft Rain im Vorbeigehen auf die Schulter und lächelt mitleidig. Als beide die Tür hinter sich geschlossen haben, kommt Rain neben mich und setzt sich auf das

Pult. Seine Hand findet meine und er streicht zart darüber, doch ich reiße sie weg. Es macht mich wütend, dass ich mich so sehr nach seiner Berührung sehne.

Es ist nicht angemessen.

Es war von Anfang an nicht angemessen.

Mein Gott, er sieht so anders aus hier in diesem Umfeld. Bis auf die Muster an seinen Händen kann man tatsächlich unter der Uniform keines seiner Tattoos erkennen. Selbst die an seinem Hals verschwinden im Hemdkragen.

»Scheiße, June. Wie alt bist du bitte, dass du meine Lehrerin bist?«, fragt er in die drückende Stille hinein. Sein flehender Blick gibt mir den Rest.

»Das ist das Einzige, was du wissen willst? Ich bin einunddreißig.«

»Was?«

»Ja, einunddreißig. Und du bist hoffentlich volljährig, denn sonst-«

»Fast. Aber ich bin schon zwanzig, von daher … alles gut. Habe bloß die Schule eine Zeit lang ausgesetzt. Verdammt, du bist elf Jahre älter als ich.« Er lacht ungläubig.

Zwanzig. Er ist zwanzig Jahre alt.

Nicht mal alt genug, um überhaupt auf diese Partys zu gehen, die wir besucht haben. Nicht alt genug für jeden Drink, den ich ihm angeboten habe. Immerhin ist er alt genug, dass ich mich nicht strafbar gemacht habe, weil wir Sex hatten.

Ich hatte Sex mit meinem Schüler.

Dieser Mann, der da vor mir steht, ist mein Schüler.

Mein Schutzbefohlener.

Der Gedanke zirkuliert in Dauerschleife durch mein Hirn.

Wir atmen beide durch.

»Was machen wir denn jetzt?«, fragt er leise und kommt noch näher an mich heran. Seine Hand legt sich ganz zart auf meine Wange. Diesmal schaffe ich es nicht, sie fortzuschieben.

»Ich habe den ganzen Morgen an dich gedacht, June. Du hast so verflucht heiß ausgesehen im Schlaf. Am liebsten wäre ich bei dir geblieben. Hast du meinen Zettel gefunden?« Seine Stimme ist so sehnsüchtig und rau, dass sie meine Haut in Brand steckt.

Nein, das darf nicht sein. Das geht nicht. Niemals mehr.

»Rain, lass das. Das muss aufhören.«

»Was? Was hat sich denn bitte geändert?«

Ich lache auf. »Alles? Alles hat sich geändert. Ich bin deine verdammte Lehrerin. Ich … Das geht nicht. Das ist verboten. Wenn jemand das herausfindet, bekomme ich niemals wieder einen Job.«

Er steht auf und stellt sich zwischen meine Beine. Irgendeine fremde Macht in mir lässt ihn auch hierbei gewähren. Seine Gesten und sein Körper sind mir mittlerweile so vertraut, dass ich sofort auf ihn reagiere. Und ich verabscheue mich dafür.

Das hier ist nicht, was vernünftige Erwachsene tun.

Das hier ist nicht, was Lehrerinnen tun.

Herrgott, er ist gerade mal zwanzig. Das kann doch nicht wahr sein.

»Lass uns heute Abend reden, June. Ich kann zu dir

kommen und wir klären das, ich …«

»Was willst du da noch klären?«

»Bitte, Prinzessin.«

»Hör auf.«

Er hält mein Gesicht in seinen Händen. Erst zart und sanft und dann immer fester.

»Tu uns das nicht an. Lass uns nachher reden.« Das Flehen in seinen Augen bringt mich um den Verstand. »June, bitte.«

»Aber es wird nur ein Gespräch, hörst du? Nur reden. Das hier darf nicht sein. Das ist doch alles ein schlechter Scherz.«

»Wir wussten es von Anfang an. Aber niemand von uns wollte es wahrhaben. Jetzt müssen wir damit klarkommen«, flüstert er. Es steht im totalen Gegensatz zu dem, was er davor gesagt hat.

»Ist dir klar, dass du nicht mal selbst weißt, was du willst?«

»Lass uns das nachher klären, ja? Ich bin um acht da. Dann sehen wir weiter. Ich muss zum nächsten Unterricht. Nicht, dass die denken, ich vögle mit der heißen neuen Lehrerin. Du bist einfach verdammte einunddreißig und siehst aus wie Anfang zwanzig.« Er stößt sich kopfschüttelnd vom Tisch ab und geht auf die Tür zu. »Vielleicht hat das alles einen Grund, June«, sagt er noch, als seine Hand schon an der Klinke liegt. Im nächsten Moment ist er verschwunden.

Was soll das bitte für einen Grund haben, außer mich arbeitslos zu machen? Immerhin werde ich auf die Weise heute Abend das Mysterium um Rain lüften. Und danach schicke ich ihn nach Hause und lege das Ganze ad acta. Es ist eine aufregende Sommerromanze gewesen und die ist jetzt vorbei.

In der Pause frage ich bei Edward nach den Akten der drei. Er gibt sie mir seufzend. »Machen die dir jetzt schon Probleme?«

»Nein, nein. Mir ist nur aufgefallen, dass sie sich nicht so sehr anpassen wie die anderen und alle eine große Klappe haben. Daher wollte ich mich vorbereiten. Gibt es denn sonst etwas über sie zu wissen?« Ich lehne mich mit dem Rücken gegen den Türrahmen, während ich Edward dabei beobachte, wie er in seinem Stuhl in eine gemütlichere Position rutscht.

»Na ja, im Moment geht es wohl. Aber Romero ist eine ziemlich harte Nuss. Sein Vater ist einer der größten Sponsoren dieser Schule. Jedes Mal, wenn sein Sohn Mist baut, blecht er eine Stange Geld und alles ist vergeben und vergessen. Und das weiß sein Spross leider.« Er schaut vielsagend, während ich nur dagegen ankämpfe, nicht feuerrot anzulaufen. »Und ich weiß, dass das nicht in meinen Zuständigkeitsbereich fällt, aber so unter uns: Das Privatleben der drei bereitet mir schon länger Bauchschmerzen.«

»Warum?«, krächze ich und verschlucke mich so sehr, dass ich husten muss.

»Alles okay, June? Willst du etwas trinken?«

Ich schüttle den Kopf und er fährt fort.

»Nun, zumindest Romero und Sullivan haben einige Vorstrafen in ihrer Akte. Evans ist ein erstaunlicher Fall, denn er ist als Stipendiat hier. Mr. Romero Senior bezahlt für ihn. Kannst du auch in der Akte lesen. Evans ist, zumindest was das Fachliche angeht, ein Musterschüler. Die anderen beiden sind absolut keine Leuchten. Lies die Akten. Wenn da noch Unklarheiten sind, dann frag einfach, ja? Ich muss jetzt leider in einen Telefontermin.« Er lächelt freundlich und ich verschwinde mit den Unterlagen ins Lehrerzimmer.

Dort lasse ich mich an einem der Tische nieder und schlage die erste Akte auf.

Die leichte Kost zuerst. Knight scheint tatsächlich aus einer sozial schwachen Familie zu kommen. Er hat über gute Noten und den Einfluss von Rebels Vater einen Platz bekommen. Seine Zeugnisse sind erstklassig und es gibt sonst keine Bemerkungen in der Akte.

Rebel hingegen ist wirklich ein Spezialfall. Bedrohung des Lehrkörpers, unerlaubter Waffenbesitz und unzählige Gewaltdelikte sind vermerkt. Außerdem saftige Fehlzeiten, sodass er manche Kurse schon ein paar Mal besuchen musste, Schlägereien mit Mitschülern und Sachbeschädigung am Schulgebäude. Auch in Rains Akte hat sich einiges angesammelt. Unerlaubter Waffenbesitz, Körperverletzung und Diebstahl.

Verdammt, Rain. Warum?

Er scheint nicht bei seinen Eltern zu wohnen. Als Wohnsitz sind zwar Menschen mit dem Nachnamen Sullivan angegeben, aber in der überstellten Akte einer anderen Highschool aus Columbia waren andere Sullivans als Erziehungsberechtigte vermerkt. Außerdem ist er über ein Jahr lang gar nicht in der Schule gewesen, bevor er nach Half Moon Bay gekommen ist. Das erklärt auch, warum er mit zwanzig noch an dieser Highschool ist und nicht längst studiert. Obwohl es Licht ins Dunkel bringen sollte, verwirrt mich die Akte eigentlich nur noch mehr.

Und weil es mich so sehr ärgert, dass mein erster Arbeitstag nur von diesem Mist überschattet worden ist, koche ich vor Wut, als ich abends am Pool auf Rain warte. Mit jeder Minute mehr.

Er kommt eine halbe Stunde zu spät, zieht sich statt einer Entschuldigung einfach das Shirt aus und setzt sich lässig in den Loungesessel mir gegenüber. In aller Ruhe zündet er eine Zigarette an und ich hasse mich dafür, dass ich den Blick nicht von seiner nackten Haut lassen kann.

»Kannst du dir vielleicht was anziehen?«

»Nein. Ist zu warm. Hast du ein Problem damit, Frau Lehrerin?« Er hat seine Fassung erschreckend schnell wiedergefunden. Es macht mich nur noch wütender.

»Du wolltest reden? Dann fang mal an, bitte«, stoße ich aus und funkle ihn an. Aber er lacht nur leise und zieht an der Zigarette.

»Was willst du denn wissen?«

»Hör auf. Das hier ist kein Spiel mehr.«

»Mag sein. Ich frage mich nur, was du von mir erwartest.

Nur weil ich dir heute in diesem Klassenraum gegenübergesessen habe, bin ich kein anderer als gestern und vorgestern und dem Tag davor.«

»So ein Unsinn. Alles ist anders.«

»Gestern hat dir ausgereicht, was du über mich wusstest.«

»Und heute reicht es mir nicht mehr. Also?«

Er seufzt. »Okay, wie du willst. Ich heiße Parker Sullivan, bin zwanzig, wohne bei meinem Onkel und meiner bescheuerten Tante da drüben.« Er deutet mit der Zigarette auf die Hecke. »Ich habe Tausend Vorstrafen, ein Problem mit der Impulskontrolle, bin eine absolute Null in der Schule, hasse Autorität im Allgemeinen und Edward Snyder im Besonderen und lass mich überlegen … Das wars auch schon. Bitte sehr. Mein jämmerliches Leben auf dem Silbertablett.«

»Warum lebst du nicht bei deinen Eltern in Columbia?«

»Woher weißt du das?«

»Hab deine Akte gelesen.«

»War klar.« Er schnaubt abfällig, sein Gesichtsausdruck verschließt sich komplett. An keinem Tag unserer gemeinsamen Woche habe ich mich ihm so fern gefühlt wie jetzt.

»Also?«

»Hab Scheiße gebaut. Als ich aus dem Knast wieder zu Hause war, wollten sie mich da nicht mehr.«

»Du warst im Gefängnis?«

»Vierzehn Monate. Sechs Monate Jugendknast, acht Erziehungscamp.«

»Aber … ich …«, setze ich an und raufe mir die Haare.

»Was? Was, June? Du verstehst es nicht? Genau deshalb wollte ich dir nichts sagen. Du hättest mich von Anfang an gehasst, so wie die ganze Welt mich hasst. Aber weißt du was? Das da in der Akte, das ist nicht alles von mir. Das hier, das bin ich. Der, den du kennengelernt hast, das bin ich. Das, was wir hatten, war echter als alles andere, was von mir in dieser verfickten Akte steht.« Er wirft die Zigarette ins Gras und zündet gleich die nächste an. »Weißt du, das Ding ist, dass immer alle glauben, sie wüssten was über mich. Dabei haben die alle keine Ahnung. Nur du, du weißt alles von mir, aber selbst das reicht dir nicht. Weil es nie reicht. Wenn man ich ist, reicht es nie.«

»Rain, beruhig dich. Ich weiß schon, was du sagen willst. Mir ging es ja ähnlich …«

»Womit? Damit, dass du doch einen Mann hast? Kommt der bald nach Hause? War das hier nur ein netter kleiner Ausflug mit dem Fuckboy von nebenan, oder was?«

»Rain, hör auf.«

»Warum? Warum soll ich aufhören? Sieht so deine Art von Zeitvertreib aus? Fickt er dich nicht gut, oder was?«

»Er ist tot.«

»Was?«

»Seit zwei Jahren.«

»Warum … Ich meine, du trägst den Ring, in deinem Nachtschrank liegt ein Foto. Ich verstehe nicht …«

»Tja, so ist das wohl, wenn alle glauben, sie wüssten was über einen, hm?«

Er lacht kalt und schüttelt den Kopf.

»Du wolltest doch reden, Rain. Jetzt reden wir.«

»Na dann, June. Erzähl mir gern all deine kleinen Geheimnisse. Tu dir nur keinen Zwang an.«

Wir taxieren uns beide mit demselben wahnsinnigen Blick.

»Rede nicht so.«

»Ich rede, wie es mir passt.«

Eine schwere Stille senkt sich zwischen uns, während die Abendsonne sich in Richtung Horizont senkt. Es dämmert bereits.

»Ich habe vorher in San Francisco gelebt. Mein Mann ist seit zwei Jahren tot und ich liebe ihn immer noch. So sehr, dass ich manchmal kaum atmen kann, wenn mir bewusst wird, dass er fort ist. Ich bin nur hergekommen, weil ich gehofft habe, mit der Vergangenheit abschließen zu können, was leider nicht wirklich klappt.«

»Warum nicht?« Er lehnt sich vor und stützt die Ellenbogen auf die Knie auf.

»Wir wollten damals hierherziehen. Wir hatten uns ein Haus angesehen und Sam wollte an eurer Schule als Lehrer anfangen. Wir wollten eine Familie gründen.«

»Und dann?«

»Ist er gestorben und ich bin die letzten zwei Jahre allein geblieben.«

Rain nickt und schaut dabei so, als würde er mich gerade zum ersten Mal richtig sehen. Vermutlich tut er das auch.

»Davor hatte ich Angst«, flüstert er resigniert und verzieht den Mund. »Dass alles plötzlich anders ist, wenn wir dieses Gespräch hatten.«

»Es ist auch so alles anders. Das in der letzten Woche war wunderbar und aufregend und … ach, ich weiß nicht. Aber das war nur ein winziger Ausschnitt von uns. Das war nicht das wahre Leben, Rain. Das war nur das, was wir uns zeigen wollten. All das Hässliche haben wir einfach ausgelassen.«

»Vielleicht war es der beste Ausschnitt von uns, den es gibt.«

»Vielleicht aber auch nicht. Wo sollte das hier schon hinführen?« Meine Stimme ist so leise und flehend, dass ich mir fast selbst leidtue. Was erwarte ich überhaupt von ihm? Was macht man in solch einer Situation? Rain weiß es wohl auch nicht, denn er sagt nichts mehr und schaut von mir weg in Richtung Meer.

»Was war ich für dich, June? Ein Zeitvertreib, bis du endlich wieder einen perfekten Prince Charming gefunden hast? Oder nur jemand, um einmal im Leben deine kranken Fantasien auszuleben?«

»Kranke Fantasien? Im Ernst? Wer hat denn mit dem Scheiß angefangen? Jetzt wirfst du *mir* vor, was *du* gemacht hast? Hörst du dir eigentlich selbst zu?«, rufe ich und merke richtig, wie ich die Kontrolle über meine Worte verliere. »Ich denke, du gehst jetzt.«

»Das höre ich irgendwie ständig von dir, June. Und trotzdem sitze ich hier.«

»Ich meine es ernst. Geh jetzt.«

»Was sonst? Was tust du sonst, hm, Prinzessin?«

In meinem Unterleib ballt sich die Lust so abartig zusammen, dass ich kurz die Augen zusammenkneifen muss.

»Du spürst es auch, June. Du willst es genauso wie ich. Du schämst dich dafür und ich muss es ausbaden. Das finde ich wirklich gar nicht nett.«

»Geh jetzt oder ich rufe die Cops.«

»Das würdest du tun?«

»Hau ab. Wir sind fertig.« Ich höre mich selbst kaum, so sehr rauscht das Blut in meinen Ohren.

Er kommt tatsächlich auf die Füße, aber in seinem Gesicht steht bloß ein hämisches Grinsen. Er kommt näher, immer näher, bis ich die Wärme seiner nackten Haut durch meine Kleidung hindurch spüren kann. Ich würde alles dafür geben, ihn ein letztes Mal berühren zu dürfen. Ein letztes Mal diese Wut in seinen Augen in Lust zu verwandeln. Er legt seine Hand an meine Wange.

»Du irrst dich, June. Wir beide sind noch lange nicht fertig miteinander.«

Kapitel 17

Rain

Ich habe die ganze Nacht kein Auge zugemacht. Jetzt rauche ich schon die dritte Zigarette in Folge, um endlich runterzukommen. Ich hätte gestern nicht zu June gehen sollen. Das war einfach so ein verfickter Fehler. Ist doch klar, dass sie nicht nett mit mir reden will, um mich dann in ihr Bett zu zerren.

Dafür ist sie viel zu anständig.

Sie hat sich aufgeführt, als wäre sie eine verstockte Achtzigjährige. Und dass sie das eigentlich ganz und gar nicht ist, wissen wir beide. Keine Ahnung, wem sie was vormachen will.

Mein Fuß wippt nervös auf der Fußmatte von Rebels Wagen. Er schaut im Rückspiegel zu mir nach hinten.

»Alles klar?«

»Nichts ist klar. Alles ist richtig beschissen«, gebe ich ehrlich zurück und wische mir übers Gesicht.

»Mann, du hast einfach unsere Lehrerin gefickt. Das ist selbst für dich krass«, bemerkt Knight. Mit viel mehr Anerkennung in der Stimme, als angebracht wäre.

»Als hätte ich das wissen können.«

»Was viel schlimmer ist, ist die Tatsache, dass du sie

auch noch magst.« Rebel blinkt und biegt auf den Schulparkplatz ein. Er fährt immer. Knight kann sich kein Auto leisten und ich werde vermutlich niemals im Leben wieder hinterm Steuer sitzen.

»Ach, leck mich doch.« Ich rutsche tiefer in den Sitz. Was für ein beschissener Tag. Dabei ist es noch nicht mal neun.

Ich habe das Gefühl, dass mein Kopf bald platzt, wenn nicht endlich mal alle die Fresse halten und sich um ihren eigenen Scheiß kümmern.

»Was machst du jetzt in der Sache?«, fragt Rebel in dem gleichen geschäftsmäßigen Tonfall wie vorher und stört sich gar nicht an meinem düsteren Blick.

»Was soll ich schon machen? Little Miss Sunshine weiß noch nicht, mit wem sie sich angelegt hat. Sie will auf die Art spielen? Dann los. Ich bin bereit.«

Knight stöhnt. »Das wird wieder so richtig scheiße enden. Ich sehe es schon kommen. Lass doch einfach die Finger von ihr und reagier dich woanders ab. Die kann dich doch mal.«

Bevor einer von uns noch was sagen kann, parkt Rebel das Auto und macht den Motor aus. Er schaut ein letztes Mal in den Rückspiegel und taxiert mich sehr genau. »Willst du wirklich Krieg mit ihr?«

»Ich will alles mit ihr und wenn ich eben nur Krieg haben kann, dann führe ich Krieg.« Es hilft nichts. June ist mir schon längst viel zu tief unter die Haut gegangen. Ich kann sie jetzt nicht so einfach ziehen lassen, auch wenn ich das wollte.

Rebel wendet den Blick ab und setzt sich dann beim Aussteigen die Sonnenbrille auf. Er seufzt so tief, als würde das ganze Gewicht der Erde auf seinen Schultern lasten. Knight und ich folgen ihm, vor dem Eingang bleiben wir stehen, um noch eine zusammen zu rauchen. Während ich gerade meine Zigarette anzünde, tippt mir jemand von hinten auf die Schulter. Sehr bestimmt.

»Mr. Sullivan, das Rauchen ist hier untersagt.« Junes Stimme überschlägt sich fast, während sie an mir hochschaut.

»Ach, und wer sagt das, *Mrs. Reed*?«

»Ich sage das. Und die Schulordnung. Das gilt auch für Sie beide.« Sie fuchtelt mit dem Zeigefinger vor Rebel und Knight herum, die nur müde lächeln.

»Dann sag ich dir jetzt mal was.« Meine Hand schießt vor und packt ihren Unterarm. Statt zurückzuweichen, lodert Gegenwehr in ihrem Blick.

Fühlst du mich noch, Prinzessin? Ich fühle noch alles von dir.

»Du hast mir gar nichts zu sagen. Ich werde dir das Leben hier so was von zur Hölle machen, June.«

Wir starren uns an, als würden wir beide nur auf den Startschuss warten, um aufeinander loszugehen.

Und dann lächelt sie. Sie lächelt einfach.

»Sicher, Mr. Sullivan. Sicher.« Mit einem Ruck löst sie ihren Blick von mir und geht. Sie dreht sich weder um noch geht sie übertrieben schnell. Sie schlendert mit ihrem prallen Arsch einfach so davon.

Rebel und Knight schauen ihr nach.

»O Gott, ich glaube, ich will auch Krieg mit ihr. Darf ich mitmachen?«, fragt Knight und lacht dreckig. Rebel klapst ihm auf den Hinterkopf, bevor er seine brennende Kippe im Papiermüll entsorgt. Man kann ja nicht an einem Tag eine Revolution anzetteln. Aber starten muss man schließlich irgendwo.

Als der Mülleimer in Flammen steht, macht sich in meinem Bauch die Genugtuung darüber breit, dass June gestern gelogen hat.

Sie ist genauso wenig fertig mit mir wie ich mit ihr.

Zwei Mathestunden später sitzen wir wieder in Junes Klasse. Sie hat niedliche Landkarten und Bilder von bedeutenden Persönlichkeiten aufgehängt und versucht vermutlich *lebendigen* Unterricht zu machen.

So eine Streberin.

Ich komme mir vor wie in einer verdammten Vorschulklasse. Die Mädchen aus der ersten Reihe finden es jedenfalls toll und kichern aufgeregt miteinander, als June den Raum betritt. Sie stellt ihre Tasche neben das Pult, strafft die Schultern und begrüßt all ihre kleinen Schäfchen. So eine Heuchlerin. Gott, sie sieht so heiß aus in diesem hässlichen, altbackenen Kostüm. Fehlt nur noch eine Hornbrille und sie könnte in jedem Porno die Sekretärin spielen.

»Mr. Sullivan? Hören Sie mir bitte auch zu oder können Sie plötzlich Gedanken lesen?«

Mein Blick fliegt hoch. Direkt zu ihrem Gesicht. »Weiß nicht, Mrs. Reed. Kann ich?«

Alle lachen und Junes Wangen nehmen einen Rosaton an.

O June, du weißt nicht, auf was du dich da eingelassen hast.

»Ich denke doch nicht. Miss Kruger, können Sie Mr. Sullivan aushelfen?«

Stacey Kruger rückt sich die rahmenlose Brille auf der Nase zurecht und dreht sich zu mir um, als könnte ich sie nur verstehen, wenn ich sie dabei ansehe.

»Mrs. Reed möchte, dass wir heute in Zweiergruppen bedeutende Wendepunkte der amerikanischen Geschichte herausarbeiten und das Ergebnis in Referatform vorstellen.« Sie lächelt zuckersüß und dreht sich dann wieder zu June zurück. Kleine Schleimerin.

»Sehr genau, Miss Kruger. Und weil sie sich ja jetzt schon angenähert haben, können Sie und Mr. Sullivan auch gleich eine Gruppe bilden. Sie werden sich der Frauenbewegung im Zuge der Sklavenbefreiung widmen. Viel Spaß dabei.«

Gott, das bekommst du alles doppelt und dreifach zurück, June.

Ich schnaube und schaue auf meine Hände, die vor mir auf dem Tisch liegen.

»Haben Sie ein Problem damit?«, fragt sie scharf, was meinen Blick erneut in ihre Richtung schweifen lässt.

»Oh, nein. Ich bin ja ein bekennender Feminist, Mrs. Reed. Alles für die Frauen.«

Knight neben mir lacht schrill auf und entschuldigt sich dann kaum hörbar. Alle anderen verfolgen den Schlagabtausch zwischen mir und June wie ein Tennismatch.

Staceys Augen werden immer größer. *Tja, June. Du glaubst, dass du mich treffen kannst? Pass lieber auf, dass dich der Querschläger nicht erwischt.*

Ich halte Junes Blick einen winzigen Moment zu lange und ihre Fassade bricht. Alles an ihr schreit: *Warum tun wir uns das an?*

Weil du es so wolltest. Jetzt leb damit.

Als alle Gruppen eingeteilt sind, dürfen wir uns einen Platz innerhalb der Schule suchen, aber Stacey will lieber im Raum bleiben, falls wir *Nachfragen* haben.

Ich hasse sie jetzt schon.

Rebel und Knight haben natürlich ein Team gebildet und werden sich jetzt vermutlich ganz gemütlich auf einer der Bänke draußen das Hirn wegballern. Keine Ahnung, wie Knight es schafft, trotz der vielen Kifferei noch so gute Noten zu schreiben. Vielleicht ist er ein verkapptes Genie. Wer weiß, was mit ihm wäre, wenn er mal seine Birne richtig klarkriegen würde.

Und weil mir nichts anderes übrigbleibt, schaue ich aus dem Fenster, während Stacey einen dicken Wälzer aufschlägt und bestimmt, welche Seiten ich durcharbeiten soll. June sitzt vorn an ihrem Tisch wie die Königin der Irren und sieht irgendwelche Schulhefte an. Sie stützt dabei ihren Ellenbogen auf die Tischplatte, eine Hand ruht in ihrem Nacken.

Ich weiß noch genau, wie sie an der Stelle riecht. Warm und süß und nach so viel mehr. Es ist Folter, dass sie glaubt, wir könnten nicht beides haben.

»Parker? Du liest ja gar nicht«, zischt es leise von der

Seite. Stacey scheint das hier wirklich mehr als ernst zu nehmen. Zeit, dass sie einen Gang zurückfährt.

»Keine Sorge. War nur kurz abgelenkt.« Ich strecke einen angewinkelten Arm auf dem Tisch aus und stütze die Schläfe auf meine Faust. Dann versuche ich von schräg unten, ihren Blick zu treffen. Das zieht immer. Sie lächelt verlegen und weicht aus.

»Parker, bitte. Wir müssen doch arbeiten. Nicht, dass wir Ärger bekommen.«

»Ach, komm schon. Sei nicht so eine Spielverderberin.« Ich zwinkere ihr zu, was ihre Wangen noch dunkler färbt. Sie schaut immer wieder aus dem Augenwinkel zu mir, während ihr Atem sich merklich beschleunigt. Ich lasse die Fingerspitzen meiner anderen Hand über den Tisch wandern und betrachte ihr Gesicht, um die Reaktion zu sehen. Sie reißt die Augen auf und schiebt sich hektisch die Brille auf der Nase hoch, weil meine Hand ihrer immer näher kommt. Dann schluckt sie und schaut so fest in das Buch, als würde sie sonst in Ohnmacht fallen. Oh, ja. Das ist mein Spiel. Das sind meine Regeln. Nur das falsche Zielobjekt.

»Na, wie siehts aus? Wollen wir doch noch woanders hingehen?«

Staceys Blick ist völlig erstarrt. Vielleicht sollten wir die mal ins Strandhaus einladen. Das wäre sicher spannend. Stille Wasser sind tief.

Aber darum gehts hier gerade eigentlich gar nicht.

»Mr. Sullivan!«

Genau. Darum gehts.

Mein Blick schwenkt nach vorn zu June, die mich so finster ansieht, als wäre sie Luzifers Assistentin.

»Würden Sie jetzt bitte arbeiten und aufhören, Miss Kruger zu bedrängen? Sonst sehe ich mich gezwungen, den Direktor zu informieren.« Ihre Stimme ist schneidend, aber in ihrem Blick liegt kein Hass. Es sieht mehr aus wie ein stiller Vorwurf.

»Miss Kruger, möchten Sie die Gruppe wechseln oder kommen Sie klar?«, setzt sie noch hinterher, doch Stacey schüttelt bloß den Kopf. June schüttelt ihren auch ungläubig. Und ich wünschte, ich könnte den Blick erwidern, aber ich bekomme nur ein sehnsüchtiges Lächeln zustande. Ich bin so was von am Arsch.

»Was hast du gemacht?«

»Reg dich ab, Rebel. Meine Hände sind noch dran.«

»Und das alles nur wegen dem Rotschopf?« Knight schaut eher verwirrt, schiebt sich aber trotzdem unbeirrt ein Salatblatt seines Mittagsmenüs in den Mund.

»Sie heißt June. Außerdem habe ich Stacey gar nicht angefasst.«

»Aber du hast darüber nachgedacht. Um den Rotschopf zu ärgern. Das sind unlautere Mittel. Das ist arschlochhaftes Verhalten«, gibt er lässig zurück.

»Ich bin ein Arschloch? Fasst mal an eure eigenen Nasen. Außerdem fand Stacey es schön. Ihr hättet ihr putziges Gesicht sehen sollen. Wie eine pralle Tomate, die gleich platzt«, streue ich noch ein bisschen mehr Details ein, um die beiden beim Essen zu ekeln. Sie verziehen wie einstudiert ihre Gesichter.

Und weil ich schon ein bisschen spät für meinen Chemiekurs dran bin, erlaube ich mir mal großzügig, die beiden mit dieser Information allein zurückzulassen und suche das Weite, bevor ich mir noch mehr Vorwürfe anhören muss.

Es ist nicht mehr viel los, sodass ich ziemlich einsam durch die Gänge steuere. Als ich vor meinem Spind stehe, reißt mich plötzlich jemand am Arm. Ich will mich schon umdrehen und die Person wegschubsen, aber zu meiner Überraschung ist es June.

»Scheiße, was soll das?«

Doch statt etwas zu sagen, zieht sie mich wortlos am Ärmel mit sich. So schnell, dass ich hinter ihr her stolpere und beinahe über meine eigenen Füße falle.

Vor einer Tür schaut sie superauffällig über die Schulter und als niemand zu sehen ist, reißt sie an der Türklinke und schubst mich unsanft hinein.

Die Tür klappt hinter uns zu. Es ist stockfinster.

Bevor ich überhaupt realisieren kann, was hier gerade passiert, liegen ihre Arme um meinen Nacken und sie küsst mich so verlangend, dass ich kaum Luft bekomme.

O mein Gott, June.

Ich greife in ihre Haare und zerre sie näher. Das gedämpfte Stöhnen vermischt sich in der Dunkelheit mit dem Rascheln von Stoff. Lust rauscht mir durch die Adern und am liebsten würde ich sie jetzt gegen die Tür drücken und mich in sie schieben. Um sie daran zu erinnern, wie sehr sie das braucht. Wie sehr sie *mich* braucht.

Wie kann sie nur denken, dass wir ohne das hier leben können? Es ist viel zu gut, viel zu intensiv.

Bevor ich den Gedanken auch nur zu Ende gedacht habe, gräbt sie die Finger in meinen Schritt und massiert mich grob.

»Was sollte das vorhin, Rain? Glaubst du, ich durchschaue so eine Scheiße nicht?«

»Du bist selbst schuld. Du machst mich wahnsinnig«, keuche ich rau und höre sie lachen. Dann greift sie richtig fest zu. Schmerzhaft fest.

»Dann krieg dich in den Griff. Wenn du mich noch einmal im Unterricht dermaßen auflaufen lässt und vor meiner Nase deine Mitschülerinnen befummelst, dann haben wir beide ein Problem miteinander. Und glaub mir, das ist keine leere Drohung. Also lass es bleiben.« Damit stößt sie mich zurück. Der unerwartete Schwung reicht, dass ich mit dem Rücken gegen ein wackliges Metallregal pralle. Ehe ich mich versehe, schlägt die Tür zu und sie ist fort. Das Einzige, was von ihr geblieben ist, ist ihr Duft und das Gefühl ihrer Lippen auf meinen.

Was ist eigentlich dein verficktes Problem, June?

Kapitel 18

June

Langsam erkenne ich mich selbst nicht mehr. Was war das vorhin bitte für eine unüberlegte Aktion im Materialraum? Ich habe mich hinreißen lassen von dieser dämlichen Provokation in meinem Geschichtsunterricht und von meiner eigenen Sehnsucht.

Warum kann Rain nicht einfach irgendein Typ sein, der irgendeinem Job nachgeht? Von mir aus ein Student. Egal.

Es wäre alles so simpel gewesen. Aber so? Ich riskiere damit nicht nur meinen Job, sondern auch meinen guten Ruf. Wer stellt denn eine Lehrerin an, die sich von ihren Schülern befummeln lässt? Und Rain legt es scheinbar darauf an, mich herauszufordern. Als wäre er wirklich an dieser Stacey Kruger interessiert. Das kann er seiner Oma erzählen.

Hat er überhaupt eine Oma?

Ich lache hart auf und raufe mir die Haare, bevor ich einen Schluck Wein trinke. Ich werde hier noch zur Alkoholikerin, wenn das so weitergeht.

Das muss ein Ende finden, und zwar bald. In einem Anflug von Verzweiflung hole ich meine Handtasche aus dem Flur und wühle nach dem Zettel mit der Nummer von Josiah. Ich werde ihn jetzt anrufen. Ihn. Einen vernünftigen Mann, mit einem respektablen Job und einem geordneten Leben. Keine Ahnung, wann ich mich so in dieser Sache mit Rain verloren habe. Wir waren perfekt füreinander. Aber nicht in der Realität. In der Realität brauche ich jemanden, der mir Strukturen und Sicherheit gibt. Einen, der sich sorgt und der im Leben steht.

Einen mit brennendem Blick und wilden Haaren. Einen mit schwarzen Tattoos und tiefsinnigen Gedanken.

Nein, nein, nein. Das hört jetzt auf.

Ich wähle die Nummer vom Zettel. Nach dem zweiten Klingeln nimmt jemand ab.

»McCorlan?«

»Ähm. Hallo, Josiah. Hier ist June Reed. Wir waren letztens zusammen zum Essen eingeladen. Bei Alice und Burt.«

»Ah ja, June. Wie schön, dass du anrufst. Wie geht es dir?« Seine Stimme ist heute melodisch und weich. Viel angenehmer als beim letzten Mal. Kann man sich so was schöntrinken? Sicher nicht mit zwei Schlucken Wein.

Im Hintergrund hört man das Brutzeln einer Pfanne.

»Danke. Mir geht es gut. Wenn ich gerade störe, dann rufe ich später noch einmal an.«

Er lacht. »Nein, natürlich nicht. Dann wäre ich ja nicht ans Telefon gegangen. Was gibt es denn?«

Sags einfach.

Aber ich zögere einen Moment.

»June?«

»Ich wollte dich fragen, ob wir mal einen Kaffee zusammen trinken wollen?« Peinlich berührt von meinen eigenen Worten kneife ich mir in den Nasenrücken und warte auf seine Antwort. Ich bin so schlecht in dem hier.

»Ja, sicher. Natürlich … weißt du was? Ich koche gerade ein vietnamesisches Curry. Hast du schon gegessen?«

»Nein. Ich … ich meine …«

»Komm doch zum Essen her. Es ist eh zu viel für eine Person.«

Wir verabreden uns für eine halbe Stunde später und ich bin die, die zuerst auflegt. Ein Abendessen also. Ein Abendessen, ein … Date? Zumindest ein Schritt in die richtige Richtung. Mir kommen Alice' Worte wieder in den Sinn: *Sam hätte ihn gemocht.* Sam wusste schon immer, was am besten für mich ist.

Also stelle ich mich unter die Dusche und bürste dann meine Haare aus, bis sie glänzen. Ich ziehe ein lockeres Kleid und Sandalen an und schnappe gerade meine Tasche aus dem Flur, als es klingelt.

Vor meiner Tür steht Rain. Wer auch sonst?

Passend zur Stimmung hat es draußen begonnen zu regnen. Die dicken Tropfen haben den Stoff seines Pullovers in einem ungleichmäßigen Muster durchnässt. Kurz muss ich mich davon abhalten, die Hand zu heben und darüberzufahren.

»Hi«, flüstert er. Sein Blick ist so nahbar und zärtlich, dass mein Herz schmerzt.

»Was willst du?«

»Nur mit dir reden.« Er fährt sich über den Nacken,

Wasser tropft aus seinen blonden Haaren. »June, es muss doch nicht so sein mit uns. Wir fühlen es doch beide. Mach dir doch nichts vor.«

»Nein. Das, was da war, ist nichts als Illusion gewesen. Lass mich endlich in Ruhe. Das hier hat keine Zukunft. Warum begreifst du das nicht?«

»Lass uns nicht sofort wieder streiten. Ich will das nicht, das ist scheiße.«

»Dann hör auf damit. Geh nach Hause und such dir irgendein nettes Mädchen. Treib es meinetwegen wieder mit Valentina, keine Ahnung. Aber lass mich endlich in Frieden.« Ich beiße die Zähne zusammen, während er die Hand hebt und federleicht über den verhärteten Muskel in meiner Wange streichelt. Als er beginnt, kleine Kreise zu ziehen, drehe ich den Kopf weg.

»Weil du es ja auch so gut aushalten kannst, wenn ich mich mit anderen Frauen beschäftige, nicht wahr?«

»Dabei ging es um etwas anderes.«

»Deswegen musstest du mir das auch beim Knutschen im Materialraum sagen und nicht vor der Klasse?«

»Das …« Es hat ja doch keinen Sinn. »Geh jetzt, Rain. Ich muss los.«

»Wo willst du denn hin?«

Eine Sekunde wäge ich die Worte in meinem Kopf gegeneinander ab. Als würde ein Zögern unsere Situation besser machen.

»Ich habe ein Date.«

Sein Blick flackert und er lässt mich so plötzlich los, als wäre ich giftig. »Ach so? Na, dann viel Spaß. Wer ist denn der Glückliche, der gut genug für dein echtes Leben ist? Ein neuer Kollege? Hab gehört, Mr. Harlow ist ein richtiges Tier.«

»Das geht dich nichts an.«

Damit schiebe ich mich an ihm vorbei, ziehe die Haustür zu und entriegle den Wagen.

Als ich rückwärts die Auffahrt herunterfahre, steht er noch immer mit hängenden Schultern im Regen. Der Blick, mit dem er mir nachsieht, ist so gebrochen wie mein Herz.

Kapitel 19

Rain

Wie oft muss man einen Fehler eigentlich wiederholen, bis man seine eigene Dummheit einsieht?

Warum kann ich mich nicht einfach mal zusammenreißen und weitermachen? Soll sich June doch treffen, mit wem sie will.

Als könnte ihr irgendwer anders das geben, was sie braucht.

Lächerlich.

Die Wut darüber ist auch Wochen später noch so groß, dass ich dauerhaft das Gefühl habe, gleich zu platzen. Und es wird mit jedem Tag schlimmer. Jedes Mal, wenn ich sie im Unterricht sehe. Jedes Mal, wenn sie einfach durch mich hindurchschaut, als gäbe es mich gar nicht mehr.

Es geht sogar so weit, dass ich heute Abend auf diese Schulparty gehe, damit ich sie stalken kann. Eigentlich wollte ich mit den Jungs auf eine Privatfeier von Valentinas heißer Freundin Cathrine, aber die Pläne habe ich gestrichen. Ich muss June sehen und wissen, was sie so treibt. Woher ich weiß, dass sie Aufsicht hat? Das müssen leider immer die Lehrer machen, die neu dazukommen, weil niemand von den Alteingesessenen noch Lust darauf hat, Hundert pubertierenden Wichsern beim *Feiern* zuzusehen. Ich kann es verstehen. Alkoholfreie Bowle und eine Armlänge Abstand beim Tanzen. Lehrer wissen, wie man Spaß hat. Genau das, wonach uns allen hier der Sinn steht. Trotzdem sitze ich jetzt im Strandhaus von Rebels Eltern und warte auf die Abfahrt.

»Was ist mit dir, Mann? Dafür, dass wir da heute unbedingt hingehen sollen, ziehst du eine ganz schöne Fresse.« Knight legt die Füße über die Sofalehne und lässt den Kopf hängen. Er sieht aus wie die Frauen auf diesen schlecht belichteten Aktfotos, die immer in den Fotoläden im Schaufenster ausgestellt sind und sexy aussehen sollen.

»Ich will da die Lage sondieren.« Ich nehme ihm die Kippe ab, die merkwürdig schief in seinem Mundwinkel hängt.

»Welche Lage? Ich denke, es ist alles klar zwischen euch?«

»Nichts ist klar.«

»Mein Gott.« Er stöhnt. »Was soll das bringen? Sie schreit dich an, du schreist sie an, du baust Scheiße, sie baut Scheiße, ihr guckt euch an, als würdet ihr verhungern, dann schreit sie wieder rum und du eskalierst. Ich würde sagen, das ist die Definition von toxischer Beziehung.«

Rebel schiebt sich eine Handvoll Nüsse in den Mund, die auf dem Tisch zwischen uns stehen. Er hasst Schulpartys noch mehr als ich. »Ich sage es ungern, aber Knight hat recht. Ich meine, was erhoffst du dir bitte davon? Ist dein Ego jetzt so zusammengeschrumpft, dass du keine Abfuhren mehr ertragen kannst? Du bist eine Woche lang mit ihr ins Bett gegangen. Ist ja nicht so, dass ihr zehn Jahre verheiratet wart.« Er kaut zu Ende und rutscht noch tiefer in die Sitzfläche des Sofas.

»Gibts da heute wenigstens Drinks?«, jammert Knight.

»Natürlich nicht. In welcher Welt lebst du?« Rebel wirft ihm einen vielsagenden Blick zu.

»Macht euch mal locker, dann geh ich eben allein.« Ich hasse, dass Rebel recht hat - June lässt meine Coolness auf ein Minimum sinken. Verdammte June.

Rebel setzt sich auf und zeigt mit dem Finger auf mich. »Du? Allein? In dem Zustand? Kannst du vergessen. Damit du Scheiße baust und von der Schule fliegst? Als hättest du dich im Griff, wenn da wieder irgendwas passiert. Sie braucht doch nur falsch atmen und du flippst aus.«

»Als hättest du dich immer im Griff.«

Ich erinnere mich sehr lebhaft an den brennenden Mülleimer letztens oder das Essenstablett in Ben Millers Gesicht, weil er einen schrägen Witz gemacht hat. Aber das sage ich ihm alles nicht, denn ich bin ja nicht lebensmüde.

Nachdem Rebel irgendwo im Nirgendwo einen Parkplatz gefunden hat und wir endlich in dieser Sporthalle angekommen sind, trifft uns der ganze Schülerspaß mit voller Breitseite. Ich meine, yeah, es gibt ’ne Discokugel, Zeit auszuflippen.

June steht ein paar Meter abseits der Tanzfläche und sieht genauso begeistert aus wie wir. Geschieht ihr recht. Leider tut das ihrer Optik absolut keinen Abbruch. Verdammt noch mal.

Während ich noch dämlich zwischen meinen Mitschülern stehe, dreht sie endlich den Kopf in unsere Richtung. Man kann förmlich spüren, wie sie erstarrt.

Ja hallo, Prinzessin.

Ihr Blick wandert über mein Gesicht und ist dabei so intensiv, dass es mich schüttelt. Sie beißt die Zähne zusammen und bekommt ganz rote Wangen. Und sie kann mir sonst was erzählen, ich kenne diesen Ausdruck. Sehr genau.

Bringts dein neuer Lover etwa nicht, June? Nein? Wie schade.

»Hey, komm schon. Willst du hier rumstehen, oder was?« Knight reißt mit einem heftigen Ruck an meinem Pullover. Ich muss den Blick von June lösen, damit ich nicht auf die Fresse falle.

»Mann, was soll das?«, fahre ich ihn an, aber er lacht nur und zeigt mir seinen Mittelfinger. Rebel geht an uns vorbei, hält auf die *Bar* zu und bestellt uns dreien jeweils eine *Bowle.* Sein Blick schweift dabei ziellos durch den Raum. Keine Ahnung, was er sucht.

Das Mädchen, das für die Getränke zuständig ist, schiebt sich nervös eine Haarsträhne hinters Ohr, als er sich auf einen der Barhocker setzt. Rebels Gesichtsausdruck bleibt davon völlig unberührt.

Und als wäre es nicht schon schlimm genug, nehme ich

im Augenwinkel eine Bewegung wahr. Es ist die Kleine aus meinem Chemiekurs, die da geradewegs auf uns zukommt. Die, die seit letztem Jahr in jeder einzelnen Stunde auf dem Stuhl neben mir umherrutscht und trotzdem noch nie ein Wort mit mir gewechselt hat. Ich mit ihr auch nicht, warum auch?

»Na, hallo«, sagt Rebel leise.

Wie auf Knopfdruck wandelt sich sein Gesichtsausdruck. In ein derart charmantes Lächeln, dass sie rot wird. Klar, warum auch nicht. Warum graben wir nicht einfach unsere Mitschülerinnen an? Wozu noch irgendwelche Standards einhalten? Als wäre das hier seine Kragenweite, dass ich nicht lache.

Es ist ermüdend, wie vorhersehbar diese Spielchen geworden sind. Ermüdend und ernüchternd.

Ich schaue lieber zurück zu June, die immer noch an der gleichen Stelle steht und verstohlen zu uns herüber schielt. Sie streicht die Hände an ihrem dunklen, unauffälligen Kleid ab und hebt ihr Näschen ein Stück, als sie meinen Blick bemerkt.

Oh, Prinzessin, glaubst du wirklich, dass ich dich nicht mehr will, nur weil du mich wegschickst? Du kannst so viele Wichser daten, wie du willst. Mich wirst du nicht mehr los.

Mein Blick haftet an ihren Hüften und ich sinniere kurz darüber nach, wie sie sich unter mir angefühlt hat, bis mich Knight aus meinen Gedanken reißt.

»… nicht Parker?«, sagt er und klingt erschreckend nach Tante Camilla.

»Was?«

Das Mädchen, das sich in unserer Anwesenheit köstlich amüsiert und zu allem Überfluss auch noch ihre Freundin rüber gewunken hat, verdreht die Augen.

»Avery hat gerade erzählt, dass ihr was dabeihabt, um die Drinks ein bisschen … aufzupeppen?« Sie zwinkert unbeholfen. Es würde mich nicht wundern, wenn Knight gleich zu sabbern anfängt. Keine Ahnung, was er daran gut findet. Ich finde an der Gesamtsituation absolut gar nichts gut.

»Haben wir?«, frage ich platt nach, während Rebel das zweite Mädchen an der Hüfte zu sich heranzieht.

Sie quietscht erschrocken, lacht dann aber auch mit. Ihr Versuch, sexy zu gucken, scheitert kläglich. Rebel scheint das heute reichlich egal zu sein. Der schwingt einen Arm um ihre Schultern und bekommt schon wieder diesen Blick. Scheiße, was? Seit wann ist denn klein und unschuldig sein Beuteschema? Drehen jetzt alle durch?

»Aber sicher. In meinem Auto. Wollen wir mal nachsehen?«

Die Mädchen schauen sich an und scheinen die Dinge jetzt nonverbal klären zu wollen. Sie haben den Unterton absolut nicht verstanden und ahnen wohl noch nicht, was hier gerade eigentlich passiert, denn Rebel und Knight klären ebenfalls einige Dinge, nonverbal.

»Wir müssen nur noch mal kurz zur Toilette. Sind gleich wieder da.« Sie kichern und stolpern völlig aufgedreht nebeneinander her in Richtung Ausgang.

Rebel und Knight sehen ihnen nach, als würden sie gleich ihr Dinner serviert bekommen.

»Lust auf ein Spiel?«, fragt Rebel, ohne den Blick von den Mädchen zu nehmen.

Knight lacht.

»Ist nicht euer Ernst, oder?«, gebe ich trocken zurück und trinke den letzten Schluck Bowle aus, die einfach nur Saft mit einer Scheibe Orange ist. Sie ist genauso trist wie dieser ganze Abend.

Rebel scheint diese Ernüchterung nicht zu teilen. Er lehnt sich auf dem Barhocker zurück und stützt den Ellenbogen auf die Theke. »Warum nicht? Die sind doch ganz niedlich.«

»Seit wann ist das hier für dich interessant? Das ist doch gar nicht dein Ding.«

Rebel zuckt mit den Schultern. »Seit sie sich eben an meinen Hals geworfen hat. Warum auch nicht? Du tust so, als wären wir zu mädchenfressenden Monstern mutiert.«

»Keine Ahnung, seid ihr?«

»Erzähl doch keinen Scheiß. Als hätten wir es nötig, irgendwen zu überreden. Die werden schon sagen, was sie wollen. Hab mal ein bisschen Vertrauen in Miss Schüchtern.«

Rebel prostet mir zu und verzieht den Mund. Er wirkt auf eine Art zufrieden, die mich plötzlich nur noch wütend macht.

»Dann macht, was ihr für richtig haltet. Ich geh eine rauchen.«

Damit löse ich mich von den beiden und quetsche mich durch die dichte Masse an Mitschülern, die hier die Party ihres Lebens feiern. Ich gehe an den Lehrern vorbei und fange einen kurzen Blick von June auf, die tadelnd die Augen verengt.

Selbst schuld, June, wir müssten nicht hier sein. Wir könnten in deinem Bett liegen. Nur du und ich.

Mit einem Grollen, das sich von ganz tief einen Weg aus meinem Körper bahnt, stoße ich die Seitentür der Sporthalle auf und gehe ein Stück bis hinter die nächste Hecke. Das Feuerzeug flammt auf, doch selbst der erste Zug von dieser Zigarette beruhigt meine Nerven heute nicht. Kein bisschen.

Wieder und wieder spiele ich mit dem Daumen am Zünder des Feuerzeugs herum, während meine Gedanken völlig konfus in alle Richtungen wandern. Als ich abwesend das Rädchen komplett durchdrücke, verbrennt die Flamme meine Haut. Vielleicht sollte ich einfach gleich die ganze Sporthalle abfackeln. Sollen sie doch alle brennen.

Und obwohl ich heute Abend eigentlich einen Gang höher schalten wollte, was June betrifft, fühle ich mich nur noch müde davon. Noch vor ein paar Wochen wäre es mir mehr als gelegen gekommen, die beiden Mädchen da drinnen abzuschleppen.

Eine nette Abwechslung. Heute tun sie mir einfach nur leid und ich könnte mich selbst dafür verfluchen, dass wir solche Arschlöcher sind. Warum ist das so? Warum hat mir dieser Stempel so lange gepasst und jetzt fühlt sich das alles viel zu eng an? Ob Rebel und Knight überhaupt über so was nachdenken?

Ob die beiden auch manchmal hinterfragen, was in unseren Köpfen schiefläuft, dass keiner von uns dazu fähig ist, eine normale und liebevolle Beziehung zu führen?

»Warum machst du das?«, ertönt eine wütende Stimme aus der Dunkelheit.

War ja klar.

»Was meinst du bitte?«

»Warum seid ihr hier? Was soll das?« June kommt ein paar Schritte näher und zieht ihre Jeansjacke vor der Brust zusammen. Die vertraute Geste lässt die Wut in mir auf ein nie gekanntes Maß ansteigen.

»Dürfen wir nicht auf eine Feier unserer Schule kommen? Gehts dich was an? Ich denke, dass du fertig mit mir warst und jetzt lieber bei Kerzenschein essen gehst?«

Sie schließt gequält die Augen.

Volltreffer.

»Macht er dich glücklich, ja? Ist das der Richtige, der in dein armseliges Leben passt? Ja, June?«

Ich hasse das alles hier, ich will am liebsten meine Arme um sie legen und mit ihr nach Hause gehen, mir die Decke über den Kopf ziehen und sie ganz nah bei mir spüren. Egal, wie weichgespült das klingt.

»Ich wollte dich nur darum bitten, dass ihr die beiden Mädchen in Ruhe lasst. Mrs. Kincaid hat gesagt, dass sie sich Sorgen macht.«

»Ach, und da schickt Mrs. Kincaid dich vor, oder was? Weißt du, das ist mir reichlich egal, was mit denen ist. Und dir sollte das auch egal sein. Ist nicht dein Problem.«

Ich schmeiße die Zigarette auf den Boden und will gerade gehen, als sie mich am Ärmel festhält. Ich wische ihre Hand weg, aber sie greift wieder zu.

»Bitte macht keinen Fehler. Außerdem ist das hier eine schulische Veranstaltung. Solange ihr hier seid, geht es mich sehr wohl etwas an und ich heiße das nicht gut. Das ist kein Spiel, Rain. Das sind unschuldige Mädchen, die keine Erfahrungen mit Typen wie euch haben.«

Typen wie uns? Im Ernst, June?

»Mal sehen, wie lange noch.«

Sie schnaubt ungläubig.

»Was, June? Höre ich da etwa einen leisen Neid? Du bist gern eingeladen, mitzumachen.«

»Du bist ein Arschloch und ein dämlicher Idiot.« Sie fasst fester in den Stoff meines Ärmels.

»Ja. Ja, bin ich.«

Dabei ist das, was sie uns hier gerade vorwirft, einfach nur lächerlich. Aber soll sie doch glauben, was sie will. Soll sie sich doch aufregen. Wir sind zwar grenzenlos, aber alle durchaus in der Lage, das Wort *Konsens* zu buchstabieren.

Alles andere wäre wirklich erbärmlich.

Immer noch hält sie meinen Ärmel fest.

»Glaub ja nicht, dass mir das hier leichtfällt«, zischt sie. So leise, dass ich es gerade so hören kann.

»Als du letztens zu deinem neuen Lover gefahren bist, sah das aber ganz anders aus.«

Und wieder schließt sie die Augen. Ein weiterer winziger Moment Echtheit zwischen all diesen Lügen.

»Du weißt, dass das nicht stimmt.«

»Ist mir egal, ob es stimmt. Du hast das hier alles verraten. Jetzt leb damit und halt dich aus meinen Angelegenheiten raus.« Ohne sie noch eines Blickes zu würdigen, reiße ich mich von ihr los und wende mich zum Gehen.

»Was hatte ich denn für eine Wahl?«, ruft sie mir hinterher. Und dann noch mal. »Ich hatte keine Wahl und du weißt das.« Bedeutend leiser.

Als ich die Sporthalle zum zweiten Mal an diesem Abend betrete, rast mein Puls immer noch so sehr, dass ich ein paar Mal bewusst atmen muss, damit ich mich wieder unter Kontrolle bekomme. Die anderen vier warten schon auf mich und ein paar Augenblicke später stoßen wir in der Tür fast mit June zusammen, die gerade wieder hereinkommen will. Sie fasst die kleine Miss Brille am Arm.

»Wo wollt ihr denn schon hin? Gefällt euch die Feier nicht?«

»Luca bringt uns nur nach Hause. Aber nett, dass Sie fragen, Mrs. Reed.«

Sie gehen an June vorbei und sehen dabei gar nicht, wie die Rebel mit ihrem Blick erdolcht.

»Wie gesagt, nett von Ihnen, Mrs. Reed«, macht der die beiden nach und grinst süffisant. June schnappt nach Luft, aber sagt nichts mehr. Wie auch?

Und so befriedigend es ist, sie wütend zu sehen, es gibt mir nicht die seelische Genugtuung, die ich mir erhofft habe.

Während die anderen vier in Rebels Auto verschwinden, bleibe ich zurück und gehe zu Fuß nach Hause.

Außer mit einem erstaunten Blick hat sich keiner dazu geäußert. Sollen sie mal ihr Ding machen, ich habe heute keine Lust auf die Scheiße. Mein Leben hat mich schon genug gefickt, da muss ich niemanden mehr ficken.

Also gehe ich die Straße runter, die zu dem Anwesen meines Onkels führt. Dabei komme ich an Junes Haus vorbei – ob ich will oder nicht. Und aus irgendeinem völlig hirnrissigen Impuls heraus bleibe ich stehen, ringe einen Moment mit mir und gehe dann ihre Auffahrt hoch. Es ist heute bedeckt, sodass ich regelrecht mit der sternlosen Dunkelheit verschmelze. Mit schweren Gedanken setze ich mich neben die niedrige Hecke, die ihren Vorgarten umsäumt, und warte.

Worauf auch immer.

Ewigkeiten später biegt ein Geländewagen in die Einfahrt und hält vor der Haustür. Die Beifahrertür wird geöffnet, June steigt aus. Es ist so still, dass ich ihr Gespräch belauschen kann. Eine tiefe Männerstimme antwortet auf etwas, das sie anscheinend vorher gesagt hat.

»Ich fahr dich gern jederzeit. Melde dich einfach.«

»Das ist wirklich lieb von dir«, säuselt sie.

»Wenn es bedeutet, dass ich dich sehen kann, würde ich überall hinfahren.«

Sein Ernst? Ist ja ekelhaft.

»Ich habe mich auch gefreut, dich zu sehen, Josiah.«

Im nächsten Moment beugt sie sich noch einmal ins Auto zurück und ich könnte um mich schlagen bei dem Gedanken daran, dass sie ihn womöglich geküsst hat.

Wenig später kommt sie wieder aus dem Font des Wagens hervor, verabschiedet sich und dann klackern ihre Absätze den gepflasterten Weg entlang.

Josiah startet den Motor und wartet, bis sie im Haus ist. So ein Gentleman. Erst nachdem sie die Haustür geschlossen hat, fährt er rückwärts die Einfahrt hinab. Und während ich dem Auto nachschaue, atme ich durch und überlege, was ich jetzt machen soll. Am liebsten würde ich klingeln, die Tür aufreißen und anschließend jeden Gedanken an andere Männer aus ihr herausvögeln. Weil das realistisch gesehen nicht das klügste Ende für diesen katastrophalen Abend wäre, entscheide ich mich stattdessen, bloß noch einen letzten Blick durchs Fenster zu werfen und dann nach Hause zu gehen.

Im Schatten der Nacht schleiche ich an den Glasfronten des Wohnzimmers entlang, aber trotz des fahlen Lichtscheins der Stehlampen sehe ich sie nirgends.

Ich husche weiter und bleibe an ihrem Schlafzimmerfenster hängen. Sie steht mit dem Rücken zu mir und schiebt sich gerade das Kleid von den Schultern. Dann öffnet sie ihren BH, der rote Abdrücke auf der hellen Haut hinterlassen hat. Sie lässt den Nacken kreisen und ich kann ihre warme Haut förmlich riechen. Blumig und frisch, wie ein warmer Sommerregen.

Mein Gott, was ist nur mit meinem Hirn passiert?

Dann nimmt sie ihren seidenen Morgenmantel von der Tür und zieht ihn über. Sie streicht die Haare aus dem Kragen, die sich in roten Kaskaden über ihre Schultern ergießen.

Ich hatte keine Wahl. Pah, das kann sie sich selbst einreden. So ein Blödsinn.

Als hätte sie meine Gedanken gehört, schüttelt sie ebenfalls den Kopf. Kurz hält sie inne, dann geht sie in Richtung Tür, aber öffnet sie nicht, sondern holt die Kiste mit den Fotos dahinter hervor. Mein Puls rast.

Sie kehrt damit zum Bett zurück, stellt sie auf ihren Schoß und öffnet den Deckel. Und ich weiß genau, was sie jetzt sieht.

Nach einem Moment der völligen Regungslosigkeit, in dem es sich anfühlt, als würde die komplette Welt den Atem anhalten, schlägt sie die Hände vors Gesicht.

Der Anblick bricht mir das Herz.

Und obwohl sich alles in mir dagegen sperrt, gehe ich. Es reicht für heute.

Ich wünschte, ich hätte auch ein Foto von uns.

Wenigstens ein einziges.

Eins wie das, das in dieser Kiste liegt.

Kapitel 20

June

Wochen vergehen. Ein unverfängliches Date reiht sich an das nächste. Wie zu erwarten war, ist und bleibt Josiah ein guter Mensch. Er benimmt sich jedes Mal, wenn wir uns sehen, sehr höflich. Er ist gebildet und kennt sich in vielen Themen aus. Er ist jemand, den man gern um sich hat, denn er ist unkompliziert und fürsorglich. Er schickt mir tagsüber witzige Bilder per Nachricht und abends telefonieren wir ab und an. Kurzum: Er ist eine gute Partie. Mein Kopf weiß das. Es könnte so schön sein, wenn mein Herz endlich mit meinem Kopf mitziehen würde.

Dabei ist Josiah genau das, was ich in meinem Leben brauche. Darüber gesprochen, wie ernst es mit uns ist, haben wir trotzdem noch nicht. Weil … ich weiß gar nicht genau, warum nicht. Es ist nicht so, als hätte er nicht versucht, mir näherzukommen. Aber er hat ebenso klaglos akzeptiert, dass ich das noch nicht möchte. Er könne verstehen, dass mir körperliche Nähe nach dem Tod von Sam nicht mehr so leichtfalle, hat er gesagt.

Wenn er wüsste.

Heute sind wir zum Essen verabredet und wollen danach ins Kino. Es wird ein neuer Thriller gezeigt, den er unbedingt sehen will. Irgendetwas mit einem Politiker, der entführt wird. Ich hätte lieber das Drama gesehen, aber vielleicht habe ich in der letzten Zeit genug eigenes Drama erlebt und das hier ist ein kosmisches Zeichen, mal einen Gang zurückzuschalten.

Um Rain und die anderen beiden Idioten ist es seit einiger Zeit relativ ruhig. Zwei Wochen lang hat er jeden Abend am Pool gesessen, aber ich bin nie zu ihm rausgegangen. Hätte ich es getan, hätte es kein gutes Ende genommen.

Die ersten Abende waren besonders schlimm.

Ihn dort sitzen zu sehen, hat all die Emotionen unserer kindischen Traumwelt wieder aufleben lassen. Nachts am Strand liegen, verrückte Geschichten erzählen, nackt im Pool schwimmen, die Sterne beobachten und so tun, als würde das für immer unser Leben sein. Seine Hände auf meiner Haut und seine Wärme in meinem Herzen. Das ist ein für alle Mal vorbei.

Er scheint es mittlerweile ebenso begriffen zu haben. An dem Abend, an dem er zum ersten Mal nicht mehr im Garten saß, habe ich Ewigkeiten wachgelegen und um uns geweint. Um das, was wir hätten haben können.

Seitdem erscheint er nicht mehr zu meinem Unterricht.

Ich müsste das melden, hätte es längst tun sollen. Aber ich kann nicht.

»Geht es dir gut, June? Du wirkst heute so traurig?« Josiah nimmt über der weißen Tischdecke meine Hand und streichelt sie. Nur helle, weiche Haut. Keine Linien, keine Mandalas.

Die Kerze zwischen uns wirft zarte Schattenspiele an die Wand des kleinen indischen Restaurants.

»Wenn dich irgendetwas bedrückt, dann sag es mir. Wir können über alles reden, das weißt du.«

Ich nicke. Mehr geht nicht. Für einen Moment flackert eine Erinnerung vor meinem geistigen Auge auf. Davon, wie ein weiteres Paar brauner Augen mich immer angesehen hat, wenn ich in dieser Stimmung war. Die Erkenntnis ist kaum auszuhalten.

Sam hätte ihn gemocht. Er ist der Richtige für dich.

All das, was ich an Josiah mag, das mochte ich auch an Sam. Wie stelle ich mir das hier vor? Als Anknüpfung an mein altes Leben? Will ich das noch? Bin ich noch diese Frau, für die all diese Dinge wichtig sind? Habe ich mich in all den Jahren kein Stück weiterentwickelt?

Ich habe das Gefühl, zu ersticken.

Hastig entschuldige ich mich auf die Toilette und wasche mir das Make-up mit kaltem Wasser ab. Schwarze Schlieren ziehen sich über das helle Porzellan, so wie alles im Leben Spuren hinterlässt.

Manche davon reichen tiefer als andere.

Alice und Burt haben auf den ersten Blick gesehen, wofür ich Wochen gebraucht habe. Josiah ist Sam so ähnlich. Seine Art, sein Wesen und der Blick aus seinen gütigen Augen. Kann ich wieder zurück in so ein Leben? Was ist mit den Dingen, die ich mit Rain hatte? Freiheit, Aufregung, Leidenschaft?

Die Gedanken kreisen so schmerzhaft in meinem Hirn, dass ich die Handballen auf die Augen pressen muss.

Ich bin in diese Stadt gekommen, um die Vergangenheit hinter mir zu lassen und jetzt fühlt es sich so an, als würde sie wie ein Boomerang zurückschlagen und mich verschlingen.

Ich habe Rain gesagt, dass das mit uns nicht sein kann, er hat es endlich akzeptiert. Warum in aller Welt kann mein Herz es nicht ebenso akzeptieren? Warum kann mein Herz sich nicht für das öffnen, was mir gut tun würde? Für diesen Mann, der da draußen sitzt und auf mich wartet? Warum wird manchmal aus Sympathie bloß ein Flämmchen der Freundschaft und manchmal ein ganzer Flächenbrand an Leidenschaft?

Nachdem ich mir noch zwei Mal das Gesicht gewaschen habe und wieder einigermaßen normal aussehe, gehe ich in den Gastraum zurück. Josiah weitet bei meinem Anblick erschrocken die Augen, sagt aber zum Glück nichts. Er hat schon gezahlt und wartet mit meiner Jacke an der Tür, um mir hineinzuhelfen. Ich hasse mich für meine innere Gegenwehr bei dieser netten Geste. Wirklich.

Im Kino kauft Josiah uns Popcorn und Getränke, wir haben Karten für die Mitte des Saals. Da der Eintritt noch nicht gestattet ist, warten wir etwas abseits und unterhalten uns leise. Er stößt mit seinem Bier an meins und setzt sich auf einen Barhocker an den zahlreichen Stehtischen, die hier für die Gäste bereitstehen. Der Kassenraum füllt sich immer mehr mit Besuchern, das Stimmengewirr nimmt stetig zu.

Von einer Sekunde auf die andere überkommt mich eine eiskalte Gänsehaut.

Ich spüre ihn schon, bevor ich ihn höre. Den Flächenbrand, den ich so unbedingt auslöschen muss.

»Muss das sein? Guckt euch den Scheiß doch zu Hause an. Noch nie was von *Netflix und Chill* gehört?« Seine kratzige Stimme ist aufs Äußerste genervt. Rebel antwortet irgendetwas, das ich über das allgemeine Gemurmel hinweg nicht verstehe. Aber es muss witzig sein, denn alle lachen.

Ich fahre herum wie vom Blitz getroffen und sehe sie in der Warteschlange ein paar Meter von uns entfernt. Rebel hat einen Arm um Valentinas Schultern gelegt. Neben Rain steht auch ein Mädchen, das mit Valentina scherzt, während die sich lachend gegen Rebels Raufereien verteidigt. Das Mädchen an Rains Seite hat einen so kurzen Rock an, dass es fast allein durchs Hinsehen eine Blasenentzündung verursacht. Rain scheint es egal zu sein, sein Blick ist stur auf die Schlange vor ihm gerichtet. Er hat die Schultern hochgezogen und seine Fäuste stecken tief in den Taschen einer abgewetzten Jeansjacke.

Mein Herz galoppiert davon und mein Körper will hinterher. Ich hasse es, dass er diese Wirkung auf mich hat. Immer noch.

Josiah lacht leise und trinkt einen Schluck Bier. »Gott, diese Jugendlichen heute. Bin ich froh, aus dem Alter raus zu sein.«

Er vergisst anscheinend, dass er nur fünfzehn Jahre älter ist.

»Na ja, jeder ist anders«, gebe ich stumpf zurück.

»Sicher. Aber ich muss mir dann immer vorstellen, was ich dazu sagen würde, wenn es meine Kinder wären.«

Mein Herzschlag setzt aus.

Endgültig.

Meine Brust ist so eng geworden, dass ich glaube, niemals wieder Luft holen zu können.

Josiah schaut nur weiter durch das Foyer. »Die Jugendkriminalität ist wirklich ein riesiges Thema. Die jungen Leute tragen heute so eine Wut in sich, man kommt gar nicht mehr dagegen an. Ich habe dazu letztens eine Doku…«

Ab dem Punkt höre ich nicht mehr zu und klinke mich aus.

Stell dir vor, es wären deine Kinder.

Ich kann es nicht und ich will es auch gar nicht. Ich stehe nur weiterhin unbewegt da und kämpfe darum, den Blick von der Gruppe zu nehmen. Sie rücken einen Meter weiter und von hinten schließt Knight zu ihnen auf. Er schlägt Rain auf die Schulter, dann umarmt er auch dessen Begleitung und hebt sie dabei etwas an. Die anderen lachen. Rain nicht.

Spürt er das?

Fühlt er mich, wie ich ihn fühle?

Wir haben uns so viele Wochen nicht gesehen, dass es bald ist, als würde mein ganzer Körper sich mit der nächsten Ration von seinem Anblick vollsaugen wollen, damit es für weitere Wochen reicht.

Auf einmal kommt Bewegung in die Gruppe. Knight

dreht sich etwas und zeigt hinter sich. In meine Richtung. Er hebt schon jetzt beschwichtigend die Hände, obwohl noch gar nichts passiert ist. Die Dringlichkeit der Geste spricht nicht gerade für Rains guten Allgemeinzustand.

Der schießt mit seinem Oberkörper zu mir herum. Sein Blick trifft mich so hart, als wäre es seine Faust.

Valentina legt eine Hand auf seinen Unterarm und redet mit ihm, aber er wischt sie mit einer nachlässigen Geste fort.

»June? Hörst du mir zu?« Josiahs Stimme dringt nur wie durch Watte zu mir, während Rain und ich uns anstarren. »Alles okay mit dir? Du siehst aus, als würdest du gleich umkippen. Vielleicht war was mit dem Essen?« Er fasst zart an meine Schulter. Erst als Rain wegsieht, schaffe ich es, mich zu Josiah umzudrehen.

Bevor der weiter auf meine Reaktion eingehen kann, werden die Saaltüren geöffnet und er legt die Hand in meine, um mich zu unseren Plätzen zu führen.

Den ganzen Film über spüre ich ihre Blicke in meinem Nacken und bekomme gar nichts von der Handlung mit. Zum einen, weil Josiah ständig mein Knie streichelt und einen Arm um meine Schultern gelegt hat, und zum anderen, weil ich mich fühle, als würde mein Rücken verbrennen.

Wie wahrscheinlich ist das auch? Dass wir alle in ein und derselben Kinovorstellung sitzen.

Das Schicksal hat manchmal einen verdammt schlechten Humor.

Ab und an trifft mich ein Popcorn am Hinterkopf und

meine Frustration wandelt sich über die Länge des Films in Wut. Beim nächsten Treffer drehe ich mich um. Zwei Reihen hinter uns winkt Knight mit seinen Fingerspitzen und zielt mit dem nächsten Stück Mais genau auf meine Stirn. Niemand hält ihn auf.

Gerade, als ich etwas sagen will, dreht sich auch Josiah nach hinten. »Habt ihr Bengel keine gute Erziehung genossen, oder was? Wenn ihr Ärger wollt, geht wo anders hin. Ich möchte hier bitte den Film mit meiner Freundin sehen. Danke.« Er dreht sich wieder zurück und legt die Arme auf die Sessellehnen.

Freundin?

Ich verharre noch immer nach hinten gedreht und fange Rains Blick auf, der jetzt zum ersten Mal an diesem Tag eine andere Regung zeigt als Wut.

Schneidende, herzzerreißende Enttäuschung.

Nach dem Ende des Films begleitet Josiah mich bis zu meinem Auto. Den ganzen Weg über hält er meine Hand. Wir reden wenig, vielleicht weil die Spannungen in der Luft so überdeutlich zwischen uns stehen. Seine und meine, die vor ein paar Stunden noch dabei waren, sich aneinander anzugleichen und jetzt wieder auseinanderdriften.

Den Parkplatz zu erreichen, gleicht einer Erlösung.

Ich bin froh, dass ich gleich allein in meinem Auto sitzen werde. Ich muss über all diese Dinge nachdenken, die heute Abend geschehen sind. Ich brauche ein bisschen Abstand und Ruhe. Und vielleicht eine Decke, die ich mir über den Kopf ziehen kann. So lange, bis sich all meine Probleme in Luft aufgelöst haben.

»Kommst du noch mit zu mir, June? Wir könnten ein Glas Wein zusammen trinken.« Der Glanz in Josiahs Augen lässt mein schlechtes Gewissen durch die Decke schießen.

»Ich denke nicht, dass das eine gute Idee ist.«

»Ich denke, das ist eine sehr gute Idee.« Er lächelt. Anscheinend missversteht er mich.

»Josiah, ich … ich kann das nicht.«

»Warum nicht?« Er kommt ein Stückchen näher. So nah, dass ich zurückweichen würde, wenn nicht das Auto in meinem Rücken wäre.

»Ich bin einfach müde, es hat nichts mit dir zu tun.«

»Wovor hast du Angst, June, hm? Ich erwarte nichts von dir. Nicht, wenn du es nicht willst. Ich würde nur gern noch ein bisschen Zeit mit dir haben.«

»Josiah, ich …«

Er hebt seine Hand und will mir gerade eine verirrte Haarsträhne hinters Ohr streichen, als ich zu meiner Linken einen Schatten ausmache.

Blitzschnell schießt eine Gestalt auf uns zu, reißt Josiah von mir weg und knallt ihn mit der Vorderseite gegen das Auto neben uns. Im ersten Moment komme ich nicht hinterher, was hier gerade passiert.

Keinen Herzschlag später erkenne ich ihn.

Die Jacke, die Kapuze, die tätowierten Hände.

Die überhebliche Körpersprache, diese ekelhafte Selbstsicherheit … das Gefühl in meinem Herzen.

Zwei weitere Personen treten ebenfalls aus den Schatten näher.

»Du hast sie doch gehört«, zischt Rain an Josiahs Ohr. »Sie will nicht mit dir nach Hause gehen, Mann.«

Josiahs Atem geht hektisch, während er versucht seinen Oberkörper zu befreien, aber Rain hält ihn wie in einem Schraubstock frontal an das Auto gepresst. Ich reiße an seinem Arm, damit er aufhört, doch er schiebt mich weg.

»Lass ihn doch los, Herrgott. Ich brauche dich nicht, um meine Schlachten zu schlagen.« Weder Rain noch Josiah gehen auf meinen Zwischenruf ein.

»Das ist meine Freundin. Was wollen Sie?«, setzt Josiah von neuem an. Seine Stimme klingt trotz seiner panisch aufgerissenen Augen erstaunlich gefasst. Jedenfalls so lange, bis eine Klinge in der Dunkelheit aufblitzt und sich an seinen Kiefer drückt.

»Glaub mir, ich leg dich um. Provozier mich weiter und du kannst dir heute noch dein Grab aussuchen. Sie ist nicht deine verfickte Freundin.«

An der Klinge läuft ein kleines Rinnsal Blut hinab. Josiah röchelt. Ich starre auf die beiden Männer vor mir und habe das Gefühl, alles nur noch wie in Slow Motion wahrzunehmen. Ich bin zu keiner Reaktion mehr fähig.

»Hör auf«, wimmere ich. »Ich kann das nicht mehr, hör doch endlich damit auf.«

»Ich soll aufhören? Ich?«, grollt Rain und schleudert im nächsten Augenblick Josiah mitsamt dem Messer beiseite, um stattdessen mich an den Schultern zu packen. Das Metall klirrt auf dem Asphalt und Josiah stöhnt auf.

Rain schnaubt nur. »Warum lässt du zu, dass der Wichser so mit dir redet?«

»Als wärst du besser.«

»Das ist was anderes. Ich beschütze dich.«

Ich starre ihm ins Gesicht. Meine Haut brennt, wo seine Finger sich in meine Arme graben. Es fühlt sich an, als würde sie bald aufplatzen vor lauter Hitze. »Lass mich los. Bist du jetzt völlig wahnsinnig geworden?«

»Ja, June. Bin ich. Weil du es darauf anlegst.«

»Glaubst du das ernsthaft?« Meine Stimme bricht mit jedem Wort mehr. Genauso, wie sein Griff mit jedem Herzschlag fester wird.

»Als wäre ich der, der sofort losgelaufen ist, um sich von Gott und der Welt ficken zu lassen.«

»Wie kannst du nur.« Gegen Ende schluchze ich nur noch und weiß selbst nicht, warum. Aber das Adrenalin, die Aufregung und die ganze Situation sind zu viel. »Es ist keine Schande, wenn man sich ein kleines bisschen Glück wünscht, Rain.«

»Glück? Du redest von Glück?«

»Ja, tue ich. Weil ich das verdient habe.«

Ich wünschte, ich könnte wegsehen. Weg von diesen grauen Tiefen, in denen man sich so leicht verlieren kann. Immer noch.

»Warum siehst du dann so unglücklich aus?« Er spricht ganz leise, sodass nur ich ihn hören kann. Seine Worte werden überlagert vom Aufruhr im Hintergrund.

»Hey, lass sie los, du … June … o Gott«, kommt es erstickt von Josiah, aber aufstehen tut er nicht.

Hoffentlich hat er sich nicht ernsthaft verletzt.

»Ich würde mich da raushalten, wenn ich du wäre. Nur so ein Tipp.« Die Stimme gehört zu Knight und Josiah zischt wieder gequält. Ich kann nicht sehen, was sich hinter mir abspielt, denn Rain hält mich noch immer fest. Fest genug, dass es wehtut. Fest genug, dass sich ein Teil von mir immer mehr davon wünscht. Die Sehnsucht danach hat in all den Wochen kein Stück nachgelassen.

»Ich bin nicht unglücklich.« Egal, wie sehr ich mich bemühe, meine zittrige Stimme straft mich Lügen. Mein Herz pocht so schwer in meiner Brust, dass ich die Augen schließen muss. Ich kann seinen Blick nicht mehr ertragen.

»Weißt du, was das Schlimmste daran ist, June? Dass selbst du jetzt nicht mehr ehrlich zu mir bist.« Das sind die letzten Worte, die Rain flüstert, bevor er mich loslässt und in den Schatten verschwindet.

Aus dem Augenwinkel sehe ich, dass Josiah endlich wieder auf die Füße kommt. Keine Ahnung, wie viel er von dieser Szene zwischen Rain und mir mitbekommen hat.

»Hauen wir ab. Die Mädels warten.« Rebel und Knight schlendern hinter Rain her. Im Vorbeigehen winken sie mir zu.

»Bye, Rotschopf. Viel Spaß noch mit der halben Portion hier.« Rebel.

Es fühlt sich an, als würde ich gleich ohnmächtig werden. Blut rauscht in meinen Ohren. So laut, dass ich kaum noch etwas anderes hören kann. Als die drei in der Dunkelheit verschwunden sind, stürze ich zu Josiah, aber der schiebt nur erbost meine Hand weg.

»Was war das denn bitte für eine Szene, June?« Er betastet seinen Hals und zieht beim Anblick des Blutes scharf Luft durch die Zähne. »Woher kennt jemand wie du Menschen, die andere Menschen mit Messern attackieren?«

»Das war ein Versehen. Ich … es ging nicht um dich.«

»Ein Versehen? Das waren doch die Spinner aus dem Kino. Und was sollte das: *Warum bist du so unglücklich, June*? Klang für mich nicht, als hättet ihr euch noch nie gesehen.« Bei dem Ton, in dem er Rains Stimme nachmacht, brechen die Stellen, an denen ich mein Herz so sorgsam zusammengefügt hatte, allesamt wieder auf.

Der Schmerz in seinen Augen nimmt mir die Luft.

Der Schmerz in Rains Augen.

Der stille Vorwurf.

Fühlst du dich manchmal auch, als wärst du ganz allein auf der Welt?

Es gab eine Zeit, da musste ich das nicht.

»Josiah …« Ich will nach seiner Hand greifen, doch er lässt mich nicht.

»Nein, June. Wirklich nicht. Ich gehe jetzt zur Polizei. Das war ein tätlicher Angriff. Der hätte mich umbringen können.«

Ich schließe erneut die Augen, jede Erwiderung klingt lächerlich, denn er hat einfach recht.

»Und nicht einmal dazu hast du etwas zu sagen? Wer bist du überhaupt? Sind das die Männer, die du in deinem Leben haben willst?«

»Josiah. Es ist nicht so, wie es …«

Doch. Doch, es ist genau, wie es aussieht.

Es ist furchtbar.

Als ich die Augen wieder öffne, hat sich Josiah schon ein Stück von mir entfernt. Sein ungläubiger Blick ruht weiterhin auf mir.

»Was muss ich tun, damit du nicht zur Polizei gehst?«, frage ich geschlagen.

Er schnaubt und schüttelt voller Unglauben den Kopf. »Ich wünsche dir, dass du irgendwann glücklich wirst, June. Wirklich.«

Damit lässt er mich stehen.

»Ich wusste, dass du hier bist.« Die Worte schwirren durch den Nachthimmel und klingen viel zu belanglos für all das, was heute geschehen ist.

Ich habe Rain schon von weitem gesehen, wie er da oben auf der Skaterampe sitzt. Den Blick in die Ferne gerichtet und eine Zigarette in der Hand, deren heller Rauch sich trostlos von der Dunkelheit abhebt.

»Was willst du von mir? Eine Entschuldigung für deinen verstockten Romeo? Kannst du vergessen.« Er klingt müde und so unendlich erschöpft.

»Darf ich hochkommen?«

»Wenn es sein muss.«

Seufzend klettere ich an der Rückseite der alten Rampe hoch. Oben angekommen, lasse ich mich neben ihn sinken und nehme ihm die Zigarette ab.

»Nicht, June … das …«

Der süßliche, schwere Rauch verursacht einen Hustenanfall, wie ich ihn nur äußerst selten in meinem Leben gehabt habe.

»Scheiße, June, das ist Gras.« Rain lacht und bevor er etwas anderes tun kann, werfe ich das Ding von mir.

»Bist du irre? Das waren sicher noch zehn Mäuse.«

»Ist besser für dich, kannst mir später danken.«

Es entsteht eine kurze Stille zwischen uns und warum auch immer, sie ist um Längen entspannter als die vorhin. Als hätte sich alle überschüssige Energie entladen und nichts als die offensichtliche Wahrheit zwischen uns übrig gelassen.

»Am liebsten würde ich dich zum Teufel jagen, June. Aber so sehr ich es auch versuche, ich kann es nicht. Du bist ständig in meinem Kopf. Immer. Jeden Tag. Es macht mich wahnsinnig.« Er dreht sich zu mir und lächelt. Dieses verletzliche und ehrliche Lächeln, das mir von Anfang an unter die Haut gegangen ist.

»Aber du weißt genauso gut wie ich, dass das mit uns niemals funktionieren würde. Wie stellst du dir das vor?«

Und im Grunde ist es egal, was er darauf sagt. Gäbe es eine zufriedenstellende Antwort auf diese Frage, ich hätte sie schon selbst gefunden.

»Also denkst du auch noch darüber nach. Was schreckt dich so an der Vorstellung ab, dass wir uns weiterhin sehen?«

»Alles? Ich meine, sollen wir morgens zusammen zur Schule fahren, oder was? Ich würde meinen Job gern behalten.«

Er steckt sich eine neue Zigarette an. Diesmal eine richtige. »Natürlich darf das keiner wissen. Ich bin vielleicht kein Superbrain, aber dafür reichts grad noch so. Was du in der Schule machst, ist dein Ding, June. Da tanze ich von mir aus nach deiner Pfeife. Aber abends hätte ich einfach gern, dass wir wieder Rain und June sein können. Ich vermisse dich und glaub mir, diese ganze Gefühlsscheiße geht mir selbst auf die Eier.«

»Ich halte das nicht für eine gute Idee. Das-«

»Nein? Dann sag mir doch, was wir stattdessen tun? Wird das jetzt bis zu den Abschlussprüfungen so gehen? Dass wir umeinander herumschleichen und nur auf Gelegenheiten warten, um uns wehzutun, damit wir auch ja nicht vergessen, dass wir uns nicht haben können? Das kann nicht dein Ernst sein.«

So sehr ich mich dafür auch verachte, ich vermisse ihn ebenso. Immer noch. Nach all den Wochen, die vergangen sind. Und ich kann rein gar nichts dagegen tun, dass mein Herz aus dem Takt gerät, wenn er da ist. Dass sich alles ein bisschen leichter anfühlt mit ihm.

»Man hat eben nur dieses eine Leben, June. Ich will nicht am Ende zurücksehen und jeden einzelnen Tag bereuen, den ich nicht mit dir hatte. Das tue ich schon mit zu vielen anderen Dingen. Vielleicht kann ich dich deshalb nicht loslassen. Es gibt nur wenige Menschen, die einen so viel fühlen lassen. Aber wenn man so jemanden gefunden hat, sollte man ihn gut festhalten, damit er nicht wieder verschwindet.«

»In welchem Buch hast du das denn gelesen?«

»Das habe ich nicht gelesen … ich habe mir geschworen, dass ich …« Er sucht offensichtlich nach Worten. »Weißt du, June, in meinem Leben gibt es so wenig Gutes. Aber mit dir …«

Ich weiß erschreckend genau, was er meint.

Ohne ihm eine weitere Antwort zu geben, lehne ich meine Schläfe an seine Schulter. Warum ist die Liebe eigentlich so eine eigenwillige Angelegenheit? Warum nimmt sie so wenig Rücksicht?

Er legt seinen Arm um mich.

»Rain?«

»Hm?«

»Du hast dich vorhin unterirdisch verhalten.«

Stille. Sein Atem klingt gequält. »June, das-«

»Nein. Dafür gibt es keine Entschuldigung. Ich möchte, dass du niemals wieder so mit mir sprichst. Ich will nicht, dass du so sprichst und auch nicht, dass du dich ungefragt über meine Entscheidungen hinwegsetzt. Das ist nicht, was Menschen tun, die einander wichtig sind. Wenn wir das hier wirklich tun wollen, wird es ohnehin genug Hierarchie in unserem Leben geben. Ich will, dass wir auf einer Stufe stehen, du und ich. Auf Augenhöhe. Ich will, dass wir uns vertrauen können, Rain.«

Ich kann sein Nicken fühlen, als sein Kinn auf meinen Scheitel sinkt. »Es hat so verdammt wehgetan, dich mit ihm zu sehen.«

»Aber das, was du gemacht hast, hilft dir gegen dieses Gefühl nicht. Damit machst du es nur noch schlimmer.«

Er schluckt. »Es tut mir leid.«

»Ich brauche keine Entschuldigung. Ich brauche die Sicherheit, dass du dich im Griff hast, egal was jemand anderes sagt oder tut. Ich bin kein Spielzeug, das dir jemand streitig machen will, ich bin eine erwachsene Frau.«

Wieder nickt er. »Es tut mir trotzdem leid. Ich habe einfach die Nerven verloren.«

»Dann arbeite daran, dass das in Zukunft nicht wieder vorkommt.«

Ich kann seine Beklemmung am ganzen Körper spüren. Aber es geht nicht anders. Es ist wichtig, dass er das versteht.

»Ich verspreche es dir.«

»Gut. Versprichst du mir noch eine zweite Sache?«, fahre ich fort. »Kein Wort zu niemandem. Auch nicht zu Rebel und Knight. Vorerst.«

»Unter einer Bedingung. Bitte hör auf, mich zu ignorieren. Bitte lass mich an deinem Leben teilhaben. Sei bitte einfach wieder June, okay? Ich vermisse June.«

Diesmal bin ich es, die nickt.

»Gut«, haucht er und senkt dann den Kopf, um mich endlich zu küssen. Während er mich näherzieht, erwacht jede Zelle meines Körpers nach einem wochenlangen Schlaf zum Leben.

So soll es sich anfühlen.

Nur so.

Er hat recht. Er ist einer dieser Menschen, die mir alles geben und auch alles nehmen können, und obwohl mir klar ist, dass wir uns auf einem sinkenden Schiff befinden, genieße ich das Gefühl viel zu sehr, um wieder damit aufzuhören. Immerhin werden wir zusammen untergehen.

Kapitel 21

Rain

Obwohl ich mich eigentlich mit diesem verdammten Mathebuch beschäftigen sollte, klappt es einfach nicht. Draußen prasselt der Regen an die bodentiefen Fenster. Ein Sturm tobt grollend über die Bucht.

Ich nehme mein Handy vom Tisch und scrolle durch irgendwelche beliebigen Chatverläufe, um mich vom Lernen abzuhalten, als es an der Tür klopft.

Tante Camilla steht im Türrahmen. Mit kerzengeradem Rücken und dem immergleichen grimmigen Gesichtsausdruck.

»Wir möchten bitte mit dir sprechen, Parker. Unten«, sagt sie schlicht und versucht, die Abneigung nicht ihre Augen erreichen zu lassen.

»Gehts ein bisschen präziser?«

»Ich fürchte nein. Komm bitte mit mir, dann erfährst du alles.«

Und genau dieser leise Unterton ihrer letzten Worte ist es, der mein Herz schneller schlagen lässt. Es hämmert gegen meine Brust und gibt mir kaum genug Raum, um im Geist die Möglichkeiten zu überschlagen. Während ich aufstehe, stecke ich das Handy in die Hosentasche und knipse die Lampe auf meinem Schreibtisch aus. Tante Camilla ist schon halb die Treppe runter. Als sie merkt, dass ich zu ihr aufschließe, geht sie noch einen Schritt schneller.

Im Salon sitzt Onkel Alexander und liest das *Wall Street Journal*. Dabei ist das eigentlich gar nicht sein Metier. Er ist Anwalt und kein Broker. Aber gut, Kohle ist Kohle.

Noch bevor ich mich auf das Sofa ihm gegenüber fallen lassen kann, tritt sein Schatten hinter ihn und legt eine Hand auf seine Schulter. Sie sehen aus wie auf diesen abartigen Uraltgemälden, auf denen die Menschen alle das gleiche Gesicht haben.

»Also? Was gibts denn so Dringendes?«

Onkel Alexander klappt seine Zeitung zu und zieht sich die Lesebrille von der Nase. »Es sind leider zwei unerfreuliche Dinge passiert, während du zu beschäftigt warst, um dich hier zu Hause deinen Studien zu widmen.« Sein Blick wird immer forschender. Ein bisschen so, als würde er abschätzen, was ich gleich tun werde, wenn er die Bombe platzen lässt. »Ich habe heute einen Anruf von Ronald Hayes erhalten.«

Nein.

»Es geht um Cassandra.«

»Nein … was …«

Er macht eine abwiegelnde Handbewegung, als wäre das nichts. Als wäre das alles nichts wert. »Sie hatte einen kleinen Zusammenbruch. Keine Sorge, sie wurde rechtzeitig gefunden. Sie liegt jetzt in einer geschlossenen Abteilung im Communitykrankenhaus.«

In meinem Kopf stürzen die Worte ineinander, schichten sich auf und prallen aneinander ab, bis sie ein einziges Chaos ergeben.

»Beruhig dich, Parker. Sie wird es überleben. Erst wollten wir es dir gar nicht sagen, aber Mr. Hayes hat darauf bestanden. Er möchte, dass wir mit dir über den Ernstfall sprechen. Was passieren soll, wenn …« Er beendet den Satz nicht und das ist auch verdammt noch mal besser so.

»Das soll kein Aufhänger sein, um dich wieder in diese Sache hineinzusteigern, Parker. Es ist eine rein formelle Angelegenheit«, gibt meine Tante altklug dazu und guckt wie ein minderbemitteltes Pferd. Wenn Blicke töten könnten, würde sie jetzt endlich umfallen und die Fresse halten.

»Was hast du gesagt?«, zische ich.

»Dass wir es weiterhin für besser halten, dass jeder von euch sein eigenes Leben lebt. Mr. Hayes würde sich um alles kümmern, was dazu nötig wäre.«

»Was? Niemals. Ich werde mich da sicher nicht raushalten. Es geht auch um mich bei der Sache.«

»Ja, was wäre uns nur erspart geblieben, wenn es nicht so wäre.« Der Blick, mit dem mich mein Onkel jetzt bedenkt, macht mich rasend.

»Was euch erspart geblieben wäre? Wie schlimm für euch, mein Beileid.«

»Rückblickend ist es ohnehin nicht mehr zu ändern. Aber vielleicht lernst du ja etwas für die Zukunft daraus. Ich will es hoffen, denn langsam reicht es mir mit deinen ganzen Eskapaden.«

»Darf ich sie trotzdem sehen?«

»Wie gehabt. Auch wenn ich es begrüßen würde, dass du das endlich sein lässt. Man muss wissen, wann es Zeit ist, Dinge ruhen zu lassen. Das hier ist so eine Sache.«

»Als hättest du eine Ahnung, wovon du da redest.«

Mein Onkel lacht müde und ich würde sein Gesicht am liebsten in diesen hässlichen Glastisch donnern. Mein Gott, warum lebe ich nur hier? Warum ist das eigentlich alles von Grund auf so beschissen?

»Leider ist diese Angelegenheit nicht das Einzige, was mir aktuell Sorgen bereitet, Parker.«

Er streicht seine Anzugweste glatt und steht auf. Mit langen Schritten durchquert er den Raum. Man hört nichts als das Quietschen seiner Lederschuhe. Dann geht er zum Schreibtisch hinüber, nimmt ein Blatt von der Unterlage und reicht es mir.

Ich überfliege den Inhalt, bevor ich es von mir weg auf den Tisch zwischen uns werfe.

»Das ist doch Schwachsinn. Snyder ist auf dein Geld angewiesen.«

»Ja, das mag sein, aber deshalb wird er dir nicht einfach einen Abschluss in die Hand drücken. Du hast es ja selbst gelesen. Dieses Schreiben ist eine Warnung, dass es nicht so weitergehen kann. Wenn deine Arbeitsmoral derart schlecht bleibt, dann wirst du den Abschluss nicht bekommen. Ich habe heute mit Snyder telefoniert. Dein Notenschnitt ist erbärmlich. Wenn du dich nicht langsam zusammenreißt, dann kannst du deinen Hintern nach Columbia zurückschaffen. Oder ins County Jail und ich denke, das möchte hier niemand.«

Das Ärgerlichste an allem ist, dass es nichts gibt, was ich jetzt erwidern könnte. Weil es Tatsachen sind. Meine Noten sind unterirdisch, meine Motivation auch. Aber … was zählt das, wenn alles andere auseinanderbricht?

Ich müsste jetzt die Schultern straffen und weitermachen. Das tun, was sie alle von mir erwarten. Aber ich kann nicht. Ich kann einfach nicht. Und mir fällt nur eine Person ein, bei der das okay ist.

»Ja, Süße. Ich ruf dich später noch mal an. Gut. Gut. Bye«, säuselt June in den Hörer. Dann drückt sie das Gespräch weg. Sie legt die Stirn in Falten, aber tritt widerstandslos einen Schritt zur Seite, sodass ich reinkommen kann. Als ich im Flur meine klatschnasse Jacke ausziehe, nimmt June sie mir ab und trägt sie in den angrenzenden Hauswirtschaftsraum zum Trocknen. Der Regen hat nicht nachgelassen und auch aus meinen Haaren tropft sich unablässig eine Pfütze auf dem Boden zusammen. June bedeutet mir stehen zu bleiben, damit sie mir ein Handtuch holen kann.

»Meine Güte, ist das ein Wetter.«

»Wer war das am Telefon?«

»Meine Freundin Olive. Ich hoffe, du lernst sie mal kennen. Sie ist echt super. Ihr würdet euch mögen.« Junes Lächeln wirkt so mädchenhaft und befreit, dass es in meinem Bauch kribbelt. Dabei ist sie alles andere als ein Mädchen. Verrückte Welt.

Sie nimmt mir das Handtuch wieder ab, dann setzen

wir uns simultan auf das graue Sofa. June so, dass sie mich genau im Blick hat.

»Und jetzt erzähl mal, warum du hier bist. Ich habe gar nicht mit dir gerechnet, wenn ich ehrlich bin.« Sie greift nach meiner Hand und hält sie ganz fest. Es fühlt sich so gut an, dass ich mich wirklich frage, wie ich so lange ohne das hier leben konnte.

»Tut mir leid. Ich muss einfach mal kurz zu Hause raus.«

»Ist was passiert?«

Bei einem vagen Nicken überlege ich, wie ich dieses ganze Chaos am besten in Worte verpacken kann. »Ich hatte dir doch mal von Cass erzählt, oder?« Mit jedem Wort schaffe ich es weniger, Junes Blick zu halten. Sie verspannt sich sofort dermaßen stark, dass ihre Hand meiner fast das Blut abschnürt.

»Will ich wirklich wissen, worüber du jetzt reden wirst?«

»Entspann dich, Prinzessin. Nichts, was uns betrifft.«

Sie entspannt sich tatsächlich.

»Mein Gott, June, hast du ernsthaft gedacht, dass ich dich betrogen hätte? Jetzt, wo ich dich endlich für mich haben kann?«

Sie wird rot und die Antwort genügt mir.

»Unfassbar. Ob du es glaubst oder nicht: Ich bin eine treue Seele.« Mein bemüht witziges Zwinkern quittiert sie mit einem leichten Klaps auf die Schulter.

»Schon gut. Ich habe es verstanden. Vielleicht bist du nicht der Einzige hier, der ein kleines Eifersuchtsproblem hat. Aber jetzt erzähl bitte, weswegen du eigentlich hier bist. Ich wollte dich nicht unterbrechen.«

»Ich habe heute etwas … erfahren. Etwas, das Cass betrifft.« Ich mache eine kurze Pause und atme durch, bis ich ruhig weitersprechen kann. »Sie hat versucht, sich umzubringen.«

»Was?«

»Schon wieder. Das ist jetzt schon das zweite Mal. Wenn sie Pech hat, dann kommt sie irgendwann gar nicht mehr aus dieser Klinik raus.«

»Ich weiß, dass mir die Frage vielleicht nicht zusteht, aber wie nah steht ihr euch eigentlich noch? Valentina hat erzählt, dass ihr schon lange getrennt seid.«

»Ja, und?«

»Ich würde nur gern verstehen, was euch noch verbindet. Das ist alles.« Ihre Fingerspitzen gleiten über meine Handgelenke und die vielen, vielen dunklen Schattierungen dort. »Du sprichst nie über sie, als wärt ihr befreundet.«

Weil ich sie nicht länger ansehen kann, schaue ich weg. Mein Blick fällt auf die große Glasfront, hinter der nur Dunkelheit wartet. Der Regen prasselt dagegen. Ströme aus dicken Tropfen rauschen daran hinab und bilden auf den Terrassenplatten große Pfützen. Ich spüre Junes fragenden Blick die ganze Zeit über auf meiner Haut.

»Du musst nicht darüber reden, wenn du nicht willst. Ich möchte nur, dass du weißt, dass du mir in dieser Sache vertrauen kannst. Und dass es manchmal gut tut, Dinge auszusprechen, die einem auf der Seele lasten.«

»Sagt wer?«

»Der Therapeut, den ich nach dem Tod meines Mannes besucht habe.«

»June.«

»Es ist okay. Also? Magst du mir davon erzählen?«

Ich versuche mich an einem Lächeln, aber es fühlt sich einfach nur falsch an. Also lasse ich es bleiben und schaue mich stattdessen wieder an der Fensterfront fest. »Damals, als wir zusammen waren … Cass und ich. Es war nicht lange, aber in der Zeit ist viel passiert. Ich hatte noch nie zuvor so einen Menschen kennengelernt. Ich habe schon vorher viel Unsinn gemacht und hatte für einen Siebzehnjährigen eine ziemlich dicke Polizeiakte. Das ist auch der Grund, warum ich nicht mehr in Columbia lebe.«

»Wegen deiner Eltern?«

»Ich habe nicht in ihr Leben gepasst, war zu anstrengend. Sie haben mich von einem Camp ins nächste verfrachtet. Aber es war immer das Gleiche. Zu wild, außer Kontrolle, Regulationsstörung, der ganze Mist. Dann war ich im Knast.«

June stöhnt und reibt sich über die Stirn. »Warum?«

»Stand das etwa nicht in meiner Akte?«

Als Antwort bekomme ich nur einen vernichtenden Blick.

»Körperverletzung. Eigentlich gar nichts Wildes, aber dem Richter hats wohl gereicht, dass er mich ständig bei sich auf dem Schoß sitzen hatte. Nach dem anschließenden Camp haben mein Onkel und meine Tante mich zu sich genommen. Ich sollte hier meinen Abschluss machen. In dem Sommer habe ich Rebel und Knight kennengelernt – und Cass. Sie kam gerade von ihrem ersten Klinikaufenthalt. Sie sah aus, als wäre sie längst tot. Alle haben sich ständig über sie lustig gemacht. Aber sie haben nur nicht richtig hingesehen.«

»Darf ich fragen, was sie hat?«

Ich schüttle den Kopf. Die Bilder davon, wie krank und ausgezehrt Cass schon damals aussah, haben sich in mein Bewusstsein gebrannt. Gemeinsam mit all der Schuld und dem schlechten Gewissen.

»Ich wünschte, sie würde endlich verstehen, dass sie nur gesund werden kann, wenn sie gesund werden will. Aber sie ist so verdammt stur. War sie damals schon. Es war, als würde sie sich für jeden Spruch von außen nur weiter selbst bestrafen. Als würde sie immer weiter gegen sich selbst in den Krieg ziehen. Es tat so weh, dabei zuzusehen, aber jedes Mal, wenn ich mit ihr reden wollte, ist sie ausgeflippt. Sie meinte immer, dass sie das unter Kontrolle hat. Dass es nicht meine Sache wäre. Und ich … ich war zu naiv oder zu verliebt oder vielleicht auch beides, um das zu tun, was richtig gewesen wäre.«

»Hast du Schuldgefühle deswegen?«

Ich nicke.

»Weil du glaubst, dass du sie im Stich gelassen hast?«

»Ja.«

Ich wünschte, es wäre so einfach.

»Oh, Rain.«

»Tja, und leider ist das noch nicht alles. Mein Onkel hat heute einen Brief aus der Schule bekommen. Wenn ich dieses Jahr den Abschluss nicht schaffe, dann wars das. Und die Chancen stehen nicht wirklich gut, wenn ich ehrlich bin.«

June seufzt. »Ich weiß. Habe es in der Akte gesehen. Kann ich dir da irgendwie weiterhelfen?«

»Klar, June. Ich maile dir meinen detaillierten Lernplan.«

»Mach dich nicht lustig, ich meine das ernst. Wenn ich dir helfen kann, dann sag es.«

»Ich meine das auch ernst. Und wenn du nicht gerade zaubern kannst, wirds wohl schwierig.«

Sie rückt ein Stück von mir ab, zieht die Beine an und betrachtet mich sehr eingehend. Ihre Arme ruhen vor ihrer Brust.

»Aber du kannst doch auch einfach den Abschluss woanders machen. Du könntest neu anfangen. Du bist alt genug.«

»Das geht nicht.«

»Warum? Es klingt ja geradezu, als wärst du hier festgewachsen.«

»Es gibt Gründe.«

»Gründe?«

»Gründe, die ich dir nicht sagen kann. Aber es gibt sie und daher ist das keine Alternative.«

»Was passiert, wenn du es trotzdem machen würdest? Wenn du einfach weggehen würdest?« Ihr Blick bekommt etwas Kämpferisches. Ich weiß gar nicht, ob ich wissen will, was für Pläne sie sich da in ihren Gedanken zusammenspinnt. Aber was es auch ist, es wird nichts nützen.

»Dann gehe ich wieder ins Gefängnis.«

»Was?«

»Und das nicht nur für ein halbes Jahr, sondern länger.

Das kann ich dir versichern.«

June schnappt nach Luft. Dann überlegt sie, sammelt sich und zögert noch einen Moment, nur um dann doch nichts zu sagen. Sie schaut mich nur völlig ungläubig an. Als hätte ich mich soeben vor ihren Augen in ein Monster verwandelt.

»Herrgott.« Das ist das Einzige, was ihre Lippen verlässt. Kopfschüttelnd steht sie auf, verschwindet in die Küche und kommt wenige Sekunden später mit zwei Weingläsern wieder. Eins landet in meiner Hand und eins setzt sie an ihre Lippen.

»An diese elende Weintrinkerei werde ich mich auch nie gewöhnen. Als wären wir verdammte Snobs.«

June geht nicht darauf ein, sondern trinkt in stoischer Ruhe das halbe Glas in einem Zug aus. Dann setzt sie sich wieder neben mich, als wären die letzten paar Minuten nicht passiert.

»Sie erpressen dich also faktisch gesehen.«

»Japp.«

»Rain … was hast du bitte verbrochen, das so schlimm ist?«

»Darüber will ich nicht reden.«

»O nein, diesmal nicht. Diesmal will ich eine Antwort. Du musst auch meinen Standpunkt verstehen. Das war … viel. Ich wüsste gern, mit was ich es hier zu tun habe.«

So gern ich ihr auch eine Antwort geben würde, ich kann nicht. Ich wünschte, ich hätte das hier nie angesprochen. Ich hätte das für mich behalten sollen.

Auf einmal sitzt sie wieder neben mir und umfasst mein Gesicht mit ihren zarten Händen. »Ich will dich damit nicht bloßstellen, hörst du? Ich will es nur verstehen. Ich will dir in dieser Sache beistehen können.«

»Wow. Da wärst du dann die Erste in meinem Leben.«

»Wissen Rebel und Knight davon?«

Ich schüttle den Kopf, ihr Blick wird etwas weicher.

»Wenn du heute nicht darüber reden kannst, dann versprich mir wenigstens, dass wir das nachholen. Ich bin hier, okay? Und was es auch ist, irgendwie werden wir das schaffen.«

Wir.

Ein warmer Schauer rieselt durch mich hindurch. Ich kann gar nicht verhindern, dass das Gefühl sich wohlig auf meiner Haut ausbreitet. Bisher war es immer nur ich. Auch mit Cass war es immer ein *Parker, du musst das regeln. Parker, ich brauche dich. Parker, das ist deine Sache.* Es ist das erste Mal, dass jemand etwas mit mir zusammen lösen will. Der Blick, mit dem sie mich betrachtet, ist so tief und liebevoll, dass ich ihn am ganzen Körper spüre. Voller Mitgefühl, von dem ich kein bisschen verdient habe.

»Habe ich was Falsches gesagt?«

»Nein, genau das Richtige. Komm her, Prinzessin. Ich glaube, für heute ist es genug mit Reden.«

Mit einer fließenden Bewegung ziehe ich sie auf meinen Schoß, weil es das ist, was ich jetzt brauche.

Sie.

Ihre Nähe.

Diesen Körper, der mich den ganzen anderen Mist vergessen lässt.

Jedes Mal.

Sie streicht sanft meine Haare zurück. Das verliebte Funkeln in ihrem Blick ist fast zu viel. Zu gut. Zu intensiv.

Ungeduldig umfasse ich ihren Hintern, höre ihren schnellen Atem und fühle, wie jeder ihrer angespannten Muskeln weicher wird. Ihre Stirn sinkt gegen meine.

»Auch wenn du ein verrückter Idiot bist. Es ist gut, dass du hier bist und was immer es sein mag, wir gehen das an, okay?«, flüstert sie und drückt die Lippen auf meine. Ich kann nichts mehr erwidern, sondern ziehe sie nur fester an mich, stehe mit ihr in meinen Armen auf und trage sie ins Schlafzimmer. Denn all die Dinge, die ich ihr nicht sagen kann, will ich sie wenigstens spüren lassen. Das ist vielleicht eine kranke Art, ihr meine Gefühle zu zeigen, aber die Einzige, die ich im Moment beherrsche.

Kapitel 22

June

Ich hasse den Mittagsdienst im Speisesaal. Hunderten kauenden Teenagern beim Essen zuzusehen, ist nicht wirklich eine Freude. Man bekommt zwangsläufig so viele Dinge mit, vor denen man lieber Augen und Ohren verschlossen hätte.

Heute bin ich mit meiner Kollegin Cherry Kipling eingeteilt. Sie redet in einer Tour.

»Und weißt du, ich finde es einfach eine Schande, wie wenig die Kinder heute auf ein adrettes Äußeres geben. Ich meine, da laufen sie herum wie kleine Flittchen und schmieren sich Tonnen von Kosmetika ins Gesicht. Und das an solch einer Einrichtung. Man sollte meinen, dass hier strenger durchgegriffen wird, aber Geld regiert die Welt.« Sie wedelt mit dem Zeigefinger in Richtung eines Tisches weiter hinten, an dem Schülerinnen des Abschlussjahrgangs sitzen.

»Früher war das alles viel einfacher. Manche Kinder brauchen eine strenge Hand.«

Kinder.

Sie lässt es jedes Mal so klingen, als wären wir an einer Vorschule. Bevor ich ihr antworten kann, findet mein suchender Blick endlich Rain an einem der Tische. Seine grauen Augen weiten sich und sein Mund verzieht sich zu einem Lächeln.

Seit einigen Wochen geht unsere offiziell-inoffizielle Affäre jetzt schon. Und so sehr ich mich auch freue, eigentlich versuche ich, Situationen wie diese hier zu vermeiden. Direkte Konfrontation ist gefährlich. Weil ich mir nie sicher bin, ob nicht doch irgendjemand die Blicke deuten kann, die wir uns zuwerfen. Ob man uns nicht doch ansieht, was uns verbindet, wenn man genau genug hinschaut. Denn diese Chemie, die da ist, die wird mit jedem Tag stärker.

Dabei geht es längst nicht mehr nur um Sex.

Ich liebe seine Berührungen und seine Küsse, unsere Wortgefechte und seine Nachlässigkeit in manchen Dingen.

Ständig sagt er *June, entspann dich mal* oder *Bleib doch locker.* Anfangs hat es mich wahnsinnig gemacht, mittlerweile holt es mich runter, denn meistens hat er recht damit. Ich liebe es, wie er mich ansieht und wie verrückt er nach mir ist. Kurzum – ich bin eine Närrin. Eine riesengroße. Aber es ist einfach zu gut, um damit aufzuhören.

Nur das ewige Versteckspiel ist unfassbar anstrengend. Immer einen Schulterblick zu machen, bevor man sich ansieht. Immer aufmerksam sein. Niemals zusammen ausgehen. Niemals Händchenhalten. Niemals einfach so knutschen.

Ich vertreibe den frustrierenden Gedanken, weil ich aus

dem Hintergrund höre, wie Cherry sich immer noch aufregt.

»… und sogar die Hände. Er ist in meinem Chemiekurs und sogar seine Hände sind voll davon. Dabei ist das hier nicht mal erlaubt. Jeglicher Körperschmuck muss unter der Uniform verborgen werden. Wo waren da die Eltern, frage ich mich, die so eine Verschandelung an ihrem Nachwuchs zulassen.«

Ich reiße meinen Blick von Rain los und drehe mich wieder zu Cherry. »Was?«

»Na, Parker Sullivan.« Sie zeigt mit dem Finger unhöflich deutlich auf ihn, mein Blick schwenkt ebenfalls wieder zurück. Er hat sich in seinem Stuhl zurückgelehnt und winkt uns mit den Fingerspitzen. *Idiot.*

Innerlich grinse ich breit und kann ihm förmlich ansehen, dass wir dasselbe denken.

»Aber im Grunde ist es egal. Er wird hier ohnehin keinen Abschluss schaffen«, sinniert Cherry weiter, während wir beginnen, uns durch die Reihen zu bewegen. Immer schön prüfen, dass auch ja niemand heimlich Nachrichten auf seinem Handy schreibt oder sonst wie gegen die strengen Schulregeln verstößt.

»Wie kommst du darauf?«

Die Erinnerung an unser Gespräch von letztens wird wieder sehr präsent. Rain hat nie wieder davon angefangen und ich muss zu meiner Schande gestehen, ich auch nicht. Wir haben uns irgendwie stillschweigend darauf geeinigt, unser Privatleben und das hier zu trennen und reden fast nie über Dinge aus der Schule. Und das geht erstaunlich mühelos, denn im Sachenverschweigen sind wir beide Meister. Es ist manchmal noch, als würde unser normaler Alltag nicht existieren, wenn wir zusammen sind. Wir wollten Rain und June sein und jetzt haben wir Rain und June.

Ob das schlau ist? Vermutlich nicht.

Während wir auf unserer Runde den Tisch passieren, an dem die drei Jungs mit ein paar Mädchen sitzen, die ich nicht kenne, geht Cherry gleich zum Angriff über.

»Mr. Sullivan! Sofort das Handy weg oder wir gehen zum Direktor«, bellt sie neben mir und klingt dabei wie ein Drill-Sergeant. Alle am Tisch lachen.

»Oh, schade! Ich dachte, ich darf dann bei Ihnen zum Nachsitzen, wenn ich nicht brav bin. Ich hatte mich schon so auf Sie gefreut, Miss Kipling.«

Das Lachen im Hintergrund wird zu einem Grölen.

Cherrys Gesichtsfarbe ist mittlerweile tiefrot und ihre Halsschlagader pocht gefährlich. »Was nehmen Sie sich raus, so mit mir-«

»Stecken Sie einfach das Handy weg, Mr. Sullivan.« Für die Krisenintervention, die das hier sein soll, gerät meine Stimme eine Spur zu sanft.

»Na, für Sie doch immer, Mrs. Reed«, gibt er locker zurück und zwinkert meiner Kollegin zu, die jetzt völlig die Fassung verliert.

»Welchen Ton maßen Sie sich denn an? Das ist die letzte Verwarnung, meine Herren, für alle von Ihnen.« Cherrys mahnender Zeigefinger beeindruckt niemanden wirklich. Einzig Rebel lässt sich dazu herab, sie genauer anzusehen.

»Was passiert denn sonst Schönes, Miss Kipling?«

Cherry schnaubt nur und wendet sich nach einem kurzen Blickduell von ihm ab. Ich verstehe sie. Ich kann Rebel auch nicht lange in die Augen schauen. Als würde irgendetwas tief in ihm schlummern, das man lieber nicht an die Oberfläche holen sollte.

Die Mädchen verfolgen das Schauspiel gebannt. Sie sehen Rebel und Rain an, als ob sie die Helden ihrer schlaflosen Nächte wären.

Vorsicht, Mädels. Den Irren könnt ihr haben, der andere gehört mir.

Und das weiß er auch. Er lässt es mich jede Nacht spüren. Jede einzelne. Gut, dass niemand in dieser Mensa Gedanken lesen kann.

»Ist noch was, Mrs. Reed?«, fragt Mädchen Nummer zwei. Sie sieht aus, als würde sie an meinem Verstand zweifeln. Weil ich immer noch vor diesem Tisch stehe. Weil ich immer noch viel zu auffällig in Rains Gesicht starre.

»Nein. Alles in Ordnung.« Mit aller Kraft reiße ich meinen Blick hoch. Eiligen Schrittes mache ich mich auf den Weg zu meinem ursprünglichen Wachposten. Während ich das demütigende Teenagerlachen wie ein Kribbeln im Nacken spüre, könnte ich mich ohrfeigen, dass ich nicht wenigstens einen Funken Professionalität besitze.

Und zu allem Überfluss vibriert auch noch das Handy in meiner Hosentasche. Keine Ahnung, ob ich wissen will, was in der Nachricht steht. Von wem sie ist, ist eigentlich klar. Und weil mein Anstand heute ohnehin zu wünschen übrig lässt, entferne ich mich mit einem entschuldigenden Gesichtsausdruck in den angrenzenden Flur und schaue aufs Display, nachdem ich den obligatorischen Schulterblick gemacht habe.

Du kleine Träumerin. Du sollst bei der Arbeit nicht immer an meinen nackten Körper in deinem Bett denken. Du bist geschmacklos, June.

Ich grinse in mich hinein und tippe eine Antwort.

Was, wenn ich es trotzdem tue?

Dann leg ich dich vielleicht über dieses Pult in deinem Raum und mache Sachen mit dir, die ich lieber nicht ausschreibe, falls Oberfeldwebel Kipling mein Handy abzieht.

Mein Lachen klingt auf dem stillen Flur unangebracht laut. Ich will gerade eine weitere Antwort tippen, als ein leichter Windhauch meine Wange streift.

»Deswegen sage ich es dir lieber gleich persönlich«, schnurrt mir Rain ins Ohr und lässt mich zusammenfahren, weil ich ihn gar nicht kommen gehört habe. »Entspann dich, Prinzessin. Es ist niemand hier.« Er lässt die Lippen sachte an meinem Hals entlanggleiten. Am liebsten würde ich mich jetzt umdrehen und all das mit ihm machen, was in unseren Köpfen eh schon wie ein Film abläuft. Als seine Hände um meine Taille gleiten, lasse ich mich an seine Brust zurücksacken.

Er drückt seine Hüfte gegen meinen Hintern. »Wie soll ich das die nächsten Monate aushalten, hm?«

Ich kann meinen Atem kaum im Griff behalten. Doch bevor ich zu einer Antwort ansetzen kann, lässt er in Windeseile von mir ab und springt wie ein Schatten an die Wand gegenüber.

»Hier bist du, June! Ich habe dich schon gesucht!« Cherrys Stimme hallt durch den Gang. Gott sei Dank kann sie Rain aus diesem Winkel nicht sehen. »Alles in Ordnung bei dir? Du siehst blass aus.« Sie lässt ihren Blick akribisch genau durch den Flur schweifen.

»Ja, alles gut. Ich … ich komme gleich«, rufe ich und höre Rain kichern. »Mir ist nur ein bisschen komisch, weißt du. Ich hole eben aus dem Krankenzimmer eine Magentablette.«

Cherry fixiert mich noch einen Moment und verschwindet dann mit einem herrischen Nicken. Schneller, als ich gucken kann, werde ich von Rain in den nächsten Gang gezerrt. Gerade noch rechtzeitig, denn die erste Schulglocke ertönt und in einigen Sekunden wird hier in den Fluren die Hölle losbrechen.

Nachdem wir um ein paar Ecken gebogen sind, bleibt er vor einer der vielen Türen stehen. Er schaut sich ein letztes Mal um, drückt die Klinke und zieht mich ins Dunkle. Diesmal ist es nicht der Materialraum, sondern das Fotolabor. Um uns herum hängen Wäscheleinen, entwickelte Fotos trocknen im Schein einer roten Lampe vor sich hin. Rain kommt von der Tür zu mir herüber.

»Ist der einzige Raum ohne Fenster, den man abschließen kann. Die Toiletten sind viel zu klischeehaft. Außerdem bist du dafür zu laut.«

Das hier ist genau das, was wir um alles in der Welt vermeiden wollten. Wow. Wie lange hat es gedauert, bis wir unsere eigenen Regeln brechen? Sechs Wochen?

Aber ich kann nicht anders und schlinge die Arme um seinen Hals. Unser Kuss ist tief und sehnsüchtig. Und während ich sein Uniformrevers packe und ihm das Jakkett über die Schultern zerre, werden draußen auf dem Flur die Stimmen der Schülerschaft immer lauter. Wir taumeln einen Schritt rückwärts, bis er sich mit der Hüfte an die Kante der Arbeitstische lehnt. Seine Zähne graben sich in die zarte Haut an meinem Hals, alles an mir kribbelt, als er vorsichtig über die gereizte Stelle leckt. Das harte Metall an seiner Zunge schickt Hitzewellen über meine Haut.

»Machst du diesmal eine meiner Fantasien wahr?«, haucht er dunkel und zieht mich am Kinn zu sich heran, um seine Lippen erneut auf meine zu drücken.

»Ich muss in den Unterricht.«

»Dann solltest du dich besser beeilen.« Er legt die Hände auf meine Schultern und schiebt mich mit sanftem Druck nach unten. »Nicht, dass wir am Ende noch erwischt werden, June.«

Ich hasse mich. Ich hasse mich ehrlich dafür, dass ich ihm nicht widerstehen kann. Aber es ist unmöglich, war es seit dem ersten Mal, dass er mich berührt hat.

Als ich vor ihm knie, gleiten seine Hände in mein Haar und meine an seinen Gürtel.

Und damit geht er offiziell an mich: der Award für die schlechteste Lehrerin, die dieses Land je gesehen hat.

Später sortiere ich im Lehrerzimmer meine Unterlagen und will alles für den nächsten Tag vorbereiten, als ich eine große Gestalt bemerke, die neben mich tritt. Es ist Edward und er macht einen extrem angespannten Eindruck.

»June, es tut mir wirklich leid, dass ich jetzt während deiner Vorbereitungen stören muss, aber würdest du mal kurz mitkommen?«

O bitte, lass uns nicht aufgeflogen sein. Bitte, bitte nicht.

Mit zittrigen Händen sortiere ich den Blätterstapel übertrieben ordentlich auf dem Tisch. Dann erhebe ich mich und versuche schuldfrei zu wirken, indem ich freundlich lächle. Es gerät furchtbar verkrampft. Unter den Blicken der Kolleginnen, die heute Nachmittag noch da sind, gehe ich wie ein geschlagener Hund in Edwards Büro.

Zu meiner Überraschung sitzt dort am Tisch bereits ein hochgewachsener Mann, der unserem Schuldirektor auf verblüffende Weise ähnlichsieht. Er trägt fast den gleichen Anzug und hat den gleichen geschäftsmäßigen Gesichtsausdruck.

Auf dem Stuhl neben ihm sitzt Rain wie ein unartiges Kind und sieht ähnlich unbehaglich aus, wie ich mich fühle. Sein Blick spricht Bände.

Er dreht sich von mir weg, rutscht in seinem Sitz nach unten und seufzt genervt.

»Parker!«, zischt der Mann. Rain verdreht die Augen. Man kann es gerade noch in seinen Augenwinkeln erahnen.

»June, das ist Mr. Sullivan. Er ist der Onkel von Parker Sullivan aus deiner Abschlussklasse. Mr. Sullivan, das ist

Mrs. Reed, die Ihren Neffen in Geschichte und Englisch unterrichtet. Sie ist neu hier an der Schule und wirklich ambitioniert.«

Mit bemüht gerader Haltung trete ich näher an Mr. Sullivan heran, der sich mittlerweile aus seinem Stuhl erhoben hat und mir freundlich die Hand hinhält. Ich schüttle sie und suche innerlich das Erdloch zum Verschwinden, denn das hier ist die denkbar ungünstigste Kombination für irgendwelche Gespräche.

Wie in Zeitlupe setze ich mich auf den dritten Stuhl, der vor dem Schreibtisch steht. Edward Snyder nimmt ebenfalls Platz und schaut zwischen uns allen hin und her.

»June, der Grund, aus dem ich dich um dieses Gespräch gebeten habe, ist leider nicht unbedingt erfreulicher Natur. Ich weiß nicht, inwiefern du dich jetzt schon mit deinen Schülern vertraut gemacht hast …«, setzt er an, wird aber sofort von Rains hysterischem Lachen unterbrochen. Die Blicke der Männer schießen herum und Rain hebt entschuldigend die Hände. Mein Blick schießt auch zu ihm, aber nur, um ihn im Zweifel damit umzubringen, wenn er jetzt etwas Falsches sagt. Doch er zwinkert mir lediglich dreist zu. Sehr zum Missfallen seines Onkels. Und während ich Rains vor Überheblichkeit triefenden Gesichtsausdruck betrachte, wird mir etwas klar.

Etwas, das ich vorher nie so deutlich gesehen habe: Diese Mauer aus spöttischer Ignoranz, die er in Situationen wie dieser um sich herum aufbaut, ist keine Provokation.

Sie ist reiner Selbstschutz.

Weil der Stempel, den man sich selbst aufdrückt, weniger wehtut als der, den einem die anderen verpassen würden.

Am liebsten würde ich ihm das jetzt sagen. Dass ich es sehe. Dass es okay ist. Ich würde einfach aufstehen und meine Arme um ihn legen. Ihm versichern, dass ich mich vor ihn stellen werde, wenn niemand sonst es mehr tut. Nichts davon ist möglich. Das Einzige, was mir bleibt, ist ein mitfühlender Blick, dem er ausweicht.

»Na, wie auch immer. Auf jeden Fall steht es um Mr. Sullivans schulische Leistungen nicht zum Besten, wie wir alle wissen. Dieses Jahr muss er den Abschluss schaffen, sonst kann er diese Schule leider nicht noch ein weiteres Jahr besuchen. Das ist ein Beschluss des Kollegiums.«

Rains Onkel dreht sich in seinem Stuhl, sodass er mich direkt ansehen kann. »Was Edward damit sagen will, ist, dass Parker dieses Jahr verdammt noch mal endlich Leistungen bringen muss. Und da er leider völlig von allen guten Geistern verlassen ist, findet sich niemand mehr, der ihn unterstützt. Um es offen zu sagen, Miss Reed, wir sind am Ende mit unseren Bemühungen.«

»Mrs. Reed«, sagt Rain. Nur das, nicht mehr.

»Was?« Sein Onkel wendet sich von mir ab, in seine Richtung.

»Sie heißt Mrs. Reed.« Während Rain antwortet, ruht sein Blick auf mir. Für einen Moment lässt er mich die Resignation darin sehen, bevor er seinen Ausdruck wieder verschließt. Es sticht in meinem Herzen. So sehr er auch immer vorgibt, dass es ihn nicht kümmert, was sie alle über ihn sagen oder denken, es stimmt nicht.

»Was die Noten betrifft, verstehe ich nicht, wie ich Ihnen da helfen kann, Mr. Sullivan. Ich kenne Ihren Neffen nicht gut genug, um seine schulischen Defizite einzuschätzen, aber sicher gibt es gute Nachhilfelehrer.« Mit aller Kraft versuche ich, Rains entnervtes Schnauben an mir abprallen zu lassen. Er und ich, wir klären das später. Jetzt muss ich zunächst dafür sorgen, dass uns diese Situation hier nicht um die Ohren fliegt.

»Das ist ja unser Problem, Mrs. Reed.« Mr. Sullivan windet sich auf seinem Stuhl. »Wir finden niemanden mehr, weil er … na ja, Sie kennen ihn ja.«

Besser, als gut für mich ist.

»Eigentlich wollten wir Sie fragen, ob Sie ihm einmal die Woche ein bisschen Unterstützung ermöglichen könnten? Es soll auch nicht zu Ihrem Nachteil sein. Mrs. Reed, wir sind wirklich verzweifelt, denn es steht einiges auf dem Spiel.«

Rain funkelt seinen Onkel mit einer riesigen Wut im Blick an. »Ist das dein Ernst? *Du* bist verzweifelt? Echt jetzt? Kann dir doch egal sein. Um dich gehts ja nicht, oder? Was machen wir hier eigentlich?«

»Du hältst dich da raus, Parker. Du hast schon genug angerichtet mit deinem Verhalten.«

»Ich bin-«

»Du bist nichts weiter als eine rücksichtslose Enttäuschung und kannst dich glücklich schätzen, dass du Gabriels Sohn bist. Sonst wärst du schon-«

»Was? Sonst wäre ich was?«

»Meine Herren, bitte«, schneidet Edwards Stimme dazwischen. »So werden wir keine Lösung finden. June, meinst du denn, du könntest es irgendwie einrichten?« Er schaut bittend und faltet die Hände, als würde er mich anflehen, dem hier endlich ein Ende zu machen.

»Aber warum denn ich?« Ich will das nicht. Es ist genau das, was wir vermeiden wollten. Das, wovor ich Angst hatte. Ich will nicht dafür verantwortlich sein, dass Rain weiterhin schlechte Noten schreibt, weil wir nur Gott weiß was tun werden, statt zu lernen. Ich weiß genau, wie das wieder enden wird. Das ist doch ein Albtraum.

»Ich hatte bisher das Gefühl, dass du nah an den Schülern dran bist. Du kannst sicher viele Dinge, die in den Jugendlichen vorgehen, noch gut nachempfinden. Jedenfalls besser als wir alten Eisen.«

Hat er das jetzt wirklich gesagt?

»Außerdem haben alle anderen Lehrkräfte, die ich gefragt habe, abgelehnt«, setzt er kleinlaut nach.

»Ist das denn üblich? Ich will ja nicht später voreingenommen sein oder-«

»Ach, darum mach dir mal keine Gedanken. Es ist hier durchaus üblich, dass die Schüler auch über den allgemeinen Unterricht hinaus unterstützt werden.«

Ich überlege weiterhin fieberhaft, aber mir fällt auch kein Grund ein, abzulehnen. Egal, wie sehr ich in Gedanken alle Möglichkeiten hin und her wälze. So ein Mist. Ich begegne Rains Blick und würde am liebsten die Hände wahlweise vor mein Gesicht oder gegen seine Stirn schlagen, aber wahre den Schein und nicke vorsichtig.

»Ich würde Sie dann bitten, dass das Ganze bei uns auf dem Anwesen stattfindet. Ich möchte gern ein Auge auf die Lernfortschritte werfen und schauen, dass alles seinen Gang geht«, sagt Mr. Sullivan streng.

Gott sei Dank ist ihm die Ironie des Ganzen nicht bewusst. Jetzt lädt Rains Onkel die größtmögliche Ablenkung für seinen Neffen mit Kusshand direkt zu sich nach Hause ein. Wenn das mal so eine gute Idee ist.

Kapitel 23

Rain

Da mein Onkel nicht zu leeren Versprechen neigt, startet mein wundervoller Privatunterricht gleich am nächsten Wochenende. Natürlich am Samstag, damit ich richtig in Stress komme und ja nicht glaube, dass das hier ein Zugeständnis an mich sein soll. Offiziell findet der Unterricht samstags statt, damit ich mich an den anderen Tagen auf den Präsenzunterricht an der Miramont konzentrieren kann, aber das ist wohl eher ein schlechter Witz.

Ich bin mir verdammt noch mal sicher, dass sie das mit voller Absicht gemacht haben, damit ich keine Zeit mehr habe, um nach Palo Alto zu fahren. So eine Scheiße. Vielleicht kann ich mit June reden, ob wir uns sonntags treffen können oder was weiß ich. Allerdings wirft das wiederum die Frage auf, was ich samstags so Wichtiges mache. Es wundert mich ohnehin, dass sie das noch nicht hinterfragt hat. Aber bisher war sie selbst jeden Samstagmittag unterwegs, weil sie da ihr wöchentliches Essen mit ihren *Schwiegereltern* hat. Das wird sich dann ab jetzt wohl ändern, wenn sie nun meine persönliche Lernhilfe spielt. Und dabei muss ich sowieso schon aufpassen, was meine Termine in Palo Alto angeht, denn die letzten beiden

Samstage war ich zu spät und sie haben mir gesagt, dass das so nicht geht und ich mich an die verabredete Zeit halten muss, sonst brauche ich gar nicht mehr kommen.

Vielleicht sollte ich June mal mitnehmen. Wir wollten ehrlich zueinander sein und ich fühle mich aktuell eher wie der Staatsbetrüger Nummer eins. Andererseits … ist das womöglich keine gute Idee. Gerade läuft es so gut mit uns, wer weiß, was Geständnisse dieser Art mit unserer Beziehung machen.

Abwesend streiche ich über das *A* an meinem Handballen. Manchmal ist es doch erstaunlich, dass aus den größten Fehlern etwas Gutes entstehen kann. June ist auch so ein Beispiel dafür. Trotzdem hat alles seine Grenzen. Und weil ich die heute nicht überstrapazieren will, stehe ich eine halbe Stunde später pünktlich unten im Salon.

Mein Onkel frühstückt an dem riesigen Esstisch und meine Tante sitzt neben ihm, pellt sein Frühstücksei und redet auf ihn ein. Ja, *sie* pellt *sein* Ei. Ich hoffe, mich erschießt einer, wenn ich auch mal so werde. Ehrlich.

»Guten Morgen«, gebe ich angewidert in die Runde, aber die beiden scheinen gar nicht zu bemerken, wie abgefahren sie wirklich sind.

»Guten Morgen, Parker. Das ist ja ein seltener Besuch um diese Uhrzeit.« Mein Onkel sieht nicht einmal von seiner Zeitung zu mir, sondern nur auf seine Armbanduhr. »Wie schön. Ich bin stolz auf dich.«

Sehr witzig.

Ich setze mich an den Tisch und lasse mir von Patricia das Frühstück servieren. Und weil sie das mit so viel Elan tut, hat sie dafür wirklich ein neckisches Zwinkern verdient. Sie lächelt und geht dann einen Schritt beschwingter in die Küche zurück.

»Das habe ich genau gesehen.«

Oh, jetzt legt Onkel Alexander tatsächlich die Zeitung weg. Er nimmt sogar seine Lesebrille ab.

»Was denn?«

»Lass es, Parker. Keine Zwinkerei, kein Lächeln, keine Eskapaden mehr. Wenn ich noch einmal irgendetwas in dieser Richtung mitbekomme, kannst du im Poolhaus schlafen. Das lasse ich mir nicht bieten.«

»Aber wenn sie es doch wollte? Was soll man da machen? Sie ist damals quasi auf meinen Schoß gestolpert«, provoziere ich ihn noch ein bisschen. Einfach, weil es so schön ist. Meine Tante zieht scharf die Luft ein und bekommt mein zuckersüßes Lächeln auf dem Silbertablett serviert. Ihr Gesichtsausdruck versteinert im selben Moment, in dem Onkel Alexanders flache Hand auf den Tisch kracht.

»Es reicht jetzt!« Am liebsten würde er mir vermutlich ebendiese Hand ins Gesicht klatschen, aber wir beide wissen, dass er das nie tun würde. Und weil er sich immer so krampfhaft zusammenreißt, macht es umso mehr Spaß. Ich liebe es, wenn sein Puls rast und er vor lauter Wut ganz rot wird. Dann bekommt er wenigstens mal eine Ahnung davon, wie ich mich fühle.

Ständig.

Jeden Tag.

»Ach, eins noch«, sagt er, als er sein Gesicht wieder unter Kontrolle hat. »Ich habe Mr. Hayes angerufen und ihm mitgeteilt, dass du erst wieder zu ihnen kommen wirst, wenn deine Noten sich entsprechend gebessert haben. Er lässt dich grüßen.«

»Was?! Das ist nicht dein Ernst.«

»Leider doch, Parker. Weil das anscheinend die einzige Art ist, auf die du es verstehst.«

»Aber …«

Er unterbindet mein Aufbegehren mit einer lässigen Handbewegung. »Nein. Für ein *Aber* ist es zu spät. Zeig ein bisschen Engagement und wenn ich damit zufrieden bin, dann sehen wir weiter.«

Warum lasse ich das eigentlich mit mir machen? Warum lasse ich das jedes Mal wieder zu? Warum ist mein Leben ein einziges Ringen, ein einziger Kampf?

»Ich gehe sonntags.«

»Nein, das wirst du nicht.«

Am liebsten würde ich ihn anbrüllen, dass er sich diese autoritäre Scheiße sparen kann. Dass ich mir von ihm gar nichts sagen lasse. Aber was würde das bringen?

Und diese Erkenntnis macht es eigentlich nur noch schlimmer. Wie stellen sie sich das eigentlich vor? Wie soll das laufen?

Bevor noch jemand etwas sagen kann, klopft Patricia an die Tür und kündigt Besuch an. Mein Onkel winkt sie mit einer nachlässigen Geste hinein und sie erscheint mit June an ihrer Seite. Die wirkt maximal unbehaglich und hält krampfhaft ihre Handtasche vor der Brust fest. Ihr Blick findet meinen, sie sieht sofort, dass etwas nicht stimmt.

»Guten Morgen, Mrs. Sullivan, Mr. Sullivan«, sagt sie bemüht freundlich und nickt in die Runde. Dann wendet sie sich mir zu, als hätten wir uns nicht schon still begrüßt. »Und auch Ihnen einen guten Morgen, Mr. Sullivan.«

»Morgen, Mrs. Reed«, gebe ich leise zurück, sie mustert mich weiterhin.

Verdammt. Ich muss das mit Mr. Hayes klären. Jetzt sofort. »Ähm, wenn Sie alle noch zu Ende frühstücken wollen, dann komme ich später wieder.« June deutet auf die Tür in ihrem Rücken, doch ich stehe auf.

»Nein, Mrs. Reed. Geht schon. Kommen Sie.« Ich halte mich krampfhaft davon ab, die Hand auf ihren Rücken zu legen, wie ich es sonst gemacht hätte, und gehe neben ihr her in Richtung Eingangshalle.

»Einen Moment noch, Parker«, ruft mein Onkel mich zurück. »Gehst du mit Mrs. Reed bitte in die Bibliothek? Ich komme nachher dazu und schaue mal, wie es so läuft.«

»Sicher. Was auch immer du willst.«

June schaut zwischen uns hin und her, folgt mir dann aber ohne weiteren Kommentar in die kleine Hausbibliothek.

Sie stellt ihre Tasche neben dem massiven Holztisch in der Mitte ab und zieht einen Stuhl unter der Rundung des Tisches hervor. Ich reibe mir derweil übers Gesicht, als könnte das all die Dinge vertreiben, die hier nichts verloren haben, bevor ich mich neben sie setze.

»Was ist los?« Ihr zärtlicher Blick ist fast zu viel. Er bringt Dinge in mir zum Schwingen, die ich jetzt nicht gebrauchen kann. Also drehe ich mich weg und schaue aus dem Fenster. Ich ringe mit mir, was ich ihr erzählen soll. Und was besser nicht.

»Komm schon, was ist passiert? Gestern Abend warst du noch gut drauf.« Sie streichelt zart über meinen gebeugten Rücken.

»Das hier …«, beginne ich, bevor mir klar wird, dass jeder Erklärungsversuch nur noch mehr Fragen aufwerfen wird. »Sie haben die Nachhilfe nur auf samstags gelegt, damit ich zu Hause bleiben muss. Eigentlich habe ich samstags schon einen Termin.«

»Okay?«

»Nein, das ist absolut nicht okay. Gar nichts daran. So eine Scheiße.« Es klingt viel härter als nötig. June zuckt zurück. »Ist auch egal. Ich muss mal kurz telefonieren.« Ich stehe auf und gehe ein paar Schritte vom Tisch weg, in der Hoffnung, dass sie mich nicht hört. Dann wähle ich die Nummer und bete dafür, dass jemand zu Hause ist.

Es klingelt eine halbe Ewigkeit, bis das Gespräch endlich entgegengenommen wird.

»Hayes.«

»Hallo, Mrs. Hayes. Hier ist Parker. Ähm … ich habe gerade erfahren, dass mein Onkel mich bei Ihnen entschuldigt hat.«

»Ja, in der Tat.« Ihre Stimme ist mehr als frostig. *Fuck.* »Weißt du, Parker. Dieses ganze Hin und Her, das ist uns schon länger zu viel. Vielleicht kommst du einfach erst wieder, wenn es bei dir besser läuft.«

»Nein!«, rufe ich panisch, besinne mich dann aber wieder. »Nein, ich … ich bekomme das hin. Bitte. Sind Sie sonntags zu Hause?«

Sie seufzt und scheint zu überlegen. »Moment.«

Man kann hören, dass sie das Telefon weglegt.

»Ron? Es ist Parker. Er will sonntags kommen«, zischt sie leise im Hintergrund.

»Ja, und? Lass ihn doch«, gibt die Stimme von Ronald Hayes zurück.

»Ich finde das nicht richtig. Es ist alles zu viel für sie. Wie lange soll das noch so gehen?«

»Pat, komm schon. Der Junge bemüht sich. Sei doch nicht so.«

Man hört, dass sie das Telefon wieder aufnimmt.

»Parker?«

»Ja?«

»Sonntag um zwei. Keine Sekunde später.« Damit legt sie einfach auf.

Ich hasse es so sehr, dass alles immer von irgendwem abhängt. Ständig bin ich darauf angewiesen, dass jemand es gut mit mir meint oder dass jemand sich für mich einsetzt. Es fuckt mich so ab.

Als ich mich umdrehe, steht June genau vor mir. Und ihrem Blick kann ich entnehmen, dass sie jedes einzelne Wort genau gehört hat.

»Möchtest du darüber reden?« In ihren Augen ist so ein unendliches Mitgefühl, von dem ich absolut nichts verdient habe.

»Nein. Das geht dich nichts an.«

»Komm schon. Du benimmst dich wie ein bockiges Kind«, gibt sie tadelnd zurück, aber ihr Ausdruck bleibt nachsichtig. »Versprich mir wenigstens, dass du mir sagst, wenn du Hilfe brauchst. Das ist nämlich, was man in einer Beziehung so tut, Rain. Man hilft sich und man vertraut sich.« Sie schaut mir tief in die Augen und gibt mir einen so flüchtigen Kuss, dass ich ihn kaum spüre.

»Wie kannst du das nur?« Meine Stimme gibt nicht mehr her, weil mein Herz so schwer ist.

»Was meinst du?«

»Wie kannst du so sein? Ich bin jedes Mal wieder … *ich*. Und du bleibst trotzdem da.«

June lächelt zärtlich und legt eine Hand an meine Wange. »Wir gehören zusammen. Schon vergessen? Weil wir auf einer Seite stehen, wir beide.« Bei diesen Worten bildet sich in meiner Brust ein riesiger Knoten. Weil sie so wunderbar ist und ich immer noch nicht so ehrlich bin, wie sie es verdient hätte.

Bevor ich noch etwas sagen kann, hört man Schritte auf dem Flur. June springt mit drei Sätzen an den Tisch und reißt ihr Buch aus der Tasche.

Als Onkel Alexander ein paar Wimpernschläge später die Tür öffnet, sitzen wir einträchtig da und sie erklärt mir irgendetwas über die amerikanische Unabhängigkeitserklärung.

Aber meine Gedanken sind weit weg.

Denn unter dem Tisch hält sie meine Hand ganz fest.

Wie ein Versprechen.

Weil wir zusammengehören. Wir beide.

Kapitel 24

June

Am nächsten Tag kann ich mich kaum auf das Tischgespräch bei meinen Schwiegereltern konzentrieren. Das merkwürdige Telefonat von Rain hängt mir auch heute noch nach. Die ganze Nacht habe ich im Bett gelegen und Horrorszenarien hin und her gewälzt. Und leider ist diese Sache aktuell nicht mein einziges Problem. Denn nachdem Alice von der gescheiterten Annäherung zwischen Josiah und mir erfahren hat, ist sie noch mehr von der Idee besessen, mich zu verkuppeln. Dass es mit Josiah nicht geklappt hat, schiebt sie glücklicherweise allein darauf, dass ich erst mal hier ankommen muss, und nicht darauf, dass ein verrückter Mann mit Klappmesser ihn mit dem Tod gedroht hat, wenn er mich falsch anguckt.

Leider führt das aber im Umkehrschluss dazu, dass sie mir ständig von neuen Männern erzählt und mir davon vorschwärmt, wie liebevoll und gutmütig sie doch seien und wie charmant und attraktiv. Ich bin damit beschäftigt, freundlich zu nicken und oberflächliche Nachfragen zu stellen. Ich habe ihr schon mindestens dreimal erklärt, dass ich im Moment nicht an einer festen Beziehung interessiert bin, aber sie wiegelt mich immer nur ab und sagt, dass ich meine Meinung schon ändern würde, wenn ich erst mal den Richtigen treffe. Dass ich das längst getan habe, weiß sie ja nicht. Es ist wirklich gemein, dass ich Rain nicht einfach als meinen Freund vorstellen kann.

Während sie über die Vorzüge vom Nachbarn des neuen Reverends spricht, male ich mir aus, wie ich mit Rain hier am Tisch sitzen würde. Er würde vermutlich gucken, als wäre das die schlimmste Zumutung seines Lebens. Burt und Alice würden ihn mustern, als könnten sie nicht verstehen, dass ich jemanden wie ihn an mich heranlassen kann. Wo ich doch vorher mit ihrem Sohn glücklich war, der das genaue Gegenteil von Rain ist. Dabei stimmt es gar nicht. Auch wenn ich anfangs dasselbe gedacht habe.

Eigentlich wollte ich Rain nur so sehr, weil er der Erste war, bei dem mich nichts an die Vergangenheit erinnert hat. Und jetzt sehe ich doch erstaunlich viele Parallelen. Seine Augen haben den gleichen zärtlichen Glanz, wenn er mich morgens küsst, und er ist ebenso jemand, der das Beste in mir sieht.

Er gibt mir das Gefühl, *ich* zu sein.

Seine Methoden mögen andere sein als die von Sam, aber im Ergebnis …

»Meinst du nicht, June?«, fragt Alice und bietet mir noch mehr Bohnen an. Dankend lehne ich ab und lege das Besteck beiseite. Ich hoffe, dass ich nichts Wichtiges verpasst habe.

Burt mustert mein Gesicht, bevor er seufzt und sagt: »Sie hat nur gefragt, ob du nicht irgendwann mal mit in den Gottesdienst kommst. Sie will dir Patrick vorstellen.«

Er schaut vielsagend und findet das ganze Aufheben seiner Frau vermutlich ebenso übertrieben wie ich.

»Ähm. Weißt du, Alice-«

»Sie will nicht, Alice. Und ich kann sie verstehen«, sagt Burt sanft an meiner statt.

»Aber *ich* verstehe das nicht. Du kannst nicht ewig allein bleiben, June. Eine Frau in deinem Alter ohne Mann.« Alice legt ihre Serviette auf das weiße Tischtuch und schaut mich sehr genau an. »Ich meine, du hast dich doch mit Josiah auch ein paar Mal getroffen und ihr mochtet euch.«

»Ja, schon. Aber ich bin noch nicht so weit.« *Meinen Freund gegen einen anderen auszutauschen.*

»Hörst du das, Alice? Also lass es jetzt gut sein. Du vergraulst sie nur und am Ende kommt sie wieder ewig nicht mehr her.« Burt lächelt mir zu und gibt dann noch leise hinterher: »Wir sind so froh, dass du uns jetzt jede Woche besuchen kommst, June. Wirklich. Seit du zurück bist, ist hier wieder so viel Leben im Haus. Das war nicht mehr so seit …« Mit Tränen in den Augen bricht er ab, aber ich verstehe ihn auch so.

Leider komme ich nicht zu einer Antwort, denn mein Handy klingelt. Burt deutet auf meine Tasche. »Geh ruhig ran. Vielleicht ist es wichtig.«

Ich lächle entschuldigend und nehme das Telefon aus dem Innenfach. Zu meiner Überraschung ist es Rain.

»Hey, was gibts?« Hastig stehe ich auf, damit meine Schwiegereltern nichts mithören, was mich am Ende noch in Erklärungsnot bringt.

»Sorry, dass ich anrufe. Ich wollte dich nur fragen, was du machst.« Er klingt viel zu gehetzt für eine so unbedeutende Frage.

»Ich bin bei Burt und Alice zum Essen, das weißt du doch. Können wir später sprechen? Es sei denn, es ist etwas Wichtiges, dann-«

»Nein, nein, schon gut.«

»Ist irgendetwas passiert?«

»Nein. Ich … nein.«

»Okay. Ich ruf dich nachher zurück, ja?«

»June, warte kurz! Ich … es ist vielleicht doch dringend. Ich muss heute nach Palo Alto.«

»Okay?«

»Jetzt!«, sagt er nachdrücklich und ich verstehe es immer noch nicht so richtig.

»Ja, und?«

»Ich fahre immer mit dem Bus, aber ich habe den verpasst und wenn ich heute nicht pünktlich bin, dann …« Ich höre nur noch seinen aufgeregten Atem.

»Was ist dann?«

»Bitte, June. Kannst du mich einfach nur dahinfahren?«

Kurz darauf biege ich in meine Einfahrt, in der Rain bereits auf und ab läuft.

Burt und Alice haben das erzwungene Ende ihres Mittagessens erstaunlich gut weggesteckt und sich damit zufriedengegeben, dass ich als Kinderbetreuung bei einer Freundin einspringen muss. Dumm nur, dass ich hier keine Freundin habe, geschweige denn eine mit Kindern.

Sie haben sich darauf vertrösten lassen, dass ich sie nächsten Sonntag zum Kaffee einlade, und mich dann überschwänglich verabschiedet.

Als Rain mich sieht, kommt er im Laufschritt auf den Wagen zu und reißt die Tür auf. Er steigt ein, sagt aber kein Wort, sondern schaut nur aus der Windschutzscheibe. Seine blonden Haare sind ein einziges Chaos und sein Blick ist gehetzt.

Ich mustere ihn, doch er weicht mir aus.

»Können wir bitte losfahren?«, fragt er hart, weil ich ihn immer noch anstarre.

»Ähm, nein? Könntest du mir vielleicht erst erklären, was hier los ist?«

»Bitte, June. Fahr. Jetzt. Los.«

O Gott, was ist denn in ihn gefahren? Während ich den Motor starte, schaut er auf sein Handy.

»Fuck«, flucht er und stützt den Ellenbogen auf die Türverkleidung.

»Sagst du mir bitte mal, was für ein Himmelfahrtskommando das hier ist?«

Er wirft mir einen Seitenblick zu und seufzt leise.

»Rain?«

»Ja. Ich … Können wir bitte erst hinfahren? Ich erkläre es dir danach. Es ist alles so … Es ist nicht so einfach.«

Wow, das beruhigt mich jetzt total.

Ich greife fester um das Lenkrad und versuche mich auf die Straße zu konzentrieren. Statt weiter herumzubohren, frage ich ihn nach der Adresse, aber er tippt sie selbst ins Navigationsgerät ein. Seine Beine wippen im schnellen

Takt auf und ab. Die Stimmung in diesem Auto wird sekündlich angespannter. Wie kurz vor der Explosion von etwas, das niemand hier explodieren sehen möchte. Wie die gesichtslose Vorahnung einer Katastrophe. Und obwohl es so viel zu klären gäbe, schweige ich. Auch Rain sagt die ganze Fahrt über kein einziges Wort mehr.

Nach einer weiteren halben Stunde halten wir vor einem hübschen Vorstadthäuschen mit gepflegtem Garten. Der weiße Zaun ist frisch gestrichen und die Rosen blühen immer noch, obwohl der Herbst längst vorbei ist.

Ich finde in der ganzen Straße keinen freien Parkplatz, also parke ich letztendlich in der Hauseinfahrt, direkt vor der Garage. Der Motor geht aus, doch Rain sitzt weiterhin unbeweglich neben mir.

»Es tut mir so unendlich leid, aber wartest du kurz hier? Ich bin in einer Stunde wieder zurück.« Sein Blick ist so aufgewühlt, dass ich nur mechanisch nicke. Er will aussteigen, aber ich halte ihn am Ärmel fest.

»Rain? Versprichst du mir, dass ich dieses Mal wirklich eine Erklärung bekomme?«

Er nickt, gibt mir einen flüchtigen Kuss und steigt aus. Dann geht er mit langsamen Schritten durch den Vorgarten. Ich habe selten jemanden gesehen, der so viel Unsicherheit ausgestrahlt hat wie er heute.

Wenige Sekunden später geht die Haustür auf. Eine kleine, blonde Frau steht darin. Ihr Blick ist finster, während sie auf Rain einredet. Der schiebt die Hände in die Hosentaschen und zuckt mit den Schultern. Was zur Hölle ist da bitte los?

Im nächsten Moment zeigt die Frau an Rain vorbei auf mein Auto. Er gestikuliert, sie gestikuliert und ein älterer Mann tritt im Türrahmen dazu. Im Gegensatz zu der Frau lächelt er und legt Rain eine Hand auf die Schulter. Dann deutet er ebenfalls auf mich. Rain dreht ab und kommt zum Auto zurück.

Er öffnet die Tür, sein Gesicht ist noch ausdrucksloser geworden. »Willst du mit reinkommen? Du sollst einen Kaffee trinken.«

»Was?«

»Ob du einen Kaffee trinken willst. Ich habe gesagt, dass du meine Vertrauenslehrerin bist und mich heute gefahren hast.«

Auf seinen Wink hin steige ich aus. Ich hinterfrage es gar nicht mehr, meine Verwirrung hat das Maximum erreicht. Doch gerade, als ich losgehen will, hält er mich abrupt zurück.

»June?«

»Hm?«

»Egal, was da drinnen gleich passiert. Bitte flipp nicht aus, okay? Flipp von mir aus danach im Auto aus oder zu Hause. Egal wo, aber nicht hier.«

Die Ideen davon, was mich in diesem Haus erwarten wird, überlagern sich. Trotzdem ergibt keine Version irgendwie Sinn. Einen Moment noch versuche ich in Rains Gesicht zu lesen, doch der lässt mich los, dreht sich um und stapft den kleinen Weg zurück in Richtung Haustür.

Das Innere des Hauses passt perfekt zur Fassade. Es

ist alles in hellen Farben gestrichen, sauber und ordentlich. Im Flur hängen die Jacken der Familienmitglieder sortiert auf einer Garderobe. Zwei Haken sind sogar mit Namen beschriftet, doch nur einer davon bringt meinen Herzschlag aus dem Takt.

Cassandra.

Das ist jetzt nicht sein Ernst, oder?

Als wir das Wohnzimmer erreichen, erwarten uns dort wieder die beiden, die Rain eben die Tür geöffnet haben. Der Mann kommt als Erstes auf mich zu und schüttelt meine Hand.

»Ron Hayes. Schön, dass Sie heute mitgekommen sind, Mrs. Reed«, sagt er und hält meine Hand einen Moment länger als nötig. Seine Frau drückt dagegen nur einmal kurz zu.

»Möchten Sie einen Kaffee?«

Auf mein Kopfschütteln hin bieten sie uns einen Stuhl an dem dunklen Holztisch im Essbereich an. Rains Nervosität ist kaum auszuhalten. Sein Atem geht gepresst, während er so rabiat am Saum seines Pullovers herumknibbelt, dass ich das dringende Bedürfnis verspüre, meine Hand auf seine zu legen.

Als die Stille zwischen uns allen unaushaltbar wird, steht Mrs. Hayes auf. »Ich schau mal, ob sie wach ist.«

Dann verschwindet sie in den Flur. Mein Blick geht ihr nach, wandert über die Tapeten, den Holzboden und die Möbel. Auch hier ist alles bunt, trotzdem wirkt es in seiner Gesamtheit sehr geschmackvoll. Die Wände zieren Kinderfotos von zwei kleineren und einem älteren

Mädchen. Anscheinend hat Cassandra noch zwei jüngere Schwestern.

»Parker, ich bin froh, dass du dich so bemühst. Das wollte ich dir gern noch einmal persönlich sagen. Ich weiß, dass Pat manchmal ein bisschen bissig ist, aber nimm es nicht persönlich, ja? Sie sorgt sich nur um alles«, sagt Mr. Hayes zu Rain und legt ihm wieder die Hand auf die Schulter. »Und ich bin froh, dass du deine Vergangenheit endlich angehst. Schön, dass du mit Mrs. Reed darüber gesprochen hast. Es ist niemals gut, Dinge so lange im Verborgenen zu halten.« Dann wendet er sich an mich. »Auch Ihnen möchte ich danken, dass Sie sogar Ihre Freizeit für solche Besuche hier opfern. Ich finde es bewundernswert, wenn den Lehrern heute so viel an ihren Schützlingen liegt. Und lassen Sie es sich gesagt sein - wir haben zwar unsere Differenzen, aber Parker ist ein guter Junge. Er vergisst es nur manchmal.« Nichts an diesen Sätzen klingt in meinem Kopf logisch.

Ich suche Rains Blick und finde ihn für den Bruchteil einer Sekunde, doch dann geht auch schon die Wohnzimmertür auf und Mrs. Hayes kommt wieder zurück. Auf ihrem Arm trägt sie ein kleines Mädchen.

Verdammt. Was passiert hier gerade?

Mein Herz wummert in meiner Brust, ich bekomme keine Luft mehr. Es ist, als ob mein Körper etwas wüsste, was meinem Verstand noch verborgen ist. Als würde aus der gesichtslosen Vorahnung eine mit messerscharfem Profil werden.

Ich schaue zu Rain zurück, finde auf seinem Gesicht

jedoch kein Unbehagen mehr, sondern nur ein so breites Lächeln, dass mein Herz sinkt.

Er steht wortlos auf und geht auf die beiden zu. Das kleine Mädchen auf Mrs. Hayes Arm reibt sich verschlafen die Augen. Ihre erdbeerroten Locken wippen bei jedem Schritt. Wie alt mag sie sein? Vielleicht eineinhalb? Zwei?

Sie streckt die kleinen Ärmchen nach Rain aus und der drückt sie sofort fest an sich, nachdem Mrs. Hayes sie widerwillig losgelassen hat. In dem Moment wird mir so schlecht, dass ich glaube, mich übergeben zu müssen. Die Ähnlichkeit ist frappierend.

»Ähm ja, Mrs. Reed. Das ist meine Tochter Ariel.« Rains Blick ruht schmerzhaft auf mir, ich versuche einfach nur zu atmen. Erinnerungen stürzen auf mich ein und Tränen treten in meine Augen. Ich blinzle sie weg, um den Schein zu wahren, aber sprechen kann ich nicht. Die kleine Ariel stört das wenig. Sie zeigt ständig zur Tür und sagt immer nur »Da, da« oder »Mamam«.

»Willst du mir was zeigen, Cutiepie?«, fragt Rain sanft. Sie strahlt ihn an und betatscht sein Gesicht. »Pata«, sagt sie. Als wäre es ihr größtes Glück, dass wir hier sind.

Nein, nicht wir. Er.

Er hat ein Kind.

Als sich nach und nach mein Verstand wieder einschaltet, sickern die Erkenntnisse durch wie Regenwasser.

Deshalb hängt er so an Cassandra. Es geht gar nicht um sie und ihn. Es geht um ihr Kind.

Aber warum ist das so ein riesiges Geheimnis?

Rain und Ariel sind mittlerweile in die kleine Spielecke im Wohnbereich gewechselt, er sitzt mit ihr auf dem Boden. Sie bringt ein paar Gummipferde und Bauklötze, mit denen er gestenreich und lachend immer höhere Türme für sie baut.

Auch die Bilder an der Wand ergeben mit einem Mal Sinn. Es sind nicht drei Mädchen, sondern zwei. Eine von ihnen ist heute selbst Mutter.

Unauffällig versuche ich noch einen zweiten Blick auf die heutige Cassandra zu werfen. Rain hat recht. Ich weiß zwar nicht, wie alt diese Fotos hier sind, aber sie wirkt zerbrechlich und krank.

»Tja, dass uns das mal passiert, hätten wir auch nie gedacht«, beginnt Mr. Hayes jetzt leise das Gespräch mit mir, aber schaut dabei weiter zu Rain und seiner Enkelin.

»Warum, Ron? Gottes Wege sind unergründlich. Sagst du doch selbst immer«, gibt Mrs. Hayes spöttisch dazu.

»Wie geht es Ihrer Tochter denn jetzt?«

Mrs. Hayes faltet die Hände. »Es geht. Wissen Sie, es ist nicht leicht für uns alle. Wir sind quasi über Nacht noch mal Eltern geworden. Cassandra ist-«

»Sie ist jung. Das will meine Frau damit sagen. Sie ist eigentlich gar nicht reif genug gewesen für diese Sache, aber manches ist eben ab einem gewissen Punkt nicht mehr zu ändern.« Mr. Hayes legt seine Hand auf die seiner Frau.

»Und Parker ist nun mal auch, wie er ist. Sie sehen es ja. Er ist nicht gerade die prädestinierte Vaterfigur.« Mrs. Hayes betrachtet ihn dabei abschätzig.

»Ich weiß, dass ihm die Besuche viel bedeuten. Aber Sie haben recht. Er hat es auch nicht leicht.« Es ist ein kläglicher Versuch, Rain nicht ganz so schlecht dastehen zu lassen, und es bleibt auch genau dabei. Beim Versuch. Denn Mrs. Hayes schnaubt.

»*Er* hat es nicht leicht? Er ist doch fein raus. Hat ihr das alles eingebrockt und wir haben jetzt die Arbeit.«

»Ach Pat, lass es doch mal gut sein. An einer Schwangerschaft sind immer zwei beteiligt. Das solltest du vielleicht nicht vergessen. Und zu Ihnen Mrs. Reed – ich sehe das so wie Sie. Ich finde es gut, dass er am Ball bleibt und sich bemüht. Auch wenn er an vielem in seiner Vergangenheit selbst Schuld trägt, man kann ihm nicht vorwerfen, dass er sich nicht kümmert.« Er lächelt mir wohlwollend zu und zieht dann warnend die Augenbrauen hoch, als sein Blick im Anschluss den seiner Frau trifft.

»Wir haben es so ausgemacht, dass er jedes Wochenende eine Stunde herkommen kann, um sie zu sehen. Am Anfang hat er die meisten Termine ausfallen lassen. Aber mit der Zeit kam er immer regelmäßiger. Und jetzt freut sich die Kleine jedes Mal richtig auf ihn.«

Kurz erhasche ich Rains Blick, sehe die Unsicherheit, mit der er mein Gesicht mustert. Keine Ahnung, welchen Eindruck ich auf ihn mache. Alles in mir ist nur noch ein riesengroßes Durcheinander.

Bevor ich weitere Blicke mit ihm austauschen kann, nimmt Ariel ihn wieder in Beschlag, indem sie ein dickes Bilderbuch bringt. Sie kuschelt sich auf seinen Schoß, er legt die Arme um sie und sein Kinn auf ihren Kopf. Dann beginnt er leise zu lesen.

»Wollen Sie vielleicht doch einen Kaffee, Mrs. Reed? Das wird wohl noch etwas dauern.«

Als wir uns später verabschieden, begleiten uns Mr. und Mrs. Hayes gemeinsam mit Ariel zur Tür. Sie winkt uns selbst dann noch, als wir längst im Auto sitzen.

Es ist bezeichnend, wie sie Rain ähnelt. Er winkt ihr ebenfalls mit einem breiten Lächeln, das immer mehr in sich zusammenfällt, je weiter der Wagen aus der Einfahrt rollt.

Als wir auf die Hauptstraße abbiegen, atmet er schließlich durch und legt sein Gesicht in seinen Händen ab. Die Resignation, die von ihm ausgeht, ist kaum auszuhalten.

Trotzdem sagt niemand von uns etwas.

Nicht an der ersten Kreuzung und nicht an der zweiten.

Irgendwann kann ich die Anspannung nicht mehr ertragen. Also fahre ich in die nächstbeste Parklücke und schalte den Motor aus. Das Radio verstummt. Alles verstummt. Die Stille ist ohrenbetäubend.

Nach quälend langen Sekunden holt Rain tief Luft. »Es tut mir so leid, June.«

»Du hast eine Tochter.«

Er lächelt leicht. Es lässt alle Anspannung von seinem Gesicht abfallen. Er ist so schön, wenn da dieser Glanz in seinen Augen ist. Keine Ahnung, ob ihm das jemals jemand gesagt hat.

»Unglaublich, oder?«

»Mehr als unglaublich. Warum hast du das nie erwähnt?«

»Weißt du, manchmal lässt eine kleine Sache etwas Großes völlig aus den Fugen geraten.«

»Das ist keine Erklärung.«

»Ich weiß.« Er atmet erneut durch und nimmt meine Hand in seine. »Als Cass mir damals gesagt hat, dass sie schwanger ist, war es wie das Ende der Welt für mich. Ich war so unfassbar wütend auf sie. Dabei konnte sie ja auch nichts dazu. Sie meinte immer, dass sie die Pille nimmt und ich war dumm genug, mich darauf zu verlassen. Dass die nicht wirkt, wenn man sie ständig auskotzt, hat leider keiner von uns bedacht. Sie war völlig außer sich, hat geschrien und getobt. Sie wollte, dass ich Geld für eine Abtreibung besorge.«

»Was?«

»Sie war damals nicht mal sechzehn. Keine Ahnung, was passiert wäre, wenn ihre Eltern mich dafür angezeigt hätten. Ich hatte eine Scheißangst. Ich habe es nicht gemacht. Geld besorgt, meine ich. Ich konnte nicht. Sie ist völlig ausgeflippt und hat mir vorgeworfen, dass ich ihr Leben zerstören würde. Dass alles nur meine Schuld ist.«

»O Gott, Rain. Verdammt noch mal.«

»Irgendwann musste sie es ihren Eltern dann sagen. Danach haben wir uns eine Weile nicht gesehen. Es war furchtbar, June.«

»Was ist dann passiert?«

Während ich auf seine Antwort warte, lehne ich meine Schläfe an seine Schulter. Weil er wissen soll, dass ich da bin. Egal, wie groß der Schock ist.

»Eigentlich sollte Ariel zur Adoption freigegeben werden. Sie wollten sie einfach weggeben. Das war auch die Zeit, als Cass das erste Mal … als sie …« Er wischt über seine Augen. Der Schmerz, der von ihm abstrahlt, ist so überwältigend, dass sich auch in meinen Augen Tränen sammeln. »Letzten Endes musste sie die Zeit bis zur Geburt in einer Klinik verbringen, weil alle Angst hatten, dass sie es noch einmal versucht. Wir haben uns ab und an gesehen, weil sie mich bei sich haben wollte. Die Pfleger haben eingewilligt, damit sie sich nicht ständig so aufregt. Als Ariel geboren wurde …« Er atmet unter Tränen durch. »Es war verrückt, völlig unglaublich. Ich hatte sie auf dem Arm und sie war so klein. Du kannst dir nicht vorstellen, *wie* klein sie war.«

»Du warst dabei?«

»Cass sollte sich eine vertraute Person aussuchen und sie wollte mich. Ich hatte absolut keine Ahnung, was da auf mich zukommt. Es war die heftigste Erfahrung meines Lebens, June, ehrlich. Ich weiß nicht, wie man solche Schmerzen aushalten kann. Aber sie hat das einfach so durchgezogen. Und dann … Es hat sich für einen winzigen Moment angefühlt, als könnten wir doch eine richtige Familie werden, weißt du? Ich habe mich die ganze Zeit an diesen dämlichen Gedanken geklammert, dass sie zur Besinnung kommt, wenn sie erst versteht, welche Verantwortung sie als Mutter hat. Dass sie doch noch merkt, wie viel Stärke in ihr steckt. So ein Schwachsinn.«

Sein Blick versinkt in meinem, wird mit jedem Herzschlag tiefer. Ich bin unfähig zu sprechen.

»Es tut mir so leid, June. Es ist nur … niemand weiß davon. Ich habe es niemals jemandem erzählt. Nicht mal meine Eltern wissen, dass ich ein Kind habe. Nur mein Onkel und meine Tante haben es mitbekommen und die würden es niemals verraten, weil es für sie nichts als ein weiterer Makel an mir ist.«

»Nichts daran ist ein Makel. Absolut gar nichts.«

»Weißt du, was das Schlimmste ist? Dass du mich jetzt ebenfalls dafür hassen wirst.«

»Rain.«

»Wie könntest du mich nicht dafür hassen, dass ich dir das verschwiegen habe? *Ich* hasse mich dafür.«

Sanft drehe ich sein Gesicht zu mir. Keine Mauern, keine Grenzen. Da ist nur noch er.

»Sie sieht dir so ähnlich.« Meine Finger streicheln weiter von seiner Wange zu seinem Kinn. »Du hast deine Vergangenheit und ich habe meine. Ein Schritt nach dem nächsten. Danke, dass ich heute mitkommen durfte.«

Er schließt die Augen. Als würde er sich vor all den Wahrheiten verstecken wollen. Weil sie zwar wichtig, aber auch unendlich viel schmerzhafter sind als die Lügen vorher.

»Darf ich dich noch eine letzte Sache fragen, Rain?«

Er nickt.

»Ich würde gern wissen, warum Ariel trotzdem bei Mr. und Mrs. Hayes lebt.«

»Als sie auf der Welt war, da konnte Cass es nicht mehr. Schon im Kreißsaal hat sie gesagt, dass sie ihr Kind nicht weggeben will. Auch darum gab es Streit. Aber da sie so instabil war, haben sie das Baby behalten. Es ist trotzdem schwierig mit ihr. Sie glaubt, dass Ariel der Grund all ihrer Probleme ist, aber das stimmt nicht. Ariel ist ein Kind, sie kann ja nichts für den Scheiß hier.« Er fährt sich durch die Haare und öffnet dann die Tür. »Ich geh mal eine rauchen. Ich …« Seine Stimme versagt und ehe ich etwas erwidern kann, steigt er aus, zündet vor dem Auto eine Zigarette an und setzt sich auf die Motorhaube. Ich lasse ihm einen Moment, bevor ich ebenfalls aussteige.

Über unser Schweigen ist nur das Knistern des Zigarettenpapiers zu hören, das sich mit dem Geräusch der fahrenden Autos vom fernen Highway mischt.

»Kannst du mich noch so ansehen, wie du es vorher gemacht hast?« Sein Blick trifft mich mitten ins Herz. Ich stoße mich von der Motorhaube ab und stelle mich zwischen seine Beine. Lasse zu, dass er die Arme um mich schlingt und mich ganz fest hält.

»Warum sollte ich nicht? Du bist kein anderer Mann als heute Morgen. Vielleicht gefällst du mir jetzt sogar besser.«

»Warum?« Er lacht erstickt und küsst meine Stirn.

»Weil ich jetzt weiß, dass dein Herz nicht nur ein alter, verschrumpelter Klotz ist.«

Er atmet ein weiteres Mal schwer durch, sagt aber nichts.

»Ich meine es ernst, Rain. Es war schön, dich heute so zu sehen. Du sahst glücklich aus. Du liebst sie sehr, oder?«

»Sollten Eltern das nicht? Glaub mir, ich weiß, wie es ist, wenn man sich nicht geliebt fühlt. Ich will, dass sie das niemals erfahren muss. Das Schlimmste daran ist, dass sie nicht einmal weiß, wer ich bin.«

»Ach, Rain.«

»Vielleicht irgendwann.«

»Ich bin mir sicher.«

Er nickt schlicht. »Komm, wir fahren nach Hause. Es reicht für einen Tag.«

Die ganze Fahrt über wälze ich meine Gedanken hin und her. Heute hat sich unfreiwillig Rains größtes Geheimnis gelüftet und es ärgert mich, dass er mit einer Sache doch recht hatte. Denn obwohl ich es nicht will, sehe ich ihn anders als vorher.

Nicht schlechter, aber definitiv anders.

Kapitel 25

Rain

June und mich verbindet dann ab jetzt wohl mehr, als mir lieb ist. Aber heute nicht bei den Hayes aufzutauchen, wäre noch viel schlimmer gewesen. Und June hat erstaunlich entspannt reagiert. Eigentlich habe ich damit gerechnet, dass sie völlig kopflos wird und mich stehen lässt. Denn das ist, was ich an ihrer Stelle getan hätte. Aber zum Glück bin ich der mit dem Geheimnis und June die mit dem Verständnis und dem großen Herzen.

Allerdings habe ich bei meinem kleinen Geständnis im Auto den schlimmsten Teil der Geschichte ausgelassen und das sollte besser auch für immer so bleiben. Denn das eigentliche Problem an der ganzen Sache ist leider etwas, für das auch das größte Verständnis nicht ausreichen wird.

Ich drücke meine Zigarette aus und puste den letzten Rauch in die frische Abendluft. June steht in der hell erleuchteten Küche und schneidet eine Paprika. Sie ist so in ihre Gedanken vertieft, dass sie nicht einmal bemerkt, wie ich ins Haus zurückkomme und hinter sie trete.

Als sie meinen Körper an ihrem spürt, schmiegt sie sich

mit dem Rücken gegen mich.

»Wenn du Hunger hast, dann solltest du mich jetzt lieber diese Quiche backen lassen«, murmelt sie, schließt aber trotzdem genießerisch die Augen und lässt meine Küsse zu.

»Hm-mh. Vielleicht habe ich ja Hunger auf etwas ganz anderes.« Es klingt dunkel und verlangend und nach all den Dingen, die ich jetzt lieber mit ihr tun würde, als zu grübeln.

June bekommt eine Gänsehaut. Sie zieht sich von ihrem zarten Nacken bis hinunter in den Ausschnitt ihres Kleides.

Wie auf Knopfdruck sinkt ihr Kopf gegen meine Schulter und ihre Hände suchen Halt an der Arbeitsplatte. Ich beiße sanft in ihr Ohrläppchen und könnte in den kleinen Geräuschen baden, die sie dabei macht.

Einen Moment später sind es nicht mehr ihre Hände, die auf der Arbeitsplatte liegen, sondern ihr Hintern. Perfekte Höhe. Findet June wohl auch, denn sie stützt sich nach hinten auf die Handballen ab und schaut mich mit einem solchen Feuer in den Augen an, dass meine Haut davon prickelt. Ich bin so von ihrem Anblick gefangen, dass ich ein paar Anläufe brauche, um meine Hosenknöpfe zu öffnen. Junes Augen werden groß, ihr Atem beschleunigt sich. Dann schlingt sie in einer fließenden Bewegung die Beine um meine Hüfte. Die rote Haarflut ergießt sich über ihre Schultern und ihren Rücken wie flüssiges Feuer. Es steht ihrem Blick in nichts nach. Der ist mittlerweile so unverschämt gierig geworden, dass

Adrenalin durch meine Adern pumpt.

Genau so und nicht anders.

Ich zerre sie an den Rand der Arbeitsplatte und kralle meine Hand in ihr Haar. Die andere schiebt den Saum des Kleids hoch und das Höschen zur Seite. Während meine Finger in ihr versinken, schließt sie die Augen. Ihr Stöhnen ist das beste Geräusch auf dieser Welt.

»So perfekt und so bereit für mich. Gefällt dir das etwa?« frage ich leise, erwarte aber nicht wirklich eine Antwort. Ich bekomme nie eine, egal, wie sehr ich sie reize. Auch heute wirft sie nur den Kopf in den Nacken und stöhnt lauter. Weil ihr das hier tatsächlich gefällt. Und weil sie sich immer noch viel zu sehr dafür schämt, dass es so ist. Mein Handballen reibt immer fester über ihre Haut. Es ist genau die Intensität, die sie mag.

»Ich weiß nicht, ob ich so weitermachen kann, June. Meinst du nicht, ich sollte mich vergewissern, dass du das hier genauso willst wie ich? Vielleicht ist dein Schweigen ja eine stille Ablehnung.« Mit jedem Wort ziehe ich mich ein bisschen mehr zurück, necke sie, treibe sie weiter und kann ihren Ärger beinahe körperlich spüren. Sie brodelt. Vor Verlangen. Und vor Wut, weil sie nicht bekommt, was sie will.

»Nicht, dass wir uns missverstehen, June. Das wäre doch mehr als ärgerlich.« Je weiter ich die Finger zurückziehe, desto mehr kommt sie mir mit der Hüfte hinterher. Ein tiefes Grollen gleitet über ihre Lippen. Aus halbgeschlossenen Lidern schaut sie mich von unten herauf an. Es ist ein Anblick, für den ich töten würde.

»Dabei bist du doch sonst so gut darin, Anweisungen zu geben. Gott, ich liebe, wie herrisch deine Stimme klingt, wenn du Strafarbeiten verteilst. Weißt du, wie viel Selbstbeherrschung mich das kostet? Jeden Tag wieder in dieser Klasse zu sitzen und zu wissen, wie hart ich dich kommen lassen kann, wenn wir allein sind?«

Wieder nur dieses Knurren. Ihr ganzer Körper windet sich unter der hauchzarten Berührung. Sie will mehr. Ihre Finger schlingen sich um mein Handgelenk. Sie zerrt daran, doch ich halte gegen.

»Sei nicht so ungeduldig.«

»Mein Gott, Rain … bitte …«

»Wenn du sehen könntest, wie dein Hintern aussieht, wenn du dich an der Tafel streckst. Manchmal stelle ich mir vor, dass ich hinter dir stehen würde. Dass wir allein in deinem Klassenzimmer wären, June. Ich stelle mir vor, wie ich vor dir knie. Wie ich diesen Rock hochschiebe. Wie du-«

»Verdammt, hör endlich auf zu reden und fick mich einfach.« Die gehauchten Worte schweben so plötzlich zwischen uns, dass sich Junes Wangen sofort dunkel verfärben. Als wüsste sie nicht, dass mich das nur noch härter macht. Meine Lippen sinken auf ihre, ihr unterdrücktes Stöhnen bringt mich um den Verstand.

»Es hört sich so falsch an«, keucht sie.

»*Fühlt* es sich auch falsch an?« Ich lasse die Fingerspitzen über die Innenseiten ihrer Schenkel gleiten, dann sind sie wieder in ihr. In einem tiefen, langsamen Rhythmus. »Fühlt sich das hier für dich falsch an?«

Sie stöhnt. »Nein. Das … Oh, verdammt.«

»So?«

»Genau so.« Sie hält sich an meinem Unterarm fest und drängt sich immer fester gegen meine Finger. Und verflucht, sie sieht dabei so heiß aus. Wie eine antike Göttin, mit diesem Kleid, das um ihre Mitte wallt, und dieser perfekten, weißen Haut. Mit diesen vielen hinreißend geschwungenen Kurven.

»Fester.« Es ist nicht mehr als ein Wispern. »Bitte, fester.«

Ihr Flehen schießt mir ins Blut. Keine Ahnung, ob sie ahnt, wie sehr sie mich wirklich bei den Eiern hat.

»Hast du ein Kondom hier irgendwo?«

Sie hält inne, öffnet die Augen und schüttelt vorsichtig den Kopf. »Brauchen wir eigentlich nicht.« Das heiße Begehren in ihrem Blick ist einem liebevollen Schimmer gewichen.

»Ähm … ich denke doch.« Meine Stimme ist nicht liebevoll, sie klingt einfach nur panisch.

June seufzt. Dann richtet sie sich ein Stück auf, rückt ihren Slip zurecht und bleibt zusammengesunken auf der Arbeitsfläche sitzen. Irgendetwas an diesem Anblick gefällt mir absolut gar nicht.

»Was ist los, Prinzessin?«

»Du brauchst dir keine Sorgen zu machen. Ich kann nicht schwanger werden. Wenn du also nicht gerade irgendwelche fiesen Krankheiten hast, gibts in der Hinsicht keine Probleme.«

Und mir fällt absolut keine Erwiderung ein. Die Stille ist drückend und meine Gedanken rasen. Ich meine, was soll mir das jetzt bitte sagen?

Als ich betreten beiseite schaue, hüpft June von der Arbeitsplatte und geht von mir weg.

»Es tut mir leid, June. Ich wollte nicht … Könntest du das vielleicht ausführen?«

»Was ist daran so schwer zu verstehen?«

»Nichts, ich versteh es schon. Aber so, wie du es sagst, klingt es nicht, als wäre es eine freiwillige Entscheidung.«

Ich trete zu ihr heran, nehme ihre Hand und ziehe sie in meinen Arm. Sie presst sich für einen Herzschlag lang stocksteif an meine Brust, doch dann beginnt sie leise zu schluchzen.

»Es tut mir leid.«

Sie so zu sehen, ist eine neue Form von Schmerz. Eine, die sich direkt in meinem Herzen festfrisst.

»Jetzt habe ich die Stimmung zerstört.«

»Ist okay, Prinzessin. Ich muss es nicht wissen. Wirklich nicht.«

»Doch. Wir wollten ehrlich sein und ich … Ich war einmal schwanger, weißt du. Als ich dich heute mit Ariel gesehen habe, da …« Sie schließt gequält die Augen. Es ist schrecklich, dabei zuzusehen.

»June.«

»Ich habe es verloren. Wir wollten damals unbedingt ein Haus hier kaufen, weil wir ein Baby bekommen hätten. Es hat so lange nicht geklappt. Wir waren überglücklich.«

Ich streiche sanft die Strähnen an ihrem Hinterkopf nach, küsse immer wieder ihren Scheitel und versuche, einfach zuzuhören. Aber jedes Mal, wenn sie über ihren

Mann spricht, ballt sich etwas in mir zusammen, das so ekelhaft ist, dass ich mich vor mir selbst grusle. Wird sie mich jemals so lieben wie ihn? Wird es mit uns jemals so sein wie das, was sie mit ihm hatte?

»Als Sam gestorben ist, da … hatte ich einen Schock und … als ich das nächste Mal beim Arzt war, da … da waren keine Herztöne mehr. Er war weg und unser Kind auch.«

»O Gott, June. Es tut mir so leid.«

Und als hätten diese Worte eine innere Schleuse geöffnet, beginnt sie hemmungslos zu weinen. Ich wünschte, ich könnte besser mit der Situation umgehen. Aber ich stehe nur hier, halte sie im Arm und weiß nicht, was ich tun soll. Weil es so schrecklich wehtut. Weil es mich überfordert.

»Es gab Komplikationen. Danach haben die Ärzte gesagt, dass ich keine Kinder mehr bekommen kann.« Mit verquollenen Augen schaut sie zu mir hoch. »Es tut mir leid.«

»Was? Was tut dir denn leid? Du kannst nichts dafür.« Ich streichle ihre Tränen weg. »Manchmal geschehen doch Wunder. Du bist ohnehin schon eins, June. Wer weiß? Vielleicht irgendwann?« Es ist der klägliche Versuch, wenigstens irgendetwas Hoffnungsvolles zu sagen. Doch Junes Blick wird hart.

»Mit niemals meinte ich niemals.«

»Aber-«

»Nein, Rain. Endgültig. Wenn man keine Gebärmutter mehr hat, ist es schlecht mit Kinderkriegen.« Sie schlägt zornig meine Hand weg und verlässt mit langen Schritten den Wohnbereich. Dann knallt eine Tür. Das erste Mal, seit wir uns kennen, ist June die, die vor einem Konflikt wegläuft.

Und so gern ich sie auch trösten würde, jetzt hinter ihr herzugehen, ist vielleicht nicht die klügste Alternative. Also lasse ich ihr ein paar Minuten und kümmere mich in der Zwischenzeit um unser Essen. Doch statt mich auf die Anweisungen des Rezepts zu konzentrieren, werden meine Gedanken mit jedem Handgriff nur immer konfuser.

Als diese Quiche im Ofen ist und hoffentlich irgendwann essbar wieder herauskommt, mache ich mich auf die Suche nach June.

In ihrem Schlafzimmer finde ich sie. Wie sie quer über dem Bett liegt und die Decke anstarrt. Sie schaut nicht einmal auf, als ich mich neben sie lege. Mein Arm sinkt auf ihren Bauch und meine Stirn an ihre Schulter. Sagen tue ich lieber nichts. Sie streichelt seufzend meine Hand.

»Das A ist für sie, oder?«, fragt sie leise und fährt über meinen Handballen.

»Ja, ist es.«

»Es tut mir leid, Rain. Ich hätte nicht so ausflippen dürfen. Du kannst ja nichts dafür«, sagt sie geschlagen und wischt sich die Augen trocken.

»Doch, darfst du. Darfst du immer. Ich reagiere vielleicht nicht sofort angemessen darauf, aber ich bemühe mich. Ich verspreche es dir.«

Sie stützt sich auf einen Ellenbogen, schaut mich aus

traurigen Augen an und im nächsten Moment liegen ihre Lippen auf meinen. Hart und verlangend, beinahe verzweifelt. So, als könnte sie damit all die schlimmen Erinnerungen abschütteln. Meine Hände fahren in ihren Nacken und halten ihr Haar zurück. Als sie ein Bein über mich schwingt und auf meinem Schoß sitzenbleibt, wandert meine andere Hand an ihre Hüfte. An diese weiche, wunderbare Hüfte von dieser weichen, wunderbaren Frau. Sie öffnet zittrig die Hosenknöpfe und im nächsten Moment bin ich in ihr.

Es reicht nicht.

Es ist nicht eng genug für das, was heute zwischen uns ruht. Also richte ich mich auf, dringe noch tiefer, halte noch fester und küsse noch intensiver. Weil sie das hier ebenso braucht wie ich.

Ich spüre sie so nah, dass ich mir irgendwann nicht mehr sicher bin, was endet und was anfängt. Sie ist überall. Überdeutlich auf meiner Haut und in meiner Seele.

»Ich liebe dich, June. Ich liebe dich so sehr.« Auf eine Weise, wie ich noch niemals jemanden geliebt habe. So lange schon, dass es sich wie eine Erlösung anfühlt, es endlich auszusprechen.

Wie zu erwarten war, ist die Quiche verbrannt. Scheiß auf die Quiche. June bestellt uns Pizza und zeigt mir dann noch die Einladungskarte für die Hochzeit ihrer Cousine in San Francisco.

»Ich habe mich bisher nicht getraut … Nein, das klingt falsch. Also ich fand bisher die Idee nicht so gut, dich zu fragen, ob du mitkommst. Aber … vielleicht hast du Lust? Wir fahren Freitag hin und ich bringe dich Sonntag direkt zu Ariel.« Sie lächelt so hoffnungsvoll, dass ich tatsächlich überlege, mitzufahren. Aber dann wird mir klar, dass das bedeuten würde, dass ich ihre Familie kennenlerne. All die Menschen, für die sie nicht June ist, sondern June *Reed*. *Seine* Frau. Sie werden uns sehen und in der Luft zerfetzen. Es ist eine Prüfung, die ich nicht antreten will, weil ich sicher bin, dass ich sie nicht bestehen werde. Das kann ich ihr nicht antun. Ihr nicht und mir nicht.

»June, ich bin mir nicht sicher …«

»Ja, habe ich mir gedacht. Ist kein Problem. Ich wollte es dir nur nicht verschweigen.« Sie lächelt weiterhin, aber in ihren Augen sieht man die Enttäuschung.

Den Rest des Abends lasse ich sie mit einer Tafel Schokolade und irgendeiner Arztserie auf dem Sofa zurück, weil ich mit Knight und Rebel verabredet bin. Am liebsten wäre ich gar nicht gegangen, aber ich habe die beiden in der letzten Zeit so oft versetzt, dass es auffällig wird.

Und das Schlimmste daran: Es ist mir scheißegal, wenn ich dafür das hier bekomme.

»Da bist du ja. Was treibst du bitte die ganze Zeit, dass du nicht ans Handy gehst und jetzt so dämlich grinst?«, ruft Knight mir vom Ende der Rampe entgegen, auf der die beiden im Halbdunkel der Straßenbeleuchtung sitzen. Rebel schaut nur verkniffen, sagt aber nichts.

Ich lasse mich zufrieden seufzend neben sie fallen. »Entspannt euch. Manchmal läufts eben gut.«

»Scheiße, nein. Bei dir läufts nie gut.« Knight rammt mir seinen Ellenbogen in die Rippen.

»Au!«

»Rück schon raus. Wo hast du gesteckt? Wir warten seit einer Stunde.«

»Gott, macht euch doch mal locker. Ich war unterwegs. Ist ja nicht so, als hättet ihr mit irgendwas auf mich gewartet.« Ich deute auf den Joint in Rebels Hand.

»Wer zu spät kommt«, sagt er und zuckt mit den Schultern.

»Oh, ich finde, ich bin genau richtig gekommen.«

»Ehhh«, macht Knight mit verzogenem Gesicht.

Danke, Mann. Selber.

»Ach ja? Und wirst du uns nach dieser erhebenden Information noch gnädigerweise verraten, seit wann du heimlich mit irgendwelchen Frauen vögelst und uns dafür hängen lässt?« Rebel klingt richtig angefressen, aber das kann ich jetzt auch nicht ändern.

»Wenn du so fragst: Nein, werde ich nicht. Erzählt lieber mal, was bei euch so abgeht.«

Knight lässt sich auf den Rücken fallen. »Ich muss gleich noch arbeiten und weiß gar nicht, was ich morgen einschmeißen soll, damit ich den Unterricht nicht verpenne.«

»Wow. Großartige Aussichten, Knight. Ehrlich. Weißt du was? Am besten gar nichts.« Mir ist selbst klar, wie heuchlerisch das aus meinem Mund klingt. Dabei ist es die Wahrheit. Knight schaut, als würde er genau dasselbe denken. »Wie willst du deinen Abschluss schaffen und aus der Scheiße zu Hause rauskommen, wenn du dir ständig das Hirn so wegballerst?«

Knight hält noch für einen Moment meinen Blick, macht dann aber eine wegwerfende Handbewegung.

Unfassbar.

»Rebel, sag doch mal was, bitte.«

Aber der zuckt nur mit den Schultern. »Lass ihn doch machen, wenn er meint, dass er's braucht. Ist schließlich nicht dein Ding.«

»Doch, Mann. Das ist mein Ding. Und deins auch. Sind wir Freunde, oder was? Willst du zusehen, wie er wieder alles gegen die Wand fährt?«

»War sonst eigentlich immer deine Aufgabe. Ich frage mich, was da passiert ist?« Rebels Blick ist so forschend, dass ich irgendwann wegsehe, um eine Zigarette anzuzünden. Es ärgert mich, dass Knight schon wieder so nachlässig mit diesen Scheißdrogen ist, und es ärgert mich, dass Rebel heute wieder so … Rebel ist. Und am meisten ärgert mich, dass es mich nicht schon viel früher geärgert hat.

Das Handy in meiner Hosentasche vibriert. Es ist eine Nachricht von June.

Sorry wegen der Hochzeit. Ich wollte dich nicht überrumpeln. Aber es wäre eine Chance, einmal alle sehen zu lassen, dass wir ein Paar sind. Es war eine kindische Idee. Ich hoffe, du bist nicht sauer.

Als könnte ich auf sie sauer sein.

Niemals, Prinzessin.

Sie tippt: *Gott sei Dank.*

Ich tippe ebenfalls: *Schick mir trotzdem was, um es wiedergutzumachen.*

Doch anstatt zu antworten, ist sie offline.

Mit einem breiten Grinsen stecke ich das Handy weg und sehe gradewegs in zwei Augenpaare, die mich argwöhnisch mustern.

Knight zeigt mit einer sehr präzisen Geste auf mein Gesicht. »Und jetzt erzähl mir noch mal einer, dass das da normal ist.«

Mein Handy vibriert erneut und ich wende mich ab. Doch ehe ich sehen kann, was June geantwortet hat, springt Knight auf mich zu und nimmt mir das Telefon ab.

»Hey, was soll das? Gib das zurück.«

Knight entsperrt den Bildschirm und bekommt große Augen. »Fuck, ich wusste es.«

Ich komme auf die Füße und greife nach dem Handy, aber da hat er es schon an Rebel weitergereicht.

»Mann, lasst den Mist. Das ist privat.«

»Fuck!«, macht auch Rebel gedehnt. »Auf der anderen Seite – nicht schlecht.« Mit einem süffisanten Grinsen gibt er mir mein Handy zurück.

Eigentlich kann ich mir bei den Gesichtern den Blick aufs Display sparen. *June, seit wann bist du so?* Auf dem Bildschirm prangt ein Foto von ihren Brüsten. Nackt. Man erkennt zwar das Gesicht nicht, aber die Haare machen es eindeutig.

Scheiße.

»Das habt ihr nicht gesehen.«

Knight lacht. »Oh, doch. Haben wir. Sehr genau. Selten so schöne Titten geschickt bekommen.«

»Vorsicht, was du sagst. Wenn du das morgen auch nur mit einem Wort erwähnst, schicke ich dir die Drogenfahndung.«

»Seit wann läuft das denn bitte?«, wirft Rebel von der Seite ein.

»Hat nie aufgehört. Nicht wirklich.«

»Dir ist schon klar, dass du dich damit gerade richtig in die Scheiße reitest, oder?«

»Ach, da werdet ihr beiden auf einmal fürsorglich? Wenn Knight sich das Hirn mit irgendwelchem Scheiß zerstört, ist es okay und wenn ich mich verliebt habe, ist das Grund zur Sorge? Kommt das nur mir komisch vor?«

»Verarsch mich nicht. Hast du gerade *verliebt* gesagt?« Knight lacht so laut, dass es als Echo von den Stahlwänden der Industriehallen zurückkommt. Ich winde mich ein bisschen, aber ja, Fuck, was solls.

»Na und.«

»Na und?«

»Ja. Na und. Es ist eben anders zwischen uns.«

»Anders?«, fragt er ungläubig.

»Ja, anders. Sie ist … ich mag sie halt. Sie bedeutet mir was.«

Und weil es Knight anscheinend die Sprache verschlagen hat, steigt Rebel wieder ein. »Schön und gut, trotzdem halte ich das für eine absolute Scheißidee.«

»Mann, Rebel …«

Aber er lässt sich nicht unterbrechen. »Wie alt ist die

eigentlich? Ich meine, erst Cassandra und jetzt das?«

»Was ist bitte euer Problem mit ihr?«

»Ich will nur nicht, dass du dir diesmal statt der Finger gleich die ganze Hand verbrennst.«

»Glaubst du, dass ich dämlich bin? Natürlich sind wir vorsichtig. Wenn das rauskommt, haben wir ein riesiges Problem.«

»Dann hoffen wir mal, dass das nicht passiert.«

Nach einem weiteren vernichtenden Blickwechsel starren wir alle drei in die Ferne. Es herrscht eine Totenstille auf dem gesamten Platz. Zumindest so lange, bis Knight anfängt, in seiner Tasche zu wühlen und einen Joint herauskramt. Ich beobachte ihn dabei. Wie er das Feuerzeug sucht, das Ding zwischen die Lippen klemmt und schließlich den ersten Zug nimmt.

»Du musst das in den Griff kriegen, Knight«, sage ich irgendwann. »Ich weiß, dass es im Moment scheiße läuft, aber ich will nicht, dass du …«

Für das, was ich eigentlich ausdrücken will, finde ich keine Worte. Weil wir noch nie darüber gesprochen haben. Über all die Ängste und Gefühle, die da in uns sind.

Vielleicht ist es Zeit, endlich damit anzufangen.

Rebel seufzt. Er betrachtet Knight mit einem ähnlich nachdenklichen Blick. »So ungern ich es zugebe, aber Rain hat recht.« Er streckt die Hand aus. »Gib mir die Pillen, Knight.«

Der schüttelt den Kopf. »Hab nichts dabei.«

»Verarsch mich nicht.«

Selbst im Halbdunkel sieht man, dass Knights Ausdruck mit jeder Sekunde nervöser wird. »Warum? Ist meine Sache. Habt ihr doch gerade noch gesagt.«

»Ja, und jetzt habe ich meine Meinung geändert und sage dir, dass es lange genug deine Sache war. Wenn Rain dadurch ruhiger schlafen kann, dann klären wir das heute.«

Knight schüttelt den Kopf. Rebel seufzt schon wieder. Als wäre das hier alles eine Zumutung für ihn. Wir, dieses ganze Leben. Und vielleicht ist es das.

»Gib mir jetzt die Pillen. Behalt von mir aus das Gras.«

»Nein.«

»Rück sie raus oder ich hole sie mir. Deine Wahl.«

Sie wechseln einen Blick, dann holt Knight tatsächlich ein durchsichtiges Beutelchen mit Tabletten aus der Tasche. Rebel steckt sie ein, ohne eine Miene zu verziehen.

»Danke, Mann. Und mach dir gar nicht erst die Mühe, neue zu besorgen. Ich behalte dich im Auge.«

»Fick dich selbst«, gibt Knight beleidigt zurück.

»Wird mir ein Vergnügen sein. Ich hab schließlich keinen Rotschopf in meinem Bett, der mir zur Hand geht. Trägt sie diese hässlichen Kostüme eigentlich auch zum Vögeln, Rain?«

Knight schlägt die Hände vors Gesicht. »Bitte beantworte das nicht. Davon werde ich mich sonst nie erholen. Ich muss sowieso in jeder Unterrichtsstunde daran denken, was sie mit dir getrieben hat. Es ist gut und grausam zugleich.«

Und obwohl er darauf eine saftige Antwort verdient hätte, gebe ich ihm keine. Weil es mir wieder einmal deutlich macht, wie verfahren das alles ist.

Und in diesem Moment fasse ich einen Entschluss: Ich werde mit ihr zu dieser elenden Hochzeit fahren. Denn das wird vielleicht das einzige Stück Normalität sein, das wir auf absehbare Zeit bekommen. Es tut mir leid für sie, denn sie hat so viel mehr verdient. Und es tut mir leid für mich, dass ich schon wieder in so einer komischen Beziehung drinstecke.

Liebe hin oder her.

Kapitel 26

Rain

Ich habe absolut keine Ahnung, wie lange man braucht, um sich an den Gedanken zu gewöhnen, die Familie seiner Freundin kennenzulernen. Aber ich hatte nicht genug Zeit. Definitiv nicht.

June wirkt auch nicht unbedingt glücklich, obwohl sie die letzten Tage so aufgeregt war. Sie hat mir sogar eine Krawatte gekauft, die zu ihrem Abendkleid passt. So ein Paar sind wir jetzt. Erschreckenderweise fühlt es sich gut an. Ich habe mich über ihre strahlenden Augen gefreut, als sie das Ding ausgepackt hat und dann habe ich *sie* ausgepackt. Von dieser Leichtigkeit ist jetzt allerdings nichts mehr übrig. Seit der Abfahrt ist June auffällig ruhig und starrt vor sich hin.

Irgendwann reicht es mir. »Alles okay bei dir?«

Sie verzieht den Mund leicht. Soll wohl ein Lächeln sein, sieht aber nur schrecklich gequält aus.

»Ich muss da nicht mit hingehen, das weißt du, oder? Wenn es dir doch zu viel ist, dann kannst du mich auch im Zimmer verstecken.«

»Auf keinen Fall. Es ist nur jedes Mal wieder komisch, auf solche Familienfeiern zu gehen.«

»Du meinst, es war komisch, allein hinzugehen? Heute bist du ja nicht allein.« Ich ziehe ihre Hand auf meinen Schoß, aber sie zuckt nur mit den Schultern.

»Nein, im Allgemeinen. Es ist immer komisch, wenn jemand fehlt, den alle sehr mochten. Auch wenn das nicht das ist, was du jetzt hören wolltest.« Sie lächelt entschuldigend.

Verdammt richtig. Das will ich gar nicht hören.

Wann wird sie eigentlich aufhören, das immer alles miteinander zu vergleichen?

Wann werde ich damit aufhören?

Die Antwort ist erschreckend ernüchternd. Vermutlich nie.

Oh, Mann. Ich sollte wirklich versuchen, cool zu bleiben und abzuwarten. Aber das ist leichter gesagt als getan. Ich bin einfach verflucht noch mal eifersüchtig auf diesen Toten und ich hasse mich selbst dafür. Er war ein Teil von ihrem Leben. Ein Teil, der jetzt fort ist.

»Warst du sehr aufgeregt, als du geheiratet hast?«

»Ja, total. Aber ich war auch glücklich, weil ich wusste, dass er der Richtige für mich ist. So, wie du jetzt der Richtige für mich bist.« Sie zieht meine Hand an ihren Mund und drückt einen Kuss auf den Handrücken.

»Aber woher wusstest du, dass es richtig ist? Warum warst du dir so sicher?«

»Das ist eigentlich nicht die Frage, oder?«

Ich winde mich unter ihrem Lächeln wie ein armseliger Wurm, der Angst vor der Wahrheit hat. »Manchmal frage ich mich nur, ob wir auch zusammen wären, wenn wir uns unter anderen Umständen kennengelernt hätten.«

Ihr Seufzen ist eigentlich Antwort genug. Trotzdem belässt sie es nicht dabei, sondern tritt noch einmal nach.

»Vermutlich nicht, Rain. So schrecklich es sich jetzt auch anhört.«

»Klar.« Obwohl ich weiß, dass ich selbst schuld an diesem Gespräch bin, kann ich mich nicht davon abhalten, ihre Hand loszulassen. Als würde ich sie damit strafen wollen. Und ja, vielleicht ist es sogar so. Aber mein Herz sticht so sehr, dass ich lieber die Arme vor der Brust verschränke und aus dem Fenster sehe.

Keine Ahnung, wie gut ich mein Gesicht noch unter Kontrolle habe.

»Weißt du, was das Entscheidende ist, Rain? Es ist nicht anders. Es ist genau so, wie es jetzt ist. Und ich liebe, wie es jetzt ist. Das ist das Gute am Leben, auch wenn es manchmal verdammt wehtut. Du weißt nie, wo dich dein Weg hinführt. Die Summe aller Dinge entscheidet, wo du am Ende stehst. Ich liebe Sam und ein Teil von mir wird immer seine Frau sein, aber dich liebe ich ebenso. Es ist kein Entweder-oder. Es sind verschiedene Abschnitte und keiner davon ist weniger Wert als der andere.«

Ihre Worte kommen ganz langsam in meinem System an, aber als ich die Bedeutung wirklich verstehe … Verflucht noch mal.

»Tut mir leid«, flüstere ich und nehme ihre Hand wieder in meine.

»Das muss es nicht. Aber weißt du, über so etwas muss man einfach miteinander reden. Immer und immer wieder, falls es nötig ist. Wenn man all seine Eifersucht nur in sich hineinfrisst, ist am Ende keinem geholfen.«

Mit jeder Meile, die wir uns dem *Palm Beach Resort* nähern, wird June angespannter. Die Vorfreude vom Morgen scheint komplett aufgebraucht zu sein. Ich bin mir nicht sicher, ob mir das Sorgen machen sollte.

Nachdem sie einen Parkplatz gefunden hat, dreht sie sich zu mir um, schaut mir beängstigend tief in die Augen und küsst mich innig.

»Ich liebe dich, ja? Nicht vergessen. Egal, was irgendwer sagt oder tut«, flüstert sie eindringlich. Ohne auf meine Antwort zu warten, schnallt sie sich ab und steigt aus dem Auto.

Weil mir ohnehin keine andere Wahl bleibt, steige ich ebenfalls aus, hänge mir ihre Reisetasche um und sehe zu, dass ich hinter ihr her in das Hotelfoyer komme. June hat schon ein bisschen Vorsprung, obwohl sie sich so mit den Kleidersäcken auf ihrem Arm abmüht.

»June, jetzt warte doch mal, verdammt«, rufe ich, doch sie kommt nicht dazu, sich umzudrehen, denn im nächsten Moment steht ein fremder Mann neben ihr. Sehr nah. So nah, dass er die Arme um sie schlingt und sie fest an sich drückt. Als sie erkennt, wer er ist, quietscht sie vor Freude.

Er betrachtet sie derweil, als würde er sie zum ersten Mal in seinem Leben sehen. Ich könnte kotzen.

»Vance! Mein Gott, wie geht es dir?«, sagt sie und küsst ihn auf die Wange. Es gefällt mir gar nicht. Eine erste

Sache aus einer langen Reihe von Sachen, die mir an diesem Wochenende vermutlich nicht gefallen werden.

»Ach, es geht. Alle sind etwas aufgeregt.«

»Du doch nicht. Tu bloß nicht so«, scherzt sie.

Ich betrachte das Ganze mit schiefem Blick und bücke mich dann, um die Kleidersäcke wieder aufzuheben, die bei der stürmischen Begrüßung zu Boden gegangen sind.

»Ah, Vance. Das ist übrigens mein Freund Parker.« Sie schiebt den Typen ein Stück weg und winkt mich näher.

Seit wann bin ich Parker, June?

Vance mustert mich zunächst verwundert, lächelt dann aber. »Ein Freund oder *der* Freund?« Er grinst, während mein Blick so finster wird, dass es fast wehtut. »Ah, ich sehe schon«, gibt er zurück, bevor ich antworten kann. »Tja, da wird der kleine Carl aber traurig sein. Ich wollte euch doch endlich miteinander verkuppeln.«

June lacht einfach mit. »Ich denke, das wird leider nichts. Parker ist *der* Freund. Und das soll so bleiben, also sei nett zu ihm, denn er nimmt die Sache ernst.« Ihr Lachen wird immer heiterer, regelrecht ausgelassen. Es tut weh, sie so unbeschwert mit ihrem Freund zu sehen. Diese Szene hier zu beobachten, ist wie eine Rückblende auf ihr früheres Leben.

Und wenn ich Pech habe, wird es nicht die einzige bleiben.

Abends treffen wir den Rest der Hochzeitsgesellschaft bei einem Sektempfang im Foyer des Hotels. June redet gefühlt mit jedem drei Stunden lang und stellt mich brav vor, aber sonst habe ich nicht wirklich viel zu den Gesprächen beizutragen.

Im Laufe des Abends werde ich zu einem Sozialarbeiter befördert, der mit June zusammen studiert hat. Tja, so schnell gehts. Wenn das Onkel Alexander sehen könnte, er wäre begeistert.

»So ist all das hier weniger unglaubwürdig«, murmelt sie und wedelt mit dem Finger vor meinen Augen herum.

»Missfällt dir neuerdings mein Gesicht?«

»Natürlich nicht. Aber es wäre komisch, wenn du plötzlich Anwalt wärst oder ein Finanzhai, oder nicht? Was Alternatives passt doch ganz gut und das erklärt unser Kennenlernen. Zwei Fliegen mit einer Klappe.« Sie tätschelt meine Brust und geht dann weiter.

»Ach, wolltest du nicht erzählen, dass ich bei dir eingebrochen bin, um dich in dein Bett zu verschleppen?«

Sie zieht nur mitleidig eine Augenbraue hoch. »Willst du noch einen Drink, Rain? Vielleicht besteht dann eine Chance darauf, dass du endlich einen Gang zurückschaltest.« Sie versucht es witzig klingen zu lassen, aber mir ist nicht nach Lachen.

»Aye Aye, June. Du befiehlst, ich gehorche.«

Ihre Hände landen auf meinen Schultern, sie rüttelt leicht daran. »Komm schon. Ich weiß, dass du nervös bist. Aber es gibt keinen Grund dazu. Keiner hier weiß, was mit uns ist und keiner wird es je erfahren. Wir sind ein ganz normales Paar, das seit ein paar Monaten zusammen ist. Wenn das hier schon ein Drama ist, wie sollen wir dann zu Hause jemals zusammen auf die Straße gehen?«

Vermutlich nie?

Scheiße.

Sie muss meinen Blick richtig deuten, denn sie legt mir eine Hand an die Wange und gibt mir einen zarten Kuss.

»Schritt für Schritt, ja? Alles wird gut.«

Ich frage mich echt, woher sie diese plötzliche Zuversicht hat. Obwohl das hier eine kleine Kostprobe der Freiheit werden sollte, fühlt es sich mehr und mehr an wie eine Zurschaustellung dessen, was wir nie haben werden.

Und dann kommt auch noch die größte Bewährungsprobe.

Braut, Brautmutter und Junes Mutter – auf einmal. So tief kann ich gar nicht durchatmen. June drückt mir wortlos ein Glas Champagner in die Hand. Sie umarmt alle drei Frauen nacheinander und dann fällt deren Blick auf mich. Ich versuche, das gewinnendste Lächeln aufzusetzen, das ich so hinbekomme, und schüttle ihre Hände. Wenn mich Rebel und Knight sehen könnten, würden sie kreischend vor Lachen in der Ecke liegen. Aber Augen zu und durch.

»Hallo, ich bin Parker. Sullivan.«

Die Braut stellt sich als Jenny vor. Junes Tante ist eine Cordelia und ihre Mom noch eine weitere Patricia.

»Meine Güte, es war wirklich überraschend, dass June doch eine Begleitung mitbringen wollte. Wir haben für dich noch mal die komplette Sitzordnung umgeworfen, Parker. Ich hoffe, dass du den Aufwand wert bist«, sagt die Braut zwinkernd.

»Und ich hoffe, dass die Feier es wert ist, mir das hier

anzutun«, gebe ich genauso zwinkernd zurück.

Aus Jennys belustigtem Schmunzeln wird ein lautes Lachen. Sie schlägt mir auf die Schulter und wendet sich an June.

»O Gott, ich liebe ihn. Wo lernst du nur immer solche großartigen Typen kennen?«

Autsch. June wird rot und Jenny bemerkt, was sie da gerade gesagt hat. Ich bemühe mich, das unangenehme Gefühl im Bauch wegzulächeln und lege June eine Hand zwischen die Schulterblätter.

»Wir kennen uns schon vom Studium. Aber wir sind erst seit ein paar Monaten zusammen, nicht Schatz?«

Genau, Schatz. *Guck mal nicht so verstört.*

»Arbeitest du auch in der Schule bei June?«

»Ähm, ja. Ich arbeite auch da. Die Schüler sind dort alle etwas verroht. Keine Disziplin mehr heutzutage. Wirklich schlimm. Die ganz schweren Fälle sind mein Spezialgebiet.«

June prustet neben mir los und spuckt ihren Champagner fast auf das Kleid ihrer Mutter.

Tja Prinzessin, was du kannst, kann ich schon lange.

»Herrgott, Junebug? Gehts dir gut?«, fragt ihre Mutter, während June sich die Lachtränen von den Wangen wischt.

»Ja, ja. Sicher.«

»Na, dann ist es ja gut.« Patricia wendet sich von ihrer Tochter ab und mir zu. »Ich schließe mich dem einfach mal an: Wie schön dich kennenzulernen, Parker. Wirklich. Ich bin zwar ein bisschen überrascht, dass das jetzt so plötzlich ging, aber das Herz will eben, was es will.«

Patricia drückt sacht den Arm ihrer Tochter, deren Wangen sich mit jeder Sekunde dunkler färben.

»Mom«, sagt sie leise.

»Was denn, Junebug? Es ist die Wahrheit. Es macht mich glücklich, dich so strahlen zu sehen. Und wenn jemand das Recht hat, dir alles Glück der Erde zu wünschen, dann ja wohl ich.«

Und während ich Junes verschämtes Lächeln betrachte, wird mir klar, dass das hier richtig ist. Dass es das wert ist. Egal, wie weit der Weg noch sein wird. Es ist richtig, für uns zu kämpfen und gegen den Wind zu segeln. Denn ich würde ebenfalls alles tun, was nötig ist, um June glücklich zu sehen. Es ist eine erhebende Erkenntnis in all diesem Gefühlschaos.

»Oh, schaut mal. Da ist Vance. Das Essen beginnt gleich«, ruft Jenny und die beiden anderen Frauen entschuldigen sich mit ihr zusammen.

Als wir allein sind, schlingt June die Arme um mich und vergräbt ihr Gesicht an meinem Hals.

»Womit habe ich das denn verdient? Ich, dein eifersüchtiger, nerviger Sozialarbeiterfreund?«

Sie geht gar nicht auf die Spitze ein. »Das hier fühlt sich so gut an, Rain. Ich wünschte, wir könnten das für immer haben.«

Und ich wünschte, ihr Blick würde für immer so vor Glück strahlen, wie er es jetzt tut. Die Gewissheit, dass uns nichts von dem hier im Alltag bleiben wird, tut einfach nur im Herzen weh.

Kapitel 27

June

Der eigentliche Hochzeitstag startet ebenso chaotisch wie der zuvor. Das Styling der Brautjungfern ist leider ein einziges Dilemma und von Entspannung kann keine Rede sein. Aber das macht nichts. Denn ich sehe vielleicht nicht entspannt aus, weil die Nacht kurz war, aber ich fühle mich besser denn je.

Ich hätte niemals gedacht, wie mühelos sich Rain in eine Situation wie diese hier einfügen würde. In mein bestehendes Leben.

Und nicht, dass das ein Kriterium wäre, an dem ich unsere Beziehung messen will, aber trotzdem erleichtert es mich, dass mein engster Kreis, meine Familie, ihn gut leiden kann.

Mit einem Lächeln betrachte ich den Trubel um Jenny, die gerade ihr Hochzeitskleid anzieht. Ich erinnere mich noch genau an das Gefühl, an die Aufregung im Bauch und die Vorfreude.

»Bei solchen Anlässen vermisse ich Dad immer besonders.« Mom setzt sich neben mich auf die Couch und stößt mit ihrem Glas ganz leicht an meins.

»Ich auch.«

Ihn und Sam.

Mom schmunzelt. »Weißt du noch, als Sam bei eurer Hochzeit kurz vor der Trauung seinen Anzug mit Mayonnaise versaut hat, weil er unbedingt helfen wollte, die Kanapee auszuladen?«

»Erinnere mich nicht daran. Ich dachte, er bekommt einen Nervenzusammenbruch, als der Fleck sich nicht ausreiben ließ.«

»Erinnerungen sind ein wertvolles Gut, Junebug. Aber sie sind nichts gegen die Realität.«

»Was genau soll mir das jetzt sagen, Mom?«

»Das sollte auf subtile Art zum Ausdruck bringen, dass ich deinen Freund gut leiden kann. Die Hauptsache ist, dass es dir mit ihm gut geht. Dass du glücklich bist. Alles andere muss nur dir gefallen.« Sie beendet ihre kleine Rede mit einem verschwörerischen Zwinkern.

Und obwohl ich ihre Zustimmung nicht brauche, fühlt sie sich trotzdem gut an. Weil jedes ihrer Worte mich darin bestärkt, dass Rain und ich gemeinsam in der Welt bestehen könnten, wenn wir nur endlich die Chance dazu bekämen.

Die eigentliche Trauung findet in der angrenzenden Orangerie statt. Alles ist festlich und wildromantisch.

Während der Zeremonie und dem Dinner sitzen Rain und ich reglos nebeneinander, die ganze Zeit über hält er meine Hand in einem festen Klammergriff.

Es ist das erste Mal überhaupt, dass ich ihn in einem Anzug sehe. Es steht ihm erstaunlich gut. Wenn man ihn nicht kennen würde, könnte man ihn mit seiner ordentlichen Frisur und ohne all die Piercings glatt für einen reichen Erben halten, der seine Freizeit in Steppjacken auf Tennisplätzen verbringt. Doch nicht nur seine Optik ist eine gänzlich andere, auch seine Ausstrahlung wirkt verändert. Er verhält sich heute so selbstsicher, als hätte er schon Tausende solcher Anlässe hinter sich gebracht. Als hätte er mit dem Schließen der Anzugknöpfe einen inneren Schalter umgelegt. Dafür, dass ihm das hier anfänglich total zuwider war, bewegt er sich völlig mühelos durch den Abend.

»Was glaubst du, auf wie vielen Charityveranstaltungen ich in meinem Leben war, Prinzessin? Das hinterlässt Narben auf deiner Seele, die du niemals wieder loswirst«, sagt er zwinkernd und prostet mir zu. Sein Blick wandert über die Festgesellschaft, endet aber doch wieder bei mir.

»Früher auch schon? Also, als du bei deinen Eltern gewohnt hast?«

»Sicher, die haben das zu ihrem ganz persönlichen Sport gemacht. Meine Mom ist von Spendengala zu Spendengala gehopst. Ihr Lieblingsthema sind krebskranke Kinder. Da blüht sie auf. Oh, und der Welthunger. Da ist sie auch immer ganz vorn mit dabei.«

»Na ja, es gibt eben auch viel Ungerechtigkeit auf der Welt. Ich kann schon verstehen, wenn man mit seinem Einfluss Gutes bewirken will.«

Rain winkt müde ab. »Sicher. Ist mir auch klar, ich bin ja kein gefühlloses Monster. Trotzdem ist es scheiße, wenn man immer von seiner Nanny ins Bett gebracht wird oder vom Chauffeur zum Sport oder vom Koch sein Abendessen bekommt, weil die eigenen Eltern lieber die Welt retten wollen.«

Die Kälte und die Abgeklärtheit, mit der er das sagt, tun mir im Herzen weh. Wir haben noch nie über seine Eltern gesprochen und langsam bekomme ich eine Ahnung, warum. Ich wünschte, dass wir auch über diese Themen ganz frei sprechen könnten, doch hier und jetzt werde ich nicht die Chance dazu bekommen.

Denn während ich noch versuche seinen Blick zu finden, steht er bereits auf. Auch die Hälfte der Tischgäste ist schon auf den Beinen. Das Dinner ist vorbei und die Tanzfläche hat sich langsam gefüllt.

»Statt über meine deprimierende Kindheit zu sprechen, würde ich lieber mit dir tanzen. Was meinst du?«

Im Hintergrund spielt eine melancholische Ballade, die mit ihren sehnsüchtigen Klängen eine Gänsehaut über meinen Rücken schickt. Es ist die gleiche Sehnsucht, die meine Hand zu Rains führt.

Wir schieben uns zwischen die tanzenden Pärchen und bleiben im gedimmten Licht der bunten Scheinwerfer stehen.

Seine Haut ist so warm und sein Duft geht mir so nahe, dass ich kaum Luft bekomme. Ich kann seinen Herzschlag fühlen und seine Fingerspitzen, die zart an meiner Wirbelsäule auf und ab gleiten. Als ich den Kopf hebe, versinkt mein Blick genau in seinem. Und obwohl alles daran mir so schmerzlich vertraut ist, fühlt es sich anders an als sonst.

Er hat mir vom ersten Tag an gesagt, dass es mit ihm keine Grenzen gibt, trotzdem war da immer ein letzter Rest Distanz zwischen uns. Vielleicht aus Selbstschutz, vielleicht aus Angst. Jetzt ist diese Distanz fort.

Endlich kann ich bis auf den Grund seiner Seele sehen.

All die Abgründe und all den Schmerz.

All die Zweifel und all die Verbundenheit.

Die Liebe und die Sehnsucht.

In dem Moment verändert sich etwas zwischen uns. Etwas Tiefes, das ich nicht in Worte fassen kann, weil es so fragil ist, dass jede falsche Bewegung es wieder zerstören würde. Aber für einen Augenblick existiert es und ich bin mir sicher, dass Rain es ebenso spürt.

Kapitel 28

June

Am Sonntag machen wir uns nach einem ausgiebigen Frühstück auf den Weg zur Familie Hayes. Und während damit unsere kleine Realitätsflucht ihr jähes Ende findet, stürzen all die alten Zweifel über mir zusammen. Am liebsten würde ich mir vor lauter Frustration einfach nur die Decke über den Kopf ziehen und niemals in den Alltag zurückkehren.

Leider ist das keine Option.

Montag beginnt eine neue Schulwoche und dann werden wir wieder vor den Augen der Welt Parker und Mrs. Reed spielen und uns ignorieren. Dann werde ich Einträge ins Klassenbuch schreiben, wenn Rebel und Knight mit Rain quatschen oder wenn er von der Pause zu spät in den Unterricht kommt. Ich werde durch die Reihen gehen und über ihre Schultern schauen und mich mit allem dazu zwingen müssen, ihm nicht den Rücken zu streicheln oder ihn anzulächeln. Weil er der Mann in meinem Leben ist. Der, mit dem ich alles teile. Der, der jede Nacht in meinem Bett schläft, die Abende auf meinem Sofa verbringt und in meiner Küche frühstückt. Dessen Sachen bei mir herumliegen und der eine eigene Zahnbürste hat.

Aber egal, wie nah wir uns in unserer eigenen Welt sind - im Alltag sind wir gar nichts.

Zu hören, wie meine Kollegen über ihn reden, fühlt sich jedes Mal nach Verrat an. Den Menschen, den man liebt, nicht verteidigen zu dürfen, ist so falsch. Wie soll man das aushalten?

Heute parke ich gleich in der Einfahrt der Familie Hayes und steige gemeinsam mit Rain aus. Er meinte, dass ich wieder mit hineinkommen könne, wenn ich möchte, und ich werde das machen. Ich will Ariel kennenlernen. Sie ist sein Kind.

Wie vermessen wäre ich, wenn ich sie einfach so ausblenden würde? Das tun wir schon mit zu vielen Dingen.

Also gehen wir Seite an Seite zur Haustür, halten uns nicht an den Händen, lächeln uns nicht an und zeigen auch ansonsten keinerlei Zuneigung.

»Hallo, Parker. Wie schön, dass du da bist«, sagt Mrs. Hayes, als sie die Tür öffnet. Heute sieht sie bedeutend versöhnlicher aus.

Wir treten ein, wieder empfängt uns eine aufgeräumte Stille. Wieder führt sie uns ins Wohnzimmer und wieder bietet sie Kaffee an.

Ich nehme diesmal gleich einen und finde, dass Rain heute ebenfalls ein bisschen entspannter am Esstisch sitzt. Vielleicht bilde ich mir das auch nur ein.

»Schön, dass Sie wieder mitgekommen sind, Mrs. Reed.«

Ich nicke nur halbwegs professionell, während Rain sich noch aufrechter hinsetzt als ohnehin schon.

»Ich werde dann mal nachsehen, ob Ariel schon wach ist.« Mrs. Hayes verlässt mit flinken Schritten den Raum. Man hört das Holz des Fußbodens unter ihren Füßen knarzen und ihre leise Stimme, die nach Ariel ruft. Als wir sie weit genug entfernt vermuten, nimmt Rain meine Hand.

»Ich bin froh, dass du jetzt daran teilhaben kannst.« Seine gemurmelten Worte brechen sich am Stoff meines Pullovers, als er den Kopf auf meine Schulter legt.

»Ich auch.«

Kurz verharrt er noch reglos, dann hebt er den Blick, lächelt mich an und drückt die Lippen auf meine. Am liebsten würde ich ihn jetzt in den Arm nehmen. Ihn an mich drücken und ihm etwas von dem enormen Gewicht abnehmen, das auf seinen Schultern lastet. Doch ich komme nicht dazu, denn im nächsten Moment fliegt die Tür auf.

Mit einem gewaltigen Knall.

Noch während wir uns hastig voneinander lösen, kommt eine kleine blonde Gestalt ins Wohnzimmer gestürzt. Und es ist nicht Mr. Hayes.

Das ist Cassandra.

»Parker?«, krächzt sie. So ungläubig, als könnte sie nicht fassen, was sie da eben zu Gesicht bekommen hat. Verdammt.

Kaum dass ich einen klaren Gedanken fassen kann, springt Rain auf die Füße. Er hat wohl schon eine Vorahnung, was jetzt passiert.

»Cass!«

Sie kommt auf uns zu wie ein Irrwisch, prallt jedoch an Rain ab, der sich vor mich gestellt hat.

»Wer ist das?«, fragt sie und will sich an ihm vorbeischieben. Als wollte sie ihn mit ihrem winzigen Körper zu Boden ringen. David gegen Goliath.

»Das geht dich gar nichts an.« In Rains Stimme schwingt eine Eiseskälte, wie ich sie schon seit Monaten nicht mehr gehört habe.

»Warum kommst du nicht allein? Wer ist die?« Cassandra taumelt mit jedem Wort mehr. Rain umfasst ihre Oberarme und lässt zu, dass sie gegen ihn sackt.

Sie sieht total mitgenommen aus, wie sie da in seinen Armen hängt. So schrecklich ausgezehrt, dass es auch der riesige Hoodie nicht verstecken kann. Die langen Haare sind ähnlich stumpf wie ihr Blick. Alles an ihr wirkt kraftlos.

»Warum tust du mir das nur immer wieder an?«, fragt sie. »Warum bringst du irgendeine deiner Schlampen hier mit her? Ich liebe dich und was machst du?«

»Cass.« Das ist alles, was er sagt. Nur ihren Namen. Immer wieder.

»Willst du, dass ich weg bin? Ist es das? Bist du dann endlich glücklich?«

»Du weißt, dass das-«

»Ich brauche dich doch. Wir brauchen dich. Lass mich nicht wieder allein. Bitte.« Ihre Stimme wird immer leiser, je länger sie spricht. »Bleib hier. Ich mache alles, was du willst. Aber bleib bei mir.« Sie schluchzt, drückt sich noch näher an ihn. »Ich kann nicht leben ohne dich.«

Und obwohl Rain mir mit einem Schulterblick zu verstehen gibt, dass nichts von dem, was sie sagt, Bedeutung für uns hat, tut es weh. Ihre Worte brennen in meinem Herzen, am liebsten würde ich von hier verschwinden.

Natürlich kann er sie jetzt nicht einfach stehen lassen, das ist mir auch klar. So viel erwachsenen Verstand habe ich noch. Aber sie zusammen zu sehen, fühlt sich grässlich an.

Was, wenn er sie ernst nimmt?

Wenn er doch lieber das hier alles will?

Wenn irgendein Teil von ihm sie immer noch liebt?

Was mache ich dann?

Bevor ich weiter darüber nachdenken kann, kommt Mrs. Hayes mit der weinenden Ariel in den Raum und schaut sich um. Als sie ihre Tochter ausmacht, eilt sie auf sie zu und fasst ihren Arm, der immer noch um Rain geschlungen ist.

»Liebes, komm weg da. Du solltest doch in deinem Zimmer bleiben, bis Parker gegangen ist. Er hat heute Mrs. Reed dabei, es ist ein offizieller Termin für ihn. Er kann später wiederkommen, um dich zu besuchen, hm?«, bittet sie leise.

Cassandra wehrt sich gegen den Griff ihrer Mutter. »Warum schiebt die ihm dann die Zunge in den Hals?«

»Cass. Hör auf damit.« Das ist wieder Rain. Mein Herz sackt in meine Kniekehlen, als Cassandras vernichtender Blick mich trifft. »Ich will nicht, dass die hier ist.«

»Entschuldigen Sie bitte, Mrs. Reed«, gibt Mrs. Hayes in meine Richtung. »Sie weiß nicht, was sie da sagt.«

Cassandra zeigt erneut auf mich. »Ich will nicht, dass er irgendwelche Schlampen hierherbringt. Zu unserem Kind.«

»Cassandra!« Mrs. Hayes holt japsend Luft. »Jetzt reicht es aber.«

Ariel weint herzzerreißend mit ihrer Mutter um die Wette und streckt die Ärmchen nach ihr aus, aber die wischt sie fort.

»Parker, bitte. Siehst du das nicht? Ich kann das nicht ertragen.« Wie ein nasser Sack sinkt sie zwischen Rains Armen auf den Boden.

Und ich sitze hier und bin bewegungsunfähig. Mitten in diesem Wohnzimmer betrachte ich die Szenerie wie die Außenstehende, die ich bin. Fehl am Platz. Überflüssig und unerwünscht.

Mrs. Hayes müht sich mit der kleinen Ariel auf dem Arm ab und Rain sieht aus, als würde er Cassandra am liebsten schütteln und zur Besinnung bringen.

Alle weinen und sprechen durcheinander. Irgendwann reicht es mir, also stehe ich auf und gehe auf die vier zu.

»Mrs. Hayes?«, sage ich laut und mehrfach, bis sie mich wahrnimmt. »Ich nehme die Kleine. Ich gehe mit ihr raus. Sie sollte das nicht sehen.« Meine Stimme ist freundlich, aber bestimmt, und ich bin fast bestürzt über meine noch vorhandene Handlungsfähigkeit.

Mrs. Hayes nickt tatsächlich und gibt mir widerstandslos das Kind. Ariel wehrt sich und haut nach mir. Wie soll sie auch verstehen, was hier gerade passiert?

»Nein, diese Schlampe fasst mein Kind nicht an. Nein!

Nein! Bring sie zurück«, höre ich Cassandras dünne Stimme in meinem Rücken und Rain, der jetzt ebenfalls auf sie einredet.

O mein Gott, was für eine Eskalation.

Die kleine Ariel schlägt immer weiter mit ihren Händen um sich und wird so rot wie ihre Haare, während ich sie durch den Flur und in die Küche trage.

»Hey, Maus … Komm, wir setzen uns hier auf den Boden. Schau mal, ich habe einen Autoschlüssel. Guck mal, wie der klimpert.«

Langsam beruhigt sich Ariels Atmung, bis sie nur noch aus großen Augen meinen Schlüssel mit dem Perlenanhänger anstarrt. Sie klimpert damit und klatscht in die Händchen, als er runterfällt. Gott sei Dank hört sie endlich auf zu weinen.

»Mommomy da?«, fragt sie und zeigt auf die Tür. Keine Ahnung, wen von den Leuten hier sie für wen hält.

»Ja, Mommy und Daddy müssen nur was besprechen. Mommy kommt gleich wieder, ja? So lange spiele ich mit dir. Soll ich mal gucken, was es hier so gibt?«

Sie quietscht und ich könnte auch quietschen. *Daddy.* Das klingt so verdammt noch mal falsch und ist doch so richtig.

Ich schaue mit Ariel einige alte Kochzeitungen an und sie ist bei allen Bildern mit Kuchen begeistert. Aber zum Glück fasst sie Vertrauen und beruhigt sich immer mehr.

Auch im Wohnzimmer scheint sich die Lage entspannt zu haben. Als ich ein paar Minuten lang niemanden mehr schreien höre, stehe ich auf und nehme Ariel auf den Arm.

»So, Süße. Wollen wir jetzt nach Mommy und Daddy gucken?«

»Momom, gucken«, gibt sie ernst zurück.

»Ja, nach deiner Mommy. Aber da ist auch dein Dad. Der, der immer zum Spielen kommt. Das ist dein Daddy und er hat dich ganz besonders lieb.« Was auch immer sie ihr über Rain erzählen, ich will, dass sie die Wahrheit weiß.

»Dadaday?«, fragt sie und ich nicke.

»Ja, dein Daddy, Maus. Da gehen wir jetzt hin.«

Im Wohnzimmer unterhalten sich mittlerweile alle gesittet miteinander. Erst bemerken sie uns gar nicht, doch als Ariel laut »Mamamy, Dadady?« sagt, fahren die drei Köpfe zu uns herum.

Cassandras vernichtender Blick trifft mich wie ein Fausthieb. Mit aller Kraft. Sie kuschelt sich augenblicklich dichter an Rain, als wollte sie mir damit zeigen, dass es für ihn immer nur sie geben wird. Er schließt daraufhin kurz die Augen, lässt sie aber auch hierbei gewähren. Für einen Wimpernschlag lang findet sein Blick meinen.

Es tut mir so leid, Prinzessin.

Es ist okay, antworte ich still.

Dabei ist nichts an dieser Situation okay.

Absolut gar nichts.

Ariel unterbricht unseren Blickwechsel, indem sie auf die beiden zeigt und Anstalten macht, sich aus meinem Arm freizustrampeln. Als ihre Füße die Erde berühren, läuft sie zu Rain, der mit seinem Stuhl zurückrutscht, sie auf den Arm nimmt und seine Nase an ihr kleines Kindergesicht drückt.

»Hey, Cutie. Ich habe dich gar nicht begrüßt. Geht es dir gut?«

Sie gibt ein ernstes »Daday. Gut, gut« zurück.

Cassandra funkelt mich überlegen an und auch Rain schaut zurück zu mir. Aber in seinem Blick liegt etwas anderes.

Stolz.

Unbändiger, ehrlicher Stolz.

Eine weitere halbe Stunde später sitze ich mit Mrs. Hayes am Esstisch und beobachte Rain, der mit Ariel spielt. Sie kauern in der gleichen Ecke wie beim letzten Mal. Der einzige Unterschied ist nur, dass auch Cassandra neben ihnen kniet und ständig an Rain herumtatscht. Sie scheint sich wieder komplett von ihrem Ausbruch erholt zu haben. Wenn ich nicht so ein Mitleid mit ihr hätte, würde ich sie am liebsten erwürgen. Sie soll verdammt noch mal ihre Hände von meinem Freund lassen. Das kann doch nicht so schwer sein?

Aber nein, ich bin ja bloß die ach so vertrauensvolle Vertrauenslehrerin und finde diese kleine Familienzusammenführung offiziell ganz rührend.

Sie sprechen leise miteinander, ihre Vertrautheit lässt mein Herz so schwer in meiner Brust pumpen, dass es sich anfühlt, als würde es gleich komplett damit aufhören. Mrs. Hayes erzählt mir irgendetwas, aber ich kann ihr kaum folgen.

»Ich möchte mich noch einmal in aller Form für die Worte meiner Tochter entschuldigen. Wissen Sie, Mrs. Reed, die beiden waren gar nicht lange zusammen. Aber Cassandra hängt sehr an ihm. Sie hat immer noch mit der Trennung zu kämpfen und ich denke, sie hofft, dass er eines Tages zu ihr zurückkommt. Wenn Sie mich fragen, das würde niemals gut gehen. Sie haben einfach beide noch zu viele Baustellen in ihren Leben. Aber ich muss auch zugeben, dass Parker sich entwickelt hat. Nach Ihrem letzten Besuch habe ich lange mit Ron darüber gesprochen. Sie hatten beide recht. Er gibt sich Mühe, das merkt man. Und wer weiß? Vielleicht gibt es irgendwann doch noch ein Happy End?«

Diese Erkenntnis schlägt ein wie eine Bombe.

Sie ist hier.

Sie will ihn noch.

Er könnte sie jederzeit wiederhaben.

Cassandra ist dazu übergegangen, Rains Rücken zu streicheln und zeigt auf ein Stofftier, das Ariel in der Hand hält. Mir wird schlecht.

Er ist jung.

So viele Jahre jünger als ich.

Ungebundener und freier.

Er könnte sich einfach umentscheiden. Er bräuchte nur einen Ton sagen und hätte all das hier zurück.

Er hat es niemals geleugnet. Er hat immer gesagt, dass sie seine große Liebe ist. Was erwartest du von ihm?

»Mrs. Reed, ist alles in Ordnung bei Ihnen?«

Ich nicke abwesend.

Rain sieht aus, als wollte er mich still fragen, ob wir lieber fahren sollen. Keine Ahnung, wie lange ich dieses Schmierentheater hier noch aufrechterhalten kann.

Im nächsten Moment kommt er auf die Füße. »Wir müssten uns dann auch langsam auf den Weg machen. Mrs. Reed hat noch einen Folgetermin.« Er schiebt die Hände in die Hosentaschen. Sein Blick gleitet zur großen Wanduhr in der Ecke.

Mrs. Hayes nickt und steht ebenfalls auf. »Kein Problem. Trotzdem schön, dass Sie hier waren, Mrs. Reed. Und Parker, kannst du noch mal kurz mit in die Küche kommen, bitte? Du musst noch eine Sache unterschreiben.«

Er folgt ihr in den Flur. Die Temperatur im Raum kühlt sich sofort merklich ab. Ich wringe meine Hände und versuche um alles in der Welt professionell auszusehen, während Cassandras Blick sich ungehalten in mich hineinbohrt. Ein Schmunzeln hängt auf ihrem Mundwinkel, doch es ist bei ihr kein netter Ausdruck. Von der weinerlichen kleinen Maus, die sie vorhin präsentiert hat, ist nichts mehr übrig.

»Als wärst du eine Lehrerin. Dass ich nicht lache. Aber keine Sorge, gewöhn dich lieber nicht zu sehr an ihn. Er bleibt eh nie lange bei einer. Weil er mich liebt. Nur mich. Er hat mich immer geliebt und Ariel liebt er auch. Er wird für immer zu uns gehören und das weiß er ganz genau.«

Meine Gedanken fahren Achterbahn. »Niemand will dir etwas wegnehmen, Cassandra. Ich verstehe, dass du wütend bist-«

»Du hast ja keine Ahnung, was er alles für mich tun würde.« Sie lacht hart auf, Ariel stimmt fröhlich mit ein. Als sich beides mischt, klingt es wie eine Litanei des Grauens.

Ohne eine Verabschiedung drehe ich auf dem Absatz um und verlasse den Raum. Ich muss hier weg, sonst werde ich wahnsinnig.

Im Flur treffe ich auf Rain, der genauso unbehaglich aussieht. Er zieht fragend die Augenbrauen hoch, ohne dass Mrs. Hayes es sehen kann, und biegt dann kurz ins Wohnzimmer ab, um sich zu verabschieden. Er schließt Ariel in die Arme und gibt ihr einen Kuss, bevor er auch Cassandra umarmt. Die krallt sich in sein Shirt und zeigt hinter seinem Rücken einen Mittelfinger in meine Richtung.

»O Gott. Bitte entschuldigen Sie, Mrs. Reed. Was für ein schrecklicher Nachmittag.« Mrs. Hayes schlägt eine Hand vor den Mund.

»Schon gut. Alles in Ordnung.« Ich versuche zu lächeln. Innerlich koche ich.

Rain löst sich aus Cassandras Umarmung, hält sie jedoch noch kurz an den Schultern fest und flüstert ihr etwas ins Ohr. Sie schlägt die Wimpern nieder. Dann nickt sie und streichelt zärtlich über seinen Arm.

Im Ernst?

Er löst sich endlich und kommt in den Flur. Nach geschätzten Jahrzehnten verabschieden wir uns auch von Mrs. Hayes und verlassen das Haus.

Die Stimmung im Auto ist kaum auszuhalten. Ich könnte schreien. Die Landschaft rauscht an uns vorbei, nur das Radio dudelt leise vor sich hin. Rain schaut aus dem Fenster und hat das Kinn auf seiner Faust aufgestützt. Ich hasse es, dass er nichts sagt. In mir kocht so eine Wut, am liebsten würde ich ihm alles an den Kopf knallen, was seit diesem katastrophalen Nachmittag in meinen Gedanken herumgeistert.

In dem Moment, in dem ich kurz davor bin, es zu tun, schießt sein Blick zu mir herum.

»Komm, sag schon.« Sein Tonfall ist provozierend. Er spürt die Spannung auch.

»Was willst du denn bitte hören?«

»Das, was du die ganze Zeit denkst. Komm schon, hau es raus.«

»Willst du mit mir streiten?«

»Ja, will ich. Weil diese kalte Schulter mich wahnsinnig macht. Also bitte schrei mich an, beleidige mich, aber mach verdammt noch mal irgendetwas, June!«

Keine Ahnung, ob das hier schlau ist. Keine Ahnung, ob das hier fair ist. Man sollte keine Grundsatzdiskussionen führen, wenn man glaubt, vor Eifersucht bald den Verstand zu verlieren. Aber ich kann nicht anders. Ich kann meine Worte nicht im Zaum halten.

»Ich hasse, wie du sie immer noch ansiehst. Als wäre sie eine heilige Kuh.«

Er lacht. Er lacht einfach. »Das ist das Einzige, was dir Sorgen macht, June? Ernsthaft?«

»Ja, das macht mir Sorgen. Plötzlich ist sie wieder da

und wer weiß schon, was du tun wirst? Vielleicht hast du Mitleid mit ihr oder ein schlechtes Gewissen. Vielleicht liebst du sie noch.«

»Was? Willst du mich verarschen? Ich bin durch mit ihr und das weißt du ganz genau. Aber dummerweise werde ich *immer* mit ihr zu tun haben, wenn ich mein Kind sehen will. Also krieg dich ein oder lass es. Ich kann es nicht ändern.«

»Dann versuch vielleicht beim nächsten Mal wenigstens, dich nicht gleich wieder so betatschen zu lassen.«

Rain schnaubt bloß. »Fick dich einfach, June! Meinst du ernsthaft, ich finde es schön, wenn sie an mir rumfummelt? Meinst du, ich lass mich gern die ganze Zeit herumschubsen? Hm?«

»Ich weiß es nicht.«

»Du weißt es nicht? *Du weißt es nicht*?« Er fährt sich durch die Haare. »Was habe ich denn für eine Wahl, June? Glaubst du, ich will am Ende wieder schuld daran sein, dass sie sich die Arme oder Gott weiß was alles aufschneidet, nur weil ich nicht nett genug zu ihr war? Wie dämlich bist du eigentlich?!«

Ich sage dazu nichts mehr. Mein Blut kocht. Er hat recht. Ich hasse, dass er recht hat.

»Aber weißt du was, June? Auch, wenn dein geliebter Sam leider unter der Erde verrottet - es ist für mich genauso scheiße mit einem Phantom zu leben, das alles besser konnte. Den alle geliebt haben und den du immer noch vergötterst. Ich hasse den Typen und er kann froh sein, dass er schon tot ist. Ich habe es so verfickt noch mal satt, dass ich für immer deine zweite Wahl bleiben werde.«

Während er spricht, verschmilzt alles zu einer brodelnden Masse. Ich sehe Sam vor mir. Seinen gütigen Blick. Ich sehe sein Grab, fühle meine Tränen, spüre die innere Leere, die Trauer, die viele, viele Einsamkeit. Alles, was so lange aushaltbar war, kommt an die Oberfläche. Angelockt von dem Schmerz des Mannes, der jetzt neben mir sitzt.

Ich reiße das Lenkrad herum und fahre auf einen Rastplatz. Das Auto neben mir hupt, aber es ist mir egal. Sollen sie doch alle zusehen.

Ich kann jetzt nicht.

Wir halten quer auf zwei Parkplätzen. Ruppig schalte ich den Motor ab und drehe mich zu Rain um. Wir starren uns an wie zwei, die sich gleich prügeln werden.

»Und jetzt sagst du nicht mal was dazu, weil du genau weißt, dass ich recht habe.«

»Wie kannst du es wagen, du elender Bastard.«

»Ich bin ein Bastard? Ja? Weißt du was? Du bist eine selbstsüchtige Bitch. Warst du die ganze Zeit.«

Wir starren und starren.

Die Luft ist so aufgeladen, dass es bloß einen Funken bräuchte und das Auto würde in Flammen aufgehen. Man hört nur unseren schweren Atem und das leise Radio. Es fühlt sich an wie vor dem Kurzschluss. Vor der totalen Entladung. Gespenstisch.

Einen Wimpernschlag später schießt er vor und packt mich an den Armen, reißt mich grob und rücksichtslos auf seinen Schoß.

Unsere Lippen krachen so hart aufeinander, dass meine Zähne an seine stoßen. Er zerrt an mir und ich an ihm. Meine Knie reiben schmerzhaft über das Polster des Autositzes. Als er die Hände unter den Stoff meines Rocks wandern lässt, stößt er dabei gegen den Knopf für die Radiolautstärke. Wütende Bässe wummern durchs Auto. Nichts würde besser passen.

Der Soundtrack unseres Untergangs.

Seine Finger graben sich in meine Haut. So sehr, dass ich die Abdrücke davon noch einige Tage spüren werde. Es ist mir recht. Jedes bisschen Schmerz facht meine Wut weiter an. Als seine Lippen das nächste Mal auf meine treffen, beißt er zu. Der Geschmack von Blut lässt das Adrenalin in meinen Adern eskalieren. Ich fahre durch seine Haare, zerre seinen Kopf zurück gegen die Rückenlehne des Autos und schaue ihn an.

Während er unter halbgeschlossenen Lidern zu mir aufsieht, hält die Welt für einen winzigen Moment den Atem an. Hier in diesem Auto, mitten im Auge des Sturms.

Einen Herzschlag lang, dann noch einen, dann schiebt er eine Hand zwischen uns und versenkt seine Finger in mir. Lust vermischt sich mit Zorn, der Wunsch nach Erlösung mit dem abartigen Verlangen nach Rache. Nach Vergeltung für irgendetwas, das niemals vergolten werden kann.

Ohne weiter darüber nachzudenken, öffne ich seine Hose. Seine Finger verschwinden. Trotzdem hält er meinen Blick, die ganze Zeit. Selbst dann noch, als ich langsam, Zentimeter für Zentimeter, auf ihn hinabsinke.

»Du bist so eine elende, selbstgerechte Bitch, June.« Mit einem einzigen, gezielten Stoß dringt er so tief, dass ich zischend Luft hole. Es ist wie eine Erlösung für all das, was in den letzten Stunden zwischen uns gebrodelt hat. Wie ein Ausbruch, den es brauchte, damit endlich der Druck nachlassen kann. Unsere Art, mit diesem Gefühlsstrudel umzugehen.

»Ich hasse das hier. Diese ganzen Kämpfe. Diese ganzen Sorgen. Dieses ganze beschissene Leben.« Seine Stimme ist so verzerrt, dass ich sie kaum erkenne. »Ich wünschte, ich könnte *dich* hassen.«

»Tust du nicht.«

Er stöhnt gequält, beschleunigt das Tempo und kommt dann mit solch einer rohen Gewalt, dass es mich mitnimmt. Mit durchgedrücktem Rücken erschauere ich am ganzen Körper, während wir uns so tief in die Augen sehen, dass ich nur noch ihn spüre. In mir, um mich herum.

Ich kann fühlen, wie all diese hässlichen Anschuldigungen von unserer Haut hinweggefegt werden.

Wie sie Stück für Stück ihre Bedeutung verlieren, nur noch Hüllen sind, um mit den Dingen umzugehen, die wir niemals ausdrücken könnten, weil es dafür keine Worte gibt.

Und als ob der Bann gebrochen ist, werden Rains Hände butterweich und zärtlich. Seine Stirn sinkt an meine Schulter und seine Nase reibt über mein Schlüsselbein. Unser rasselnder Atem hängt schwer zwischen uns.

»Es tut mir so leid«, flüstert er, während ich die Arme

um seinen Nacken schlinge. »Was habe ich uns nur angetan?« Immer wieder. Zuckende Schultern und geschluchztes Luftholen.

Es ist zu viel.

Kaum auszuhalten.

»Atme durch. Rain, atme. Es ist alles in Ordnung.«

Er schüttelt den Kopf. »Nichts ist in Ordnung. Nicht … wie … ich … ich kann das nicht mehr ertragen. Ich kann mich selbst nicht mehr ertragen, June.«

Ich bin mir nicht sicher, wie lange ich so auf seinem Schoß sitzenbleibe. Derangiert und halb nackt, während ich diesen völlig verlorenen Jungen in meinen Armen halte und warte, bis der Sturm sich legt.

Irgendwann sieht er mit verquollenem Gesicht auf.

»Es tut mir leid. Alles. Mir tut alles so leid«, wiederholt er. Da ist so viel Sorge in seinen Augen, dass es mich fast davonspült.

»Mir auch. Wir haben beide Fehler gemacht, Rain. Ich auch. Ich hätte das nicht sagen dürfen.«

Er nickt, hält inne und lässt dann die Stirn wieder an meinen Hals sinken. »Ich habe einfach so eine beschissene Angst vor der Zukunft, June.«

Der Satz hallt nach. In diesem Wagen, in meinen Ohren und irgendwo tief in meiner Seele.

Ich auch.

Kapitel 29

Rain

Wenn ich geahnt hätte, was da heute bei Ariel los sein wird, wäre ich definitiv allein gefahren. Es war ein Trauerspiel.

Mrs. Hayes hat mir kurz vor unserer Verabschiedung in der Küche erzählt, dass Cass mich gern öfter sehen will. Sie hätten das besprochen. Ich soll ab jetzt zwei Mal in der Woche kommen. Es würde ihr immer so gut gehen, wenn ich da bin. Wann fragt mal jemand, ob es mir gut geht? Und jetzt hat sie auch noch June mit dieser ganzen Scheiße angestachelt. Wir haben uns vorhin im Auto Dinge an den Kopf geschmissen, die ich am liebsten wieder zurücknehmen würde.

Aber das geht nicht.

Diese ganze fucking Vergangenheit wird immer zwischen uns stehen.

Cass wird immer sticheln, June wird immer ihren beschissenen Ehering im Nachtschrank haben und wir werden genau *wie* lange so tun, als ob es uns egal ist?

Missmutig werfe ich die Kippe auf Junes Rasen und fahre mir hart übers Gesicht. Leider kann ich mich nicht ewig hier draußen verstecken, also schiebe ich die Glastür wieder auf und gehe ins Haus zurück. June sitzt auf dem Sofa und dreht ihre nassen Haare auf dem Kopf zu einem Dutt. Sie hat geduscht und trägt ein Top sowie eine lange Schlafhose. Sie lächelt tatsächlich, als sie mich sieht, und breitet die Arme aus. »Hey, Baby. Komm her.«

Ich schaffe es nicht, zurückzulächeln. Ich bin zu angespannt und müde dazu. Also setze ich mich bloß neben sie, lehne meinen Kopf an ihre Schulter und atme durch.

»Können wir jemals vergessen, was heute passiert ist?«, frage ich leise.

Ihr Kopfschütteln fühle ich nur.

»Nein, aber müssen wir das? Wir waren beide wütend, wir waren beide ungerecht, aber jetzt ist es vorbei. Wir haben uns entschuldigt und darüber gesprochen. Brauchen wir mehr?«

Ihre Worte sind so zuversichtlich, dass ich mich frage, warum wir nicht das Gleiche fühlen. Warum sie mir vergeben kann, aber ich mir selbst nicht.

»Darf ich dich um etwas bitten, Rain?«

»Alles. Alles, was du willst.«

»Erzähl mir eure Geschichte. Deine und Cassandras.«

»Warum willst du dir das anhören?«

»Weil selbst die dunkelsten Monster ihren Schrecken verlieren, wenn man sie einmal im Licht gesehen hat.«

Zwei Stunden später sitzen wir in einem Trümmerfeld aus Emotionen und Erinnerungen. Ich habe June alle Fotos gezeigt, die es von Cass und mir gibt.

Damals fand ich, dass wir glücklich aussahen.

Heute denke ich, dass wir nur zwei gebrochene Teenager waren, die keinen Halt hatten und sich gegenseitig keiner sein konnten. Wie will man jemanden halten, wenn man selbst mit den Füßen in der Luft hängt? Es war verheerend und beängstigend. Wir haben uns nicht geholfen, wir haben uns nur gegenseitig immer weiter in die Scheiße reingeritten.

Trotzdem hätte ich mein Leben für ihres gegeben - damals.

Das hier ist anders.

June und ich streiten auch. Oft und laut. Ich würde auch für June alles geben, aber sie würde es nie erwarten. Sie würde niemals etwas tun, was mir schadet. *Weil* sie mich liebt.

Als ich den Handybildschirm sperre, verschwinden die Bilder. June atmet schwer durch, wirkt aber nicht mitgenommen, sondern eher erleichtert. »Danke, Rain. Es bedeutet mir viel, dass du mir das alles anvertraut hast. Es tut mir leid, dass es für euch so schlecht gelaufen ist. Wirklich.«

»Danke, dass wir über so was reden können.«

»Immer.« Sie lächelt mich ganz weich und liebevoll an, diesmal lächle ich zurück.

»June? Darf ich deine Geschichte auch hören? Vielleicht stimmt es, was du gesagt hast. Vielleicht brauche ich auch einen Abgleich von Vorstellung und Realität, um damit abschließen zu können.«

Einen Moment lang zögert sie, doch dann steht sie auf, geht ins Schlafzimmer und kommt mit der kleinen Fotokiste wieder, die ich damals schon einmal durchgesehen habe, als wir diese Wette am Laufen hatten.

Sie setzt sich wieder im Schneidersitz neben mich und öffnet den Deckel. Das kleine Polaroid von uns liegt immer noch ganz oben auf.

Ihr leises Lachen rieselt meinen Rücken hinab. »War da etwa der Hausgeist am Werk? Ich kann mich gar nicht erinnern, dass ich das da hineingetan habe. Ich dachte, du hättest das behalten? So was aber auch.«

»Ja … ich … keine Ahnung. Darf ich es zurückhaben?«

»Aber gut drauf aufpassen, ja? Ich liebe das Foto. Weil wir da schon so glücklich aussehen.« Sie reicht mir das zerknitterte Bild, gibt mir einen zärtlichen Kuss und holt danach ein anderes Fotoalbum heraus.

»Hier, schau mal. Das war meine Hochzeit. Unsere. Also Sams und meine.«

Obwohl ich die Bilder vor Monaten schon einmal angesehen habe, ist das Gefühl in meinem Herzen noch immer ähnlich. Mit dem Unterschied, dass ich jetzt bereit bin, daran zu arbeiten.

»Das sind meine Schwiegereltern. Das Kleid von Alice war echt schräg.«

»Wer ist der da?«, frage ich und sie folgt meinem Finger.

»Das ist Andrew. Sams bester Freund. Er war auch sein Trauzeuge.«

Dann folgen Fotos von Sam und ihr. In einem Park, an einem See – eben diese typischen Pärchen-Hochzeitsfotos, die furchtbar gestellt aussehen. Das kribbelige Gefühl wird zu einem unangenehmen Stechen. Wie jedes Mal, wenn ich June und Sam zusammen sehe. Mein Blick klebt auf seinem Gesicht.

Was ist das nur mit dir, Sam Reed?

»Weißt du, Sam wollte das so sehr. Er wollte unbedingt heiraten und hierherziehen. Er wollte eine große Familie und viele Kinder.«

»Und du? Was wolltest du?«

»Ihn«, sagt sie mit Wehmut. »Ich wollte nur ihn. Er war der Erste, der mich so gesehen hat, wie ich bin. Er hat immer auf mich aufgepasst und alles für mich getan. Er war wie mein Schutzengel. Immer zur Stelle, wenn ich einen brauchte. Manchmal habe ich Angst, dass ich dieses Gefühl fast mehr geliebt habe als ihn selbst. Klingt das, als wäre ich ein schrecklicher Mensch? Ich meine, er hat unsere Beziehung über alles andere gestellt. Es war zu perfekt. Er hat es einem so leicht gemacht, ihn zu lieben. Ich habe mich oft gefragt, wann der Aufprall kommt.«

Sie schluckt und scheint vor ihrem inneren Auge alles noch einmal durchzumachen. Und es tut mir so leid. Mit jedem neuen Herzschlag kann ich spüren, wie immer mehr von meiner Wut und meinem Hass sich in Mitgefühl für ihre Trauer wandelt.

»Wir haben es jahrelang versucht, aber ich bin nicht schwanger geworden. Und dann war ich es endlich. Es wäre ein Junge gewesen.«

Ich weiß nicht, was ich sagen soll. Warum bekommen solche Menschen wie Cass und ich einfach ein Baby, weil wir ein paar Mal nicht aufpassen, und June darf keines haben, obwohl sie so gern Mutter geworden wäre?

Das Leben ist ungerecht.

»Wir haben uns ein Haus hier in der Gegend angesehen. Sam war am nächsten Tag noch einmal dort. Und dann war er tot und …«

»June.« Ich streiche über ihren Rücken und betrachte dann noch mal eindringlich das Foto der beiden. Sie und ihn. Sein Gesicht. Die dunklen Haare, die klaren Augen, das Lächeln. Ich bekomme eine Gänsehaut vor lauter Unbehagen, aber ich kriege es nicht zu fassen, dieses merkwürdige Gefühl.

»Wenn er doch nur früher gefahren wäre oder später. Wenn er mein Auto genommen hätte oder eine andere Route. Am schlimmsten ist, dass ich niemals herausfinden werde, wie es genau passiert ist. Ich werde nie erfahren, warum er ausgestiegen ist. Wenn er doch nur im Auto gewartet hätte oder weiter auf den Seitenstreifen gefahren wäre.«

Das flaue Gefühl im Magen wird zu einer unterschwelligen Beklemmung. Sie kriecht durch meine Adern wie ein alter Dämon, der sich nach Jahren wieder an die Oberfläche kämpft.

Bleib ruhig.

»Wenn er einen Pannenservice gerufen hätte oder wenigstens eine Warnweste getragen hätte.«

Mein Gott.

»June?« Es ist nicht mehr als ein heiseres Krächzen.

Mein Gott, mein Gott …

Mein Gott.

»Was ist?« Sie schaut unter Tränen auf und sieht mich

genau an. Mit diesen großen, grünen Augen, die jetzt rotgeweint und verquollen sind.

»Wie ist er gestorben?«

»Er ist mit dem Auto … Ich kann nicht …«

Sie muss. Ich muss das wissen.

Ich muss wissen, dass es nicht stimmt.

»June, sag es mir.«

Doch sie nimmt nur das Fotoalbum und blättert weiter. Es kommen Bilder von den beiden in Freizeitkleidung und eine Porträtaufnahme von seinem Gesicht. Auf diesem Foto hat er längere Haare und einen kurzen Bart.

Nein.

Mit einem heftigen Schlag setzen sich vor meinem inneren Auge Bilder zusammen, die ich niemals wieder sehen wollte. Und dann macht die Vorahnung einer Gewissheit Platz. Einer, die so schrecklich ist, dass mir kurz schwarz vor Augen wird.

Nein, das ist unmöglich.

Das kann nicht sein.

Das *darf* nicht sein.

In meinen Ohren rauscht das Blut, mein Atem wird immer unkontrollierter. O bitte, wenn es da oben einen Gott gibt, dann mach, dass das hier ein Albtraum ist.

»Was ist mit dir?« June schaut mich aus verengten Augen an, aber ich bin unfähig zu sprechen. Sie legt die Hand auf meinen Arm, die Berührung brennt wie Feuer.

Ich starre an ihr vorbei auf das Bild von dem lächelnden Mann. Es verschwimmt vor meinen Augen zu einem anderen Bild.

Ohne Lächeln.

Voller Schmerz.

»Er wurde überfahren, oder June?«

»Was?«

»Fünfundzwanzigster Juni vor zwei Jahren. Der Fahrer des anderen Autos wurde nie geschnappt.« Wie kann man etwas so Schreckliches nur so profan klingen lassen? Scheiße.

»Aber was … ich verstehe nicht. Warum weißt du das so genau?« Ihre Augen schimmern, als hätte sie Angst, dass gleich der Sturm um uns herum losbricht. Es ist einer dieser Momente, in denen man schon weiß, dass die Welt untergehen wird. Und man kann nichts mehr tun, um es zu ändern. Man kann nur dasitzen und abwarten, dass das eigene Leben in Stücke gerissen wird.

»Rain? Warum weißt du das?« Ihr Blick fleht *Bitte, Baby, sag, dass es in der Zeitung stand.* Aber sie und ich wissen in diesem Moment schon, dass es nicht stimmt.

»Weil ich abgehauen bin, June. Ich war der andere Fahrer.«

Kapitel 30

June

»Was? Nein, das glaube ich dir nicht.« Meine Stimme zittert, doch er starrt nur auf das Foto.

»Ich wünschte, du müsstest es auch nicht.«

Wie kann das sein?

Wie kann das möglich sein?

Keins unserer Worte fühlt sich noch in irgendeiner Weise real an. Als wäre ich bloß eine Statistin in meinem eigenen Körper. Als würde ich von außerhalb auf diese Szenerie blicken, dabei bin ich mittendrin.

»Wusstest du es? Wie lange wusstest du das?« Er hat Sam erkannt. Er wusste es. Er kannte das Hochzeitsfoto.

Das ist ein Albtraum. Bitte lass mich aufwachen. Bitte.

Rain fährt sich durch die Haare und sinkt in sich zusammen. Er schaut mich nicht ein einziges Mal an.

»Ich wusste es nicht. Ich hatte sein Gesicht schon mal gesehen, aber ich wusste nicht wo. Er sah so anders aus, als er da auf der Straße-«

»Nein, nein. Ich will das nicht hören. Hör sofort auf!«

Mein Herz stolpert, als der Schmerz über mir einbricht wie eine Flutwelle. Rain sinkt vom Sofa auf seine Knie und hält sich am zarten Stoff meiner Hose fest.

»Bitte. June, ich habe das nicht gewusst.«

Jeder Versuch, mich von ihm zu lösen, scheitert. Er schaukelt vor und zurück.

Er scheint den Verstand zu verlieren.

Genauso wie ich.

Sein Anblick zu meinen Füßen ist kaum auszuhalten. Ich wünschte, ich könnte mich neben ihn knien, ihn halten und trösten und gleichzeitig möchte ich ihn nur hassen. Ihn, mich, diesen Gott, zu dem Sam so viel Vertrauen hatte.

Plötzlich stehen wieder die Polizisten vor der Tür, plötzlich stehe ich wieder an diesem Grab. Ich reiße mich aus Rains Klammergriff los und schaffe es gerade noch ins Bad. Ich wünschte, dass ich alles auskotzen könnte, was in mir ist.

Meine ganze Seele und Existenz.

Rain kommt hinter mir her und hält meine Haare.

»Prinzessin, es tut mir so leid.«

»Es tut dir leid? Du hast ihn umgebracht. Du hast mein Leben zerstört.«

Alles vermischt sich. Angst, Wut, Hass, Liebe, Trauer.

Doch Rain macht auch jetzt keine Anstalten zu gehen. »Bitte lass uns das klären. Es war ein Unfall.«

Wie oft kann man ein Herz flicken, bis es bereit für den Sondermüll ist? Wie viel kann ein Mensch ertragen? Ich kann nichts mehr erwidern. Mir fehlt die Kraft, also schließe ich nur die Augen, lasse mich auf den Boden sinken, lege die Stirn an meine Knie und warte ab. Auf irgendetwas. Dass er geht, dass ich aus diesem Albtraum aufwache, dass irgendeine höhere Macht mein Leben rückwärtslaufen lässt.

»June.«

»Geh bitte.« Alles ist zu viel, jeder Ton bloß noch ein Flüstern.

Wieder warte ich, spüre sein Zweifeln, seinen Zwiespalt.

So überdeutlich, dass es den kompletten Raum ausfüllt.

So lange, bis die Tür geschlossen wird und nichts als eine bodenlose Einsamkeit zurückbleibt.

Kapitel 31

Rain

So eine Scheiße. So eine verdammte Scheiße. Er war es. Er war der Mann auf dem Highway. Warum habe ich ihn auf dem Hochzeitsfoto nicht erkannt? Warum zur Hölle habe ich ihn nicht sofort erkannt? Dieses Gesicht, das mich seit zwei Jahren verfolgt?

Bilder schieben sich vor mein inneres Auge. Wie ich in diesem Auto fahre. Viel zu langsam, weil es so geregnet hat. Cassandra, die am Telefon geweint und geschrien hat. Dass ich sofort ins Krankenhaus kommen muss. Dass das Baby kommt. Dass sie mir das niemals verzeiht, wenn ich nicht sofort losfahre. Dass sie mich braucht. Dass sie furchtbare Angst und unendliche Schmerzen hat.

Ich war so in Panik, ich hätte nicht selbst fahren dürfen. Ich war viel zu aufgewühlt, zu unkonzentriert. Der Regen ist in Sturzbächen über die Straße gelaufen und die Sicht war verflucht schlecht. Keine Menschenseele war unterwegs. Ich habe das Auto am Fahrbahnrand erst viel zu spät gesehen. Und den Mann, der mitten auf der Fahrbahn danebenstand, gar nicht.

Der Knall war ohrenbetäubend.

Ich spüre den Stoß noch heute im Traum.

Immer und immer wieder.

Wie das Gefühl, wenn man fällt und davon aufwacht.

Ich weiß noch, wie ich panisch aus dem Auto gesprungen und auf die Straße gelaufen bin. Es war niemand sonst zu sehen. Nur dieser Mann, wie er völlig verdreht hinter dem Auto auf der Straße lag. Ich habe in sein Gesicht gesehen. In seine toten Augen. Habe keinen Puls gefühlt. Überall war Blut, das der Regen nach und nach auf die Straße gespült hat.

Ich hätte die Polizei rufen müssen. Ich hätte das melden müssen. Ich hätte etwas tun müssen. Irgendetwas. Aber alles, was ich gespürt habe, war Angst. Reine, nackte Angst. Wegen meiner Vorstrafen. Wegen Cass. Wegen unserer Zukunft. Ich hatte ihr versprochen, dass ich zu ihr komme.

Mein Kopf hatte einfach einen Kurzschluss.

Ich weiß noch, dass ich wieder ins Auto gestiegen und wie in Trance weitergefahren bin. Ich habe ihn einfach so liegen lassen.

Warum habe ich ihn da liegen lassen?

Was bin ich nur für ein Monster?

Als ich aus dem Krankenhaus nach Hause kam, bin ich völlig zusammengebrochen, habe geweint und getobt und erst zu dem Zeitpunkt realisiert, was ich da getan habe. Mein Onkel hat mich gefunden und sein Auto im Hof gesehen. Er hat mich geschüttelt und geschrien. Dass er jetzt genauso in der Scheiße stecken würde wie ich und was mir einfallen würde, so einen Mist zu bauen. Wie ich mich erdreisten könnte, sein Auto zu nehmen.

Ich war gar nicht mehr fähig, mich zu erklären. Es ist über mir eingestürzt wie ein Kartenhaus.

Nur wegen Onkel Alexanders Einfluss sind Teile der Akten verschwunden und der Fall wurde eingestellt. Nur seinetwegen sitze ich nicht im Knast. Noch nicht.

Ich habe mich immer gefragt, wer der Mann war. Ob er eine Familie und Kinder hatte. Wohin er wollte und warum er mitten auf der Straße stand. Jetzt weiß ich die Antworten. Und sie sind mehr, als ich ertragen kann.

Mit roher Gewalt reiße ich die Tür vom Strandhaus auf, dichter Qualm kommt mir entgegen. Bässe wummern durch die Räume, die Luft ist so stickig, dass ich kaum atmen kann.

Die Leute tanzen und schreien zur Musik. Der Boden klebt und ich steuere auf die Bar zu, angle eine Whiskeyflasche dahinter hervor und trinke im Gehen einen Schluck. Wie ein fucking Déjà-vu. Rebel und Knight sitzen mit Valentina und einer anderen Frau auf den Sofas neben dem Kamin. Ich trinke noch mehr. Immer mehr, bis der Alkohol in meinem Magen prickelt. Vernünftig wäre jetzt, nach Hause zu gehen und die Sache zu klären.

Klären.

Das werde ich niemals klären können.

Da gibt es kein zurück. Niemals mehr. Vermutlich ist das mein letzter Abend in Freiheit, wenn June das bei der Polizei meldet.

Also mache ich jetzt, was ich immer mache, wenn es scheiße läuft. Ich mache noch mehr Scheiße. So lange, bis ich nichts mehr davon fühlen muss. Bis alles betäubt und kalt ist. Erträglich. So lange, bis das alles hier ein Ende hat.

Mit einem Satz springe ich über die Rückenlehne wie damals und komme neben der anderen Tussi auf.

Ohne sie zu beachten trinke ich.

Ich trinke. Und trinke.

Rebel und Knight werfen sich einen Blick zu, ich kann es aus dem Augenwinkel sehen.

»Hey, alles klar?« Rebels Stimme ist ungewohnt sanft, aber ich gehe gar nicht darauf ein.

»He, Knight, hast du was zu rauchen?«, frage ich stattdessen. Er grinst. Seine Pupillen sind so riesig, dass ich es von hier aus sehen kann.

»Nö, ich hab was Lustigeres.« Er kramt in seiner Tasche und zieht ein Tütchen mit Pillen raus. Schon wieder. Doch diesmal spüre ich nichts als Erleichterung darüber, dass ich nicht der Einzige bin, dessen Leben einem Scherbenhaufen gleicht.

Ich halte die Hand auf, er schnippt die Tüte rüber. Leider nicht schnell genug. Rebel fängt sie vor mir im Flug.

»O nein, so nicht. Knight, ich dachte, ich hätte mich klar ausgedrückt?«

Knight zuckt nur mit den Schultern.

»Und Rain, was wird das hier? Was ist mit deinem Wochenende gewesen? Warum fuckst du so ab?«

»Alter, gib die her und erzähl keine Scheiße«, motze ich und greife nach den Pillen.

»Fick dich. Die kriegst du nicht. Nie im Leben.«

»Gott, ich hasse dich.«

»Ich dich auch. Ist mir egal. Sag mir lieber, was mit dir passiert ist?«

»Geht keinen was an.«

Die Tante neben mir rutscht ein Stück an mich heran und schwingt ein Bein über meins. Ich lege eine Hand darauf, sie fährt die Tattoos nach. Das ist alles so falsch. So viel. Aber ich kann nicht anders. Ich kann das anders nicht überleben.

»Kommst du mit hoch?« Ihre Lippen berühren fast mein Ohr. Es ekelt mich an. Trotzdem nicke ich. Als müsste ich es mir beweisen, was auch immer. Als wäre ich noch jemandem Rechenschaft schuldig. Bin ich nicht. Werde ich niemals wieder sein. Zwei Mal habe ich geliebt, zwei Mal in die Scheiße gegriffen. Es reicht für ein Leben.

Ich will gerade aufstehen, als mich Rebel am Arm packt.

»Vergiss es, Mann. Du bleibst hier.«

Die Blonde nimmt meine Hand, aber Rebel schlägt sie weg.

»Und wer bist du überhaupt? Verschwinde, er hat eine Freundin.« Mit einer unbestimmten Handbewegung scheucht er die Kleine weg. Mein Blick geht ihr hinterher, während sie das Weite sucht.

»Hallo? Hier bin ich?« Rebel schnippt vor meinem Gesicht mit den Fingern. »Was ist mit dir? Sag schon. Was ist mit June?«

»Scheiß auf June«, gebe ich zurück, lehne den Kopf an die Sofalehne und trinke noch mehr Schnaps. Mein Kopf hämmert.

»Mann, Rebel. Lass ihn doch. Gib mir jetzt die Tüte.

Oder ihm«, schaltet sich Knight ein, aber Rebel schnaubt nur.

»Einen Scheiß mach ich. Tickt ihr noch sauber? Ich packs nicht. Du …« Er zeigt auf Knight. »… wolltest längst damit aufhören. Du hast es mir versprochen. Und du …« Er deutet auf mich und schaut noch eindringlicher. »… solltest mal überlegen, ob du schon wieder alles wegschmeißt, was dir etwas bedeutet, nur weil du zu dämlich bist, um dich in den Griff zu bekommen.«

»June ist Geschichte. Das ist vorbei.« Meine Stimme klingt so verschwommen und belegt vom Whiskey, wie ich mich fühle. Wie bei der Talfahrt einer Achterbahn. Ohne Sicherung und Gurt. Einfach nur mitten ins Verderben.

»Ja, jetzt siehst du das vielleicht so. Aber morgen vertragt ihr euch wieder und dann hast du Sachen gemacht, die du bereust.«

»Da gibts nichts mehr zu bereuen oder zu klären. Ich will das einfach vergessen.«

»Und ich will reden«, sagt Rebel unnachgiebig und jemand im Hintergrund dreht die Musik richtig auf.

»Glaubst du, du kannst mir Tipps zu Beziehungen geben. Du?«, brülle ich zu ihm rüber.

Er schaut erst erstaunt und dann finster. »Im Ernst, Rain?«

»Ich bin hier nicht der, der niemanden in sein verkrüppeltes Herz lassen kann außer ihr da.« Ich deute auf Valentina. »Du machst doch auch nichts als große Reden schwingen und deinen Schwanz in jede schieben, die sich nicht wehrt, also erzähl mir nichts von Liebe.«

Valentina schließt die Augen, ihre Hand landet auf Rebels Arm. Ihr »Bleib locker« hört man selbst über die Musik. Aber Rebel nimmt es heute nicht locker. Er wischt ihre Hand fort, springt auf und fixiert mich. Lange.

Dann kommt er auf mich zu und reißt mich am Kragen hoch.

»Gehts jetzt um deine Ehre oder ihre?«, provoziere ich ihn weiter. »Oder ist das verletzter Stolz, weil sie dich nicht ranlässt?«

»So spielen wir heute, ja?«

Im nächsten Moment holt er aus und rammt mir seine Faust mit voller Wucht in den Magen. Ich stöhne auf und grinse dabei. Eine wahnwitzige Mischung.

»War das alles? Soll ich weitererzählen, was ich so mit ihr gemacht habe, als du nicht dabei warst?«

Er trifft mich mit einem Haken am Kinn und mit dem danach auf die Nase.

Endlich. Knock mich aus. Mach, dass das aufhört.

Alle Leute um uns herum grölen. Ich schiele zu Valentina, die nur den Kopf schüttelt, aber nicht wirklich ärgerlich wirkt. Sie hält Rebel allerdings auch nicht zurück, sondern lässt uns machen. Blut läuft über meine Lippe, mein Kopf dröhnt. Den nächsten Schlag sehe ich nicht kommen. Er trifft mich an der Schläfe und alles wird schwarz.

»Verdammt! Ich dachte schon, dass du ihn gekillt hast«, sagt eine aufgebrachte Frauenstimme. Es ist Valentina.

Sie hat sich über mich gebeugt, ihr Gesicht ist total verschwommen. Ich versuche sie scharf zu stellen, aber es klappt nicht.

»Der ist zäh.«

»Trotzdem. Du kannst ihm doch nicht so eine verpassen, Luca. Du machst das ständig und er ist nur ein armer Irrer, der Stress mit seiner Freundin hatte.«

Noch während sie reden, prasselt alles mit einer solchen Wucht auf mich ein, dass mir schlecht wird. Und das nicht von dem Hieb in den Magen.

Rebel schnaubt im Hintergrund. »Reg dich ab, Val. Es war verdient. Er hat mich provoziert.«

»Ihr provoziert euch ständig. Das ist doch kein Grund.«

»Wenn einer so über dich spricht, dann schon.«

Es erklingt noch ein genervtes Stöhnen und ein harsches »Was?« von Rebel.

Können die mal aufhören zu streiten? Ist ja ätzend.

»Rain, hörst du mich? Kannst du mich sehen?«, fragt Valentina jetzt an mich gewandt und tätschelt vorsichtig meine Wange. Fuck, tut das weh.

»Ja, ja. Alles gut.« Ich versuche mich aufzurichten und schaue mich um. Langsam klärt sich mein Blick. Ich bin noch im Strandhaus, aber alle anderen sind gegangen. Überall stehen alte Bierflaschen und Shotgläser. Die Musik ist aus und die Atmosphäre so gedrückt wie meine Stimmung. Ich komme auf die Füße und taumle leicht.

»Rain, bitte. Bleib doch liegen. Du siehst aus wie überfahren.«

Überfahren.

Überfahren.

»Ich muss los. Ich …« Mir wird so schwarz vor Augen, dass ich mich sicherheitshalber an der Sofalehne festhalte. Mein Kopf hämmert und meine Augen brennen. Rebel mustert mich mit einer Mischung aus Wut und Mitleid, bevor er zu mir rüberkommt. Er legt seine Hand auf meinen Arm und schaut mir in die Augen. Seine Knöchel sind aufgeplatzt und auf seinem weißen Shirt klebt ein bisschen Blut. Vermutlich meins.

»Mann, jetzt beruhig dich erst mal kurz und bleib sitzen, bis du klar im Kopf bist. Und dann reden wir bitte darüber, was da am Wochenende passiert ist.«

Ich lasse mich von ihm auf das Sofa zurückzerren. Mein Kopf sinkt an die Lehne. Ich fühle mich so schlapp und fertig, dass ich glaube, gleich wieder wegzukippen. Was soll ich ihm denn jetzt sagen? Er weiß weder, dass es Ariel gibt, noch, dass ich einen Mann überfahren habe. Junes Mann.

Ist jetzt eine Zeit für derartige Enthüllungen? Eigentlich nicht.

»Ich hatte Stress mit June. Wegen dieser beschissenen Hochzeit ihrer Cousine. Wir sind ein bisschen ausgeflippt und sie hat mich rausgeschmissen. Ende der Geschichte.«

»Glaub ich dir nicht.«

»Fuck mich nicht ab. Ist mir egal, ob du das glaubst.«

Bevor er noch tiefer graben kann, stehe ich ein weiteres Mal auf. Diesmal gehorcht mir mein Körper. »Ich muss dann auch los. Danke, Rebel.«

»Wofür? Dass ich dir die Fresse poliert habe?«

Auf mein Schulterzucken reagiert er nur mit einem genervten Abwinken. »Sieh zu, dass du wegkommst. Wir müssen in zwei Stunden im Unterricht sitzen.«

Ich deute einen Salut an und gehe Richtung Ausgang.

»Und Rain?«, ruft er mir noch hinterher, als ich schon auf Höhe der Tür bin. »Sprich mit ihr, sonst war das blaue Auge umsonst.«

Zu Hause versuche ich, ungesehen in mein Zimmer zu kommen. Das Letzte, was ich in meinem jetzigen Zustand gebrauchen kann, ist eine direkte Konfrontation mit Onkel Alexander oder Tante Camilla. Oder Gott bewahre, mit beiden.

Also werde ich jetzt, so leise ich kann, die Treppe hochgehen, die Tür abschließen, mich in mein Bett legen und dann darauf warten, bis dieser ganze Scheiß vorbei ist, der den Titel *Leben* nicht mehr verdient.

Was würde es noch ändern, wenn ich kämpfe?

Egal, was Rebel sagt, reden wird mich nicht retten. Worte können nicht alles heilen. Nicht das, was ich June angetan habe.

Ich durchquere gerade das Foyer, als es hinter mir scheppert.

»Mr. Sullivan! Was ist denn mit Ihnen passiert?« Patricia kommt mit fliegenden Schritten auf mich zu. Dabei steigt sie über den Scherbenhaufen der Kaffeekanne, die sie getragen hat.

Bevor ich auch nur zu einer beschwichtigenden Antwort ansetzen kann, kommt meine Tante aus dem Salon dazu. Sie schaut an mir hinab, dann schlägt sie die Hand vor den Mund.

»Heiliger Himmel, Parker. Wo kommst du denn her?«

Die Salontür schwingt ein zweites Mal auf.

»Parker!« Onkel Alexander rauscht an den beiden Frauen vorbei. Er packt mich am Arm, doch ich schlage seine Hand weg.

»Lass mich los, ich will in mein Zimmer.«

»Das kannst du vergessen. Wie siehst du überhaupt aus? Du kommst mit. Jetzt.«

Warum glauben eigentlich alle, dass sie mich herumkommandieren können? Ich habe den ganzen Scheiß so satt.

»Du kannst mir gar nichts sagen.«

»Ich bin der Einzige, der dir was sagen kann. Und wenn du dich weigerst, kann ich gern bei Richter-«

»Mach's doch. Weißt du was? Mach's doch einfach! Lass mich einbuchten, ruf den Scheißrichter an, die Cops oder was weiß ich wen. Ist mir so was von egal! Wenn du Glück hast, sind die schneller hier, als du die Nummer wählen kannst!« Bunte Sterne tanzen vor meinen Augen und lassen mein Sichtfeld auf ein Minimum schwinden.

»Bitte beruhigt euch. Beide«, schaltet sich zu allem Überfluss auch noch Tante Camilla ein. »Wo bist du überhaupt das ganze Wochenende gewesen? Dein Onkel hat mit Direktor Snyder Golf gespielt. Es gab gar keinen Schulausflug.« Sie stemmt die Hände in die knorrigen Hüften und fixiert mich. Mein Onkel ebenso.

»Ja, das interessiert euch, was? Dabei kümmert es euch

doch sonst einen Scheiß, was mit mir ist. Aber wisst ihr was? Damit ist jetzt sowieso Schluss. Ich habe die Schnauze so gestrichen voll von dem ganzen Mist hier. Ich gehe zur Polizei. Ich stell mich freiwillig.« Die Worte sind raus, bevor ich überhaupt über ihren Sinn nachdenken kann.

»Was?«, donnert Onkel Alexander. Er packt meinen Arm erneut. Diesmal fester.

»Lass mich los.« Ich stoße ihn grob von mir. Er taumelt, behält aber im entscheidenden Moment das Gleichgewicht. »Warum habt ihr ein Problem damit? Die ganze Zeit droht ihr mir, jetzt mache ich ernst. Läuft doch gut für euch.«

Wie soll man sein ganzes Leben mit Schuldgefühlen verbringen? Früher habe ich die in noch mehr Scheiße erstickt. Eine Zeit lang hat das funktioniert. Aber dann war da June. Da war zum ersten Mal eine Zukunft am Horizont.

Ich bin wohl niemand, der Hoffnung verdient.

»Jetzt mach bitte nichts Unüberlegtes, Parker. Schlaf eine Nacht darüber und beruhig dich. Dann können wir weitersehen. Was ist denn überhaupt passiert?« Onkel Alexanders Blick ruht weiterhin auf meinem Gesicht und dann passiert etwas, mit dem ich niemals im Leben gerechnet hätte: Sorge blitzt in seinen Augen auf.

»Parker, bitte«, sagt er erneut. Diesmal macht sein Ton mich nicht wütend, sondern lässt mich bald in die Knie gehen.

»Der Mann vom Highway. Das war Sam Reed.«

»Wer?«

»Sam Reed. Der Mann von Mrs. Reed.«

Er versucht, das Puzzle zusammenzufügen, aber es gelingt ihm nicht.

»Mrs. Reed. Nachhilfe Reed. Lehrerin Reed. Meine heiße Freundin June Reed.«

Hinter seiner Stirn rattert es sichtbar.

»Könntest du das bitte ausführen? Was heißt hier *meine heiße Freundin June Reed*?«

»Die Kleine, die hier zur Nachhilfe herkommt, die Geschichtslehrerin. Das ist meine Freundin. *War* meine Freundin. Ich habe ihren Mann überfahren.«

Tante Camilla tritt ein Stück näher. »Mein Gott, Parker. Hörst du, was du da sagst? Die Frau ist deine Lehrerin. Das ist Verleumdung.«

Das kann doch nicht wahr sein.

Es fühlt sich an, als würde mein Kopf platzen, wenn das hier nicht bald ein Ende hat.

»Ja, ich höre mich reden. Ist mir egal, was ihr jetzt denkt. Sie war meine Freundin und …«

Ich liebe sie.

Ich liebe sie so sehr.

»Sie ist deine Lehrerin!«

»Hat sie komischerweise nicht gestört, als sie die Beine breitgemacht hat.«

»Mäßige deinen Ton!«, zischt Onkel Alexander.

»Ich mäßige hier gar nichts mehr. Ich habe ihr Leben zerstört, versteht ihr das nicht? Ich kann nicht weiter herumlaufen, als wäre nichts.«

Dafür ist sie mir zu wichtig.

Eine Stunde später liege ich endlich in meinem Bett und starre die Decke an. Mein Gesicht pocht, aber dieser Schmerz fühlt sich, im Gegensatz zu dem in meinem Herzen, gut und richtig an. Alles an mir sollte so schmerzen. Für immer. Weil ich nichts anderes verdient habe.

Als ich die Stille nicht mehr aushalte, schreibe ich Rebel eine Nachricht, dass ich nicht zur Schule komme, und flüchte mich mit dicken Kopfhörern in meine Gedanken. Wie kann ein einzelner Tag alles so dermaßen verändern?

Rebel schreibt sofort zurück.

June ist auch nicht hier. Was habt ihr gemacht? Erzähl mir keinen Scheiß.

Ich antworte nicht. Was hätte das für einen Sinn? Zwar habe ich diese Sache mit der Polizei vorhin nur so im Affekt dahingesagt, aber im Grunde ist es die einzige logische Antwort auf die Dinge, die passiert sind. Wenn June es nicht macht, mache ich es.

Warum habe ich geglaubt, dass ich für immer mit der Schuld leben kann? Wie kann man ein Leben auslöschen und es irgendwann vergessen? Wie könnte man jemals mit so etwas davonkommen? Es ist unmöglich.

Ich drehe die Musik so laut, dass es sich anfühlt, als würde mein Herzschlag darin untergehen. Die Töne wummern durch mich hindurch und jeder Versuch, durchzuatmen, scheitert. Wie ferngesteuert presse ich die Hände flach auf mein Gesicht, bis es wehtut. Ich brauche irgendetwas. Irgendetwas, das den Schmerz in mir ersetzt. Ich kann das nicht mehr aushalten.

Bewegungslos liege ich da, bis ich meinen Körper wieder einigermaßen unter Kontrolle habe, und krame dann in der Hosentasche nach einer Zigarette. Alles, was ich finde, ist das knittrige Polaroid. Am liebsten würde ich es zerknüllen und verbrennen und all die Erinnerungen loswerden. Ich werfe es von mir und schließe erneut die Augen. Aber da ist nur June. Das Bild davon, wie ihr Blick gebrochen ist. In dem Moment, in dem sie verstanden hat, wer ich wirklich bin.

Am nächsten Tag liege ich noch immer in ähnlicher Position im Bett. Ich starre die Decke an und wälze meine Gedanken hin und her, als sich irgendwann die Tür öffnet und Onkel Alexander eintritt.

Er sagt kein Wort, sondern schaut mich nur an. Als ich mich aufrichte, wedelt er mit einem Blatt Papier in seiner Hand.

»Was ist das?« Ich hasse mich dafür, wie matt meine Stimme klingt.

»Das ist ein Schreiben von der *University of San Francisco*.«

»Seit wann öffnest du meine Post?«

»Seit wann zeigst du Engagement?«, gibt er in dem gleichen Tonfall zurück, aber um seine Mundwinkel spielt ein kleines Lächeln.

Normalerweise würde ich jetzt etwas Schlagfertiges erwidern, aber wozu noch? Ist doch scheißegal, was ich zu wem sage. Also lasse ich meine Deckung fallen.

Das erste Mal in diesem Haus.

Seit drei Jahren.

»Ich habe dort hingeschrieben und angefragt, ob ich mich überhaupt für ein Studium bewerben kann mit meiner Vorgeschichte.«

»Ja, hier steht, dass sie von deinem Motivationsschreiben begeistert waren. Ich kenne den Dekan dort und er ist eigentlich kein empathischer Mann. Was hast du denen denn erzählt?« Er reicht mir den Brief.

»Nur die Wahrheit. Dass ich viel Mist gemacht habe, aber dass es manchmal Momente im Leben gibt, die wichtiger sind als andere. Dass ich ein Vorbild für meine Tochter sein will und dass ich die Frau glücklich machen will, die ich liebe. Dass sie ein gutes Leben verdient hat und ich dafür kämpfen will, dass es endlich besser wird. Solchen Kram eben.«

»Geht es immer noch um Cassandra Hayes?« Sein Tadel ist nicht zu überhören.

»Es geht um June Reed.«

»Warum, Parker? Ist das so etwas wie ein Machtspielchen? Warum reicht es dir nie? Du hast bei Cassandra genug Schaden angerichtet. Warum muss es jetzt diese arme Frau sein?« Er geht zu meinem Schreibtisch und setzt sich auf den Drehstuhl. »Ich meine, warum der Wandel?«

Ich stehe auf und stelle mich ans Fenster, öffne es und zünde eine Zigarette an. Ich weiß, dass er das hasst. Ich tue es trotzdem.

»Eigentlich ist es völlig egal. Es hat keinen Belang mehr, was ich mache oder nicht. Ich habe beide verloren. Keine

Ahnung, ob du zu großen Gefühlen in der Lage bist, aber ich liebe June. Ich liebe sie wirklich. Und sie hat mich auch geliebt. Sie konnte nichts dafür. Wir kannten uns schon, bevor sie unsere Lehrerin geworden ist. Ich dachte zum ersten Mal, dass ich eine Zukunft habe.« Der Rauch wabert milchig an die Decke. Wie eine durchscheinende Mauer, die immer zwischen ihm und mir bleiben wird. »Ich wollte das so sehr. Ich wollte der Richtige für sie sein und all diese Scheiße angehen. Ich wollte endlich an Ariels Leben teilhaben. Aber jetzt …«

Mir fehlen die Worte. Wie soll man so gewaltige Gefühle in Sprache verpacken? Onkel Alexander schaut mich genau an und scheint zu überlegen.

»Du wirst nicht zur Polizei gehen, Parker.«

»Das kannst du nicht mehr bestimmen. Es ist allein meine Entscheidung. Und vielleicht nicht einmal das.«

»Sie kann da nichts ausrichten. Niemand kann dir das nachweisen, ich mache meine Arbeit gründlich.«

»Ich wünschte, ich hätte es damals schon getan.«

»Und ich verstehe nicht, was mir das alles sagen soll. Du kannst mir nicht wirklich erzählen, dass du dein Leben wegwerfen willst, nur weil-«

»Ihr könnt doch froh sein, wenn ich weg bin. Dann ist hier endlich wieder Ruhe. Dann haben endlich alle aus dieser Familie Ruhe vor mir.« Es klingt hart, aber da ist keine Wut mehr. Nur noch Resignation.

»Du bist dumm, wenn du glaubst, dass du uns egal bist. Du bist unser Neffe. Du warst uns nie egal. Nicht damals und heute auch nicht. Aber wenn es ist, wie du sagst, warum willst du das dann alles aufs Spiel setzen? Wenn du zur Polizei gehst, wirst du weder deine Tochter noch diese June Reed in den nächsten Jahren wiedersehen.«

»Weil es nicht darum geht, wenn man das Richtige tut. Es geht nicht um mich, Onkel Alexander. Das erste Mal geht es nicht um mich.«

Kapitel 32

Rain

Wenn man genau hinsieht, kann man zwischen den steilen Wänden der alten Industriehallen auf dem Skategelände das Meer erahnen. An all den Tagen, die ich hier verbracht habe, ist mir das noch nie aufgefallen. Es ist traurig, wie wenig Bedeutung man seiner Umwelt beimisst, wenn man sich nur um sich selbst dreht. Die Sonne geht langsam unter und mit jeder Dämmerungsschattierung werden meine Gedanken leichter. Auf einmal wirkt alles friedlich. Ich versuche, den Moment aufzusaugen und mir alles genau einzuprägen. Bis ein Scheppern mich aus meiner Starre löst.

Hinten am Bauzaun kommen Rebel und Knight auf den Platz und lachen ausgelassen. Knight springt auf Rebels Rücken, aber der schüttelt ihn wieder ab. Diese beiden irren Idioten. Die werde ich ganz besonders vermissen. Drei Jahre sind eine lange Zeit und wir haben jeden Tag davon zusammen verbracht.

Und obwohl wir uns so nahestehen, haben wir viel zu viele Geheimnisse voreinander. Kein Mensch weiß, was mit Knight los ist oder warum Rebel so einen Hass in sich trägt. Zwischen uns war das nie von Belang. Für uns zählt nur, wer wir sind, wenn wir zusammen sind.

Vielleicht ist das unser größter Fehler gewesen. Es hat sich nie wie einer angefühlt, bis jetzt.

»Hey, ihr zwei!« Ich hebe die Hand und schnippe das Ende meiner Zigarette die Halfpipe runter.

»He, Rain, gut dich zu sehen«, ruft Knight hoch und stemmt die Hände lasziv in die Hüften. Rebel schlägt ihm auf den Hinterkopf.

»Komm, du Idiot, und turtle hier nicht rum. Ich habe Hunger.« Er wedelt mit der Papiertüte in seiner Hand.

Kurz darauf lassen die beiden sich rechts und links neben mich fallen.

»Ach, traute Dreisamkeit. Ist das schön. Da bekomm ich ja richtig romantische Gefühle«, sagt Knight und reicht mir einen Burger.

Rebel scheint seine Euphorie nicht zu teilen. »Ja, besonders schön, wenn man sich so lange nicht gesehen hat, weil man die Schule schwänzt und sich wegen seiner Alten heulend im Bett wälzt.«

»Mann, können wir das Thema heute sein lassen? Außerdem ist sie keine *Alte.* Sie ist June und ich liebe sie, also halt die Klappe.«

»Oh, das klang aber noch ganz anders, als ihr euch geprügelt habt«, witzelt Knight und kaut seinen Burger. Dann nimmt er ein paar Pommes und fuchtelt damit in der Luft herum. »Weißt du, ich hätte nie gedacht, dass du mal der Vernünftigste von uns sein wirst. Was hat der kleine Rotschopf eigentlich mit dir angestellt, hm? Hat sie ihr Lineal rausgeholt und Strafarbeiten verteilt?«

»Mach dich nicht lustig. Sie hat gar nichts *angestellt.* Wir haben das beide nicht erwartet. Aber es ist ohnehin vorbei. Das alles. Es ist zu viel zwischen uns passiert. Das kann niemals geradegebogen werden.« Meine Stimme ist leise und rau und ich verfluche mich für den Tonfall. »Wisst ihr noch, wie Knight letztes Jahr mit seinem Board von der Halfpipe runtergestürzt ist?« Ein erbärmlicher Versuch, das Thema umzulenken, doch Rebel steigt zu meiner Überraschung sofort darauf ein. Er lacht so laut, dass er sich fast am Essen verschluckt.

Ein seltener Moment.

»Ja, Mann. Es sah so irre aus, wie der Knochen einfach aus ihm rausgestanden hat.«

»Haha, Rebel. Sehr witzig. Willst du auch wissen, wie es sich angefühlt hat? Dann schubs ich dich mal. Du schaffst das auch ohne Board«, gibt Knight zurück und stützt sich auf die Ellenbogen. Seinen Burger hat er in Rekordgeschwindigkeit gegessen. »Ich fand es viel witziger, als Rebel damals gegen Snyders neues Auto gefahren ist. Das war ein Kracher.«

»Ach komm, passiert halt mal. Und? Hat er jetzt nicht 'ne viel schönere Karre?« Rebel grinst und tut so, als würde er sich verbeugen. »Das waren noch Zeiten.«

Eine andächtige Stille senkt sich zwischen uns.

Ist das der Moment?

»Ich würde gern mit euch über etwas reden. Hätte ich schon ewig machen sollen.«

Knight zieht die Augenbrauen gefühlt bis zum Haaransatz.

»O Gott, bitte sag mir nicht, dass du jetzt eine Mitgliedschaft im Golfclub hast. Das verkrafte ich nicht.«

»Nein, es ist … Ich …« Es fällt mir so unfassbar schwer, es auszusprechen, obwohl es eigentlich nichts Schlimmes ist. »Ich habe eine Tochter.«

Erst sagt niemand etwas. Dann holt Rebel tief Luft und brüllt: »Was?«

»Ja, echt, Mann. Was?« Knight wirkt nicht weniger verwirrt. Ich reibe über meine Oberschenkel und betrachte die Fäden im Jeansstoff übertrieben genau.

»Damals, als Cass und ihre Eltern weggezogen sind, da-«

»Scheiße, echt jetzt?«, unterbricht mich Rebel, aber erntet nur einen warnenden Blick von mir.

»Sie war damals schwanger. Sie hat das Kind bekommen. Ariel ist jetzt zwei.«

»Ariel? Wie die Meerjungfrau?«

Ehrlich, Knight?

»Ja, keine Ahnung. War ihr Lieblingsfilm oder was weiß ich. Fällt euch nichts anderes dazu ein?«

Rebel betrachtet mich weiterhin völlig undurchdringlich. »Warum hast du nie was gesagt?«

»Ich wollte irgendwie nicht, dass ihr mich anders seht. Außerdem sollte ich es geheim halten, damit es nicht die Runde macht. Niemand weiß davon. Ich war einfach überfordert damit.«

Das ist zwar nur die halbe Wahrheit, aber für heute reicht das wohl.

»Ja, wäre auch komisch, wenn nicht«, antwortet Rebel. Er zündet eine Zigarette an, aber gibt sie mir.

»Ich habe einfach ein Kind. Ich bin der Vater von jemandem. Das ist völlig unglaublich.« Ich sage das so dahin, aber es stimmt. Es ist der schiere Wahnsinn.

»Viel schlimmer finde ich, dass Cassandra Hayes die Mutter von jemandem ist.« Knight macht eine drehende Handbewegung neben seinem Kopf.

»Ach, komm schon, so schlimm war sie damals gar nicht.«

»Alter, Rain. Sie war schlimmer als schlimm. Sie war ein Albtraum. Ich hoffe, dieses Kind kommt nach keinem von euch.« Er schaut mitleidig und ich tadelnd. Rebel macht gar keine Regung mehr. Anscheinend denkt er nach.

»Weiß June davon?«

»Ja, sie war zweimal mit dort.«

»Sie war sogar da?«, gibt er stumpf zurück. »Aber dann verstehe ich das Problem nicht.«

»Vielleicht gibts auch keins. Wollen wir einfach aufhören zu quatschen und einen darauf trinken? Hab einen Whiskey dabei. Mit besten Grüßen aus der Hausbar von Onkel A.«

Und dann lasse ich das letzte Mal in diesem Leben die Whiskeyflasche mit meinen Freunden rumgehen. Ich könnte noch ewig hier sitzen, aber das würde irgendwann unweigerlich zu weiteren Fragen führen, über deren Antwort ich heute nicht diskutieren will. Den Rest der Geschichte werden sie erst erfahren, wenn ich weg bin. Ich will nicht in ihre Gesichter sehen müssen, wenn meine besten Freunde ebenfalls realisieren, was für ein Monster ich wirklich bin.

Kapitel 33

June

Die letzte Woche war ein Albtraum. Ich bin nach der Sache mit Rain gar nicht mehr auf die Beine gekommen.

Die Erinnerung an ihn ist wie ein Splitter, den man nicht entfernen kann.

Der einen mit jedem Schritt daran erinnert, dass er da ist.

In meinem Körper, in meiner Seele, in jeder Faser.

Rain hat es nicht gewusst, das ist mir mittlerweile klar. Seine Bestürzung war echt.

Ich hoffe, dass es ihm gut geht. Er ist nicht der Typ, der sich zurückzieht und seine Wunden leckt. Er fügt sich stattdessen für jede Wunde noch drei neue zu, damit die eine nicht so wehtut. Aber in die Schule zu gehen, um nachzusehen, habe ich auch nicht geschafft. Also habe ich mich krankschreiben lassen und die Zeit hauptsächlich weintrinkend und pizzaessend auf dem Sofa verbracht. Irgendwann war ich so weit, dass ich nachts völlig betrunken Rains Sachen zusammengesucht habe. Dabei habe ich so viele Dinge gefunden, die monatelang ein fester Bestandteil meines Alltags waren und doch eigentlich gar nicht zu mir gehören. Selbst in meinem Wäschekorb waren noch Shirts von ihm. In meiner Einsamkeit habe ich eins davon herausgeholt und mit in mein Bett genommen.

Es war der armseligste Moment meines Lebens.

Ich habe es nicht einmal geschafft, die Bettwäsche neu zu beziehen, weil das Kissen nach seinem Parfum riecht. Eigentlich sollte ich alles, was mich an ihn erinnert, auf einem Scheiterhaufen der Schande verbrennen, aber wie könnte ich das? Dann müsste ich mein kaputtes Herz gleich hinterherwerfen. Mein schlagendes, liebendes Herz, für das ich im Moment nur Wut empfinden kann. Weil es noch immer solche Sehnsucht nach dem Mann hat, der für die größte Tragödie meines Lebens verantwortlich ist.

Am ersten Morgen habe ich mehrfach bei der Polizei angerufen. Ich wollte Gerechtigkeit für Sam schaffen. Ich wollte es wirklich. Doch immer, wenn jemand das Gespräch entgegengenommen hat, habe ich aufgelegt. Weil ich es nicht übers Herz gebracht habe. Ich habe es einfach nicht geschafft, die Worte zu sagen. Weil ich nicht weiß, ob ich wirklich mit den Konsequenzen leben könnte.

Am Donnerstagabend kommt Olive zu mir nach Hause. Sie sieht mich, lässt ihre Tasche fallen und nimmt mich schweigend in den Arm.

Seitdem habe ich ihr nur einen Bruchteil dessen erzählt, was die Wahrheit wäre, trotzdem versteht sie den Schmerz.

Leider geht mit ihrem Aufenthalt hier auch meine

Schonfrist zu Ende. Sie hat gesagt, dass ich nicht ewig einer Affäre nachtrauern darf. Dass das Schwachsinn sei. Ich solle mich aufraffen und am Leben teilnehmen.

Und weil sie ohnehin keine Ruhe gegeben hätte, lasse ich mich am Freitagabend von ihr in eine ramschige Cocktailbar mitschleppen. Sie hat mir ein verboten kurzes Kleid verordnet und meine Haare frisiert. Aber egal, wie sehr sie die Hülle aufhübscht, innerlich fühle ich mich verwundet und verletzlich wie schon ewig nicht mehr.

»Komm schon. Stell dich nicht so an. Andere Mütter haben auch schöne Söhne. Als wäre dieser Typ der Messias gewesen.«

Sie stützt sich lasziv auf den Tisch und fokussiert ihren Blick auf die drei Männer am Tisch neben uns. Mir wird schon bei dem Gedanken daran schlecht.

»Weißt du, June. Wenn ich jedem so nachgetrauert hätte, den ich mal ein paar Monate gedatet habe, dann könnte ich einen Pool mit den Tränen füllen. Was soll das ganze Trübsalblasen? Er hat dich verarscht, du hast dich verarschen lassen, beim nächsten Mal bist du schlauer. Und jetzt Salute!«

Die Lüge, dass Rain mich betrogen hat, tat mir schon leid, nachdem ich sie ausgesprochen hatte. Aber mir war so schnell nichts Besseres eingefallen. Und jetzt zieht Olive über ihn her, als wäre er ein notorischer Fremdgänger.

Ohne Elan schaue ich an ihr vorbei, hinaus auf die gut besuchte Flaniermeile, und wünsche mich nur nach Hause.

In die Dunkelheit.

Dorthin, wo keiner die Tränen sieht, die mir in den Augen brennen.

Am nächsten Morgen wachen Olive und ich beinahe zeitgleich auf, das Handy zeigt halb zehn. Ächzend werfe ich mich auf den Rücken und ziehe das Schlafshirt zurück über meinen Bauch.

Olive versucht ihre wilden Locken zu bändigen und grinst genauso schlaftrunken wie am Abend zuvor. »Heiliger Himmel. Ich habe so einen Kopf. Das waren mindestens drei Cocktails zu viel. Habe ich Blödsinn erzählt?«

»Nicht mehr als sonst auch.«

Sie richtet sich geschlagen auf. »Na toll. Hast du Wasser hier? Ich muss eine Aspirin nehmen.«

Ich verweise sie auf die Küche und sie tapst in ihrem Schlafanzug los. Während ich ihren Schritten lausche, rolle ich mich auf die Seite.

Doch noch bevor ich die Augen wieder geschlossen habe, durchdringt ein gellender Schrei die Stille. Knapp gefolgt von zersplitterndem Glas.

Was zum …?

Ich springe auf und taumele im ersten Moment ein bisschen. Im gleichen Atemzug schnappe ich mein Handy und husche ohne nachzudenken in den Flur. Gerade will ich nach Olive rufen, als ich sie schon reden höre. Sie und *ihn*.

»Na, aber hallo. Wer bist du denn?«

Beim Klang der vertrauten Stimme schießt meine Herzfrequenz durch die Decke.

»Wer ich bin? Ich wohne hier«, regt sich Olive auf. Ich kann mir ihr Gesicht bildlich vorstellen.

»Du wohnst hier? Wie süß. Hat June den Männern abgeschworen, hm? Spielt sie jetzt lieber mit Mädchen?«

In Rains Stimme liegen so viel Spott und Hohn. So wie er es immer gemacht hat, wenn er Angst davor hatte, verletzt zu werden.

Olive schnaubt. »Ich denke, dass Sie jetzt besser gehen. Sonst rufe ich die Polizei. Das ist mein Ernst.«

»Den Satz habe ich in diesem Haus schon öfter gehört und jedes Mal hat es kein gutes Ende genommen.«

Bevor die Situation eskalieren kann, löse ich mich von meinem Beobachterposten und trete zu den beiden ins Wohnzimmer. Rain sitzt auf dem Sofa und hat einen Knöchel lässig auf sein Knie gelegt. Er balanciert eine Tasse Kaffee auf der Brust und sieht völlig ungerührt aus. Zumindest so lange, bis sein Blick auf mich fällt.

»June«, flüstert er. Derart vertraut, dass mein Herz mir bis in den Magen hinabrutscht.

»Was willst du hier?«

»Das ist der Typ?« Olive fährt zu mir herum, dreht sich dann jedoch direkt wieder zu Rain. Der beachtet sie gar nicht mehr.

»Wann lernst du endlich, dass du die Terrassentür abschließen musst?«

»Vermutlich nie. Trotzdem ist es keine Einladung. War es damals nicht und ist es heute nicht.«

»Ich brauchte damals keine Einladung und heute brauche ich auch keine.«

In dem Moment, in dem mein Blick erneut in seinem versinkt, bricht alles ein. Meine mühsam wiedererlangte Fassung und seine abweisende Arroganz. Beides wandelt sich in etwas viel Tieferes, Verletzlicheres.

»Warum heute?«, frage ich leise.

Er stellt die Tasse auf dem Couchtisch ab. »Ich will etwas mit dir klären.«

»Wir haben nichts mehr zu klären, Rain.«

»Dann sieh es als Verabschiedung.«

Während ich ihm dabei zusehe, wie er aufsteht und die Hände in die Hosentaschen schiebt, bekomme ich kein Wort heraus. Ich hasse mich dafür, dass alles an ihm mich noch immer so sehr anzieht. Dass die Sehnsucht so groß ist.

»Ich wollte dich wenigstens ein letztes Mal sehen, bevor ich von der Bildfläche verschwinde. Und dir sagen, dass ich dich liebe, egal, was du über mich denkst. Egal, was die ganze Welt über uns denkt. Das war nie wichtig.«

»Rain.«

Doch er schüttelt nur den Kopf. »Pass auf dich auf, Prinzessin. Ich wünsche dir alles Glück dieser Welt. Du hast es mehr verdient als jeder andere. Und schließ endlich diese verdammte Tür ab, versprichst du mir das? Sonst werde ich niemals ruhig schlafen können.« Er lächelt mir ein letztes Mal zu und will sich dann zum Gehen wenden.

»Moment, was soll das heißen? Wo willst du hin?«

Als er sich in Zeitlupe zu mir zurückdreht, bricht auch der letzte Rest seiner Fassade ein. Stück für Stück.

»Ach, Fuck«, flucht er und kneift in seinen Nasenrücken.

»Ich kann das nicht. Ich … Setzt du dich ein letztes Mal mit mir ans Meer? Nur ganz kurz? Du verdienst wenigstens ein einziges Mal die ganze Geschichte. Die ganze Wahrheit.«

Olive zieht neben mir scharf die Luft ein, doch auch jetzt beachtet niemand es weiter.

Ich sehe nur noch Rains Gesicht. Da ist so viel Reue, so viel von demselben Schmerz, den ich auch in meiner Brust spüre, dass mir nichts anderes übrig bleibt, als zu nicken.

Keine fünf Minuten später sitzen wir im Sand. Unter Olives prüfenden Blicken haben wir das Haus verlassen und sind den kleinen Pfad hinter meinem Haus entlanggegangen. Es hat sich furchtbar falsch angefühlt, seine Hand nicht zu halten. Ihn nicht zu berühren, Abstand zu wahren.

Die Luft ist frisch und der Wind kommt von der Meerseite. Rain hängt mir ungefragt seine Jacke um. Ich ziehe sie fest um meine Schultern und vergrabe mich in dem warmen Stoff, der mich so schwer und vertraut einhüllt, wie seine Umarmungen es immer getan haben. Keiner von uns sagt ein Wort. Als hätten wir Angst, dass dadurch dieser fragile Moment zerplatzen könnte. Nur die Wellen brechen sich schäumend.

Irgendwann halte ich es nicht mehr aus. »Rain? Darf ich bitte zuerst etwas fragen?«

»Alles. Du darfst alles fragen, was du möchtest, solange du hier bei mir bist.«

»Warum bist du weitergefahren? Warum hast du nicht angehalten? Warum hast du nicht wenigstens einen Krankenwagen gerufen?« Ich werfe einen Seitenblick auf sein Profil, doch er schaut weiterhin auf den Horizont. Er wirkt so unendlich erschöpft.

»Ich habe das Auto einfach nicht gesehen. Es hat furchtbar geregnet. Ich … ich habe nicht gesehen, dass er dort stand.«

»Warum bist du nicht wenigstens ausgestiegen?«

»Was? Natürlich bin ich ausgestiegen, June. Natürlich. Aber es war schon … Er war schon …«

Ich schlage die Hände vors Gesicht. Ich will das alles hören, muss es hören, aber kann es doch kaum ertragen. Wie soll man das aushalten?

»June, ich bin heute nur hergekommen, weil ich dir gern für etwas danken wollte.« Er macht eine kurze Pause und sammelt sich. »Die Sache zwischen uns … Das hat mich eines gelehrt. Alles, was man tut oder sagt, hat Konsequenzen. Irgendwann kommt der Punkt, an dem man nicht mehr davor weglaufen kann. Irgendwann muss man die Verantwortung tragen, sonst wird man ewig mit der Schuld leben. Ich besuche nachher Ariel ein letztes Mal und dann stelle ich mich. Ich werde ein Geständnis ablegen.«

Und wenn ich schon dachte, dass mein Herzschlag die maximale Frequenz erreicht hat, dann hatte ich mich getäuscht. *Jetzt* ist es so weit.

»Was? Warum denn jetzt?«

»Weil es die einzige Option ist, June, deshalb!« Von einer

auf die andere Sekunde flackert Wut in seinem Blick. Er packt mein Kinn und zieht es so nah an sich heran, als wollte er mich küssen. Doch dann lässt er wieder los und schnaubt auf.

»Da mache ich ein einziges verficktes Mal in meinem Leben das Richtige und dann wollen mich alle davon abhalten? Das ist doch ein schlechter Witz.«

»Du hättest das schon zwei Jahre lang machen können. Warum jetzt? Was ist jetzt anders?«

»Es gibt keine andere Option für mich, June, verstehst du das nicht? Nicht mehr. Ich habe das alles immer verdrängt, weggesoffen oder mit Wut erstickt, aber das kann man nicht ein Leben lang so machen.« Er schaut mich eindringlich an, seine grauen Augen sind unendlich traurig. »June, ich habe dein Leben zerstört, weil ich meins retten wollte. Aus purem Egoismus.«

»Ja, das hast du. Und dann warst du da, um es wieder aufzubauen. Als du bei mir warst, habe ich zum ersten Mal wieder gefühlt, wie das Leben sein kann. Wie gut und erfüllend. Wie aufregend und lebendig. Vielleicht war es Schicksal, dass wir uns wiedergetroffen haben. Vielleicht hat das alles einen Grund. Vielleicht gibt uns das Universum eine zweite Chance. Dir und mir. Vielleicht hat Sam von da oben dafür gesorgt, dass wir beide weiterleben können.«

»Drehst du jetzt völlig durch?«

Mein hysterisches Auflachen ist die einzige Reaktion, die mein Körper in seinem Wahnsinn noch produziert. »Ja, vermutlich schon. Aber weißt du, Sam war nie der

Typ für Vergeltung. Wenn er wüsste, dass du-«

»Es geht doch auch nicht um Vergeltung. Es geht um Verantwortung. Warum habe ich nicht gefragt, ob mich jemand fährt? Warum bin ich an diesem Tag selbst gefahren? Warum bin ich einfach in diesem Zustand in dieses verdammte Auto gestiegen? Ich habe mich das jeden einzelnen Tag gefragt.« Er wischt sich übers Gesicht und atmet durch.

»Du kannst dir diese Fragen noch zehn Jahre lang stellen. Du wirst keine Antworten finden. Weil du die Zeit nicht zurückdrehen kannst. Du kannst nichts mehr daran ändern. Gar nichts. Er ist tot und wird es immer bleiben. Wir sind hier und werden immer damit hadern. Keine Verurteilung der Welt kann mir diesen Schmerz nehmen, Rain.«

Rain antwortet nicht. Er regt sich auch nicht. Er starrt einfach auf den Horizont.

»Rain? Hast du mich verstanden? Vielleicht ist das hier deine Chance, es für den Rest deines Lebens besser zu machen.«

»So eine Chance habe ich nicht verdient und wir beide wissen das. Du hättest längst zur Polizei gehen sollen, dann bräuchtest du dir diese Gedanken nicht mehr machen.«

»Ja. Weißt du, das hätte ich. Das hätte ich wirklich. Aber ich konnte nicht. Ich wollte nicht. Ich wollte nicht dabei zusehen, wie dein Leben auseinanderbricht.«

»*Dein* Leben ist dafür auseinandergebrochen. Und meins auch. Wir sind längst kaputt, June.«

»Glaubst du, ein Urteil wird dir das nehmen? Dich heilen? Diese Gedanken und Vorwürfe aus deinem Kopf tilgen? Glaubst du wirklich, irgendetwas in der Welt kann dich davon befreien?«

Jetzt schaut er mich direkt an. »Ich muss darauf hoffen, denn ich weiß nicht, wie ich sonst weiterleben soll.«

Und so schrecklich all die Umstände sind, die Ehrlichkeit in diesen Worten tut gut. Weil sie endlich bis auf den Grund unserer Seelen reicht. Weil sie endlich schonungslos alles enthüllt. Und ich kann in seinen Augen sehen, dass er das ebenso fühlt.

»Weißt du, Rain. Wenn es dir hilft, dann kann ich gern die Richterin sein. Wenn du unbedingt ein Urteil brauchst, um mit deiner Schuld leben zu können, dann will ich auch eine Strafe, die ich als gerecht empfinde. Nicht das, was irgendein Richter bestimmt. *Ich* will bestimmen. Ein direktes Urteil. Hier und heute.«

Als er den Sinn der Worte versteht, entgleitet ihm sein kompletter Gesichtsausdruck. »Was?«

»Du hast mich schon verstanden. Egal, was wir tun, egal wie deine Strafe aussehen wird, Sam wird trotzdem für alle Ewigkeit tot bleiben. Also will ich stattdessen, dass du dein Leben auf die Reihe bekommst. Ich will, dass aus dir etwas wird und ich will, dass du mit diesem Leben Gutes tust. Du hast jetzt diese eine großartige Chance hier, etwas zurückzugeben, um deine Schuld zu begleichen. Sorg dafür, dass du die Welt zu einem besseren Ort machst. Das wäre, was mir *wirklich* Genugtuung verschaffen würde.«

Für einen Moment legt sich Schweigen über uns. Nur die Wellen rauschen im immer gleichen Rhythmus. Ohne Anfang und ohne Ende.

»Tut das eigentlich weh, so ein guter Mensch zu sein?«, fragt Rain Ewigkeiten später, während er mich von der Seite betrachtet.

»Das hat damit gar nichts zu tun. Ich tue das nicht für dich. Ich tue das für mich. Weil Sams Tod auf diese Weise nicht völlig sinnlos bleiben würde. Und das ist der einzige Gedanke, der es für mich ein winziges bisschen erträglicher macht.«

Ich spüre seinen Blick so überdeutlich auf meinem Profil. Wie er die Konturen erfasst. Immer wieder darüberfährt. Wie eine zarte Streicheleinheit. Ich weiß genau, wie es sich anfühlen würde, wenn es seine Hände wären.

»Okay«, sagt er schließlich. »Okay, wenn es das ist, was du möchtest. Ich tue, was immer du sagst, June. Was immer es für dich besser macht.«

»Nichts macht es besser, Rain. Nichts auf dieser Welt. Nur erträglicher.«

Kapitel 34

Rain

Quälend lange Wochen sind ins Land gegangen, in denen June und ich nicht wieder miteinander gesprochen haben. Wir haben uns nur im Unterricht gesehen und auch wenn ich armselig klinge, aber ich habe Sehnsucht nach ihr. Nach unseren Gesprächen und ihrer Nähe. Ich merke, dass es ihr ebenfalls zusetzt. Ich spüre ihre Blicke, die auf mir haften, als hätte sie Angst, dass ich mich vor ihren Augen in Luft auflöse.

Und so gern ich sie auch ansprechen würde, ich habe keine Ahnung wie. Nach unserer Aussprache am Strand fühlt es sich an, als wäre ich dessen noch nicht würdig. Seit sie mir so klar gesagt hat, was sie von mir erwartet, ist es, als müsste ich erst dieses Ziel erreichen, damit wir uns wieder auf Augenhöhe begegnen können. Ich möchte, dass sie mich als jemanden sieht, auf den man stolz sein kann. Und deshalb nutze ich die Zeit und konzentriere mich das erste Mal im Leben auf die Schule. Also so richtig. Mit Schulbüchern und dem ganzen Mist. Und Fuck, ist das anstrengend.

Ich habe sogar Knight gefragt, ob er mir beim Lernen helfen kann. Seinen Blick werde ich niemals wieder vergessen. Er hat es versucht, aber leider hat sich dabei herausgestellt, dass er gar nicht wirklich lernt. Er kann die Dinge einfach so. Weiß der Teufel warum.

Außerdem habe ich meine Unibewerbung abgeschickt. Schritt zwei auf der Agenda. Aus einem Impuls heraus habe ich mich für Soziale Arbeit beworben. Ich musste an Junes Worte denken und daran, wie lange ich eskaliert bin, weil ich eine Grenze gesucht habe und es nie eine gab. Wäre ich nicht nach Half Moon Bay gekommen, wer weiß, was mit mir passiert wäre. Wer weiß, was mit all den Teenagern passiert, die keine zweite Chance bekommen, so wie ich eine bekommen habe.

Dieses Studium ist etwas, was sich richtig anfühlt. Eine Arbeit, bei der man etwas bewirken kann. Es würde June gefallen, da bin ich mir sicher. Ich wünschte, ich könnte mit ihr darüber reden. Es ist erschreckend, wie oft meine Gedanken am Tag um sie kreisen.

Und weil jede Unibewerbung ohne einen entsprechenden Abschluss ziemlich witzlos ist, sitze ich brav im Unterricht und starre seit geschlagenen vierzig Minuten Junes knackiges Hinterteil an.

Ich konzentriere mich auf Englisch.

Ich schreibe mit.

Ich stelle mir nicht vor, wie sie nackt aussieht. Ich stelle mir nicht vor, wie sie stöhnt. Ich stelle mir nicht vor, wie ihr Gesicht … Okay, ich mach's doch. Aber nur ganz kurz.

Und dann muss ich verdammt noch mal diesen ganzen Mist verstehen, von dem sie redet. Zum Glück brauche ich in ihrem Unterricht keine Angst zu haben, dass sie mich nach vorn zitiert oder mir Fragen stellt, auf die ich keine Antwort weiß. Ich glaube, sie will vermeiden, dass es dann auf irgendeine Weise eskaliert, die hier keinen etwas angeht. Also spricht sie auch im Unterricht kein Wort mit mir. Aber ich lege es auch nicht darauf an. Melde mich nie, falle nicht auf und versuche unsichtbar zu sein.

Vielleicht sollte ich ihr sagen, dass mich diese Ungewissheit verwirrt. Dass es mir Angst macht. Nur ein paar Worte. Nur mal vorsichtig vortasten, um ihr zu zeigen, dass ich wie ein normaler Mensch mit ihr reden kann. Keine Ahnung, ob sie das wollen würde.

»Mann, guck wenigstens in dein Buch, wenn du schon so rumfantasieren musst«, flüstert Rebel von der Seite und rammt mir unsanft seinen Ellenbogen in die Rippen. Ich komme wieder in der Realität an, in der alle außer mir in ihre Unterrichtsmaterialien versunken sind.

June mustert uns fragend. Ich versuche wegzusehen, aber es klappt nicht. Weil da so viel in ihren Augen ist, was ich auch in mir spüre.

Unsicherheit.

Sehnsucht.

Wir starren uns ein paar Sekunden lang an, bis sie sich zur Tafel umdreht. Ich senke ebenso den Blick und schaue zu Rebel und Knight, die beide ungefähr gucken, als wollten sie sagen: *Bist du dämlich?*

Ja, bin ich. Bin ich wirklich.

Als es endlich klingelt und diese Tortur hier für heute ein Ende hat, bleibe ich sitzen.

So lange, bis alle anderen Schüler fort sind.

Nachdem die letzten Schritte im Flur verhallt sind, steht June auf, setzt sich auf den Tisch vor meinem und lässt die Beine baumeln.

Alles an ihr wirkt so aufreizend, dass ich ihr am liebsten die Kleider vom Leib reißen würde. Das letzte Mal ist schon ewig her.

»Und?«, fragt sie leise und ich bin mir spätestens jetzt sicher, dass sie mir meine Gedanken ansehen kann.

Okay, cool bleiben. Einfach cool bleiben.

»Ich wollte nur wissen, wie es dir geht«, sage ich ehrlich, doch June verzieht keine Miene und wartet darauf, dass ich weiterspreche. »Ich weiß, dass du Zeit brauchst und dass ich das hier eigentlich nicht machen sollte. Aber irgendwie … ich bin damit überfordert, June.«

»Ich weiß. Aber das, was ich am Strand gesagt habe, meinte ich auch so. Das musst du mir glauben. Wir haben uns ständig geliebt, gezofft, Krieg geführt, geschrien und beschimpft. Es war so … intensiv. Ich brauche noch ein bisschen, um das alles in meinem Kopf zu verarbeiten und für mich zu sortieren. Ich weiß, dass es schwer ist, aber es ist besser so, meinst du nicht?«

»Klar.« Ich wünschte, dass ich meine Enttäuschung besser verstecken könnte. Was habe ich auch erwartet?

»Es ist so viel passiert, Rain. Wenn das hier eine Zukunft haben soll, dann will ich sie auf einem stabilen Fundament bauen. Ich will keine Lügen und kein Versteckspiel mehr. Und gerade wäre es wieder beides.«

Die Stille, die ihren Worten folgt, ist unerträglich.

»Ich habe mich an der *University of San Francisco* beworben.«

»Welcher Studiengang?«

»Soziale Arbeit.«

»Im Ernst?«

»Die Idee von dir war gut. Fällt das für dich in die Kategorie *Gutes für die Welt?*« Ich lächle trostlos, doch dann berührt mich ihre Hand an der Wange und ihr Blick sucht erneut meinen. Sie beugt sich dabei so nah zu mir herunter, dass ich ihren June-Geruch riechen kann. Der weiche Duft fühlt sich so sehr nach Geborgenheit an. Immer noch. Am liebsten würde ich sie einfach in meine Arme reißen und sie so fest an mich drücken, dass sie nie wieder geht.

»Es ist ein Anfang, Rain. Ich wünsche uns beiden, dass es klappt.«

»Ich auch.« Es klingt kein bisschen, als würde ich es ernst meinen.

»Ich liebe dich. Das weißt du, oder?« Mit den Fingerspitzen hebt sie mein Kinn an, sodass ich ihr genau ins Gesicht sehen muss.

»Davon spüre ich aktuell leider wenig.«

»Verdammt, mach es uns doch nicht so schwer. Ich dachte, dass die Fronten vorerst geklärt sind?«

Ich weiß nicht, was ich darauf sagen soll.

»Was machen deine Prüfungsvorbereitungen?«, fragt sie schließlich weiter.

»Ich könnte ein bisschen Unterstützung gebrauchen, glaube ich. Lernst du am Wochenende mit mir?«

Zu meiner Überraschung nickt sie.

»Natürlich. Wenn es dir hilft. Sonntag?«

Ich nicke ebenfalls und stehe dann auf. Für heute reicht es. Als ich an der Tür ankomme, ruft sie mich zurück.

»Rain?«

»Hm?«

»Aber nur lernen, ja?«

»Sicher.«

Sicher nicht.

Kapitel 35

Rain

»June, wirklich. Mein Kopf platzt gleich. Ich habe eine Lernblockade. Ich kann nicht mal mehr meine Gedanken geradeausdenken.« Mit einer fahrigen Geste wische ich mir die Haare aus dem Gesicht und lege dann die Stirn auf der Tischplatte von Junes massivem Esstisch ab.

»Ach, komm schon. Einmal gehen wir das noch durch. Sonst gibst du doch auch nicht so schnell auf. *Ich kann nicht mehr* gehört eigentlich nicht zu deinem Wortschatz, oder?«

Wenn es nicht allem widersprechen würde, was sie mir in unserem letzten Gespräch gesagt hat, würde ich meinen, dass ein leicht anzüglicher Unterton in ihrer Stimme mitschwingt.

»Wenn es nicht um diesen Mist hier geht.« Ich wedle ungehalten über meinen Schulbüchern herum. June ist wirklich ein Drillsergeant.

Hätte ich mal früher mit ihr gelernt, statt immer nur mit ihr ins Bett zu gehen, dann hätte ich meinen Abschluss so gut wie in der Tasche.

Als hätte sie meine Gedanken erraten, fixiert sie mich. Eine kaum spürbare Sekunde zu lange. Ihre Augen bekommen diesen speziellen Glanz, den sie niemals zugeben würde.

Erwischt.

»Vielleicht brauche ich ja nur einen kleinen Anreiz, Mrs. Reed.«

Ihre Miene verdunkelt sich, aber das Leuchten in ihren Augen bleibt.

Siehst du, du fühlst es auch.

»Kommt nicht in Frage und jetzt zähl mir alles auf, was auf diesen Karteikarten steht. Wenn du das fehlerfrei machst, dann bin ich vielleicht geneigt, dir entgegenzukommen.«

Entgegenkommen? Mit deinen Hüften?

Nach kurzem Nachdenken befinde ich das schließlich für ein faires Angebot. Als hätte ich eine andere Wahl. Also bemühe ich mich, nichts auszulassen, und rattere alles, was wir erarbeitet haben, noch einmal in bester Strebermanier herunter. Ich hasse dieses Lernen. Wie wird das erst an der Uni? Besser gar nicht drüber nachdenken. Was tut man nicht alles für die Liebe und um die eigene Seele zu retten.

Als ich mit meiner Aufzählung ende, steht echtes Erstaunen in Junes Ausdruck.

»Sehr gut.«

»Was bekomme ich jetzt dafür?« Meine Stimme trieft so sehr vor Verlangen, es ist fast peinlich. Es klingt, als würde ich sie gleich anspringen. Würde ich auch – wenn ich dürfte.

Sie überlegt. »Okay, aber das ist eine einmalige Sache, ja?«

Ich starre bloß. In ihr Gesicht, in diese grünen Augen und auf diesen Mund, von dem ich bedeutend schönere Seiten kenne als die, die mir die amerikanische Geschichte erläutert.

»Rain?«

»Was? Ja … ja, sicher.«

Sie schaut mir tief in die Augen und zieht dann ohne Umschweife ihr Shirt aus. »Ich schlage dir einen Deal vor.«

»Einen Deal?«

»Für jeden richtigen Durchgang ziehe ich ein Teil aus. Am Ende darfst du entscheiden, was du mit mir machst. Bist du dabei?«

»Widerspricht das nicht allen Regeln, die du für den Rest des Schuljahrs aufgestellt hattest?«

»Regeln ändern sich.«

»Wie meinst du das?«

»Ich war Freitag in Edward Snyders Büro und habe eine Kündigung eingereicht.«

Alles Blut schießt in meinen Schoß und die Vorahnung davon, was das für sie und mich bedeutet, explodiert in meinem Hirn wie ein buntes Freudenfeuer.

»Ist das dein Ernst?«

Sie nickt. »Zum Ende des Schuljahres. Wenn du in San Francisco studierst, könnte ich mir dort eine neue Stelle suchen.«

»Gott, June.«

»Also, bist du dabei?«

»Ist das eine ernst gemeinte Frage? Diese krummen Deals werden noch zu unserem Ding, wenn wir nicht aufpassen.«

Sie lacht und nimmt mir dann die Karteikarten ab. »Nicht rumquatschen, Mr. Oberschlau. Jetzt nehmen wir erst mal deinen Abschluss in Angriff.«

Eine Dreiviertelstunde später sitzt June nackt neben mir und meine Konzentration ist für die nächsten zehn Jahre aufgebraucht. Ich versuche meinen Atem im Zaum zu halten, aber es klappt kaum. June sieht ebenso aus wie ich. Ihr Gesicht brennt in einem dunklen Rosaton und eine Gänsehaut hat sich auf ihrem Oberkörper ausgebreitet.

»Das war dann der letzte Durchgang für heute. Noch Fragen?«

O Gott, ich liebe sie. Immer noch, schon wieder, die ganze Zeit.

»Die einzige Frage, die ich mir seit einer Stunde stelle, ist: *von vorn oder von hinten?*« Ein witzloser Versuch, die Kontrolle zu behalten.

»Was immer du willst. Deal ist Deal.«

Die Vorfreude ist unbeschreiblich. Ich würde das am liebsten ewig herauszögern. Sie windet sich, man kann ihr richtig ansehen, dass sie sich unbehaglich fühlt, angesichts ihrer eigenen Courage.

»Also?«, fragt sie leise. »Was machen wir jetzt?«

»Ich will in dein Schlafzimmer. In dein Bett. Ich will, dass du heute Abend an mich denkst, wenn du darin liegst und nicht schlafen kannst«, flüstere ich und beobachte, wie die Röte nun auch ihr Dekolleté überzieht. Im nächsten Moment steht sie auf und reicht mir die Hand. Weit kommt sie nicht, denn ich bin schneller. Mit einem Satz bin ich auf den Füßen, zerre sie an mich und lege sie einfach nackt über meine Schulter. Sie quietscht und schlägt mir lachend auf den Rücken.

»Lass mich sofort runter.«

Oh, nein. Nicht heute.

»Deal ist Deal, June.«

Im Schlafzimmer angekommen, landet sie unsanft zwischen den Kissen und bleibt auf dem Rücken liegen. Ihre rote Haarflut umspielt völlig zerzaust ihren Oberkörper. Sie war schon immer heiß, aber dieser Blick. Dieser Blick ist das nächste Level. Völlig vor Lust entstellt und so tief, dass mir die Luft wegbleibt.

Auch ihr Atem wird immer hektischer. Mit jedem Zentimeter, den sich meine Hände meinem Hosenbund nähern, mehr.

Das Rascheln der Bettdecke ist das einzige Geräusch im Raum. Dann richtet sie sich auf die Ellenbogen auf und betrachtet mich herausfordernd.

Und während ich noch damit beschäftigt bin, meine Hose auszuziehen, spreizt sie einfach so die Beine und grinst. Ihre Hand gleitet dazwischen und ich bleibe noch einen Moment länger vor dem Bett stehen, um mir das anzusehen.

Fuck, wirklich.

Lange halte ich es nicht aus. Mit einem Satz bin ich über ihr und ehe sie es richtig realisiert, bin ich in ihr. So tief, dass ich es bis in die letzte Faser meines Körpers spüre. Sie stöhnt unmenschlich laut und ich will niemals wieder woanders sein. Nur noch bei ihr. Hier bei ihr. Für immer. Jeder Stoß treibt mich weiter. Jedes kleine Stöhnen bringt mich näher an diesen Punkt, an dem ich die Kontrolle verlieren werde.

»June?« Es ist mehr ein Hauchen als ein Wort. Sie versteht es trotzdem. Ihre Hände schließen sich um meine Wangen, streicheln zart darüber, wie sie es schon so oft gemacht hat.

»Hm«, macht sie. Der fiebrige Glanz in ihren Augen lässt mich fast vergehen. So viel Leid, so viel Trauer, so viel Sehnsucht, so viel Liebe.

»Versprich mir, dass wir das schaffen, June, dass wir immer für das hier kämpfen. Versprich mir, dass du mich nie aufgibst.«

Sie nickt. »Für immer. Versprochen.«

Ein paar Wochen später ist der Tag der Wahrheit gekommen. Ich schreibe tatsächlich meine Abschlussprüfung. Wer hätte das gedacht? Ich jedenfalls nicht. Und auch wenn Junes Methoden eher weniger für den offiziellen Gebrauch geeignet sind, bei mir waren sie erfolgreich.

Natürlich ist es nicht bei einem einzigen Mal geblieben. Sie hat zwar vehement betont, dass es ihr dabei nur um den Lernerfolg geht, aber im Ernst? Ich glaube, dass sie einfach nur Lust auf Sex hatte und sich nicht getraut hat, es zu sagen. Weil sie ja die war, die Abstand wollte. Aber ist schon okay. Als würde ich mich beschweren, also ehrlich.

Nach quälend langen Stunden ist meine Abschlussprüfung endlich geschafft und ich treffe draußen im Schulpark Rebel und Knight wieder, die vor mir fertig waren. Der eine, weil er anscheinend ein zweiter Einstein ist, und der andere, weil es ihm am Arsch vorbeigeht. Sie rauchen eine und starren in meine Richtung.

»Na, wie siehts aus?«, frage ich.

»Och, wer weiß. Hab ein bisschen gepokert, aber es lief ganz gut.« Knight schnippt seine Zigarette in meine Richtung. Ich kann gerade noch ausweichen. Er grinst bloß dämlich und zerrt mich neben sich auf die breite Bank.

»Bei mir wars scheiße. Aber ist eh egal. Ich muss bei Dad einsteigen.« Rebel klingt für seine Verhältnisse ziemlich mitgenommen.

»Hä? Aber Geld scheffeln mit Immobilien ist doch gut, oder was?«, fragt Knight und ersetzt seine Zigarette durch einen Joint. Keine Ahnung, ob er das jemals bleiben lassen wird. Rebel macht nur ein unbestimmtes Schulterzucken und nimmt ihm das Ding ab, um selbst zu rauchen.

»Ja, sicher. Wird bestimmt toll. Richtiger Traumjob. *Romero Estate*, ich komme.«

»Ich habe mich an der *University of San Francisco* beworben. Vielleicht gehe ich mit June da hin«, sage ich nach einer kurzen Stille.

»Scheiße, mit June? Ich packs nicht. Wirst du jetzt etwa vernünftig und sesshaft, Daddy? Gott, ich schwöre dir, wenn ich dich in ein paar Monaten wiedersehe und du einen Strickpulli und Stoffhosen trägst, dann erschieß ich dich auf offener Straße«, sagt Knight.

»Ich mache mir erst Sorgen, wenn das Metall aus seiner Fresse verschwindet.« Rebel gibt Knight ein Highfive, aber der wird wieder ernst.

»So witzig es klingt, aber eigentlich ist der Gedanke furchtbar.«

»Was? Dass du ihn abknallst oder dass seine Visage für immer ein Schweizer Käse bleiben wird?«, murrt Rebel und gibt Knight den Joint wieder.

»Beides, aber … Ich meine, wir werden uns alle vielleicht ewig nicht wiedersehen, ist euch das klar? Ihr wart immer so was wie meine Familie in den letzten Jahren. Ich werde das hier echt vermissen. Eure dummen Idiotengesichter«, sagt er leise und sieht richtig mitgenommen aus.

»Heulen wir jetzt alle? Gott, ihr seid solche Weicheier«, antwortet Rebel, schwingt aber trotzdem einen Arm um Knights Schultern. Der legt den Kopf auf seinem Oberarm ab und seufzt.

»Hm, Rebel, richtig gemütlich. Kannst du mich ein bisschen kraulen?«

»Wenn du mir dafür was anderes kraulst.«

»Bring mich nicht auf Ideen.«

Beide lachen. Erst ganz leise, aber irgendwann bekommt Rebel einen richtigen Lachflash. Er lacht so lange, bis ihm Tränen in die Augen steigen. Ich glaube, es ist das erste Mal, dass ich ihn so sehe.

»Was ist das eigentlich für ein beschissenes Leben?«, fragt er in die Runde und zieht Knights Kopf zurück auf seine Schulter. »Ich werde euch nicht vermissen, das sage ich euch. Weil ich euch nämlich nicht aus den Augen lassen werde.«

»Versprochen?« Knight bekommt auf seine Nachfrage ein doppeltes Kopfnicken.

»Gilt das für mich auch?« frage ich ebenfalls nach und werfe Rebel über Knights Kopf hinweg einen Blick zu. Er zwinkert.

»Für dich ist jetzt der Rotschopf zuständig. Aber keine Angst, ich behalte auch den Rotschopf im Blick.«

Kapitel 36

June

Jeder Tag ist ein neuer Anfang.

Das war einer der Sprüche, die in Sams Büro an die Pinnwand gepinnt waren. Er mochte die Zuversicht, die in diesen Worten steckt. Die Zuversicht und die Wahrheit. Jeder Tag ist ein neuer Anfang. Jeden Tag werden die Karten neu gemischt. Aus Einsamkeit wird Zusammengehörigkeit und aus Leid wird Vergebung.

Die letzten Monate waren ein irres Auf und Ab, aber eigentlich hat mir mein Aufenthalt hier genau das gebracht, was ich mir gewünscht habe. Ich habe hier mit der Vergangenheit abgeschlossen.

All die kleinen Teilchen meines Lebens ergeben wieder ein Ganzes.

In der festlich geschmückten Aula herrscht eine unvorstellbare Lautstärke. Alle rufen durcheinander und sind so aufgedreht, dass es einem Zirkus gleicht. Einzig die Eltern und Verwandten sitzen regungslos auf ihren Stühlen und betrachten zufrieden die Szenerie. Wenn ich nicht schon wüsste, wie das hier heute ausgeht, würde ich jetzt vor Aufregung platzen. Aber ich habe vorher die Datei mit den Zeugnissen angesehen - alle drei haben es geschafft. Knights Abschluss ist tadellos, Rebel hat zum Glück überhaupt einen und Rain hat es eigentlich sogar ganz gut gemacht. Dafür, dass er erst ein paar Wochen vor der Abschlussprüfung angefangen hat, die Schule im Allgemeinen ernst zu nehmen, kann sich sein Zeugnis sehen lassen.

Zu gern würde ich sein Gesicht unter den Anwesenden suchen, aber ich will mich auch nicht ständig umdrehen.

Während unser Direktor mit seiner Eröffnungsrede beginnt, legt sich eine erhabene Stille über den Raum. Am liebsten würde ich da hochgehen und die Namensliste selbst vorlesen, damit es etwas schneller geht. Wie viele Sponsoren kann so eine Schule haben?

Meine Aufregung ist kaum noch auszuhalten.

Edward scheint es jedoch nicht eilig zu haben. Quälend lange referiert er über die Schule, den Lehrplan, seinen Dank dem Lehrkörper gegenüber. Es ist schrecklich. Dann endlich ruft er die Absolventen nach vorn, um ihnen ihre Zeugnisse auszuhändigen. Im ersten Moment kann ich Rain gar nicht ausmachen. Eine leichte Panik kriecht meinen Rücken hoch. Ich würde ihm auch zutrauen, dass ihn wieder irgendein Irrsinn gepackt hat und er heute nicht hier ist. Aber dann taucht sein Gesicht zwischen den anderen auf. Gott sei Dank. Mit der Krawatte von der Hochzeit und ordentlich frisierten Haaren.

Sein *Cap and Gown* sieht an ihm so lächerlich aus, dass ich mir ein Lachen verkneifen muss.

Rain scheint meinen Ausdruck richtig zu deuten, denn sein Blick ist erst eine einzige Warnung, wird nach hinten raus aber weich und liebevoll. Er grinst schief und rückt sich den hässlichen Hut übertrieben auf dem Kopf zurecht. So ein Spinner.

Dann kommen alle der Reihe nach dran. Erst Knight, der es kaum fassen kann, Rebel, der aussieht, als würde ihn das hier alles nichts angehen, und Rain, der für seine Verhältnisse ziemlich emotional schaut.

Sie machen noch ein Abschlussfoto und verlassen dann langsam die Halle. Draußen gibt es einen kleinen Empfang, einzelne Schüler lassen sich mit ihren Eltern und Verwandten fotografieren. Ich versuche mich im Hintergrund zu halten und betrachte die Szenerie von etwas abseits.

Doch dann löst sich Rain aus der Menge und kommt zu mir herüber. Sein Grinsen ist so breit, dass es mich sofort ansteckt.

Ein paar seiner Mitschüler schauen ihm hinterher, aber es ist mir heute egal. Ich habe gekündigt und er ist kein Schüler mehr. Das hier ist der letzte Tag, an dem wir uns noch zusammenreißen müssen. Ab morgen sind alle unsichtbaren Fesseln gesprengt.

Rain stellt sich neben mich. Er wahrt so viel Abstand, dass es gerade noch als unverfänglich durchgeht. Sein Blick hingegen ist eindeutig. Er wartet ab. Er überlässt mir die Entscheidung, was jetzt passieren wird. Ich schüttle nur leicht den Kopf und er nickt.

»Sind wir ab heute Rain und June?«, fragt er.

»Ja, wir sind ab heute und für immer Rain und June, wenn du mich willst.«

Er lacht leise und ich kann beinahe spüren, wie alle Anspannung aus seinem Körper weicht. Wie dieses letzte Hindernis auf dem Weg endlich hinter uns liegt. Überwunden mit ein paar einfachen Worten.

»Hast du gerade ernsthaft gefragt, ob ich dich noch will? Ich will dich immer, Prinzessin. Habe ich immer und werde ich immer.«

Sein Seitenblick ruht warm und liebevoll auf meinem Gesicht. Für einen Moment lasse ich mich hineinfallen in dieses Gefühl, das er damit in mir auslöst.

Zum ersten Mal ist es mir egal, ob jemand diesen Blickwechsel sieht. Es ist mir egal, was irgendjemand hineininterpretiert.

Und während Rain und ich noch immer nebeneinanderstehen und uns nur anschauen, höre ich im Hintergrund Getuschel.

Sollen sie doch. Sollen sie sich doch die Mäuler zerreißen über etwas, das sie alle nicht beurteilen können. Es ist mir egal.

Heute zählt nicht das, was sich hinter uns abspielt, sondern nur das, was vor uns liegt.

Als Rains Fingerspitzen zaghaft über meinen Handrükken streichen, wird mein Herz ganz leicht.

Manchmal entstehen aus den merkwürdigsten Ideen die besten Momente im Leben.

Das hat Sam immer gesagt.

Und er hatte verdammt noch mal recht damit.

EPILOG

Rain

»Hast du nicht gemacht!« Ich klemme mein Handy zwischen Ohr und Schulter und fühle mich damit wie die Hausfrau vom Dienst. Aber, Fuck, ich kann auch nicht alles gleichzeitig.

Ariel kräht hinter mir herum, als wäre sie von irgendeiner fremden Macht besessen, und rammt ihre Kindergabel ein ums andere Mal in die Lackierung von Junes Holztisch. Theoretisch ist jetzt auch kein guter Zeitpunkt für ein Telefonat, denn ich bin gerade dabei, einen Obstteller zuzubereiten, um damit endlich dieses Kind zur Ruhe zu bringen.

Es ist vierzehn Uhr. Sie hat Hunger. Und wenn sie Hunger hat, ist es vorbei mit der guten Laune.

Aber dann habe ich auf dem Display gesehen, dass es Rebel ist. Der ruft nur an, wenn es wichtig ist.

»Also jetzt noch einmal Klartext. Ich steige da nicht mehr durch. Du und sie? In deinem Auto? Und wann kamen jetzt die Cops ins Spiel?«

»Erschreckend schnell.«

»Weil ihr … im Auto? Ich kann das jetzt unmöglich aussprechen, mein Kind hört mit.«

»Dass ich diesen Satz mal aus deinem Mund hören werde.«

»Sehr witzig. Jetzt sag schon. Warum habt ihr … in diesem Auto?«

»Sie wollte es eben. Und jetzt stecke ich in der Scheiße.«

Man kann hören, dass er im Auto ist und Gas gibt. Es geht wieder um Sabina. Diese verwöhnte, kleine Tochter unseres Bürgermeisters, die auf welchem Wege auch immer in Rebels Bett gelandet ist. Gestern wurden sie beide verhaftet. Wegen Erregung öffentlichen Ärgernisses. Sie hatten anscheinend Sex in seinem Auto, wenn ich das richtig deute. Mein Gott, seit wann habe ich eigentlich keinen Sex mehr im Auto?

Der Grund sitzt zwei Meter hinter mir und schmeißt gerade mit allem um sich, was in Reichweite steht.

»Wegen den Cops oder deinem Vater?«

»Ach, scheiß auf die Bullen. Ich hatte heute Morgen eine Audienz beim hochheiligen Familienoberhaupt. Das ist, was mich abfuckt.«

»Willst du vorbeikommen?«

Er zögert. »Nein, Mann, hab zu tun.«

»Arbeit?« Rebel ist nach der Schule tatsächlich bei seinem Vater eingestiegen. Keine Ahnung, ob das eine gute Idee war. Seit er dort arbeitet, ist er dauermüde, dauergestresst und *natürlich* redet er nicht darüber. Auch jetzt zögert er.

»Ja, Arbeit. Viel zu tun.«

»Heute Abend?«

»Auch.«

»Was machst du denn bitte abends mit deinen Klienten? Nachtwanderung durch eure Immobilienparks, oder was?«

Wieder ein Zögern. Wieder fühlt es sich komisch an. Und ich kann mir nicht helfen, ich habe das Gefühl, dass das nur die halbe Wahrheit ist.

»Nein, ich … ich muss Bürokram machen.«

Hinter mir scheppert es. Die Gabel ist jetzt auf dem Boden gelandet und Ariels Gesicht verzieht sich zornig.

»Oh, Fuck. Ähm, Rebel, es tut mir wirklich leid, aber können wir nachher noch mal sprechen? Ariel zerlegt meine Wohnung.«

»Gut so. Du verdienst nichts anderes. Sag ihr, sie soll weitermachen.«

Damit legt er auf und ich schmeiße mein Handy auf die Arbeitsplatte. Ob er will oder nicht, ich werde der Sache auf den Grund gehen. Heute Abend, wenn Ariel schläft.

Denn Rebel war noch nie ein herzlicher Typ, aber das, was da jetzt in seiner Stimme mitschwingt, gefällt mir kein bisschen. Selbst Knight macht sich Sorgen und das heißt schon was.

Mit Mühe drapiere ich die letzten Obststücke und bin wirklich stolz darauf, dass es appetitlich aussieht.

Ich nehme den Teller, drehe mich zu Ariel um und stelle alles vor ihr ab. Sie beobachtet mich dabei, wie ich mich neben sie setze und ihre Gabel vom Boden aufhebe.

»Lass es dir schmecken, Cutie.«

»Dadda. Danki«, sagt sie leidenschaftlich und greift mit ihren dicken Kinderhändchen nach einem geschälten Apfelstück.

Sie matscht damit herum, aber es ist egal.

Weil ich dieses Kind so sehr liebe.

Weil ich all das hier liebe.

Zermatschte Äpfel und schlechte Nächte.

Wer hätte es gedacht?

Kurz nach meinem Abschluss bin ich mit June in diese Wohnung gezogen. Mitten in San Francisco. Unsere eigenen vier Wände. Es war der erste Schritt in eine neue Zukunft, nachdem wir die Vergangenheit in Half Moon Bay gelassen haben.

Ich bin sogar so weit gegangen, dass ich nach Columbia gefahren bin, um meine Eltern zu besuchen. Mit June. Ich habe ihnen von Ariel erzählt und von meinem Studienplatz.

Die Kurzzusammenfassung: Herzlichkeit und Freude sehen anders aus. Wir sind trotzdem anstandshalber ein paar Tage geblieben. Bis die Situation irgendwann so dermaßen angespannt war, dass ich dachte, ich würde meinen Vater bei der nächsten Gelegenheit mit bloßen Händen umbringen. Immerhin habe ich seitdem wieder sporadischen Kontakt mit meiner Mutter. Und auch das Verhältnis zu Onkel Alexander und Tante Camilla ist nach meinem Auszug etwas entspannter geworden.

Aber das war nicht alles.

Denn wenn mir meine eigene Jugend eins klargemacht hat, dann, dass ich nicht so ein Vater sein will, wie meiner es für mich war. Ich will mehr an Ariels Leben teilhaben. Ich will, dass sie in mir jemanden sieht, zu dem sie Vertrauen haben kann und den sie respektiert.

Als ich mit June darüber gesprochen habe, hat sie nur genickt und ist am nächsten Tag mit mir nach Palo Alto gefahren. Ich weiß noch, wie ich mit ihr bei Mr. und Mrs. Hayes am Tisch saß. Wie sie geguckt haben, als ich versucht habe ihnen zu erklären, dass June meine Freundin ist und keine Lehrerin.

Erstaunlicherweise haben sie am Ende zugestimmt, dass ich Ariel jedes zweite Wochenende zu uns holen darf. Vermutlich liegt es an June. Sie hat nach diesem ersten Gespräch noch ein paar Mal mit Mrs. Hayes telefoniert und irgendwann kamen sie dann her, um sich unser Zuhause anzusehen.

Sie haben Kaffee getrunken, jeden Raum begutachtet, sich von June versichern lassen, dass sie ein Auge auf alles haben wird und schließlich befunden, dass diese Wohnung würdig ist, ihr Enkelkind zu beherbergen.

Die ersten Wochen war es merkwürdig. Ich meine, sie ist zwar mein Kind, aber ich bin bis dahin noch niemals mit ihr allein gewesen.

Ein paar Monate später weiß ich, was sie will, wann sie es will und vor allem *wie* sie es will. Denn an manchen Tagen kann ein falscher Schnitt im Brot für einen Kriegszustand sorgen.

Ich werde aus diesem Gedanken gerissen, weil ebendieses herrische Kind mir jetzt eine Bananenscheibe unter die Nase hält. »Dada. Iss die Banane. Hopp.«

Ich esse die Banane. Also wirklich. Als hätte ich eine echte Wahl.

Noch während wir am Tisch sitzen, dreht sich der

Schlüssel im Türschloss. June kommt mit schweren Schritten in den Flur gelatscht und schmeißt stöhnend ihre Schulsachen von sich. Sie schleppt immer diese übergroße Umhängetasche mit sich herum, die sie schon auf fünfzig Meter Entfernung als übermotivierte Streberlehrerin outet.

Aber jetzt ist Freitagnachmittag und aus *Mrs. Reed* wird für die nächsten zwei Tage wieder meine June. Sie kommt in die Küche, gibt erst Ariel einen Kuss auf den Scheitel und dann mir einen auf den Mund.

Sie sieht müde aus.

»Was ist denn hier passiert?«, tadelt sie mich mit einem genervten Blick über die Arbeitsplatte der Küche.

»Das nackte Überleben.«

Sie stöhnt. »Toll.«

Ich bin mir sicher, dass sie jetzt gern etwas anderes erwidert hätte, aber es sind ja Kinder anwesend. Ihr Blick sagt sehr deutlich, dass sie das auf später vertagen wird.

Wir streiten und hassen uns immer noch gern, vertragen und lieben uns aber noch viel lieber. Vermutlich wird es nie anders sein zwischen uns.

Viele andere Dinge haben sich in den letzten Monaten allerdings grundlegend geändert. June geht in ihrer neuen Stelle auf, auch wenn es das ist, was sie nie wollte. Eine Highschool in einem Teil von San Francisco, aus dem viele sozial schwache Familien kommen. Dort spielen Drogen und Gewalt jeden Tag eine Rolle im Schulalltag, ich kann gar nicht zählen, wie oft ich mit ihr schon darüber diskutiert habe. Trotzdem liebt June ihre Schüler und die Schüler lieben June. Ja, Herrgott, ich kann es verstehen. Wenn sie so mit ihrem Hintern an der Tafel rumwackelt, würde jeder gern mitschreiben und fleißig alle Jahreszahlen runterrattern, die sie vorbetet. Sie findet es zwar absolut nicht lustig, wenn ich das sage, aber ich bin mir sicher, dass die Jungs aus ihrer Abschlussklasse das genauso sehen wie ich. Auch in San Francisco sind die Typen ja nicht blind. Solange sie nicht die gleichen Lernmethoden anwendet wie bei mir damals, ist es mir egal, was sie da macht. Sie meint, dass sie jetzt Blut geleckt hat, auch die ganz schweren Fälle wieder auf die richtige Bahn zu bringen, und ich bin mir sehr sicher, sie schafft das.

Sie hat mich verändert, das soll schon was heißen.

Ich habe mich verändert.

Das Studium macht wider Erwarten Spaß und ich gebe mir Mühe, es gut zu machen – im Rahmen des Aushaltbaren. Ich will das für mich schaffen und ich will June beweisen, dass es sich gelohnt hat, für mich zu kämpfen.

Was bin ich nur für ein glücklicher Bastard, dass es das Universum immer noch so gut mit mir meint. Dass es mir diese Chance und dieses Leben hier geschenkt hat.

Ich bin jeden Tag dankbar dafür, ehrlich.

Jeden einzelnen, verfluchten Tag.

Und während ich so über diese Zukunft nachdenke, die sich da gerade ganz langsam vor mir entfaltet, merke ich, dass ich die ganze Zeit über June angestarrt habe, die jetzt mit einer Teetasse neben mir am Tisch sitzt.

»Seid ihr schon lange hier?«

»Sie haben sie nach dem Mittag gebracht«, antworte ich.

Auch June bekommt ein Stück Banane angeboten. Sie beugt sich über den Tisch und beginnt ein Gespräch mit Ariel. Ein Gespräch, das aus zweisilbigen Wortreihen besteht. Es ist June egal und Ariel sowieso.

Und ich sitze da, starre diese beiden Menschen an, die ich mehr liebe als mein Leben und spüre dem leisen Glücksgefühl nach, das da neuerdings in meinem Herzen wohnt.

Weil ich es endlich wieder zulassen kann.

Weil es jetzt nicht mehr wehtut.

Unter dem Tisch fasst eine Hand nach meiner. Ganz warm und weich streicheln Junes Finger über meinen Handrücken.

Ich habe mal gesagt, dass ich kein Zuhause habe. Dass es nirgendwo in dieser Welt einen Platz für mich gibt.

Es stimmt nicht mehr.

Das hier ist mein Zuhause.

Ein paar Worte zum Schluss …

Da sind wir jetzt, liebe Lesende. Am Ende dieser Geschichte. Dabei ist die Geschichte noch lange nicht vorbei.

Wo sich für Rain und June langsam eine Zukunft am Horizont auftut, da steckt Rebel noch mitten im Chaos. Und wenn ihr jetzt dasselbe denkt wie Knight und nicht verstehen könnt, was an Immobiliengeschäften so kompliziert ist, dann seid gewarnt. In Rebels Welt ist nicht alles so, wie es auf den ersten Blick scheint.

Ob er trotzdem sein Glück findet? Und was wird überhaupt mit Knight?

Wenn ihr nichts über die kommenden Teile dieser Reihe verpassen wollt, schaut gern auf meinen Social-Media-Kanälen vorbei. Ich freue mich über jedes neue Gesicht.

Danke an dieser Stelle an alle, die mich dort so tatkräftig unterstützen. Danke für den täglichen Austausch, für die vielen lieben Kommentare und aufbauenden Nachrichten.

Danke an meine Familie, die mir immer den Rücken freihält und mich schreiben lässt. Im Urlaub, an den Wochenenden, nachts … ich liebe euch.

Danke an Marlyn, die meine Bücher schon gelesen hat,

als sie nur unfertige Dokumente auf der Festplatte waren. Danke, für deinen Enthusiasmus und dein Mitfiebern.

Danke an Ari, die seit der Schule an mich geglaubt hat. Die handgeschriebene Geschichten gelesen hat, bevor ich überhaupt wusste, wie man ein ganzes Buch zu Ende bringt. Die immer geblieben ist, egal, wie weit ich mich entfernt habe.

Danke an Vera, die immer für jedes Problem ein offenes Ohr hat und die besten Schreibtipps der Welt geben kann. Danke für den vielen, vielen Austausch und danke, dass du von Sekunde eins an meine „Not-so-Badboys" geglaubt hast.

Danke an Anna, die eine weltklasse Testleserin ist. Danke für deine Ehrlichkeit und deine offenen Worte – egal, zu was. Danke, dass du mir immer mit Rat und Tat zur Seite stehst und danke für die wundervolle Charakterart, die du malst.

Danke an Leonie, an Ronja, an Nina und an alle anderen „Bookies" da draußen, die jeden Tag virtuell an meiner Seite sind. Danke fürs Zuhören, fürs Testlesen, fürs Tipps-geben und einfach fürs da sein.

Danke an den Rinoa Verlag und an Emilia Cole, die dieser Geschichte eine Chance gegeben hat.

Und zu guter Letzt: Danke an euch, liebe Lesende. Ich hoffe, ihr hattet Spaß in Half Moon Bay. Im nächsten Teil verschlägt es uns auf die dunkle Seite von San Francisco.

Wenn euch das Buch gefallen hat und ihr mich unterstützen wollt, schreibt mir gern eine Rezension oder hinterlasst ein paar Sterne. Für uns Schreibende ist diese Art von Feedback enorm wichtig, damit wir euch auch weiterhin mit tollen Geschichten versorgen können.

Bis zum nächsten Mal!

Eure Mimi